SOINS MORTELS

Originaire de Caroline-du-Sud, Leonard Goldberg est aujourd'hui médecin à Los Angeles. Il donne des cours à la faculté de médecine de l'université. Il est l'auteur de cinq romans à suspense mettant en scène les deux mêmes héros. *Soins mortels* est son premier livre traduit en français.

W0339725

LEONARD S. GOLDBERG

Soins mortels

TRADUIT DE L'AMÉRICAIN PAR JEAN GOUMAIN

PAYOT SUSPENSE

Titre original :

DEADLY CARE

Multimedia Product Development Inc.

© 1996, Leonard S. Goldberg
© 1998, Editions Payot & Rivages
pour la traduction française

À I. M.

L'amour est plus fort que la mort.

YISKOR

Commettez les vieux péchés mais de manière imaginative.

SHAKESPEARE, *Henry IV*

PROLOGUE

Quelqu'un s'était noyé. L'hélicoptère de la protection civile survolait le bord de l'eau à la recherche du corps. La nuit tombait, on y voyait à peine. Il ne pourrait pas faire une autre rotation. Karl Rimer suivait la promenade construite en planches entre les boutiques misérables et la plage. Il jeta un regard distrait à l'hélicoptère au-dessus de lui. Rimer marchait d'un pas décontracté, mais il était aux aguets. Il enregistrait tout. Un marchand de T-shirts finissait de remballer tout en surveillant du coin de l'œil s'il n'y avait pas de danger. L'endroit était sinistre, surtout le soir. Un vieil ivrogne, qui puait la pisse, quitta les « planches » pour s'enfoncer dans une ruelle, suivi d'un chien efflanqué. La promenade était déserte.

Rimer portait un imper marron foncé et une casquette en toile imperméabilisée. Plutôt rare dans le sud de la Californie, sauf vers Santa Monica. Ici les tantes habillées de manière provocante étaient légion. Rimer passait inaperçu et c'était ce qu'il voulait.

D'un coup d'œil circulaire, il repéra les quelques individus restés sur la plage. Ils étaient quatre. Un jeune couple longeant la mer, un surfer à la recherche d'une dernière belle vague, un pagayeur en kayak remontant le courant. Rimer fixa son attention sur lui. C'était lui qui l'intéressait. Il le suivait des yeux sans en avoir l'air. L'homme s'éloignait maintenant du rivage malgré une mer forte. Une déferlante faillit retourner le kayak. Au prix d'un gros effort, le rameur redressa l'embarcation. Rimer n'avait pas envie qu'il se noie et soit emporté par la mer. Il le lui fallait entier, ainsi que son bateau, du moins pour l'instant.

Rimer jeta un œil sur la promenade et aperçut un flic en vélo qui venait vers lui. Il fut aussitôt sur ses gardes. Il n'en voyait qu'un. Pourtant les policiers, les « hirondelles » comme les autres, vont toujours par deux. Le flic approchait. Un Asiatique, jeune. Yeux de lynx. Rimer savait ce qu'il fallait faire pour ne pas attirer l'attention. Ni fixer l'autre ni l'éviter du regard. Il prit un air modeste et lui adressa un geste vague. Insignifiant, inexistant. Le flic fit un grand salut et Rimer le lui rendit, visage baissé. Le flic ne pouvait distinguer qu'un imper et une casquette.

Le flic ralentit, presque à l'arrêt sur son vélo. Il fixait Rimer, visage impassible. Celui-ci regardait humblement le sol, tout en se demandant s'il allait lui falloir tuer le flic. Pas question de se laisser fouiller.

— Allons-y, Paul, cria le flic par-dessus son épaule, on dégage !

Rimer vit un second flic pédaler comme un fou sur la promenade pour rattraper le premier. Encore un Asiatique. Merde ! De vraies fourmis.

Rimer continua tranquillement sa route. Il attendit une bonne minute avant de se baisser pour relacer sa chaussure. Quand il releva la tête, les flics étaient déjà loin.

Il reporta son attention vers la plage. Le jeune couple avait disparu. Le surfer tirait sa planche vers la jetée près du parking. L'homme en kayak pagayait toujours, mais était maintenant tout près du rivage, juste derrière le rouleau.

Rimer attendait patiemment, tout en marchant. Ce ne serait plus long. Le brouillard arrivait du large, et un vent vif rendait la mer encore plus forte. Des vagues courtes frappaient le kayak, plus difficile à manier. Le crépuscule virait au noir et Rimer avait du mal à voir sa cible. Il la perdit même de vue un court instant, puis la repéra de nouveau. Le pagayeur en avait assez. Il revenait vers le rivage.

Rimer prit deux comprimés d'amphétamines, qu'il mâcha consciencieusement avant d'avaler. La drogue lui donnait le surcroît de force et de rapidité nécessaire pour passer à l'action. Il était convaincu que les amphétamines aiguisaient ses sens et augmentaient sa capacité de réaction face à l'imprévu.

Il déboutonna son imper tout en le maintenant fermé avec ses mains. Il quitta les « planches » et s'avança sur le sable, les yeux fixés sur le pagayeur qui tirait son kayak sur la plage.

Rimer jeta un coup d'œil en arrière. La promenade était déserte, les réverbères noyés dans la brume. Il força l'allure en direction de l'homme penché sur son kayak. Il laissa son trench-coat s'ouvrir.

— Hello, dit Rimer.

— Salut, répondit l'homme en levant les yeux.

Rimer le frappa de toutes ses forces avec sa batte de base-ball. Catégorie « Louisville », un kilo. Le pagayeur leva le bras, mais trop tard. La batte l'atteignit au front avec un bruit sourd. Rimer entendit les os craquer. Le jeune homme s'affala sur le sable.

Rimer le fouilla rapidement et minutieusement, à la recherche d'un microfilm. Il savait que c'était petit, probablement de la taille d'un timbre-poste, peut-être même pas plus gros qu'une tête d'allumette. Il pouvait être n'importe où, dans sa montre, glissé dans son portefeuille, ou dans une bague creuse. N'importe où. Rimer prit la montre et les bagues, puis fouilla la combinaison humide du rameur, cherchant un portefeuille et des clés planquées dans des poches secrètes ou dans sa ceinture. Rien.

Le kayak. Rimer déchira l'embarcation pour trouver le microfilm mais sans résultat.

Il entendit de nouveau l'hélicoptère. Il en apercevait les feux clignotants. Il eut un moment de panique, mais se ressaisit rapidement : ils n'avaient pas allumé leurs phares. Ça voulait dire qu'ils avaient arrêté leurs recherches et retournaient à leur base. Cela dit, s'ils survolaient la plage plutôt que la mer ils pourraient le voir. L'hélicoptère s'approchait de plus en plus et allait effectivement passer au-dessus de la plage. Nom de Dieu !

Rimer saisit le kayak et le retourna sur le corps du jeune homme. Puis il s'assit dessus et fixa la mer. Un homme seul, perdu dans la contemplation de l'océan.

L'hélicoptère poursuivit son chemin et Rimer était presque sûr qu'ils ne l'avaient pas vu. Il faisait trop sombre et trop brumeux. Et l'équipage n'était pas en alerte. Il rentrait tranquillement.

Rimer connaissait bien les hélicoptères depuis son séjour au Viêt-nam. La nuit, ils ne voient rien sans leurs phares. Aucun risque. Il observa les feux clignotants s'évanouir dans la nuit.

Sous le kayak, le jeune homme gémissait faiblement. Rimer baissa les yeux et vit un bras qui dépassait. Les doigts remuaient, agrippant le sable. L'homme recommença à gémir. Cette fois, on aurait dit des pleurs de gosse.

Rimer repoussa le kayak d'un coup de pied et, reprenant la batte de base-ball, termina le boulot.

1

Lucy O'Hara saisit fermement le bras de son père et gravit les marches du Memorial Hospital de Los Angeles. Elle essayait de faire bonne figure et de contenir son mal au dos et aux hanches, mais la montée aggravait les choses. De sourde, la douleur devenait rapidement lancinante. Elle pressa la pompe implantée sous la peau de son abdomen. Huit milligrammes de morphine imprégnèrent les tissus sous-cutanés.

En haut des marches, Lucy marqua une pause et prit lourdement appui sur son père, épuisée par la courte montée. Elle fixa les portes de verre fumé de l'hôpital et examina son reflet. Une jeune femme séduisante, grande et mince, blonde avec une queue-de-cheval. Mais elle ne pouvait distinguer les détails de son visage. Ses yeux creux et sa pâleur. Les signes d'une vie qui s'en va.

— Papa, et si la greffe ne prenait pas...

— Oh, ça va marcher, assura-t-il. Rappelle-toi qu'on a la baraka des Irlandais. De plus, le donneur est un bon Irlandais.

Son père lui tint la porte et Lucy pénétra dans le hall, se demandant si elle serait encore vivante à sa sortie de l'hôpital. Elle se mordit les lèvres, essayant de contrôler son émotion. Mais les larmes lui montaient aux yeux et elle se mit à renifler. *Pourquoi moi, mon Dieu, pourquoi moi ?*

Lucy s'installa sur un canapé en face du bureau des admissions et attendit que son père ait fini de remplir les papiers. En face d'elle, il y avait une Espagnole obèse tenant un enfant en larmes. Le gamin avait des plaies sur les bras et les jambes, certaines ouvertes et purulentes. Tout à coup il toussa, lâchant un nuage de postillons. Lucy leva vivement la main pour se protéger des miasmes. Elle savait que toute infection serait pour elle un désastre. Pour peu qu'elle fût virale, Lucy tomberait gravement malade et la greffe serait retardée *sine die*. Si c'était microbien, ce serait pire encore. Elle pourrait en mourir.

Lucy soupira tristement à l'idée que la maladie avait brisé sa vie. Il y avait à peine huit mois, elle était une étudiante en droit de vingt-quatre ans, saine et heureuse, jamais malade, ne prenant que la pilule contraceptive et de temps en temps un cachet d'aspirine. Puis elle s'était affaiblie, avait ressenti des douleurs dans les os et on avait diagnostiqué une leucémie myéloblastique aiguë.

Son premier traitement par chimiothérapie lui avait apporté une rémission partielle. Remontée du nombre des globules et retour des cellules normales. L'espoir revenait. Peut-être faisait-elle partie des quelques chanceux qui réagissent bien. Mais il y avait eu rechute, et la seconde chimio n'avait rien donné. La maladie avait progressé. La douleur dans les os due à la prolifération des cellules leucémiques devenait intolérable. Les injections de morphine la soulageaient, mais sans estomper complètement la douleur, lui rappelant sans cesse que la tumeur se développait et chassait les cellules normales. Elle manquait de globules blancs, ce qui la rendait hypersensible aux infections graves. Elle avait déjà fait quatre séjours à l'hôpital.

Maintenant, sa moelle possédait très peu de cellules normales. La leucémie avait tout détruit. Une greffe constituait sa dernière chance. C'était ça ou la mort.

— Tout est en règle, chatoune.

Lucy leva les yeux vers son père et l'infirmier qui dépliait le fauteuil roulant. Elle se leva avec l'aide paternelle et se laissa retomber lourdement dans le fauteuil.

— Ce n'est pas la peine que tu viennes, Papa.

— Mais si, répondit fermement Michael O'Hara.

L'infirmier vérifia que Lucy était correctement installée, puis fit pivoter le fauteuil en direction du couloir principal. Lucy regardait fixement le sol, furieuse d'être en fauteuil roulant. Elle se sentait fragile, dépendante, gênée. Pour regarder les gens, qui se demandaient pourquoi cette jeune femme séduisante était transportée ainsi, il lui aurait fallu lever la tête.

Ils arrivèrent à la batterie d'ascenseurs. L'endroit était plein de médecins, infirmières et visiteurs qui parlaient tous en même temps. Lucy fixait les voyants d'étages de l'ascenseur réservé aux malades, mal à l'aise et souffrant de claustrophobie. Mais ça n'allait pas durer, pensa-t-elle avec morosité. Dans quelques jours, elle serait en chambre stérile, séparée de ce monde plein de microbes et de virus, en attendant de voir si la greffe prenait. Et si elle ne prenait pas ? Dans ce cas-là, plus d'espoir, aucune chance de vivre. L'hématologue le lui avait dit clairement. Pour la millième fois, Lucy se demanda s'il y avait vraiment une autre vie après la mort.

La porte de l'ascenseur s'ouvrit. Un autre malade en fauteuil roulant était déjà dedans et on tira Lucy à reculons. Son père mit la main sur son épaule et la serra pour la rassurer. Lucy regarda l'autre malade, se demandant si c'était un garçon ou une fille. Tous les malades étaient chauves, et cela faisait ressortir leur nez. On aurait dit un bec dans une tête d'oiseau. Lucy fixa son regard sur la perfusion dans le bras du patient, puis sur les ongles vernis rouges. C'est une jeune fille, se dit Lucy, elle n'a pas plus de seize ans et essaye désespérément de garder un peu de féminité. Et Lucy courba l'échine, se rendant subitement compte qu'elle allait devenir comme cette adolescente. Plus de cheveux. Ils allaient tous tomber, l'hématologue le lui avait bien dit. Pour préparer la greffe osseuse, elle allait subir un lourd traitement par radiations et chimiothérapie. Pour détruire toutes les cellules leucémiques. Cela ferait tomber ses cheveux. Mais ils repousseraient. Si elle vivait.

L'ascenseur s'immobilisa brusquement et la porte s'ouvrit. En partant, Lucy sourit à l'autre malade. L'adolescente essaya d'en faire autant, mais un seul côté de son visage s'anima. L'autre était paralysé. Elle pinça les lèvres et s'efforça de dire : « *Ciao* », mais ne put émettre qu'un couinement aigu. Comme un appel au secours.

Ils suivirent un large couloir jusqu'au bureau des infirmières. La secrétaire derrière le comptoir posa des questions à son père et remplit des formulaires. Lucy renversa la tête en arrière pour essayer de l'apercevoir, mais elle ne vit que le haut du comptoir. Elle entendit un cri de douleur venu du fond du couloir, un cri aigu, perçant, un cri de femme. Une porte fut fermée et Lucy entendit un second cri étouffé. La secrétaire poursuivait son interrogatoire, insensible aux cris. Lucy se demanda si la femme qui se plaignait était en train de subir une aspiration de la moelle. Ça fait terriblement mal, Lucy en savait quelque chose.

— Signe ici, lui dit son père en lui tendant une feuille et un stylo à bille.

Lucy griffonna une signature. Elle la contempla un instant avant de redonner la feuille. Son écriture aussi avait changé. Elle était devenue faible et irrégulière.

On emmena Lucy dans une chambre individuelle qui sentait le déodorant. Ce n'était pas un parfum frais, mais une senteur doucereuse et écœurante. Lucy renifla, se demandant quelle odeur ils cherchaient à masquer. Une jeune infirmière aux mains froides vint prendre sa tension et lui donna un pyjama, une robe de chambre et un bracelet d'identification en plastique. Sur le bracelet étaient inscrits son nom, son numéro et sa date de naissance. Dans un mois ce serait son anniversaire. Lucy se demanda si elle serait encore en vie.

— Vaut mieux que je te laisse t'installer tranquillement, hein ? demanda le père après que l'infirmière fut sortie.

— D'accord, dit Lucy.

— Tout va bien se passer, tu verras.

Lucy essaya de faire oui et de sourire, mais elle vit les yeux de son père s'emplir de larmes.

— Tout ira bien.

Il la serra dans ses bras et sortit brusquement.

Elle le regarda s'enfuir, comprenant qu'il ne voulait pas qu'elle le vît pleurer. Lucy fixait le vide et sa lèvre inférieure tremblait pendant que les larmes coulaient sur ses joues. Elle avait une envie folle de fuir cet hôpital et d'aller se cacher à l'abri des docteurs, des aiguilles, des infirmières. Mais elle se ressaisit vite. Elle n'allait pas gâcher sa seule chance de survivre.

Elle prit un kleenex et se moucha, ravalant ses dernières larmes. Elle vit les traces de mascara sur le mouchoir et, tout en jurant entre ses dents, elle se dirigea vers la salle de bains.

L'odeur écœurante était devenue plus forte et Lucy espéra qu'elle n'allait pas imprégner ses vêtements. Elle se regarda dans la glace et essuya les traînées vert foncé, sans remettre de mascara. Mais elle se passa du rouge sur les joues, pour compenser sa pâleur anémique. Elle enduisit également les petits points rouges sur sa peau. Des pétéchies. Microhémorragies dues à une carence en plaquettes sanguines. La maladie la rongeait, laissant ses marques partout.

Elle alla vers la penderie et se déshabilla, puis

enfila un pyjama et une robe de chambre. Le pyjama était trop grand, la robe de chambre trop petite. Adossée à son oreiller, elle vit le poste de télé suspendu au plafond. A neuf heures trente du matin, elle n'avait aucune envie de regarder des jeux ou des débats. Il y avait peut-être un vieux film. Elle prit le programme télé.

On frappa à la porte. Lucy leva les yeux à l'entrée du docteur Mariner.

— Bonjour Lucy, dit-il d'une voix chaleureuse et amicale.

— Bonjour, docteur Mariner.

— Je voulais simplement voir si tout allait bien.

— Pour l'instant, ça va.

— Parfait ! Mais au moindre problème, n'hésitez pas. On va faire en sorte que vous ayez les meilleurs soins possibles. (Le biper accroché à sa ceinture se mit à vibrer et il l'arrêta sur-le-champ.) Puis-je me servir du téléphone ?

— Bien sûr.

Lucy le regarda prendre le combiné. Elle aimait sa voix, son allure et son attitude vis-à-vis des malades. Il avait l'air et les manières d'un docteur. Un mètre quatre-vingts, la cinquantaine sportive, une épaisse chevelure poivre et sel. Un visage aux traits aigus, un menton en saillie et des yeux bleu clair.

Mariner plaqua sa main sur le combiné et sourit à Lucy.

— Le docteur Black me charge de vous dire qu'elle passera vous voir cet après-midi.

Lucy hocha la tête et le docteur reprit sa conversation. Elle continuait à l'observer, elle aurait voulu l'avoir comme médecin personnel, s'occupant directement d'elle dans cet hôpital, et lui faisant lui-même la greffe. Mais non. Il était le président de la mutuelle à laquelle était affiliée la famille de Lucy.

Ils n'avaient pas adhéré à cette mutuelle pour des raisons financières, mais parce que leur médecin de famille, le docteur Amanda Black, avait fermé son cabinet et rejoint le groupe « Santé d'abord ». Le docteur Black connaissait trop bien le passé médical de la famille pour qu'on ne la suive pas à la mutuelle. Et ça avait très bien marché. On pouvait voir le docteur Black aussi souvent que nécessaire, rapidement, sans soucis ni paperasses. Quand on s'était aperçu que Lucy avait une leucémie, « Santé d'abord » avait parfaitement fonctionné. Lucy avait été suivie par l'hématologue-chef et quand la greffe de moelle était devenue nécessaire, on l'avait dirigée vers le Memorial Hospital sans hésitation.

Mariner reposa le combiné.

— Il faut que j'y aille. L'un de nos patients va moins bien que je ne l'espérais.

— Merci d'être passé.

— Pas de problème. Et dites-vous bien que tout va marcher super. Notre équipe de transplantation est la meilleure du monde.

— Je vais m'en tirer, souhaita Lucy.

— Avec les honneurs, ajouta Mariner.

— Et si tout va bien, je pourrai reprendre mes cours de droit en septembre, n'est-ce pas ?

— Vous pouvez y compter.

— J'y compte, dit doucement Lucy.

Elle le regarda refermer la porte et une peur rampante la saisit à nouveau. Si ça ne marchait pas ? S'il y avait rejet ? Oh, mon Dieu, tire-moi de là ! Sois positive, se dit-elle, sois *optimiste*. La greffe va réussir. Sans complications. Sortie de l'hôpital dans quelques semaines. Ne pas oublier d'envoyer une carte de remerciements au donneur, un flic irlandais costaud habitant San Diego. Puis la faculté de droit en septembre. Dans deux ans la licence en droit, et elle pourra travailler dans le cabinet de son père : « O'Hara, O'Hara, Diamond & Stern ». Ce serait super.

— Lucy O'Hara ? dit l'infirmière en entrant.

C'était une femme trapue, entre deux âges, au visage bouffi et aux yeux étroits.

— Oui, c'est moi.

— Je m'appelle Wendy Fujiama. Je dois faire une prise de sang.

— Encore ! protesta Lucy. J'en ai déjà eu une hier !...

— Dites-le au médecin, dit Wendy d'une voix atone. C'est lui qui a ordonné l'analyse. Quel bras préférez-vous que je pique ?

— Pourquoi n'ont-ils pas prélevé hier tout ce qu'il leur fallait ? demanda Lucy, furieuse de cette piqûre supplémentaire.

Elle avait des cicatrices et des thromboses sur toutes les veines à cause de ces piqûres à répétition.

Wendy haussa les épaules.

— Demandez au docteur. Moi j'exécute les ordres. (Elle jeta un coup d'œil à sa montre, mécontente d'être retardée.) Puis-je faire la prise de sang ou non ?

Lucy regardait fixement l'infirmière. Elle n'aimait ni sa personne ni ses manières brusques. Elle aurait voulu la renvoyer, mais elle n'en avait pas la force et, de toute façon, il faudrait tôt ou tard que quelqu'un le fasse. Lucy soupira avec résignation et tendit son bras.

L'infirmière lui tourna le dos pour préparer aiguille, seringue et tubes. Elle leva furtivement vers la lumière quelque chose que Lucy ne put identifier.

Lucy ferma les yeux et pria une fois de plus pour la réussite de sa greffe, pour qu'il n'y ait plus de prises de sang, pour ne plus revoir un hôpital de sa vie, sauf pour accoucher.

Lucy sentit le tampon d'alcool sur sa peau, puis la piqûre. Une deuxième piqûre, et une sensation de brûlure.

— Ça me brûle, dit Lucy avec inquiétude.

— Ce n'est que l'alcool autour de la piqûre, fit l'infirmière en retirant l'aiguille et en appliquant un tampon d'ouate. Appuyez là-dessus.

Lucy tint le tampon et l'infirmière s'en alla. La

jeune fille souhaita qu'un petit caillot se forme rapidement. Sinon, ça pouvait suinter pendant des heures faute de plaquettes sanguines. Elle pressa plus fort et commença à compter jusqu'à cent. Mais ses pensées revinrent vers le cabinet d'avocats de son père, dont elle ferait partie un jour. « O'Hara, O'Hara, Diamond & Stern. » Ça sonnait bien.

Lucy sentit une brûlure au niveau de l'estomac. Puis des nausées, qu'elle essaya de ravaler. Ça se calma, puis nausées et douleurs reprirent de plus belle. Tout à coup, elle se sentit oppressée. Terrifiée, elle saisit la sonnette pour appeler l'infirmière. La pièce commença à tourner. Ses yeux s'obscurcirent. Lucy s'entendit haleter, cherchant de l'air, puis ce fut le silence, et le noir.

2

Simon Murdock marchait d'un pas vif dans le couloir du niveau B de l'hôpital, fulminant encore contre son coup de fil. Le district allait payer au Memorial cinq cents dollars pour chaque autopsie demandée. Un tarif minable. Ridicule. Mais qu'il fallait accepter parce que le district de Los Angeles avait des problèmes. La morgue publique était fermée à cause d'une épidémie de maladie du légionnaire. Tous les enquêteurs et la plus grande partie du personnel l'avaient attrapée, et les cadavres en attente s'empilaient. Et le Memorial était le seul autre endroit de l'agglomération de Los Angeles disposant d'un médecin légiste. Alors le district avait contacté Murdock la semaine précédente, et il avait accepté de faire leurs autopsies. C'était normal. Mais Murdock ne s'attendait pas à ce que le district gruge l'hôpital et profite de sa générosité. Il aurait dû se méfier.

Murdock franchit une double porte sur laquelle on lisait : ENTRÉE RIGOUREUSEMENT INTERDITE AUX PERSONNES NON AUTORISÉES. Une secrétaire au téléphone leva la tête et, le reconnaissant, reprit sa conversation. Murdock poussa d'autres portes battantes et pénétra dans la morgue.

Il promena rapidement son regard sur la salle brillamment éclairée avec ses huit tables en inox alignées deux par deux. Ses yeux se posèrent sur les murs et sur le sol carrelé — d'un blanc brillant —

puis sur le panneau de tiroirs réfrigérés où on conservait les corps. Il se souvenait de la morgue vingt ans auparavant, quand il était devenu le patron du centre médical. On aurait dit un musée, sombre et humide, avec un sol en ciment et des tables de marbre maculées de sang indélébile. Un don de deux millions de dollars d'un riche bienfaiteur avait permis de la transformer en une installation résolument moderne.

— Puis-je vous aider, docteur Murdock ?

Murdock se tourna vers le jeune médecin ganté, masque sur le cou, lunettes remontées sur le front.

— Un contaminé, hein ? demanda Murdock.

— Un homo héroïnomane, confirma le médecin.

Murdock hocha la tête. Le sida était partout, frappant surtout les homos et les drogués.

— Je cherche le docteur Blalock.

Le médecin montra le fond de la salle :

— Dernière table à gauche.

Murdock contourna la pièce en jetant un coup d'œil aux cadavres en cours de dissection. La scène semblait irréelle, non seulement ils n'étaient presque plus humains mais ce qu'il en restait se retrouvait taillé en pièces.

Il vit Joanna Blalock penchée sur un corps, une loupe à la main, expliquant ce qu'elle venait de découvrir à un petit groupe d'internes. Murdock lui trouva l'allure jeune. Elle avait presque quarante ans mais n'en paraissait guère plus de trente.

Murdock se souvenait de sa première rencontre avec Joanna, quand elle avait postulé pour le poste de médecin légiste — si jeune et si séduisante, un doux visage de patricienne et des cheveux sable coiffés sévèrement en arrière et retenus par une simple barrette. Il l'avait d'abord prise pour une interne mais dès ses premiers mots il avait su qu'elle sortait du lot. Les lettres élogieuses de l'hôpital John-Hopkins ne surestimaient pas ses talents. Elle était intelligente et vive d'esprit. Il avait pourtant hésité avant de lui accorder le poste au Memorial, la trouvant bien trop belle pour être également intelligente. Il s'était trompé. Elle s'était révélée une excellente recrue.

Murdock resta patiemment à l'écart et regarda Joanna qui examinait soigneusement les gros orteils du cadavre. Une excellente recrue pour l'équipe, pensa-t-il encore, pourtant elle n'était pas parfaite. Elle avait des défauts. Elle était bien trop indépendante et dirigeait le service de médecine légale comme s'il n'avait rien à voir avec le reste du centre médical. Et puis elle avait trop d'ambition, et passait beaucoup trop de temps comme consultante légiste en dehors de l'hôpital, à mille dollars par jour. Elle était trop intéressée, et ce n'était pas l'image qu'il souhaitait donner de son équipe.

Il y avait encore autre chose. Ils ne s'aimaient pas. Sans aucune raison. Une inimitié naturelle et mutuelle, qui avait grandi avec le temps.

Murdock se racla la gorge et s'approcha de la table de dissection.

Joanna leva les yeux.

— Hello, Simon, qu'est-ce qui vous amène ?

— Une bricole. Pouvez-vous m'accorder un moment ?

— Bien sûr. (Elle tendit sa loupe à Emily Ryan, chef des internes en médecine légale.) Etudiez soigneusement le corps et dites-moi où il était le jour de sa mort.

Cela excita la curiosité de Murdock. Les indices devaient être visibles. Mais où ? Il parcourut rapidement des yeux les jambes et le tronc du mort et ne remarqua rien. Puis il vit la tête et détourna le regard de dégoût. Il n'y avait plus de visage, plus de traits discernables. Le devant de la tête était une charpie sanguinolente, sans yeux ni nez, les dents arrachées, les os en miettes. Murdock ravala un haut-le-cœur.

— Qu'a-t-il eu comme accident ?

— Ce n'est pas un accident. Murdock fit la grimace.

— Sait-on qui c'était ?

— Pas encore.

— Ses empreintes nous aideront peut-être.

Joanna secoua la tête et souleva l'une des mains du cadavre. Les extrémités des doigts avaient toutes été coupées.

— Bon Dieu !

Murdock sentit la bile lui remonter dans le gosier.

Ils s'approchèrent d'un négatoscope accroché au mur. Le bruit d'une scie électrique découpant un os remplissait la salle. Un son strident comme celui d'une fraise de dentiste. Ils attendirent qu'il s'arrête.

Joanna jeta un coup d'œil à la pendule et se demanda si elle n'allait pas prendre du retard. Il lui restait deux autopsies à faire, un cours à donner, des plaques à examiner. Et il fallait en plus qu'elle se farcisse Simon Murdock. Elle étouffa un bâillement : et l'observa brièvement. Il était grand, svelte, les traits saillants. Ses cheveux étaient de neige et les rides et taches de vieillissement de son visage ressortaient plus que jamais. Il vieillissait à vue d'œil. Mais ses étroits yeux marron restaient limpides et glacés. Ces yeux-là révélaient le bonhomme, se dit Joanna.

Selon les opinions, on considérait Simon Murdock tantôt comme le Docteur Schweitzer, tantôt comme Machiavel. A l'extérieur, c'était un médecin dévoué et infatigable dont la perspicacité et l'énergie avaient transformé le Memorial en un centre médical de renommée internationale. Mais pour le personnel, c'était un administrateur rusé et manipulateur — parfois tyrannique et brutal —, prêt à sacrifier n'importe qui et n'importe quoi pour le Memorial. Qui était-il vraiment, Schweitzer ou Machiavel ? se demanda Joanna. Probablement un peu des deux. A la fois bon et mauvais, comme tout le monde. Néanmoins elle ne l'aimait toujours pas, pas même un petit peu, et ne lui faisait aucune confiance.

Le bruit de la scie électrique avait cessé.

— Combien d'autres autopsies judiciaires avez-vous pratiquées ? demanda Murdock.

Joanna haussa les épaules.

— A peu près dix.

— Et vous avez pu mener à bien vos autres tâches au Memorial ?

— A peu près, oui.

— Bon, si vous n'y arrivez plus, prévenez-moi.

Joanna acquiesça, scrutant son visage et se demandant où Simon voulait en venir. Il n'avait pas traversé tout l'hôpital pour parler des expertises judiciaires. Il pouvait le faire par téléphone.

— Je crois qu'ils ont trouvé d'où vient le microbe du légionnaire, poursuivit Murdock. C'est le système de conditionnement d'air. Avec un peu de chance, la morgue sera à nouveau opérationnelle dans quelques jours. Une semaine au plus.

— Il faudra plus longtemps, répliqua Joanna. Tout le personnel médical est encore au lit et les guérisons seront lentes malgré les antibiotiques.

La scie électrique redémarra et Murdock se mit à faire mentalement des calculs. Dix autopsies par semaine à cinq cents dollars l'unité : soit cinq mille dollars, et si le Memorial en pratiquait pendant trois semaines, ça s'élèverait à un total de quinze mille dollars. Une misère. Trois fois rien pour une pareille masse de boulot. Mieux vaudrait refuser, se dit Murdock. Alors, autant se montrer généreux et appeler le commissaire pour lui dire que le Memorial ne demandera rien au district pour accomplir ce devoir civique. Oui, disons un devoir civique. Et s'assurer que les médias seront informés de la générosité du Memorial. Le total équivaudrait à un million de dollars en publicité. Et, plus important encore, le commissaire et le district seront redevables à Murdock. Ils lui devront quelque chose.

Le bruit strident de la scie cessa à nouveau et Murdock se secoua.

— Je vais vous demander un autre service, Joanna.

Joanna répondit faiblement :

— J'ai déjà un boulot dingue...

— C'est important, dit gravement Murdock. Très, très important.

— Je n'accepterai pas avant de savoir ce que c'est.

— Hier, une jeune leucémique est entrée au Memorial et est morte subitement. La famille réclame un examen approfondi.

— Leucémie aiguë ?

Murdock acquiesça.

— Oui, je crois.

— Les leucémies aiguës sont presque toujours mortelles, Simon.

— Subitement ?

— Parfois. Il leur reste souvent très peu de plaquettes sanguines et ils peuvent faire une grosse hémorragie. (Joanna leva les mains.) Ça me semble de la routine. Pourquoi ne pas laisser ça à un autre médecin ?

— Parce que la famille de la fille vous a spécialement demandée. Voyez-vous, son père dirige un cabinet d'avocats renommés à Los Angeles. Il s'occupe des intérêts de la famille Rhodes. Et c'est Mortimer Rhodes qui vous a recommandée à la famille.

Joanna repensa à Mortimer Rhodes, qu'elle n'avait pas revu depuis des années. Le vieux, pétrolier et gros propriétaire foncier, était multimillionnaire et bénéficiait de puissants appuis politiques. Sa petite fille avait été victime d'un tueur en série que Joanna avait aidé à traquer. En gage de reconnaissance, Rhodes avait fondé et généreusement financé le laboratoire Karen-Rhodes de médecine légale au Memorial.

— D'accord, je m'en occupe. Faites porter son dossier médical sur mon bureau, que je le regarde.

— Y'a pas vraiment de dossier. Elle est morte subitement, trente minutes après son admission. Les médecins n'ont pas eu le temps de l'examiner.

— Où est son suivi médical ?

— Chez son médecin personnel, j'imagine. Je vais me renseigner. (Murdock sortit une enveloppe de sa poche et nota rapidement quelque chose dessus.) Je vous serais reconnaissant de me téléphoner dès que vous aurez fini l'examen *post mortem.*

— Pas avant demain soir.

— C'est bon, remercia Murdock. Maintenant, il vaut mieux que je vous laisse travailler.

Joanna le regarda partir et regretta immédiatement de ne pas avoir insisté pour qu'un autre médecin pratique l'autopsie. Une mort par leucémie ne relevait pas de la médecine légale. N'importe quel membre de l'équipe aurait pu faire l'examen *post mortem* et elle aurait juste vérifié. Eh merde ! Pourquoi ne pas avoir insisté ? Elle avait déjà beaucoup de retard, et les choses ne s'arrangeaient pas. Par ailleurs, elle voulait consacrer du temps à l'homme sans visage et sans doigts.

Son regard fut attiré par le négatoscope. La radio montrait une tête de profil, les os antérieurs pulvérisés au point d'être méconnaissables. Toutefois, le menton était en partie intact. L'une des arcades sourcilières conservait un semblant de forme originelle. Quel instrument avait été utilisé pour écraser le visage de l'homme ? se demanda-t-elle. Et pourquoi ? Pourquoi le tueur tenait-il tellement à ce que la victime ne puisse pas être identifiée ?

Joanna s'étira, faisant craquer ses vertèbres. Elle contempla la salle, l'activité autour de chaque table, les conversations rendues inaudibles par le bruit de fraise. Jetant un coup d'œil à ses gants, elle aperçut un petit trou dans l'un d'eux. Jurant en sourdine, elle retira ses gants de latex et inspecta ses mains pour voir s'il n'y avait pas d'égratignures ou de taches de sang. Satisfaite de n'en voir aucune, elle attrapa une nouvelle paire de gants et retourna à la table.

Emily Ryan leva les yeux à l'approche de Joanna, puis reprit l'examen du cadavre. Partie des pieds, elle remontait lentement. Les jambes et les cuisses ne présentaient rien de particulier, les fesses non plus, à part un petit papillon tatoué. Le tronc était bronzé, avec une petite cicatrice d'appendicectomie ancienne. Emily ne réexamina pas le visage. Une fois suffisait largement. Elle recula en se demandant ce qu'elle n'avait pas su voir. Blalock avait dit que quelque chose révélait où se trouvait le cadavre le jour de sa mort. Le tatouage ? La peau bronzée ? Non, c'était sûrement autre chose.

— Qu'avez-vous trouvé ? dit Joanna.

— Plus de visage et les doigts coupés. Celui qui l'a tué ne voulait pas qu'on connaisse l'identité de la victime.

Joanna regarda la tête du cadavre, se demandant encore quel type d'arme avait servi.

— Pas d'autre indice ?

— Pas vraiment. Il est bien bronzé et il a un petit papillon tatoué sur le cul.

— Bien, approuva Joanna. Vous en avez trouvé deux sur trois.

— Quel est le troisième ?

— Le plus important. Il révèle où il était le jour de sa mort.

— Pouvez-vous m'aider ?

Joanna regarda la pendule. Elle faisait cours dans une heure. Pas le temps de déjeuner.

— Reprenons à partir du début. Où a-t-on trouvé le corps ?

— A peine enterré, dans la forêt domaniale de Los Angeles.

Joanna prit la loupe et se pencha sur les pieds du cadavre, examinant soigneusement les ongles et entre les orteils. Elle saisit quelques grains de sable et les roula entre ses doigts.

— Du sable. Du sable blanc. Il y a du sable blanc dans la forêt ?

— Non, répliqua Emily.

— Alors... ? dit Joanna, laissant traîner sa voix.

Emily plissa les yeux et se concentra.

— Du sable blanc, répéta Joanna.

— La plage ! lâcha Emily.

— Exactement, dit Joanna. La plage. Maintenant, dites-moi quelle plage.

Emily en resta bouche bée. Elle fixait le vide, remuant les lèvres, comme si elle avait la réponse sur le bout de la langue.

— Il y a plein de plages à Los Angeles, continua Joanna, et la composition chimique du sable varie d'une plage à l'autre. Par exemple à Huntington Plage, le sable est imbibé de pétrole. Mais pas le sable de la plage de Will-Rogers.

— Donc l'analyse du sable nous dira d'où il venait, dit Emily, et nous saurons peut-être où il habitait.

— Précisément. Maintenant, reliez le sable au tatouage. (Joanna attendait patiemment que l'interne trouve la réponse. Elle regarda encore la pendule et laissa passer trente secondes avant de donner l'indice suivant :) Où les jeunes vont-ils se faire tatouer ?

Silence.

— Quelle est la plage où il y a le plus de tatoueurs ?

— Celle de Venice à Santa Monica, répliqua Emily.

— Bon. Je suis prête à parier que le sable entre les orteils vient de Venice ou d'à côté.

Emily acquiesça, se disant qu'il était facile de tout raccorder quand quelqu'un donnait les indices. Saloperie de sable blanc entre les orteils ! L'indice le plus important. Fallait être stupide pour le rater. Idiote ! La prochaine fois, ne rien laisser passer... comme Joanna Blalock.

— Quel âge avait ce type d'après vous ? demanda Joanna, interrompant les pensées d'Emily.

— C'est difficile à dire, mettons entre vingt-cinq et trente ans.

— Pouvez-vous être plus précise ?

Emily haussa les épaules.

— Sans visage, comment savoir ?

— Regardez sa peau, ordonna Joanna. Contrôlez son élasticité. Cherchez les plis et les fissures qui indiquent l'âge.

— Mais il n'a plus de visage !

Joanna désigna le cou et le torse du cadavre :

— La peau est-elle flasque ou tendue ?

Emily pinça la peau du cou.

— Pas très ferme, et je vois quelques premières rides. Je lui donne la trentaine...

— Et toutes ces taches de rousseur sur les épaules et sur le dos ?

— Fréquente exposition au soleil.

— Bien, dit Joanna. Donc il est jeune, entre trente et trente-cinq ans, cheveux brun clair, vivant près de la plage, un papillon tatoué sur une fesse...

— C'est pas terrible, tout ça, dit Emily avec un profond soupir. Si seulement on avait le visage ou au moins une partie...

— On l'aura, dit Joanna.

— Quoi ! ? (Emily la regardait, incrédule.) Vous espérez retrouver un visage à partir de cette bouillie ?

— Oui.

— Comment ?

— Je vais reconstruire son visage.

— Vous n'y arriverez pas.

Joanna saisit un fragment d'os facial et le leva vers la lumière. Un bout de l'arc zygomatique, lui sembla-t-il.

— Comment allez-vous vous y prendre ? demanda doucement Emily.

— Vous verrez.

3

Jake Sinclair n'en croyait pas ses oreilles. Il tira sur sa cigarette avant de parler à nouveau.

— Tu veux dire que tu es en rogne parce que je ne t'ai pas emmenée en Grèce pour les funérailles de mon ex-femme ?

— Tu aurais pu me le proposer, fit Joanna à l'autre bout du fil.

— Te proposer quoi ? gueula Jake. De venir aux funérailles d'une femme que tu n'as jamais connue ? Tu aurais été une étrangère pour la famille d'Eleni, une parfaite étrangère...

— Ce n'est pas la question, dit Joanna.

Sa voix était cristalline malgré les dix mille kilomètres qui les séparaient.

— C'est quoi, la question ?

— Que tu m'aies tenue à l'écart en ne pensant qu'à toi. T'est-il venu à l'esprit que j'aimerais peut-être aller avec toi en Grèce ?

— Doux Jésus, grogna Jake.

Il y eut un long silence embarrassé. La ligne grésilla un instant.

— On en reparlera à ton retour, dit Joanna calmement. Sois prudent.

Jake entendit le déclic du téléphone, puis la tonalité. Il écrasa sa cigarette et ressentit le besoin de la rappeler pour s'expliquer avec elle. Ah ! les femmes ! Qui diable pourrait les comprendre ? Il prit le téléphone et rappela Joanna à Los Angeles. Sa ligne était maintenant occupée. *Eh merde !* Jake se leva et prévint le barman pour qu'il rappelle l'opératrice et ajoute le prix de la communication sur sa note.

Il se trouvait dans une taverne du Pirée, dans le nord d'Athènes. La salle était pleine et bruyante, remplie de fumée de cigarettes. Il fit signe au serveur pour qu'il remette ça et retourna s'asseoir à une table d'angle, face à Théo Papadakis, le mari de la sœur aînée d'Eleni.

— Tout va bien ? demanda Théo en scrutant le visage de Jake.

— Rien ne va, ronchonna Jake.

Théo approuva.

— C'est toujours tragique quand disparaît une personne aussi jeune et belle qu'Eleni.

— Tout ça parce qu'un fumier d'ivrogne a brûlé un feu rouge et percuté sa voiture...

— Le conducteur sera condamné pour homicide. (Théo était un petit homme mince, la cinquantaine, avec des joues creuses et des cheveux argentés.) Il va se retrouver en prison.

— Cela ne ramènera pas Eleni, hein ?

— Non, mon ami. Sûrement pas.

Le serveur apporta les boissons. Jake versa son ouzo dans l'eau et la regarda se troubler, ses pensées le ramenant au service funèbre d'Eleni, auquel il venait d'assister. Une petite chapelle remplie de gens vêtus de noir. Devant l'autel le cercueil fermé, fermé parce que la voiture d'Eleni avait été percutée de travers par un taxi roulant à quatre-vingt-dix à l'heure. Elle n'avait pas mis sa ceinture de sécurité et avait été éjectée. Son visage et sa tête étaient très abîmés. Même ses parents n'avaient pas été autorisés à la voir.

— Vous étiez divorcés depuis combien de temps ? demanda Théo, interrompant les pensées de Jake.

— Six ans.

— Ça m'étonne que tu ne te sois pas remarié.

— Ça doit pas être mon genre.

— On finit tous mariés... quand on a trouvé l'âme sœur.

Théo observa brièvement Jake. Le policier américain était grand, bien bâti, les pommettes saillantes, des yeux bleu-gris, des cheveux châtains peignés en arrière et parsemés de gris. Une petite cicatrice au menton attirait le regard, surtout celui des femmes. La femme de Théo trouvait que ça lui donnait l'air dangereux.

— Il ne faut pas qu'une expérience malheureuse empoisonne le reste de ta vie, reprit Théo.

— Ouais, je sais, répondit Jake, tout en se disant que sa vie avait surtout été faite d'expériences malheureuses.

Il se rappelait à peine son père, un policier tué en service quand Jake était gamin. Sa mère était morte juste avant son bac. Jake avait du mal à se souvenir de son allure et du son de sa voix.

— Un homme ne doit pas rester seul, dit Théo pensivement. Il lui manque quelque chose.

Jake haussa les épaules, il s'en foutait. Il avait toujours été un solitaire, même comme flic, avec peu d'amis et pas de famille. Il s'était dit que c'était sa nature et qu'il en serait toujours ainsi. Jusqu'à sa rencontre avec Eleni, une superbe hôtesse de l'air grecque. Dieu ! Qu'elle était belle ! Grande et sensuelle, avec de grands yeux expressifs et une chevelure châtain tombant en cascade sur ses épaules. Ils s'étaient mariés et Jake avait connu le bonheur. Il se répétait que c'était trop beau pour être vrai. Bien vu. Le mariage n'avait duré que deux ans et avait été rompu lorsqu'Eleni avait fait une fausse couche et que Jake était resté introuvable. Il était en planque quelque part.

Jake était redevenu solitaire malgré lui. Et il s'était fait à nouveau une raison. Puis il avait rencontré Joanna. Une jeune infirmière du Memorial avait été assassinée et Jake avait été désigné comme enquêteur. Il lui fallait l'aide de Joanna mais il l'avait demandée à contrecœur. Au début, ils ne s'entendaient pas du tout. Il était le flic futé et coriace et elle, le médecin légiste brillant et raffiné. Il y avait eu des frictions entre eux qui avaient provoqué des étincelles. Jake se souvenait de lui avoir proposé une demi-douzaine de fois de sortir avec lui, et elle avait toujours refusé, ne voulant pas mélanger vie privée et rencontres professionnelles. Mais il avait insisté et, au cours d'un dîner dans un restaurant grec, ils étaient tombés follement amoureux l'un de l'autre. Juste comme ça. Et pendant quelque temps, Jake avait retrouvé le bonheur. Mais un fossé se creusait à nouveau, et Jake sentait qu'il allait retourner à sa solitude. Tout ça parce que Joanna ne l'avait pas accompagné en Grèce. Bon Dieu ! Elle n'avait rien à y faire. Rien du tout.

— Il va falloir partir.

Théo regarda sa montre. Le service funèbre à l'église avait eu lieu le matin. La famille proche était maintenant avec le prêtre. Ensuite, l'enterrement d'Eleni aurait lieu dans un petit cimetière juste au nord du Pirée.

— On a le temps de remettre ça ?

— En vitesse. (Théo fit signe au serveur, puis se renversa sur sa chaise, se balançant doucement.) J'espère ne pas me trouver à côté de ce gros porc de mari d'Eleni dans le cortège funèbre...

— C'est un vrai trou-du-cul, non ?

— Pire, cracha Théo. Tu l'as vu à l'église ce matin, pleurant et gémissant comme une bonne femme ? Dégoûtant.

— Il devait souffrir.

— On souffre tous. Peut-être plus que ce gros crétin d'Américain. Excuse-moi.

— Y'a pas de mal.

— Et sa façon de se jeter sur le cercueil et de l'embrasser... (Théo fit un geste de dédain.) Savais-tu que leur mariage était devenu un enfer et qu'Eleni était sur le point de demander le divorce ?

Jake secoua la tête.

— Qui t'a dit ça ?

— Eleni l'a dit à ma femme, la veille de sa mort. Il paraît que son mari était devenu un sacré fils de pute, arrogant et mesquin, et qu'il avait deux maîtresses avec qui il s'affichait en toute occasion...

— Bon Dieu, dit doucement Jake, se demandant si le bonheur existait en ce bas monde.

Le serveur apporta des doubles cognacs. Les deux hommes les avalèrent d'un trait et se levèrent.

— Et Eleni a dit autre chose à ma femme.

— Quoi ?

Théo hésita.

— Ma femme m'a dit ça sous le sceau du secret. Donne-moi ta parole que...

— Tu l'as. Qu'a dit Eleni ?

— Qu'elle t'aimait toujours.

4

Joanna toucha le clavier et l'image d'une jeune femme apparut sur l'écran du moniteur. Elle était très belle, le visage fin, les pommettes saillantes et des yeux de biche. Elle avait des cheveux châtains coupés court, une peau lisse. Joanna appuya sur une autre touche et l'ordinateur commença à peler les chairs par tranches d'un côté du visage. La peau et les muscles furent dépouillés jusqu'à l'os. Maintenant, le visage de la femme était mi-squelette, mi-beauté.

Joanna leva les yeux vers Scott Ballemore, chef du service de chirurgie plastique au Memorial.

— Comment simuler un écrasement de la face ?

— Léger, moyen ou sévère ? demanda Ballemore.

— Sévère.

— Tapez SEV.

Joanna tapa le code, et le côté squelette du visage explosa en fragments et esquilles. La cavité orbitale se désintégra et l'œil pendit en dehors de l'orbite. Puis se produisit une fracture comminutive de la mâchoire, l'extrémité en éclats. Des dents manquaient, d'autres étaient déplacées.

— Son visage peut être reconstitué chirurgicalement ? demanda Joanna.

— Faites REP.

Joanna contempla l'ordinateur qui triait les fragments d'os, les arrangeant et les recollant dans le bon ordre. Les bouts manquants étaient remplacés par des implants et la structure osseuse, reprofilée pour correspondre au côté intact. Muscles et peau furent remis en place. Le visage était à nouveau complet. Et splendide.

— C'est magique, dit Joanna.

— Pas vraiment, répondit Ballemore tout en bourrant sa pipe de bruyère. C'est juste un ordinateur qui nous redonne forme et contours grâce aux mesures données par la partie intacte. Rappelez-vous qu'un ordinateur ne voit rien. Il se borne à traduire des nombres en courbes.

— Donc l'ordinateur ne peut pas reconstituer le visage sans avoir en mémoire les mensurations contra-latérales...

— Exactement. Il lui faut la transposition numérique des caractéristiques du côté intact. Ou alors des photos détaillées de la partie abîmée avant l'accident... L'ordinateur peut travailler là-dessus.

Joanna soupira profondément.

— Mon sujet en bas n'a plus de visage et nous n'avons pas de photos. Je crains qu'un ordinateur ne serve pas à grand-chose.

— Peut-être que oui, peut-être que non. (Ballemore était grand, une peau de blond, les cheveux d'un blond argenté et des traits marqués.) Combien de fragments d'os faciaux avez-vous ?

— Une quarantaine.

— Des miettes ?

— Certains morceaux sont assez gros pour être reconnaissables. Un bout de menton et une partie du zygomatique, notamment.

— Combien de morceaux ont la taille d'une pièce de vingt centimes ?

— Peut-être dix.

Ballemore alluma sa pipe, créant une épaisse volute de fumée.

— Un membre de l'équipe est consultant pour une entreprise qui fabrique des prothèses en silicone de la plupart des os faciaux. Comme vous le savez, les os du visage ont des densités, des tailles et des contours différents. Le fabricant a besoin de ces mesures pour faire les implants. Ces données doivent sûrement exister dans un programme d'ordinateur.

Joanna acquiesça lentement.

— Dans ce cas, l'ordinateur pourrait me dire où vont mes dix principaux morceaux dans le visage de mon sujet.

— Mais ça ne vous donnera tout au plus qu'une partie du visage, prévint Ballemore.

— Ce sera mieux que rien.

— Laissez-moi voir si Phil est là. Son bureau est au bout du couloir, dit Ballemore en saisissant le téléphone.

Ils se trouvaient dans le bureau de Ballemore, au huitième étage du Memorial. La pièce était immense et Joanna se dit qu'auparavant elle devait en former deux. Un bureau en acajou ciré en occupait le centre et, derrière, la baie vitrée était striée de gouttes de pluie laissées par une averse du début de l'après-midi. L'un des murs était tapissé de livres. Aux autres étaient accrochées des aquarelles et des lithographies.

Il n'y avait ni diplômes, ni certificats, ni décorations. Ballemore n'avait pas besoin de publicité. C'était un plasticien connu du monde entier, et il surclassait tous ses collègues californiens. Quand quelqu'un de célèbre ou d'important avait besoin d'un ravalement esthétique, il n'allait pas voir n'importe quel chirurgien de Beverly Hills passant son temps à retendre les peaux, rafistoler les nénés et pratiquer des liposuccions. Il s'adressait à Ballemore.

Joanna se souvenait d'une actrice connue qui était tombée d'un escabeau et s'était éclaté tout le côté gauche du visage, quelques années auparavant. Quand elle était arrivée aux urgences, la chair pendouillait, la joue était en bouillie, le nez et la bouche de travers. Sa carrière cinématographique paraissait fichue. Scott Ballemore l'avait opérée pendant dix heures pour lui reconstruire le visage et, pendant qu'il y était, il avait raffermi un peu les contours du côté indemne. Elle en était sortie encore plus splendide qu'avant et rajeunie de cinq ans. Sa carrière avait redémarré de plus belle.

Joanna regarda l'écran éteint de l'ordinateur et s'y mira. Elle ne pouvait pas voir les premières ridules au coin des yeux, mais elle savait qu'elles étaient là. Rejetant la tête en arrière, elle se concentra sur son cou. C'était son principal souci. Le devant de son cou n'était plus aussi tendu et s'amollissait. C'était le premier signe de l'âge chez les femmes de sa famille. C'était arrivé à sa mère et à ses tantes, et maintenant c'était son tour. Elle leva la main et se massa doucement le cou, se demandant s'il y avait des exercices ou des crèmes pour raffermir la peau.

On frappa à la porte. Joanna leva les yeux vers le jeune chirurgien qui entrait, vêtu d'une tunique verte de bloc opératoire.

— Ah, merci d'être venu, Phil, dit Ballemore. Vous connaissez Joanna Blalock ?

— De réputation, répondit-il.

— Phil Weideman, voici Joanna Blalock, dit Ballemore.

— Enchanté, dirent-ils sans chaleur presque en même temps.

Ballemore attendit que Weideman fût assis.

— Phil, Joanna a un problème exceptionnel et nous pouvons peut-être l'aider. Elle a un cadavre qui n'a plus de visage et elle désire que nous l'aidions à reconstituer ses traits.

— Donnez-moi des détails.

Weideman contemplait ses ongles, évitant de regarder Joanna.

Joanna se tourna sur sa chaise et se racla la gorge.

— Un homme d'une trentaine d'années a été trouvé à demi-enterré. Son visage a été violemment frappé par un instrument contondant et pratiquement tous les os ont été fracturés et réduits en miettes. Plus de traits perceptibles. On ne peut pas l'identifier par ses empreintes parce qu'on lui a coupé le bout des doigts. Il faut que j'essaye de reconstituer son visage et Scott a pensé que vous pourriez peut-être m'aider...

Ballemore intervint :

— Je me suis rappelé cette société pour qui vous travaillez comme consultant, celle qui fabrique des implants faciaux. Elle doit posséder les mensurations moyennes de chaque os. Et si on prenait les mesures de tous les plus gros fragments d'os faciaux du cadavre de Joanna... peut-être, je dis bien peut-être, que l'ordinateur pourrait par comparaison nous dire où ils vont...

Weideman pianotait doucement sur le bras du fauteuil, pensif, se demandant s'il était prêt à s'impliquer. Cela lui prendrait beaucoup de temps. Il jeta un regard à Joanna, l'observant brièvement. Elle était plus jolie qu'on ne le lui avait dit. Bien plus jolie. Elle avait beaucoup de fraîcheur, tout à fait son genre. Son regard se porta sur ses jambes fines et la ligne de ses cuisses sous sa tunique.

— Les os sont-ils écrasés ou pulvérisés ?

— Plutôt écrasés en petits morceaux, répliqua Joanna. Dix sont utilisables. Le reste n'est que fragments et éclats.

— Est-ce que vous y avez touché ? demanda Weideman.

— Quelques grosses pièces étaient détachées, si bien que je les ai retirées. Mais j'ai pris de multiples mesures, des radios et des photos montrant leur exacte position.

Weideman approuva de la tête. Elle était adroite et minutieuse. On le lui avait dit.

— Je vais demander aux gens de Medical Products & Instruments si on peut se servir de leurs données. S'ils sont d'accord, vous devrez signer un papier vous interdisant de transférer ou copier leur banque de données. Et il vous sera interdit d'en faire un exposé dans des congrès scientifiques ou de les publier sans leur autorisation.

— Ce n'est pas un problème. Mais souvenez-vous qu'il s'agit d'une affaire criminelle qui peut passer devant le tribunal. Dans ce cas, une grande partie de l'information deviendra publique.

Weideman n'y avait pas pensé, mais ça ne le dérangeait pas. Ce serait une bonne publicité pour MPI. Et la plupart des méthodes et des techniques étaient déjà protégées légalement.

— Je les appelle aujourd'hui et s'ils sont d'accord pour qu'on utilise leurs données, je descendrai vous voir demain pour jeter un coup d'œil sur votre cadavre.

Weideman se leva et Joanna fit de même. Il lui tendit la main, qu'elle serra franchement. Il était grand et mince avec une chevelure châtain ébouriffée, un visage carré et anguleux et des yeux si bleus qu'ils rappelaient à Joanna la mer de Cortez. Elle trouvait qu'il avait plus l'air d'un cow-boy que d'un médecin.

— Merci pour votre aide, dit-elle.

— Je n'ai encore rien fait, dit Weideman.

Joanna salua Ballemore de la main et sortit. Comme elle fermait la porte, elle entendit les deux hommes parler à mi-voix.

Joanna s'éloigna, se disant qu'elle avait déjà vu Phil Weideman quelque part. Il y avait très, très longtemps. Pendant un moment, elle n'arriva pas à fixer son souvenir. Puis ça lui revint et elle se sourit à elle-même. Il ressemblait à Mark Elliot, une des stars de l'équipe de football, avec qui elle était sortie quand elle était en seconde année à l'université du Colorado. Une aventure qui lui avait brisé le cœur. Ça faisait combien de temps ? Au moins vingt ans. Mon Dieu ! Comme le temps passe.

Joanna se précipita dans l'ascenseur juste derrière un groupe d'internes. Ils la saluèrent avec respect et continuèrent leur discussion à propos d'un patient atteint d'hémochromatose. Joanna leur jeta un coup d'œil. Deux garçons et deux filles, qu'on aurait pu prendre pour de joyeux étudiants. Autre signe de l'âge, se dit-elle avec tristesse, quand la jeunesse paraît trop jeune.

Joanna décrocha du bavardage des internes et concentra son esprit sur le cadavre sans faciès. Il ne restait que des fragments de son visage, mais elle commençait à se faire une vague idée de ce à quoi il avait ressemblé. Ses cheveux étaient châtain clair, presque blonds aux endroits probablement décolorés par le soleil. Elle savait qu'il avait les yeux marron foncé parce qu'elle avait retrouvé l'iris d'un œil encastré dans l'arête supraorbitale. Et le haut de son front semblait large tandis que le bout de menton que Joanna avait découvert était étroit. Un visage triangulaire, pensa-t-elle, avec des cheveux châtains et des yeux marron. C'était peu. Mais pour un début...

Joanna sortit de l'ascenseur et emprunta le couloir du niveau B, se rappelant une autre particularité de l'homme sans visage. Bien que la mâchoire ait été bousillée, il restait une dizaine de dents encore en place, certaines plombées. Elle se demanda si elle devait prendre des radios des dents et les envoyer pour identification éventuelle à tous les dentistes installés près des plages du district de Los Angeles. Un travail de longue haleine, se dit-elle. De très longue haleine. Beaucoup de temps et d'efforts probablement inutiles. Mais elle pourrait aussi avoir de la chance.

Joanna rejoignit son bureau et commença par se débarrasser de sa longue blouse blanche.

— Lucy O'Hara est prête et on peut commencer, dit Virginia Hand, une secrétaire entre deux âges avec des cheveux blonds frisés et des lunettes à la mode. Et Harry Crowe gueule parce que Lucy passe en premier....

— Tant pis, fit Joanna avec indifférence.

— Et la police voudrait que vous voyiez un cas de suicide présumé dans le quartier de Wilshire-Centre.

— Pas question. Trop de travail. Qu'ils trouvent quelqu'un d'autre.

Joanna ouvrit une armoire et prit une barre chocolatée. Son estomac gargouilla pendant qu'elle retirait le papier.

— C'est votre déjeuner ?

— C'est ça.

— Très nourrissant...

— C'est mieux que rien du tout. (Joanna mastiquait les noisettes enrobées de chocolat à la noix de coco.) Quoi d'autre ?

— Rien d'urgent sauf... (la voix de la secrétaire traîna tandis qu'elle feuilletait les messages) un coup de fil du lieutenant Jake Sinclair depuis Athènes.

Joanna s'arrêta de mastiquer.

— Quand a-t-il appelé ?

— Il y a une demi-heure à peu près. Il vous fait dire qu'il va bien et qu'il rentre la semaine prochaine.

— Il a laissé un numéro ?

— Non. Il a dit que ce n'était pas la peine de le rappeler.

L'image de Jake Sinclair s'imprima dans l'esprit de Joanna. Elle se souvenait de la détresse sur le visage de Jake quand il avait appris au téléphone la mort d'Eleni. Elle ne l'avait jamais vu comme ça. Il avait retenu son billet d'avion, s'était habillé et avait quitté l'appartement de Joanna sans pratiquement un mot, plongé dans le souvenir d'un amour perdu, mort maintenant. Tout à coup, une ex-épouse décédée passait avant tout le reste dans l'esprit de Jake. Ce qui affectait le plus Joanna, c'était qu'il l'ait tenue en dehors de ça et n'ait pas fait plus attention à elle. Ça faisait mal. Vraiment mal.

— Je peux le rappeler, dit la secrétaire, interrompant les pensées de Joanna.

— Vous m'avez dit qu'il n'a pas laissé son numéro.

— Les flics laissent toujours un numéro où on

peut les joindre. En cherchant un peu, je parie que j'arriverai à le trouver.

— On verra ça plus tard.

Joanna sortit et suivit le couloir, pensant encore à Jake. Depuis quand étaient-ils ensemble ? Trois ou quatre ans. Avec des jours sans, mais pas souvent. Tantôt bien, tantôt mal, plutôt bien. Depuis un an carrément bien. Du moins le croyait-elle jusqu'à ce qu'il lui tourne le dos et s'envole vers la Grèce pour enterrer une ex. Bon Dieu ! Comment se fier à un homme pareil ?

Joanna se demanda si leurs relations n'avaient pas suivi leur cours naturel. Elle s'était toujours dit qu'il arrive un jour où un couple se marie ou se sépare. Elle et Jake en étaient là. Il fallait peut-être prendre une décision.

Plus facile à dire qu'à faire. Jake l'attirait toujours et elle aimait sa compagnie. Il était solide et intelligent, avec des côtés bourrus qu'il ne cherchait pas à cacher. Pas de surprises. Et elle se sentait bien avec lui. L'idée de se remettre en chasse la rebutait. Mais ce serait quand même mieux que de poursuivre une relation où elle serait en perpétuelle concurrence avec un fantôme.

Elle croisa un groupe d'internes en chirurgie, tous beaux garçons. Le Memorial était plein d'hommes séduisants. Comme Phil Weideman. Fichtre, il était bel homme... avec des yeux si bleus qu'ils semblaient irréels. Une femme pouvait s'y perdre. Joanna esquissa un sourire. Elle se demandait si Weideman était ce qu'il paraissait. Cosmopolite, sûr de lui, intelligent, cultivé... tout ce qu'elle aimait chez un homme.

Jake revint un instant dans les pensées de Joanna et elle éprouva un sentiment de culpabilité. Vite repoussé. C'est lui qui était parti en Grèce, se souciant d'elle, ou de ce qu'elle pouvait éprouver, comme d'une guigne. Même lorsqu'il l'avait appelée de là-bas, il n'avait parlé que d'Eleni et de lui-même.

Joanna décida de ne prendre aucune décision définitive qu'ils n'en aient discuté à son retour. Mais quelque chose entre eux était cassé et Joanna savait que rien ne serait plus jamais comme avant.

Elle s'arrêta à la borne-fontaine et but quelques gorgées. Rappeler Jake ? Non, mieux valait attendre. Rien ne pouvait se régler par téléphone. Sa pensée revint à Phil Weideman et ses yeux bleus. Elle se demanda s'il était marié.

Joanna prit une dernière gorgée d'eau, fit le vide dans sa tête et franchit les portes battantes ouvrant sur la morgue. Elle mit un tablier blanc en plastique et saisit une paire de gants en latex, puis parcourut les lieux du regard. On aurait dit une séquence de *M.A.S.H.*, sauf que les patients étaient tous morts et que les vivants étaient des médecins légistes et non des chirurgiens.

Toutes les tables en inox étaient occupées. Les pathologistes disséquaient les corps le plus vite possible, sachant qu'ils ne pourraient jamais faire face au rythme des arrivées en provenance de la morgue du district. Dans la plupart des cas, la cause de la mort était évidente... naturelle, par balle, par coup de couteau. Mais la majorité des pathologistes pratiquant les autopsies n'étaient pas habitués à la médecine légale. Joanna ne put s'empêcher d'imaginer le nombre d'erreurs qu'ils allaient commettre.

Son regard se porta vers le fond de la salle où Emily Ryan se tenait appuyée contre le mur, bras croisés. Joanna s'approcha d'elle. Emily quitta son mur.

— Tout est prêt ? demanda Joanna.

— Presque, dit Emily, faisant un geste de la tête. Harry attend que vous lui disiez d'ouvrir le crâne.

Joanna se tourna vers Harry Crowe, le préposé de la morgue, le gardien des cadavres. C'était un homme petit et râblé, la cinquantaine bien sonnée, à moitié chauve, avec une tête ronde et des yeux en billes de loto. Ils échangèrent un regard froid en hochant à peine la tête.

Joanna contempla le corps de Lucy O'Hara. Sa peau était d'une sinistre couleur vert-de-gris sous les néons, et sa chevelure blonde et soyeuse paraissait plus claire qu'elle n'avait dû l'être de son vivant. Joanna se pencha pour examiner le cuir chevelu de la jeune fille. Ni coupures, ni bosses, ni écorchures, rien qui indique un quelconque traumatisme. Ses cheveux respiraient la propreté, comme s'ils venaient d'être lavés. Ses lèvres et sa peau étaient parsemées de pétéchies. De petites hémorragies dues à une carence en plaquettes sanguines.

Joanna fit signe à Harry Crowe :

— Ouvrez-lui le crâne.

Harry s'approcha lentement, prit un scalpel, souleva la tête de la morte et fit adroitement une incision dans le cuir chevelu. Passant les doigts entre le cuir et l'os, il fit glisser la peau vers l'avant en la détachant de l'os, découvrant le crâne.

— C'est pas bon, grogna Harry à haute voix, c'est pas bon de faire des autopsies sans respecter l'ordre. Ça chamboule le planning. Il faut qu'on respecte les délais, vous comprenez.

— Bon, c'est une exception, répondit calmement Joanna.

— Pourquoi ? cracha Harry. Parce qu'elle est riche et que son père est un grand avocat ?

Joanna plissa les yeux : il était encore plus détestable que d'habitude.

— Ouvrez la tête, s'il vous plaît, Harry.

Harry prit une scie électrique, l'essaya, puis l'arrêta. Il passa le doigt sur le fil de la lame, comme pour s'assurer qu'elle était affûtée, perdant sciemment du temps pour irriter Joanna.

Emily les observait, s'amusant de la tension qui régnait entre eux. Harry Crowe était au Memorial depuis trente ans et avait l'habitude d'agir à sa guise sans en référer à quiconque. Mais il se méfiait de

Joanna. Elle ne supportait pas sa grossièreté et son arrogance. Et quand il « poussait un peu loin le bouchon », elle le rembarrait. Sèchement.

Harry remit la scie en route et découpa soigneusement le crâne de Lucy O'Hara. Sa tâche accomplie, il enroula tranquillement le fil électrique et s'en alla.

— Assez perdu de temps, s'impatienta Joanna. Etes-vous prête, Emily ?

— Oui.

— Résumez-moi le cas.

— Lucy O'Hara était une étudiante en droit de vingt-quatre ans avec une leucémie myéloblastique aiguë que la chimiothérapie n'arrivait plus à enrayer. Elle a été admise au Memorial pour une greffe de moelle osseuse. Trente minutes après son entrée, on l'a retrouvée morte dans son lit.

— Avait-elle une infection ou un saignement au moment de son admission ?

— Non. Et sa tension était normale.

Le regard de Joanna se posa sur le bras du cadavre et les marques d'intraveineuses dans le creux du coude. Elles dataient d'au moins une semaine. Elle palpa doucement la région, cherchant des thromboses dans les veines. Aucune. Mort subite d'une jeune leucémique, se dit-elle. Sepsie ou hémorragie étaient de loin les causes les plus plausibles, mais un leucémique peut mourir rapidement de plein d'autres choses, comme tout le monde.

Joanna regarda Emily.

— J'imagine que vous l'avez examinée.

— Oui.

— Quelles constatations ?

Emily haussa les épaules.

— Aucune.

Joanna marqua sa désapprobation :

— Il y a toujours des constatations à faire sur un cadavre.

— Laissez-moi reformuler ma phrase, reprit vivement Emily. Aucune constatation pouvant expliquer sa mort.

— Bon, voyons cela.

Joanna prit sa loupe et commença à examiner les orteils et les pieds de Lucy O'Hara. Il y avait des callosités ici et là et un oignon provoqué par des souliers pointus. Des pétéchies autour des chevilles, séquelles prévisibles. Les hémorragies sous-cutanées apparaissent surtout aux extrémités. Les cuisses et l'aine étaient intactes. Joanna remarqua la petite incision abdominale et palpa l'appareil métallique implanté sous l'épiderme.

— Une pompe à morphine ? demanda Joanna.

— Exact.

— Mais encore ?

Emily prit une fiche.

— J'ai appelé son médecin à « Santé d'abord », le docteur Amanda Black. La pompe a été insérée il y a plusieurs mois à cause des douleurs osseuses. Elle peut contenir dix doses de sulfate de morphine... huit milligrammes par dose. La pompe se remplit de l'extérieur et la patiente peut la manipuler facilement toute seule.

— Donc elle ne pouvait s'injecter que huit milligrammes à la fois ?

— Correct.

Pas vraiment une dose mortelle. Joanna prit un scalpel et incisa la peau. Elle retira la pompe et l'examina. Elle était noire et ronde, à peu près de la taille d'un poudrier. Joanna la força et étudia la contenance du petit réservoir en plastique blanc.

— Il est encore à moitié plein, donc le maximum qu'elle ait pu s'injecter avant sa mort est quarante milligrammes.

— Assez pour endormir, insuffisant pour tuer.

— A condition que ce soit bien du sulfate de morphine.

Emily ouvrit de grands yeux.

— Vous pensez qu'elle a pu se suicider ?

— Je ne pense rien. Mais je n'exclus pas non plus cette hypothèse. On va analyser le contenu du réservoir et on aura la réponse.

Joanna examina méthodiquement la poitrine, le cou et la tête du cadavre et ne trouva que quelques pétéchies et une petite hémorragie dans la voûte du palais. Rien d'autre. Rien qui puisse provoquer la mort. Joanna recula d'un pas.

— Ouvrons-la.

Elle regarda Emily pratiquer une longue incision du sternum au pubis. Elle écarta la peau et les muscles et dégagea l'abdomen. Joanna recula encore et contempla l'ensemble du corps, persuadée d'avoir négligé quelque chose. Une chose simple. Mais quoi ? Pas aux orteils, ni aux pieds, ni aux chevilles, ni aux cuisses, ni au pubis. Ni aux bras, où elle avait observé les marques de piqûres intraveineuses... bien nettes, sans traces ni veines thrombosées, rien qui puisse indiquer qu'elle s'injectait de la drogue. Elle avait aussi examiné la pompe, et allait faire faire une analyse approfondie de son contenu.

Emily demanda :

— Où en est-on avec l'homme sans visage ?

— Pas fameux, dit distraitement Joanna.

— J'aimerais vraiment suivre ça avec vous.

Joanna acquiesça et se rapprocha de la table. Elle fouilla la cavité abdominale de Lucy O'Hara et commença à étudier les viscères, se concentrant sur la recherche d'indices pouvant expliquer la mort subite de la jeune fille.

Et toujours cette impression d'avoir négligé quelque chose d'important.

5

— Sally Wheaton, fit une voix dans le haut-parleur. Sally n'entendit pas l'appel de son nom. Elle était perdue dans ses pensées, se rappelant l'époque où le monde était plus beau. Quand les gamins n'emportaient pas d'armes à feu à l'école. Quand on n'avait pas besoin de se barricader la nuit. Quand ses grands enfants étaient encore à la maison et son mari encore en vie. Avant son cancer du sein. Une éternité, ou presque.

— Sally Wheaton !

Sally reprit ses esprits et se hissa debout. Elle traversa lentement la salle d'attente des consultations externes, passant devant des rangées de femmes assises sur des chaises inconfortables couvertes de moleskine. Aucun bavardage, aucun rire dans ce service du Memorial Hospital où l'on soignait les cas avancés de cancers du sein.

Sally donna son nom à la réceptionniste. Celle-ci ne leva même pas la tête Elle prit un gros dossier, le tendit à quelqu'un que Sally ne pouvait voir et le dossier disparut. La réceptionniste pointa son pouce vers la gauche.

Sally pénétra dans le service. Une jeune élève infirmière qui sentait encore l'eau oxygénée pesa Sally et commenta :

— Bon, au moins vous ne perdez pas de poids.

Puis elle lui prit la température, le pouls et la tension. Elle s'y reprit à deux fois pour la tension. La deuxième fois, elle fronça les sourcils en signe d'étonnement.

— Qu'est-ce qui arrive aujourd'hui à ma tension ? demanda Sally.

— Vous le demanderez au docteur, répondit l'élève infirmière.

Mais je vous le demande à vous ! eut envie de crier Sally. Et vous devriez être capable de me parler de ma tension parce que ce n'est pas un secret d'Etat et que tout le monde s'en fout sauf moi. En plus, vos cheveux puent, fut tentée d'ajouter Sally, et vous ne savez pas vous occuper des patients parce que vous êtes à la fois jeune et stupide. Elle contrôla sa colère et ses mots parce qu'elle avait été éduquée ainsi. Les bonnes manières.

On emmena Sally dans une salle d'examen et on lui dit de se mettre en petite culotte et d'enfiler une robe en papier. Elle attendit que la porte soit refermée, puis se déshabilla lentement, pliant soigneusement son pull et sa jupe sur le dos d'une chaise. Autant la salle d'attente semblait surchauffée, autant la salle d'examen paraissait froide et Sally eut la chair de poule en retirant son soutien-gorge. Elle se regarda dans la glace au-dessus du lavabo et s'étudia rapidement tout en se frottant les épaules pour se réchauffer un peu.

Pas mal pour soixante-quatre ans, se dit-elle, mais quand même pas terrible. Elle avait beaucoup vieilli depuis quatre ans. Elle avait plein de rides autour des yeux et de la bouche, et elles étaient plus marquées qu'avant. Elle avait un visage mince aux traits doux et des yeux bleu pâle qui pétillaient encore. Mais ses cheveux étaient complètement gris et paraissaient blancs dans la lumière. Elle contempla ses seins et vit la cicatrice à l'endroit où on avait retiré la grosseur. Elle se palpa, à la recherche de nodules ou d'une induration, mais il n'y avait rien. Pas de métastase à l'endroit de l'incision. Aucune.

Mais plein ailleurs. Dans le foie et les poumons. Pas dans le cerveau... pour l'instant, Dieu merci.

Sally mit la robe en papier, qui s'enroula immédiatement sur le côté, découvrant sa cuisse jusqu'à la taille. Pourquoi diable ne sont-elles pas en tissu comme avant ? se demanda-t-elle. Pourquoi faut-il que tout soit fragile et jetable ? Le papier est fait pour écrire, pas pour s'habiller. Elle avait encore froid et se couvrit les épaules avec son pull en cachemire. Un cadeau de Jack, son mari, mort depuis bientôt quatre ans. Mon Dieu ! Quatre ans ! Ça semblait une éternité. Elle revit Jack en pensée et essaya de se souvenir du son de sa voix, de son toucher. Son souvenir s'était estompé.

Sally Wheaton pouvait diviser sa vie en périodes de trente ans. Les trente premières années avaient été banales et sans intérêt. Née et élevée dans la banlieue de Bloomington, Indiana, milieu bourgeois. Elle était allée à l'université de l'Indiana et s'était fait dépuceler par un garçon nommé Bill qui ahanait, soufflait, gémissait et grognait. Elle n'avait pas ressenti grand-chose. Elle s'était demandé pourquoi tout le monde se montait un tel cirque à propos du sexe.

Elle avait obtenu une licence d'enseignement et suivi sa meilleure amie en Californie. Ça n'avait pas changé grand-chose. La vie était toujours aussi monotone et peu excitante, sauf qu'elle était en Californie et non plus dans l'Indiana. Quand l'amie s'était mariée, Sally s'était retrouvée seule et cela avait été pire. Elle avait sérieusement envisagé de revenir en Indiana, pour être près de sa famille. Mais elle avait rencontré Jack Wheaton, un ingénieur en aéronautique élégant et gai, et la vie était devenue merveilleuse. Elle s'était mariée à trente ans et les trente années suivantes avaient été paradisiaques. Enfants. Voyages. Amour. Sapristi, qu'il faisait bien l'amour ! Les enfants avaient grandi étaient partis et s'étaient mariés. Jack avait réussi une brillante carrière chez Rocketdyne. Il avait fait débarquer des hommes sur la Lune et envoyé des vaisseaux spatiaux vers Mars et Vénus avant de prendre sa retraite comme vice-président.

Il lui promettait qu'ils allaient commencer la meilleure période de leur vie. Et elle l'avait cru. S'il avait si bien réussi à la rendre heureuse pendant les trente dernières années, il pourrait sûrement en faire autant pendant les trente années à venir. Ils étaient partis aux Bermudes. Leur dernier jour ensemble avait été épatant. Une belle journée de ciel bleu et de soleil, elle s'en souvenait. Ils s'étaient baignés le matin, avaient fait du vélo l'après-midi, et l'amour longuement en revenant. Juste avant le dîner, Jack avait été pris de nausées. Probablement une indigestion. Peut-être la soupe aux fruits de mer. Sally était allée à la piscine et avait pris un Coca au distributeur pour remettre Jack d'aplomb. A son retour, il était parfaitement immobile sur le lit, les yeux fixés vers la lampe. Il était mort. Une crise cardiaque. Les trente années de bonheur de Sally venaient brusquement de prendre fin.

On frappa à la porte. Sally leva les yeux et une équipe de médecins entra. Le médecin-chef portait une blouse blanche avec une petite tache de sang sur le revers. Il était petit, visage rond, cheveux blonds bouclés et lunettes cerclées de métal. Il semblait si jeune. Sally n'arrivait pas à croire qu'il ait plus de vingt-cinq ans.

— Madame Wheaton ? Je suis le docteur Hampton, dit-il, tout en feuilletant son dossier.

Sally se racla nerveusement la gorge.

— Je suis suivie par le docteur Chandler.

— Il n'est pas là aujourd'hui, dit Hampton, le visage plongé dans le dossier. (Il n'avait toujours pas croisé son regard.) C'est pourquoi je m'occupe de vous.

— Il est malade ?

Hampton ne répondit rien. Quelque chose dans le dossier attira son attention et il le pointa du doigt.

Sally contourna la table et la robe de papier s'enroula encore. Elle soupira avec résignation, mécontente de ce changement subit de médecin mais consciente qu'elle n'y pouvait rien. Au Memorial, chacun avait en principe son docteur, tout comme à « Santé d'abord ». Seigneur, se dit-elle, ça marchait mieux avant.

Peu après la mort de Jack, elle avait été prévenue que Rocketdyne ne souscrivait plus d'assurance médicale pour ses retraités et leurs épouses. A la place, elle serait inscrite à une mutuelle. Sally avait été furieuse de ce changement, mais financièrement elle n'avait pas le choix et elle avait adhéré. Son premier contact avec « Santé d'abord » s'était très mal passé. Le médecin, le docteur Arnold Kohler, n'avait même pas l'air d'un docteur. Il était petit, basané, avec des joues creuses et des yeux étroits. Ses vêtements empestaient la fumée de cigarette et il évitait de vous regarder lorsqu'il vous parlait. Elle ne les aimait ni lui ni son bureau aux meubles vieillots avec ces plantes en pots plus mortes que vives. Après l'examen initial, Sally n'était plus retournée à « Santé d'abord ». Jusqu'à ce qu'elle découvre une grosseur dans l'un de ses seins. Le docteur Kohler ne la trouvait pas, mais Sally avait insisté pour qu'on lui fasse une mammographie, qui avait confirmé la présence du kyste. Le cancer du sein de Sally avait été traité sans ménagements et, quand la tumeur était devenue résistante à la chimiothérapie, on l'avait envoyée au Memorial.

Sally était revenue voir le docteur Kohler sans enthousiasme six mois auparavant, quand elle avait commencé à avoir des évanouissements. Il ne s'en était guère soucié et lui avait dit que c'était probablement dû à l'anxiété. Comme elle traversait le vestibule de « Santé d'abord » en repartant, un malaise avait révélé une arythmie. On lui avait implanté un stimulateur cardiaque, et les évanouissements avaient cessé. Elle avait écrit à « Santé d'abord », disant qu'elle ne voulait plus du docteur Kohler et qu'elle réclamait un autre médecin traitant. « Santé d'abord » lui avait répondu qu'ils étudiaient la question.

Hampton regarda les autres par-dessus son épaule.

— Elle a des métastases dans le foie et les poumons. Son taux de phosphatases alcalines crève le plafond.

Les autres médecins approuvèrent gravement.

Hampton se retourna vers Sally.

— Avez-vous le souffle court ou mal au ventre ?

— Non. Simplement de la fatigue. Je suis tout le temps fatiguée.

— Ce n'est pas étonnant.

Hampton referma le dossier et s'adressa à celui qui paraissait le plus jeune de l'équipe médicale :

— Quelles sont les options thérapeutiques possibles pour cette femme ? Elle a déjà subi plusieurs traitements de chimiothérapie et sa tumeur est devenue résistante aux médicaments.

— A-t-on essayé l'adriamycine à forte dose ? demanda le jeune médecin.

Hampton hocha la tête.

— L'été dernier. Peu d'effet.

— Il ne reste plus qu'une autotransplantation de moelle osseuse.

— Exactement, dit Hampton en se tournant vers Sally. J'imagine que vous connaissez ce genre de greffe osseuse.

Sally hocha lentement la tête.

— Le docteur Chandler et moi en avons longuement discuté à plusieurs reprises. Je sais ce que cela implique.

— On va s'en assurer, dit Hampton, reportant son regard sur le jeune docteur. Rick, expliquez à Mme Wheaton comment on fait une autotransplantation de moelle osseuse.

Le jeune homme s'avança et se plaça entre Hampton et Sally, les yeux fixés droit devant lui, ne regardant ni l'un ni l'autre. Il se racla la gorge comme s'il allait se lancer dans un long discours.

Sally l'examina et nota que le nom inscrit sur son badge était *Richard Stone*. Il n'y avait pas « Dr » devant son nom. Un étudiant. Nom de Dieu ! Ils parlent d'une thérapie qui peut me sauver ou me tuer et ils demandent à un étudiant en médecine de me la décrire ! Elle eut envie d'attraper ses vêtements et de quitter la pièce, mais se retint avec peine.

L'étudiant en médecine s'éclaircit encore la gorge.

— La procédure d'autotransplantation de moelle osseuse comprend trois étapes. Premièrement, de la moelle osseuse est prélevée sur le patient, congelée et stockée. Deuxièmement, le patient reçoit un traitement à haute dose de chimio et de radiations. Afin d'éliminer toutes les cellules cancéreuses. Malheureusement, cela détruit également la moelle osseuse. En troisième lieu, la moelle congelée est dégelée et réintroduite dans le patient. Si bien qu'au final le patient a une moelle osseuse saine et plus de cancer.

Hampton approuva de la tête.

— Et quel est le taux de succès de cette méthode ?

L'étudiant hésita et donna un coup de pied à un objet imaginaire sur le sol.

— La patiente doit savoir, reprit Hampton. Quel est le pourcentage de survie au bout de trois ans ?

— Dix à vingt pour cent, dit froidement l'étudiant.

— En dehors de cette procédure, quelles sont ses chances ?

— Pratiquement aucune.

— Exactement. Et c'est pourquoi Mme Wheaton a décidé de subir une autotransplantation de moelle osseuse. (Hampton se tourna vers elle.) Pas de regrets ?

Sally secoua la tête, presque au ralenti.

— Je veux qu'on me fasse la transplantation.

Hampton s'approcha de la table d'examen et retira

le pull des épaules de Sally, puis fit descendre la robe de papier pour découvrir sa poitrine. Il examina rapidement le téton et son aréole, la cicatrice provoquée par l'ablation de la tumeur, et enfin l'aisselle, à la recherche de gros ganglions.

Sally regardait dans le vide, essayant d'éviter les regards des autres médecins et des étudiants. Elle détestait ce genre d'examen, et toutes ces personnes étrangères en train de lui reluquer les seins. Ce n'étaient rien d'autre que des voyeurs. Professionnels, d'accord. Mais voyeurs quand même. Ses yeux se posèrent sur l'étudiant en médecine qui venait de décrire la procédure de transplantation. Leurs regards se croisèrent un instant et il détourna le sien. Dix pour cent de chances de survie, pensait Sally, vingt pour cent au mieux. Pari bien inégal.

— Etat stationnaire, dit Hampton en remontant doucement la robe de papier sur les épaules de Sally. Une prise de sang va être nécessaire pour compléter notre évaluation.

— Encore ? dit faiblement Sally.

Ses bras ressemblaient déjà à des coussins à aiguilles.

— C'est nécessaire. (Hampton tendit le dossier à l'étudiant et s'en alla, puis se retourna.) Oh, encore une chose. Vous aviez prévu de subir la transplantation dans deux semaines, mais il se pourrait bien qu'on puisse vous la faire la semaine prochaine. La malade qui était prévue ne va pas bien du tout.

Sally hésita et serra nerveusement les mains.

— Est-ce que ça change quelque chose de la faire cette semaine-là ou l'autre ?

Hampton fit un geste qui n'engageait à rien.

— Peut-être, peut-être pas.

Sally observa ses gestes et perçut leur sens muet. Le plus tôt sera le mieux. Les choses peuvent se dégrader en une semaine. Plein de choses.

— Faisons-le dès que possible.

— Sage décision, dit Hampton en hochant fermement de la tête. L'infirmière va venir faire le prélèvement de sang.

— Vous me direz si...

— Bien sûr, dit Hampton en quittant la salle, suivi du groupe.

Le dernier, l'étudiant, ferma la porte. Sally déchira la robe de papier pour s'en débarrasser et s'habilla rapidement. Donc ça aurait probablement lieu une semaine plus tôt, se dit-elle. Il fallait qu'elle prévienne les enfants et sa meilleure amie, voie son notaire pour vérifier que tout était en ordre, trouve quelqu'un pour garder la maison et nourrir chiens et chats. Des tas de choses à faire. Mais tout serait fait. Le moins qu'on pouvait dire, c'est que Sally Wheaton était organisée. Elle pensa à nouveau à ses trente années de bonheur. Il y aurait peut-être un reliquat ? Juste un petit. C'était tout ce qu'elle demandait.

Elle entendit frapper à la porte et se retourna à l'arrivée d'une forte infirmière portant un plateau.

— Je suis Wendy Fujiama et je dois vous prendre un peu de sang.

Sally releva sa manche et tendit son bras. Elle ferma les yeux tandis que l'infirmière nettoyait le pli du coude avec de l'alcool. Elle ressentit une forte piqûre, puis une légère brûlure. Quand elle ouvrit les yeux, l'infirmière avait déjà rempli le second tube.

— Appuyez fort avec le coton, dit l'infirmière en retirant l'aiguille.

Pendant un instant, Sally se sentit un peu étourdie, comme si elle perdait l'équilibre. Elle s'agrippa au bras de l'infirmière.

— Est-ce que ça va ? demanda l'infirmière.

— Juste un peu étourdie, dit Sally, légèrement honteuse.

Une simple piqûre et tu en fais tout un plat, se dit-elle.

— Vous êtes sûre ?

— Absolument.

— Vous devriez vous allonger une minute.

— Non, non, ça ira.

Sally réussit à sourire, mais elle se sentait encore vaseuse.

Elle regarda l'infirmière sortir. Elle laissa reposer sa tête sur la table d'examen. Elle lui rafraîchit le front et ses étourdissements cessèrent un moment. Puis ils recommencèrent, et maintenant elle ressentait comme une brûlure dans la poitrine et le cou. *Mon cœur ! mon cœur ! Le pacemaker est en panne !* Vite, Sally posa le doigt sur sa carotide et prit son pouls. Régulier et fort. Soixante, peut-être soixante-dix pulsations par minute.

La brûlure s'intensifia dans sa poitrine et, tout à coup, elle eut la respiration coupée. Elle haletait, au bord de l'asphyxie. La panique l'envahit tandis qu'elle se relevait et titubait vers la porte. La pièce tournait de plus en plus vite autour d'elle et Sally perdit l'équilibre. Elle partit en avant et alla se cogner contre un petit bureau. Elle essayait désespérément d'atteindre la porte.

Sally s'entendit pousser un gémissement puis elle perdit connaissance et s'écroula sur le sol.

6

Le docteur Amanda Black montrait du doigt l'horizon.

— Quelle vue magnifique, n'est-ce pas ?

— Remarquable, dit Joanna.

Les deux femmes se trouvaient devant une immense baie vitrée au dixième étage de la tour « Santé d'abord ». Dans le lointain, Joanna apercevait le Memorial Hospital et, à l'arrière-plan, les montagnes enneigées de San Bernardino. Juste à sa gauche, elle voyait une partie de la deuxième tour de « Santé d'abord », reliée à la première par une passerelle couverte. Le ciel était bleu et le soleil se réfléchissait dans la façade de verre, la faisant étinceler comme un joyau.

— Vous voulez un café ? demanda Amanda.

Joanna acquiesça.

— Un crème, s'il vous plaît.

Elles s'éloignèrent de la baie vitrée et traversèrent la bibliothèque bien agencée, passèrent près d'une table de conférence rectangulaire entourée de fauteuils recouverts de cuir et atteignirent un petit bar.

Pendant qu'Amanda servait le café, le regard de Joanna se posa sur un groupe de photos encadrées et accrochées au mur. Sur l'une d'elles, un ancien président des Etats-Unis entourait de son bras les épaules d'un homme de grande taille aux cheveux brun-gris en broussaille et aux traits accentués. Avec comme légende : *Bob... merci de nous avoir montré la voie.* Une autre photo montrait le même personnage bras dessus bras dessous avec deux sénateurs de Californie, tout souriants. Une troisième photo montrait encore le même avec le gouverneur de Californie, l'un et l'autre en tenue de tennis. Elle examina son visage, persuadée de l'avoir déjà vu.

— En voilà un qui a de puissantes relations, commenta Joanna.

Amanda lui tendit une tasse d'espresso fumante et jeta un œil aux photos.

— A n'en pas douter.

— Qui est-ce ?

— Bob Mariner.

Joanna reconnut instantanément le nom et le visage. Robert Mariner, l'un des fondateurs de la médecine intégrée en Amérique. Le *Time Magazine* lui avait réservé sa une un an auparavant, racontant en détail sa carrière éblouissante. Un surdoué, diplômé de la faculté de médecine d'Harvard à vingt et un ans. Puis il avait acquis deux spécialités, cancérologie et immunologie, et ses recherches en immunologie cellulaire étaient mondialement connues. A trente-cinq ans, il avait obtenu le titre de professeur et on lui avait offert la présidence de Sloan-Kettering et, plus tard, la direction de l'Institut national de la Santé.

Il avait refusé. Il aurait pu devenir le plus jeune titulaire d'une chaire de médecine à Mass General. Mais à quarante ans, Robert Mariner avait stupéfié les milieux académiques en démissionnant de son poste à Harvard. Il était devenu chargé de mission à la Rand Corporation, où il avait étudié et développé pour l'Amérique le concept de médecine intégrée. En 1985, il avait créé « Santé d'abord » dans un petit immeuble de deux étages à Santa Monica. Dix ans après, « Santé d'abord » était une des plus grosses mutuelles d'Amérique, un énorme conglomérat bien huilé, un modèle. Le *Time* disait que Robert Mariner avait encore fait merveille. Tout ce qu'il entreprenait se révélait un succès.

Joanna sirotait son café sans quitter des yeux les photos. Mariner avait du charisme et de l'optimisme, c'était un homme sûr de lui. Cela sautait aux yeux.

— Est-il vrai qu'il consulte toujours ?

— Deux fois par semaine, dit Amanda. Mais il n'examine que les cas difficiles, évidemment.

— C'est remarquable.

— Et seulement quelques-uns d'entre eux.

Elles revinrent à la table de conférence et s'assirent l'une en face de l'autre. Amanda sortit un paquet de cigarettes et en alluma une, avalant la fumée et la savourant.

— J'espère que la fumée ne vous dérange pas. Ça fait partie de mes petits vices et je me limite à cinq par jour.

Joanna approuva poliment. La fumée ne la dérangeait pas et elle savait bien qu'Amanda mentait. Les gens qui avalent la fumée ne sont pas des fumeurs occasionnels. Les vêtements d'Amanda sentaient le tabac froid et son index était taché de nicotine. Elle fume au moins son paquet par jour, pensa Joanna.

— Donc votre autopsie n'a pas donné grand-chose, dit Amanda.

— Elle avait tous les stigmates d'une leucémie aiguë, mais je n'ai rien trouvé qui explique sa mort soudaine. J'espérais que vous sauriez quelque chose de ses antécédents qui pourrait nous aider.

Amanda tira une longue bouffée, concentrant sa pensée. La quarantaine, elle était grande, avec de longs cheveux noirs qui tombaient sur ses épaules. Un joli visage aux traits saillants, les dents un peu en avant, des yeux très noirs et très mobiles.

— Pas de faiblesse cardiaque, ni d'arythmies. Rien de ce genre.

— Des précédents de mort subite dans sa famille ? demanda Joanna.

Amanda saisit un dossier posé sur la table, l'ouvrit et le parcourut avant de secouer la tête.

— Non. Ses deux parents sont encore en vie, ainsi que les deux grands-mères. Un des grands-pères est mort d'un cancer, l'autre d'un emphysème avec asystolie dans la partie droite du cœur.

— Elle se droguait ?

Amanda plissa les yeux.

— Vous avez trouvé quelque chose dans son sang ?

— Rien que de la morphine.

— Je suis sûre qu'elle provient de la pompe qu'on lui avait implantée.

Amanda tira encore sur sa cigarette et garda longuement la fumée avant de la rejeter.

— Pour répondre à votre question... non, elle ne se shootait pas. Elle ne buvait ni ne fumait, et avant d'être malade elle parcourait ses trois kilomètres de jogging par jour.

— Parlez-moi de ses douleurs.

— Lucy souffrait beaucoup des os à cause de sa leucémie alors on a dû lui implanter une pompe.

— Avez-vous une grande expérience de ces pompes ?

Amanda réfléchit.

— J'en ai implanté sur une douzaine de patients à peu près. Maintenant, si vous me demandez comment ça marche, je n'en sais rien. Je ne suis pas très mécanicienne.

— Elles n'ont rien de compliqué. (Joanna sortit une fiche et lui montra un croquis réalisé à la main.) C'est un petit appareil astucieux qui permet aux malades de s'auto-administrer de la morphine. Chaque dose est limitée, en général à huit milligrammes. Et il y a une sorte de microvalve qui n'autorise qu'un certain nombre de doses par intervalle de temps donné.

Amanda examina le croquis et montra un petit réservoir.

— Et le patient remplit l'appareil par cet orifice, hein ?

— C'est ça.

— Est-ce que le malade peut introduire n'importe quelle drogue dans l'appareil ?

— Non. Je crois qu'on ne peut le remplir qu'avec une seringue spéciale remplie de morphine. Si j'ai bien compris, si le système est bricolé d'une façon ou d'une autre, le remplissage sera impossible. Mais il y a toujours moyen de bricoler un appareil, n'est-ce pas ?

Amanda se pencha au-dessus de la table, dévisageant Joanna.

— Vous pensez qu'elle se serait injecté quelque chose ?

Joanna haussa les épaules.

— Je ne pense rien. Tout ce que je sais, c'est qu'elle est morte subitement et que j'en ignore la cause.

Amanda tira une dernière bouffée de sa cigarette et l'écrasa.

— Lucy n'était pas du genre à se suicider. Et d'ailleurs, vous m'avez dit qu'on n'avait trouvé que de la morphine dans son sang...

— Jusqu'ici. Mais il s'agit des premières analyses. (Joanna prit une autre fiche dans son sac à main et y jeta un coup d'œil.) Cette pompe à morphine est fabriquée par la société MPI. Ça vous dit quelque chose ?

Amanda eut un petit sourire.

— Evidemment. MPI veut dire « Medical Products & Instruments ». C'est une filiale à cent pour cent de « Santé d'abord ».

— J'aimerais rencontrer l'un de leurs ingénieurs, si possible.

— Par exemple le responsable du secteur « Recherche et Développement » ?

— Vous le connaissez ?

— Intimement. C'est mon mari. Voulez-vous que je voie s'il est là ?

— J'aimerais bien.

Joanna regarda Amanda se diriger vers le téléphone derrière le bar, sa pensée revenant à l'article du *Time Magazine* sur Robert Mariner. Une page entière avait été consacrée à l'organigramme du groupe « Santé d'abord ». Au centre du dessin se trouvaient les cliniques pour les patients externes, reliées par des flèches à des hôpitaux, centres de soins et maisons de repos, laboratoires et usines d'équipements médicaux. « Santé d'abord » était un système médical intégré, couvrant toute la chaîne sauf les produits pharmaceutiques. Ils ne fabriquaient pas leurs médicaments et préféraient les acheter par grosses quantités aux laboratoires bénéficiant d'énormes remises. On disait que « Santé d'abord » réalisait de gros bénéfices, mais personne n'en connaissait le montant car la société n'était pas cotée en bourse. C'étaient des capitaux privés, dont les propriétaires restaient anonymes. On savait seulement que Robert Mariner était parmi les principaux actionnaires.

— Alex sera là dans un instant, dit Amanda en se rasseyant. (Elle tendit la main vers son paquet de cigarettes mais se ravisa.) Puis-je vous demander pourquoi vous vous préoccupez tant de Lucy O'Hara ? Ce n'est pas le seul cas de mort subite que nous ayons eu au Memorial, et les autres n'ont pas déclenché une telle enquête. Surtout par un médecin légiste.

Joanna hésita, mais ne vit pas pourquoi elle ne dirait pas la vérité.

— Son père a des amis très haut placés au Memorial.

Amanda soupira tristement.

— Je connais Michael O'Hara depuis très longtemps et cette histoire va le détruire. Lucy était son unique enfant.

— Vous êtes le médecin de toute la famille ?

Amanda hocha la tête.

— Michael, Ann et Lucy. Tous les trois. Vous imaginez-vous ce que ça fait de perdre un enfant ? Son unique enfant ?

— C'est ce qui peut arriver de pire, dit doucement Joanna.

— Oui, de pire.

Amanda repensa un instant à son enfant mort-né. Un petit garçon. S'il avait vécu, il aurait eu huit ans maintenant. Elle prit une autre cigarette et l'alluma, rejetant une grosse bouffée de fumée bleue. Le régulateur d'air conditionné se déclencha et balaya rapidement la fumée au-dessus de la table.

— Quel est le pourcentage de malades qui meurent subitement sans raison connue ni circonstances aggravantes ? reprit-elle.

— A peu près vingt pour cent. Moins chez les jeunes. Seulement cinq à dix pour cent.

— Et à quoi attribuez-vous ces morts soudaines ?

Joanna leva les épaules, ne voulant se livrer ni à des spéculations ni à des théories.

— Des spasmes des artères coronaires ?

— Peut-être. Mais c'est très peu probable chez une fille de vingt-quatre ans.

Amanda rejeta une nouvelle bouffée de fumée.

— Peut-être une petite hémorragie dans un endroit critique du cerveau. Mettons, un saignement dans le bulbe rachidien.

— On s'en rendra compte au microscope, dit Joanna.

Elle avait elle aussi envisagé la possibilité d'une artériole bouchée dans une partie vitale du cerveau, provoquant un accident vasomoteur. Et cela pouvait passer inaperçu dans un examen de routine au microscope. Joanna avait donc raison d'insister pour que le cerveau de Lucy soit découpé et examiné millimètre par millimètre.

Joanna jeta un regard sur une pile de dossiers médicaux entassés sur le coin de la table.

— Ce sont les dossiers de Lucy O'Hara ?

Amanda fit signe que oui.

— Ses dossiers d'hospitalisation. Il y en a quatre. Elle est entrée deux fois pour saignements rectaux, et deux fois pour infection.

— Quels microbes ?

— La première fois des staphylocoques, la seconde des cellules gram —, dit Amanda qui ajouta, anticipant la question suivante : On n'a jamais constaté de choc infectieux.

Joanna contempla les dossiers entassés, résistant à l'envie de se contenter du résumé rapide d'Amanda. Elle se devait d'emporter les dossiers au Memorial et d'en étudier chaque élément, à la recherche d'un indice pouvant expliquer la mort subite de Lucy. Ça prendra au moins quatre heures, se dit-elle en faisant la grimace.

Amanda regarda sa montre.

— Je me demande ce qui retient Alex. Son bureau est dans la tour d'en face.

Joanna leva les sourcils.

— Toute la tour est affectée au secteur « Recherche et Développement » ?

— Non, non. La plus grande partie est un hôpital, avec son propre service d'urgences et ses services de soins. Seuls les deux derniers étages sont réservés à la recherche et au développement...

— Et les fabrications se font sous licence ?

— Non. Nous avons notre propre usine à Chatsworth. Et une autre à Singapour.

Joanna se saisit d'un dossier d'hospitalisation et le feuilleta. Les fiches d'entrée et de sortie étaient tapées à la machine, mais les annotations de suivi médical ainsi que toutes les consultations étaient des notes manuscrites gribouillées par les médecins, difficiles à lire quand elles n'étaient pas tout simplement impossibles à déchiffrer. Une note écrite par un hématologue était tristement prophétique. Il avait écrit : *Cette jeune fille est condamnée si on ne lui fait pas de greffe.*

La porte de la salle de conférence s'ouvrit doucement et une jeune secrétaire passa la tête. Elle se racla ostensiblement la gorge.

— Docteur Black, votre mari vient de rappeler pour dire qu'il est en pleine expérience. Si possible, il voudrait que vous alliez le voir au labo d'électrocardiologie.

Amanda émit un profond soupir et regarda Joanna.

— Ça vous ennuie ?

— Pas du tout.

— Emmenons les dossiers de Lucy. Comme ça, vous n'aurez pas à repasser par ici.

Elles descendirent par l'ascenseur jusqu'au second étage et empruntèrent la passerelle qui menait à l'autre tour. Cette dernière était plus récente et plus luxueuse. Les murs étaient tapissés de toile de ramie légèrement dorée et bordée d'acajou brun foncé. Un immense tableau de Joan Miró, protégé par une plaque de verre, était accroché près des ascenseurs, au nombre de quatre. Trois pour l'hôpital, le dernier marqué RÉSERVÉ UNIQUEMENT AU PERSONNEL DE LA RECHERCHE.

Elles prirent celui-là. La porte se referma immédiatement et la cabine s'éleva à une vitesse vertigineuse. Elle stoppa si brusquement qu'un instant Joanna se sentit sans poids, comme en apesanteur, avec l'impression que son estomac était resté un étage plus bas.

Le vestibule du neuvième étage était circulaire et n'avait que deux portes, situées l'une en face de l'autre. Au centre, un agent de sécurité armé était assis dans une cage de plexiglas, observant les deux femmes. Des caméras de surveillance fixées au plafond pivotaient silencieusement en permanence.

Amanda détacha son badge et le passa au gardien derrière la vitre. Il l'examina soigneusement, puis regarda le visage d'Amanda, et compara avec la photo. Finalement il introduisit le badge dans une machine surmontée d'un clignotant rouge. Elle émit comme un souffle tandis qu'elle vérifiait dix détails différents qui prouvaient que la carte n'était pas contrefaite. La lampe passa au vert et la carte ressortit. Le gardien la rendit à Amanda.

— Voici le docteur Joanna Blalock, lui dit Amanda. C'est une scientifique en visite.

Le gardien tapa le nom de Joanna sur un clavier et contempla l'écran, attendant que l'ordinateur traite la demande et autorise l'entrée. Le gardien cligna des yeux devant l'écran, puis regarda Joanna et scruta son visage.

— Avez-vous un appareil photo ou d'enregistrement, quel qu'il soit ?

— Non.

Le garde hocha la tête et poussa un bouton situé sous le bureau. Joanna serait fluoroscopée en passant la porte. Tout objet métallique apparaîtrait. Le gardien glissa un badge à Joanna sous la vitre.

— Portez-le en permanence, lui dit-il.

Amanda l'aida à l'accrocher.

— Ce badge leur permet de vous suivre à la trace tant que vous êtes à l'intérieur.

— Et si je le retirais ? dit Joanna.

— Ça déclencherait une alarme.

Elles franchirent une porte pour se heurter à une seconde. Amanda tapa cinq chiffres sur un clavier mural. Au-dessus, un message électronique clignota : INTRODUISEZ VOTRE BADGE. Amanda introduisit sa carte dans une fente et attendit. Il y eut un déclic sonore et la porte s'ouvrit d'elle-même avec un chuintement.

Les deux femmes suivirent un long et large couloir. Pas un bruit, à part celui de leurs talons sur le carrelage. Joanna leva les yeux vers les caméras de surveillance qui la suivaient. Elle s'arrêta pour réajuster son badge. Les caméras firent de même.

— Elles ont des capteurs de chaleur, expliqua Amanda. Elles suivent celle de votre corps.

Elles continuèrent, passant devant des portes closes bien identifiées. IMMUNOTOXINES, MATIÈRES BIOLOGIQUES EXPÉRIMENTALES. En face, PIÈCE DE STOCKAGE D'ISOTOPES RADIOACTIFS et, à côté, BIO-SYNTHÉTIQUES . Au fond du couloir, elles trouvèrent le LABORATOIRE D'ÉLECTROCARDIOLOGIE. Amanda ouvrit la porte.

La pièce ressemblait plus à une salle de contrôle opérationnel qu'à un laboratoire. Les murs étaient couverts d'écrans vidéo géants. Sur le plus grand, un chien de race beagle folâtrait, s'arrêtant net au bout de quelques secondes, comme assommé et perplexe, puis retrouvant ses forces et recommençant à jouer. Sur un petit écran clignotaient des chiffres qui semblaient changer sans cesse.

— On lui a implanté deux électrodes dans le cœur, expliqua Amanda. L'une provoque une fibrillation ventriculaire, l'autre défibrillise et redonne au cœur son rythme normal.

Cela n'impressionna pas Joanna.

— Des défibrillateurs implantables, ça existe depuis longtemps.

— Mais celui-là a la taille d'une pièce de vingt centimes et est équipé d'une pile qui dure dix ans.

Une voix s'éleva :

— Si vous voulez parler, faites-le dehors.

Joanna vit devant elle un homme mince assis devant une console, occupé à taper des chiffres sur un clavier. En y regardant de plus près, elle s'aperçut qu'il n'était pas assis, mais debout. Il ne mesurait pas plus d'un mètre cinquante-cinq. Elle s'approcha et constata qu'il portait une blouse bien trop grande pour lui. Les manches étaient roulées sur les poignets de chemise, découvrant des mains petites et délicates. A la lumière de l'écran vidéo, Joanna se rendit compte qu'il avait une belle peau mate et des cheveux d'un noir de jais soigneusement peignés.

— Alex, dit Amanda, voici le docteur Joanna Blalock.

— Bon, marmonna Alex Black, sans se donner la peine de lever les yeux.

Il tapota de nouveaux chiffres et regarda le beagle s'agenouiller subitement. Le chien aboya fort et Alex tapa sur une autre série de touches. Le chien se releva aussitôt et se remit à courir.

— Le docteur Blalock voudrait te parler, dit Amanda à son mari.

Celui-ci resta sans réaction, les yeux fixés sur les différentes parties de la console. Il tapa un nouveau code sur le clavier. Le beagle continuait à batifoler. Il s'arrêta soudain, comme pétrifié. Mais seulement un instant. Il se remit à courir. Alex observa l'écran rapidement et avança de nouveau la main vers le clavier.

— Le docteur Blalock te demande un instant, Alex, dit Amanda d'une voix cinglante.

— Et merde, grogna Alex à mi-voix, conscient que les deux femmes l'avaient entendu mais n'y attacheraient pas d'importance. (Il éteignit la console et recula son fauteuil.) Allons dans la salle de conférence.

Il sortit rapidement, sans se soucier de leur tenir la porte.

Joanna le suivit, le trouvant de plus en plus antipathique. Un petit homme, se dit-elle, avec le complexe de Napoléon. Elle se demanda si Amanda subissait tous les jours cette espèce de grossièreté.

Ils parvinrent à la salle de conférence, beaucoup plus petite que dans l'autre tour. Et moins bien équipée. Une table ronde, des fauteuils recouverts en skaï, pas de bar privé. Il y avait un caisson avec un interphone, et un téléphone près de la porte. Pas de fenêtres.

Amanda prit une cigarette et l'alluma, aspirant profondément. Elle se mit à tousser et exhala la fumée dans la direction d'Alex. Il regarda sa femme d'un air désapprobateur, mais ne dit rien.

Joanna les regarda s'asseoir, aussi loin l'un de l'autre que le permettait la table. Ni gestes, ni sourires, ni contacts. Presque des étrangers. Joanna se demanda comment ils se comportaient à la maison.

— Le docteur Blalock cherche des renseignements sur la pompe à morphine, dit Amanda, rompant le silence.

— Pourquoi ? dit Alex sur la défensive. Elle a un défaut ?

Joanna secoua la tête.

— Non. C'est simplement que l'une de nos patientes, qui portait une pompe, est morte subitement.

— Ça ne vient pas de la pompe, répliqua Alex.

— Je n'ai pas dit ça, répondit calmement Joanna.

Alex se pencha en avant, plissant le front sous la concentration.

— Avez-vous trouvé une forte dose de morphine dans le sang de votre patiente ?

— Non.

Alex se rejeta en arrière et hocha la tête.

— Je vous l'ai dit, ça ne vient pas de la pompe.

— Comment fonctionne-t-elle ? demanda Joanna.

Alex hésita.

— Je devrais peut-être vous faire signer un engagement de discrétion...

— Nom de Dieu, siffla Amanda entre ses dents, cette sacrée pompe est protégée par un brevet. Réponds simplement.

Alex tripota nerveusement ses lunettes de lecture suspendues à son cou.

— Ça fonctionne avec une pile et c'est programmé par une microvalve.

— Quelle est la dose maximum qu'elle délivre ? demanda Joanna.

— La microvalve règle la fréquence des injections... je veux dire, le rythme auquel le patient peut s'administrer la morphine. Mais chaque dose est fixe. Par exemple, huit milligrammes par dose. La microvalve autorise deux doses en une demi-heure. Mais ensuite il ne peut pas y avoir de nouvelle dose avant une heure.

Joanna fit un rapide calcul mental.

— Donc, le maximum que puisse recevoir un patient en une heure et demie, c'est vingt-quatre milligrammes...

— Juste.

— Et le patient peut remplir la pompe, c'est ça ?

— C'est ça, dit Alex en prenant une petite seringue noire dans la poche de sa blouse. (L'aiguille ressemblait à une vis sauf que le bout était épointé.) On ne peut remplir la pompe qu'avec cette seringue spéciale.

— Peut-on ajouter quelque chose dans la seringue ?

— Rien. Il y a une obturation sous vide. Si on la fait sauter, la pompe n'accepte plus de nouveau liquide. (Alex remit la seringue miracle dans sa poche.) C'est inviolable.

Rien n'est inviolable, pensa Joanna, à commencer par une pompe sur batterie. Mais rien ne la portait à croire qu'il y ait eu un lien entre la pompe et la mort de Lucy. Simplement, tant que Joanna ne saurait pas tout sur la pompe, elle ne pourrait rejeter complètement cette possibilité.

Amanda dit :

— Si vous voulez, Alex pourrait vérifier la pompe qui était implantée sur Lucy O'Hara. Vous voyez, juste pour être tout à fait sûr qu'elle fonctionnait normalement.

Alex jeta un regard glacial à sa femme.

— On en a fabriqué des milliers et il n'y a jamais eu de problème. Pas un seul.

— La perfection n'existe pas, Alex, dit Amanda d'une voix tendue.

Alex ne répondit pas, mais son visage se colora et les veines de son front gonflèrent.

Joanna se demanda encore comment vivaient les Black dans l'intimité.

— Vous dites que vous en avez fabriqué des milliers. Pourquoi « Santé d'abord » aurait-elle besoin d'autant de pompes ?

Alex sourit pour la première fois.

— On en fournit aux autres. Pour tout dire, nous sommes le troisième fabricant mondial de pompes implantables.

La porte s'ouvrit et Robert Mariner entra à reculons dans la salle de conférence. Il avait un tas de dossiers sous les bras et un petit dictaphone coincé entre le menton et le cou. En se retournant, il vit les médecins assis autour de la table.

— Oh, désolé. Je ne savais pas que la salle était occupée. Je reviendrai.

— Nous avons presque terminé, dit Amanda. (Quelques-uns des dossiers coincés sous les bras de Mariner commencèrent à glisser et Amanda les rattrapa au vol et les posa sur la table.) Bob Mariner, voici Joanna Blalock.

Mariner tendit sa grosse main et serra fermement celle de Joanna.

— On m'a déjà parlé de vous. Et toujours en bien.

Joanna se sentit rougir.

— Merci.

— C'est pas marrant d'être très brillante quand on paraît aussi jeune, hein ?

— Parfois.

— J'en sais quelque chose. Ça m'est arrivé autrefois. (Mariner était grand et, bien que ses cheveux bruns ébouriffés soient grisonnants, il paraissait encore jeune. Son sourire en coin lui donnait l'air gamin.) J'ai eu mon diplôme de médecine à vingt et un ans et j'étais interne-chef à Mass General à vingt-cinq ans. J'avais l'air si jeune que les patients me prenaient pour un étudiant. J'étais pressé de vieillir et maintenant j'aimerais bien rajeunir. (Il eut un large sourire moqueur.) Mais vous n'en êtes pas encore là, n'est-ce pas ?

Joanna lui rendit son sourire, le trouvant tout de suite sympa. Il avait du charme, du charisme, de la confiance en lui... comme sur les photos... et semblait remplir la pièce, sans le vouloir. Joanna jeta un regard vers Amanda et Alex Black et essaya de lire dans leur attitude. Amanda était alerte et pétillante, les yeux fixés sur Mariner. Alex était affalé sur sa chaise, examinant ses doigts comme s'il cherchait à s'arracher un bout de peau imaginaire.

— Bob, dit Amanda d'une voix de gorge, Joanna est venue nous voir à propos de Lucy O'Hara.

Mariner prit un air solennel.

— Terrible ! Terrible histoire. La pauvre gosse était prête à recevoir la greffe. Et nous avions un bon donneur. (Il regarda Joanna, et ses pupilles se rétrécirent légèrement.) L'autopsie a-t-elle révélé quelque chose d'anormal ?

— Rien, dit Joanna. On n'a pas pu déceler la cause de sa mort soudaine.

Mariner se recula sur sa chaise, les mains sur la nuque.

— C'est soit un saignement, soit une arythmie. Je pencherais pour l'hémorragie, faible mais dans une partie vitale.

— On a cherché, dit vivement Joanna. On a découpé son cerveau millimètre par millimètre.

— C'est donc le cœur, poursuivit Mariner, imperturbable. Une petite hémorragie au nœud auriculo-ventriculaire et le système de Purkinje peut provoquer une arythmie brutale et mortelle. J'ai connu le cas avec un jeune joueur de basket-ball.

Joanna nota mentalement : s'intéresser de très près au cœur de Lucy et à ses vaisseaux. Elle n'y croyait pas trop, mais il fallait vérifier.

Joanna observa Mariner regardant Alex, puis Amanda. Son regard se posa à peine sur elle, mais ils durent échanger un message muet parce que Amanda prit immédiatement la parole :

— Joanna voulait tout savoir sur la pompe à morphine que portait Lucy. Alex est en mesure de lui donner tous les détails.

— A-t-on décelé un dysfonctionnement de la pompe ? demanda Mariner, l'air soucieux.

— Absolument aucun, le rassura Joanna. C'était juste pour avoir toutes les données de base.

— Nous n'avons eu aucun problème avec cette pompe, continua Mariner, pas un seul. C'est un de nos meilleurs produits.

— C'est ce qu'on m'a dit, fit Joanna. Je ne savais pas que votre société venait au troisième rang mondial des fabricants de ce type de pompes.

Mariner fut immédiatement sur ses gardes, mais n'en laissa rien paraître.

— Qui vous a dit ça ?

— Alex, dit promptement Amanda.

Mariner lança un regard glacial à Alex. Si performant en laboratoire, se dit Mariner, et si stupide dans la vie. Assez idiot pour raconter ce que vous faites aux autres, et même idiot au point de vanter nos produits les meilleurs et les plus rentables. Les Japonais adoreraient connaître la marge bénéficiaire de la pompe implantable, avant de la copier et de la produire en masse dans une usine thaïlandaise, pour la lancer ensuite par dumping sur le marché américain à des prix imbattables.

— C'est un peu exagéré, dit Mariner paisiblement, tout en continuant à fixer Alex.

Alex s'affaissa un peu plus sur sa chaise, tête baissée en signe de soumission. Amanda observait les deux hommes avec attention, ses yeux alternant de l'un à l'autre. Elle se passa furtivement la langue sur les lèvres.

— Bon, je vous ai assez fait perdre de temps, dit Joanna, pressée de quitter la pièce et de fuir cette situation embarrassante.

— Au contraire, dit Mariner, prenez tout le temps qu'il vous faut. (Il se tourna vers Amanda.) Assurez-vous qu'elle ait bien tous nos dossiers sur Lucy O'Hara.

— C'est fait. (Amanda se leva et, d'un signe à Joanna, s'approcha des dossiers qu'elles avaient apportés.) Je vais vous montrer comment nos dossiers cliniques sont conçus. Ils sont un peu différents de ceux que vous utilisez d'habitude au Memorial.

Mariner cessa d'écouter les deux femmes et continua de fixer Alex Black. Black finit par relever les yeux et Mariner lui adressa de la tête un geste bienveillant. Il faisait grâce. Black hocha la tête à son tour, soulagé.

Mariner regardait un paquet de lettres, mais son esprit restait occupé par Alex Black. A la fois si naïf et si intelligent. Mariner se souvenait d'avoir découvert Alex dix ans auparavant alors qu'il était collaborateur de recherches au MIT. Il était brillant, remarquablement brillant. Et tout ce que Black inventait était immédiatement repris par son professeur, qui se l'attribuait. Black était un génie qui travaillait jusque-là pour vingt mille dollars par an. Il avait sauté sur la proposition de Mariner : son propre laboratoire de recherche, soixante-quinze mille dollars par an, et mille actions de « Santé d'abord ». Le conseil d'administration de « Santé d'abord » avait trouvé l'offre de Mariner à Black exorbitante. Mais Mariner leur avait présenté les choses sous un autre jour. Et il avait eu raison. Alex Black s'était révélé une mine d'or.

Mariner examinait une lettre d'un membre du Congrès américain qui voulait savoir en détails le fonctionnement de « Santé d'abord ». Mariner le connaissait. Un conservateur pur et dur qui combattait toute forme de médecine intégrée et recevait en échange d'énormes aides du lobby des médecins américains. Plus de cent mille dollars par an, et sans doute autant sous la table.

Le téléphone sonna et Mariner se précipita pour répondre. Il attendait un appel du sous-secrétaire d'Etat à la Santé et à l'Aide sociale. Pendant un instant, Mariner chercha le surnom du type. Charlie ? Chucky ? Chuck ! Oui, Chuck. Mariner prit le téléphone, parla brièvement et raccrocha. Il revint lentement vers la table.

Amanda leva les yeux et vit le visage défait de Mariner.

— Qu'est-ce qui ne va pas, Bob ?

— C'est Sally Wheaton.

Amanda hésita un instant.

— La dame dont on a prévu l'autotransplantation de moelle osseuse ?

— Oui.

— Qu'est-ce qu'elle a ?

— Elle vient de mourir d'un seul coup au Memorial.

7

L'infirmière du bureau d'accueil leva les yeux.

— Etes-vous un patient du docteur Kohler ?

— Non, je suis en affaires avec lui, dit Karl Rimer.

— Je regrette, mais vous ne pourrez pas le voir ce matin. Son carnet de rendez-vous est archiplein.

— Je suis aussi l'un de ses anciens patients, dit Rimer, réagissant promptement. J'ai été absent pendant un certain temps et il faut que je lui parle de mes examens médicaux.

— Etes-vous un adhérent de « Santé d'abord » ?

— Non, mais je voudrais lui en parler également.

L'infirmière hésita, observant cet homme élancé avec un imper plié sur le bras.

— Je vais voir s'il peut vous prendre entre deux rendez-vous.

L'infirmière sortit du bureau d'accueil et disparut dans le couloir.

Rimer s'écarta et regarda les patients qui se trouvaient dans la salle d'attente. En majorité des gens âgés, surtout des Blancs, quelques Latinos, pas de Noirs. C'était une grande pièce terne au mobilier vieillot bas de gamme et au sol en linoléum. Encadrée au mur, une photo des deux tours rutilantes de « Santé d'abord ». La photo ne montrait pas la vieille annexe recouverte de crépi qui abritait le bureau d'Arnold Kohler. Rimer tourna la tête à l'arrivée d'un autre patient en fauteuil roulant dans le bureau d'accueil. C'était un vieil homme avec des tubes dans le nez, une bouteille d'oxygène scotchée au fauteuil. Il avait l'air plus mort que vif.

— Le docteur Kohler va vous recevoir un instant, monsieur Rimer, dit l'infirmière en lui montrant la direction. C'est la pièce numéro 6.

Rimer parcourut un couloir éclairé par des néons scintillants. Des murs plâtrés de couleur vert pâle. Pas de gravures, aucune décoration. Il entendit un bruit de chasse d'eau, puis celui des tuyaux.

Rimer arriva à la porte 6 et entra sans frapper.

Arnold Kohler était à son bureau, en train d'annoter un dossier. Sans lever les yeux, il désigna à Rimer une chaise recouverte de vinyle.

Rimer s'assit lourdement et promena son regard sur la pièce. Comme tout le reste de l'annexe, elle était défraîchie et vieillotte. Contre le mur, une table d'examen non articulée, en bois, avec un matelas avachi. Des sangles de cuir, semblait-il, pendaient de chaque côté, mais Rimer n'en était pas sûr car elles étaient en partie recouvertes d'un drap. Dans un angle de la pièce, une plante en pot plus jaune que verte.

Kohler reposa son stylo.

— Vous devriez adhérer à « Santé d'abord ». Ça faciliterait beaucoup les choses.

— Je ne veux pas de mutuelle.

— Pourquoi ? Ce n'est pas très cher.

— Ce n'est pas une question d'argent. C'est à cause de tous les renseignements qu'ils demandent. Ils veulent tout savoir sur vous, et ça ne me plaît pas.

— Votre dossier resterait confidentiel...

— Ha ! fit Rimer en se forçant à rire. Une fois qu'ils ont entré toute votre merde dans l'ordinateur, tout le monde y a accès.

— Pas si facilement. (Kohler bascula en arrière son petit fauteuil articulé et observa son interlocuteur. Rimer était un type grand et sec avec des cheveux roux clairsemés et des yeux gris-vert.) Vous ne pouvez pas continuer à venir comme ça.

Rimer haussa les épaules avec indifférence. Il redressa son dos et tourna lentement le cou pour se décontracter les muscles.

— Votre dos vous fait souffrir ?

— Non. Juste quelques raideurs.

L'interphone posé sur le bureau sonna :

— Docteur Kohler, le docteur Mariner vous appelle sur la deux.

Kohler hésita, regardant fixement le téléphone avant de le prendre.

— Oui, docteur Mariner ?...

— Qu'est-ce que c'est que ce bordel ? demanda violemment Mariner.

— De... de quoi parlez-vous ? demanda Kohler, pris au dépourvu.

— On a encore reçu une lettre de plainte d'un de vos patients !

— Il y a sûrement une explication...

— Sans doute ! dit Mariner d'un ton sarcastique. Du genre de votre explication sur le cas de Sally Wheaton. Vous vous souvenez ? Vous avez dit à cette pauvre femme que ses syncopes étaient dues à l'anxiété et on s'est aperçu qu'elle avait une grave arythmie cardiaque.

— Une erreur pardonnable...

— Non ! carence médicale. L'anxiété ne provoque pas de syncopes. Même les internes le savent.

— Bon, écoutez-moi, dit Kohler en élevant la voix, je suis un médecin confirmé. Je suis éligible au conseil...

— Eligible au conseil, mais pas agréé par lui, fit sèchement Mariner. Parce que vous vous y êtes proposé trois fois sans succès... ce que vous avez oublié de mentionner lorsque vous vous êtes présenté pour un poste à « Santé d'abord ».

Kohler ne dit rien. De petites gouttes de sueur perlèrent sur son front.

— Et puis il y a eu des poursuites contre vous il y a deux ans pour faute professionnelle, reprit Mariner. Je viens de m'en apercevoir.

— L'affaire s'est réglée à l'amiable, se défendit Kohler. Je n'ai pas été jugé coupable...

— Ni innocent, en l'occurrence. Je vous transmets immédiatement la lettre de plainte et je veux votre réponse sur mon bureau demain matin.

— Si je montais plutôt vous voir et...

— Je la veux par écrit, dit Mariner, lui coupant la parole. Et je veux aussi que vous sachiez que vous êtes sur la sellette. Encore une erreur et c'est la porte.

— Mais j'ai un contrat avec « Santé d'abord ».

— Ça se dénonce.

— Je vais en parler à ma femme.

La femme de Kohler faisait partie d'un gros cabinet juridique du centre-ville. Elle était spécialiste des conventions salariales et féroce comme un tigre.

— Parlez-en à qui vous voudrez. Mais rappelez-vous que vous êtes sur la sellette.

Kohler reposa le téléphone et sortit son mouchoir pour s'éponger le front. Il n'avait aucune envie de retourner à la clientèle particulière, qui ne lui avait jamais apporté que des problèmes sans pour autant augmenter ses revenus. Oui, il serait désormais plus attentif à ses patients, mais il en parlerait aussi avec sa femme. Elle saurait comment s'y prendre avec Mariner. Kohler se demanda quel patient s'était plaint.

— Satanés patients, grogna-t-il.

— Si vous ne vous plaisez pas ici, pourquoi rester ?

— Parce que ça m'arrange.

Et ça ne vous regarde pas, eut envie de dire Kohler, mais il retint sa langue.

L'infirmière frappa un petit coup à la porte et passa la tête.

— Les patients s'entassent et M. Sims respire de plus en plus mal.

— Très bien, dit Kohler. (Puis en regardant Rimer :) Alors votre dos vous fait toujours mal, hein ?

Rimer fit signe que oui, se demandant où Kohler voulait en venir.

— Et les cachets que je vous ai donnés la dernière fois vous ont soulagés, hein ?

— Oh, ouais. (Rimer se sourit à lui-même.) Très efficaces.

Kohler attrapa son bloc d'ordonnances et son stylo.

— Espérons que ça va continuer.

Rimer se leva dos à l'infirmière afin qu'elle ne puisse pas voir la feuille d'ordonnance. Ni les deux grosses enveloppes Kraft que les deux hommes échangèrent.

8

Le moulage était la réplique exacte de la tête du mort. Joanna avança la main et toucha les cheveux châtain clair sur le sommet du crâne. C'était doux et lisse. Ses doigts parcoururent la partie faciale. Il n'y avait pas de face, seulement des indentations à l'endroit des yeux, de la bouche et des narines.

— Je vais commencer par les deux bouts d'os que vous êtes certaine de pouvoir identifier, dit Phil Weideman.

Il était assis sur une paillasse, dans le laboratoire de médecine légale. Le devant de sa tunique était mouillé de sueur, son masque chirurgical pendu à son cou.

Joanna saisit les deux plus gros fragments.

— Je dispose d'une bonne partie du menton et d'un plus petit morceau de l'arête supraorbitale.

— Collons-les en place.

Joanna hésita, examinant les os.

— Voyons d'abord si votre programme informatique fonctionne bien. (Elle tendit les fragments à Emily Ryan, assise à ses côtés devant un bureau.) Mesurez-les soigneusement et donnez-moi les mensurations de chacun.

Emily prit un pied à coulisse et mesura les fragments, puis recommença, pour être sûre qu'il n'y avait pas d'erreur. Elle nota les résultats sur une feuille de papier qu'elle tendit à Joanna.

Joanna se pencha sur le clavier et tapa les chiffres. Immédiatement une face apparut sur l'écran de l'ordinateur. On avait le contour général mais pas de traits distincts. Quatre trous pour les yeux, la bouche et le nez. Puis deux morceaux d'os apparurent sur l'écran et se dirigèrent vers la face. Le premier fragment se plaça au menton et les mots MAXILLAIRE INFÉRIEUR clignotèrent. Puis le second fragment prit sa place juste au-dessus de l'œil droit. ARÊTE SUPRAORBITALE DROITE, OS FRONTAL, indiqua l'ordinateur.

— Fantastique !

Joanna rayonnait.

— Ne vous emballez pas, prévint Weideman. Plus les morceaux seront petits, plus ce sera difficile.

Joanna prit les fragments d'os et les colla soigneusement sur la partie antérieure du moulage. La partie faciale était enduite d'une matière adhésive qui permettait de coller et décoller ce qu'on voulait. Le mort avait maintenant un menton et une partie de l'orbite oculaire bien répertoriés.

Joanna prit le plus gros morceau d'os restant et en palpa les bords. Il était triangulaire, long d'au moins deux centimètres, et épais, très épais. Elle n'était pas sûre de son origine. Peut-être l'os frontal ou temporal ou encore un bout de maxillaire. Joanna tendit le fragment à Emily.

— Que pensez-vous que ce soit ? demanda Weideman.

Joanna secoua les épaules.

— Impossible à dire.

— Faites une supposition.

— En médecine légale, les suppositions peuvent être dangereuses. Je n'aime pas les suppositions.

— La question n'est pas de savoir ce que vous aimez ou pas, s'impatienta Weideman. Si vous voulez reconstituer le visage de cet homme, faites ce que je vous dis. Alors, quelle est votre idée ?

Le visage de Joanna commença à rougir. Elle avait

l'impression de recevoir un cours et eut envie de dire à Weideman d'aller se faire voir, mais elle tint sa langue parce que c'était lui l'expert en reconstruction faciale du Memorial et qu'elle avait besoin de lui.

— Pourquoi est-il si important de chercher à deviner ?

— Parce que l'ordinateur ne peut pas tout faire à lui tout seul. Il y a pas mal de fragments qu'il ne pourra identifier. (Weideman se gratta distraitement l'oreille.) Il va falloir que vous deviniez où vont ces bouts d'os. Et plus vous serez entraînée, plus ce sera facile. A la fin, vous aurez une idée du visage de l'homme. Vous finirez par chercher des formes particulières de fragments d'os en sachant d'avance où ils iront. C'est comme si on reconstituait un puzzle.

A une différence près, pensa Joanna. Quand on reconstitue un puzzle, on connaît le résultat d'avance. On a le dessin sur la couverture de la boîte. Mais elle comprenait à quoi tendait Weideman. Il manquait forcément plein de bouts d'os, tous ceux que le tueur avait réduits en poudre. Alors, Joanna serait obligée d'imaginer et, pour imaginer correctement, il lui fallait se faire une idée de ce visage.

Emily passa à Joanna les cotes du fragment et Joanna tapa rapidement ces informations sur le clavier. Des chiffres se mirent à clignoter sur l'écran, de plus en plus vite. L'ordinateur n'arrivait pas à se décider.

— Quelque chose ne va pas, dit Joanna.

Weideman sauta de la paillasse et s'approcha de l'ordinateur. Des chiffres continuaient à se succéder sur l'écran. Différents noms d'os apparaissaient, pour disparaître instantanément, remplacés par de nouveaux chiffres. Weideman tapa un nouveau code et l'écran se vida. Puis les mesures entrées par Joanna dans l'ordinateur apparurent : *Larg. 4 mm, Long. 32 cm, Prof. 2 cm.*

— Vous avez dû vous mélanger les pinceaux, dit

Weideman. Aucun os de la tête ne fait trente-deux centimètres de longueur...

— Nom de Dieu, grogna Joanna, vexée d'avoir commis une erreur.

Elle retapa correctement les mesures.

En une fraction de seconde l'ordinateur identifia l'os : FRONTAL SUPÉRIEUR. Suivi d'une seconde possibilité : ou TEMPORAL ANTÉRIEUR . Joanna effaça l'écran et réintroduisit les nombres. Même résultat. Deux os différents. Deux possibilités.

Weideman tapota du doigt sur le bureau.

— Vous allez devoir faire un choix.

Joanna hésitait.

— Mais ça n'indique pas si c'est côté droit ou gauche.

— Peu importe. En premier lieu, l'ordinateur considère que les deux moitiés du visage sont identiques. Et en gros c'est le cas.

— Peut-être, douta Joanna. Mais supposons que la loi des moyennes s'applique et que je place une pièce sur deux du mauvais côté. A la fin, tout sera de travers. L'ordinateur ne pourra rien en sortir.

— Bien sûr que si.

Weideman avança la main et tapa un autre code sur le clavier. Une face apparut avec un menton et une partie d'arête orbitale en place. Puis le nouvel os s'ajouta. D'un seul coup, quatre faces apparurent sur l'écran, montrant le nouvel os dans quatre positions possibles : FRONTAL GAUCHE, FRONTAL DROIT, TEMPORAL GAUCHE, TEMPORAL DROIT.

— L'ordinateur va garder toutes les possibilités en mémoire.

Joanna soupira d'un air las.

— A ce train-là, on peut avoir une centaine de variantes.

— Je ne crois pas, dit Weideman, impassible. L'ordinateur fera un tri et vous donnera une analyse affinée. A la fin, il restera quinze à vingt possibilités.

— C'est trop, murmura Joanna. Beaucoup trop.

— C'est mieux que rien du tout, lui rappela Weideman.

Joanna saisit le morceau d'os en examen et le palpa soigneusement. Elle ferma les yeux, essayant de visualiser sa place. Elle avait l'impression qu'il irait mieux au milieu du front. Côté gauche.

— Frontal gauche, dit-elle à haute voix.

— Bon, placez-le là.

Joanna alla vers le moulage de la tête du mort et plaça le bout d'os sur le haut du front. Elle observa le résultat un moment puis, non satisfaite, elle le descendit de deux centimètres et le mit un peu plus au milieu. Ça allait mieux.

— Je crois que vous commencez à comprendre l'intérêt d'avoir une idée du visage de l'homme, dit Weideman. Et n'oubliez pas que l'ordinateur ne voit rien, il ne fait qu'interpréter des chiffres. Vous, vous pouvez voir et visualiser et en fin de compte le visage que vous construisez sera probablement plus près de la vérité que la plupart des images dessinées par l'ordinateur.

— Et la face que je construis ne sera en concordance qu'avec un nombre réduit de faces proposées par l'ordinateur, c'est ça ?

— C'est ça.

— Combien en restera-t-il ?

— Sans doute une dizaine.

— C'est encore trop, grimaça Joanna.

— La vie est dure, dit Weideman avec un léger sourire.

Joanna hocha la tête et répondit à son sourire. Il ressemblait à un cow-boy, pensa-t-elle, avec ses épais cheveux châtains et ses yeux d'un bleu profond. D'un tel bleu. Elle se demanda s'ils le devaient à la nature ou à des lentilles de contact colorées.

Weideman reprit sa place sur la paillasse, reposant les pieds sur le dossier d'une chaise. Ses jambes étaient fatiguées et douloureuses à cause d'une longue intervention pratiquée dans la matinée. Une jeune fille tombée de vélo, dont les lèvres et le nez avaient été profondément lacérés, en plus d'une énorme entaille près du cuir chevelu. Weideman et un autre plasticien avaient passé six heures à lui refaire le visage. Une catastrophe, une vraie catastrophe. Mais le résultat serait bon, les cicatrices à peine visibles... et même invisibles sous le rouge à lèvres et le maquillage.

Weideman bougea sur son siège, regardant Joanna prendre un autre fragment osseux et le scruter, les yeux d'abord fermés et ensuite ouverts. On voyait bien qu'elle n'avait pas d'expérience en reconstitution faciale et qu'elle n'avait guère l'habitude de l'ordinateur. Mais elle avait d'emblée adhéré au projet, sans être rebutée par les obstacles qui rendaient cette tâche si difficile.

Elle avait un caractère audacieux et entreprenant. Qualités que Weideman admirait beaucoup chez une femme. La sienne était comme ça quand ils s'étaient rencontrés, mais dix ans de mariage et deux enfants l'avaient changée. Elle était devenue prudente, minutieuse, ultra-conservatrice en tout. Et ennuyeuse. Leur mariage allait à vau-l'eau et ils le savaient. Ils vivaient encore ensemble mais faisaient chambre à part. Et Weideman savait que tôt ou tard il partirait.

Il posa à nouveau son regard sur Joanna, qui était en train de fixer un autre morceau d'os sur le moulage. Sacrément jolie et intelligente, et toujours pas mariée. Bon Dieu ! Pourquoi ? Il détailla son corps, s'attardant sur ses fesses et ses cuisses fermes. Il l'imagina nue sur un lit et commença à bander.

— Ça fait quatre morceaux en place, dit Joanna, interrompant les rêveries de Weideman. C'est un début.

— Un bon début.

— J'apprécie vraiment votre aide, dit sincèrement Joanna. Je sais que vous êtes très occupé.

— Pas du tout. Ça me donne l'occasion de me libérer un moment de mes patients. Et d'ailleurs, ce projet commence à me fasciner totalement.

Il n'y a pas que ça qui te fascine, pensa Emily en souriant. Elle avait remarqué l'attention qu'il portait à Joanna et que cette dernière devenait également plus chaleureuse avec lui. Quelque chose allait se passer entre eux, décida-t-elle.

— Et merci à la société qui vous emploie comme consultant de nous avoir permis d'utiliser leur programme. J'aimerais leur faire une attestation...

— A propos de quoi ?

— Pour dire que leur programme peut servir dans des affaires criminelles comme celle-ci.

— Je le leur dirai, dit tranquillement Weideman, comprenant soudain l'intérêt qu'il y aurait à rendre le programme accessible aux unités de police sur une large échelle.

Il n'avait pas envisagé cette possibilité. Ni lui ni personne à Bio-Synthetics. Il se demandait combien de victimes défigurées il pouvait y avoir sur le plan national. Ou mondial, en l'occurrence. Ce n'était pas pour lui simple curiosité, parce que ses émoluments de vingt-cinq mille dollars par an en tant que consultant lui étaient payés en actions versées directement sur son fonds de pension, et dégrevées d'impôts. Et il ne lui resterait plus, pour améliorer les bénéfices de l'entreprise, qu'à augmenter d'autant la valeur de ses parts, qui valaient déjà plus de quatre-vingt mille dollars.

— Docteur Blalock, dit Emily tout excitée, je crois que ces deux morceaux se raccordent. Si c'est le cas, ça va nous faire un éclat de bonne taille à traiter...

Weideman se déplaça pour jeter un œil. Pendant que les deux femmes essayaient de déterminer jusqu'à quel point les deux morceaux allaient ensemble, la pensée de Weideman revint sur l'intérêt de ce logiciel pour les investigations criminelles. Un logiciel pareil pouvait être commercialisé à cinq mille dollars, probablement plus. Tout dépendait du volume.

Joanna étudiait les deux morceaux, essayant de les raccorder.

— Ça ne colle que partiellement. On devrait sans doute traiter chaque morceau séparément. Qu'en pensez-vous, Phil ?

— Je suis d'accord, dit-il, heureux que Joanna l'appelle par son prénom pour la première fois.

— Faites des mesures séparées, ordonna Joanna à Emily.

Weideman attendit qu'Emily commence ses mesures et s'adressa à Joanna.

— A propos de l'attestation dont vous avez parlé, je demanderai à Bio-Syn si ça les intéresse.

— Vous n'aurez qu'à me le dire.

— Combien y a-t-il par an en Amérique de cas de victimes défigurées qu'on cherche à identifier ?

Joanna haussa les épaules.

— Je n'en connais pas le nombre exact, disons quelques centaines.

— Et dans le monde entier ?

— Quelques milliers. Pourquoi ?

Weideman multiplia rapidement par mille le prix de cinq mille dollars par logiciel. Cinq millions de dollars ! Au minimum. Nom de Dieu !

— Simple curiosité, dit-il.

Joanna jeta un regard vers la porte quand Murdock fit son entrée. Elle sentit tout de suite que quelque chose n'allait pas. Il avait un demi-sourire figé. Mauvais signe.

— Joanna, je vais avoir besoin... (Murdock venait de s'apercevoir que Joanna n'était pas seule. Il dévisagea un instant Phil Weideman, toujours avec son demi-sourire.) Tiens, qu'est-ce qu'un plasticien fait dans un laboratoire de médecine légale ?

— C'est juste pour aider Joanna à reconstituer la face d'un mort, dit Weideman.

Murdock hocha la tête, surpris par le ton de Weideman prononçant le nom de Joanna. Il y mettait chaleur et familiarité, ce qui le surprenait.

— Est-ce que ça avance ?

— Un peu.

Weideman désigna la réplique de la tête du mort.

Murdock s'approcha du moulage et l'examina, hypnotisé par son aspect horrible. Il avança la main et toucha avec précaution un fragment d'os collé. Celui-ci luisait dans la lumière.

— Il est vrai ?

— Absolument, l'assura Joanna.

— Pourquoi est-il si blanc ?

Joanna expliqua que les os avaient été mis dans un bain d'acide dilué pour éliminer tissus et débris. Ce qui donnait des os très blancs, à la surface lisse, qui réfléchissaient bien la lumière. Au début, Joanna n'était pas décidée à traiter les os à l'acide, mais un expert du FBI lui avait dit que les tissus morts accrochés aux os, quoique plus réalistes, n'apportaient que des gênes supplémentaires. Mieux valait partir d'un squelette propre et bâtir là-dessus.

Murdock continuait d'examiner la tête et les bouts d'os collés çà et là. Ça lui rappelait un homme qui s'était coupé de multiples fois en se rasant et qui avait arrêté le sang en collant des bouts de papier de soie.

— Même une fois les os faciaux à leur place, je n'arrive pas à imaginer que vous en tiriez un portrait. Je veux dire, comment retrouver les détails ? La couleur des yeux, par exemple ?

— Ils sont marron. J'ai trouvé un bout d'iris incrusté dans l'os orbital.

— Et la bouche ?

— On s'en occupe. J'ai montré une partie du maxillaire et du palais à l'un de nos oto-rhino. Il pense que l'homme avait une petite bouche et les dents en avant.

Murdock hocha la tête, impressionné, mais toujours pas convaincu que cet homme retrouverait un visage.

— Vous savez que le bureau du coroner et la morgue publique seront rouverts à partir de lundi ?

— On me l'a dit.

— Donc tous les corps et tous les morceaux doivent leur être renvoyés, poursuivit Murdock, y compris votre cadavre sans visage.

— Ils peuvent reprendre le corps, mais je continuerai à travailler sur le visage.

Murdock secoua la tête.

— Non. Mieux vaut qu'ils s'en occupent complètement. C'est leur enquête, leur affaire.

— Je vais continuer à travailler sur cet homme, dit fermement Joanna, et à la fin il aura un visage.

Murdock dévisagea Joanna, essayant de garder son sang-froid, mais ses mâchoires se serrèrent visiblement.

— Dans ce cas prenez-le sur vos loisirs, et n'utilisez pas les moyens du Memorial.

Joanna fut interloquée par le ton dictatorial de Murdock.

— C'est un ordre ?

— Ce sont mes instructions, oui.

Joanna le défia du regard, tandis que ses joues se coloraient et que les veines de son cou gonflaient. Emily Ryan sauta sur ses pieds et regarda sa montre. Elle voulait partir avant que l'orage éclate.

— J'ai un cours, dit-elle en sortant précipitamment.

Weideman se leva lentement, faisant bruyamment craquer l'un de ses genoux.

— Et moi, j'ai une rhinoplastie qui m'attend. (Il alla vers Murdock et lui tendit la main.) Heureux de vous avoir revu, Simon.

— De même, dit Murdock en lui serrant la main.

Weideman considéra un instant la tête, puis regarda à nouveau Murdock.

— Personne ne peut reconstituer le visage de cet

homme, Simon. Personne sauf nous. Si vous expédiez ce moulage chez le coroner, ils le laisseront s'empoussiérer dans un coin et personne ne saura jamais qui il était.

Murdock haussa les épaules, se fichant bien de retrouver le visage du mort. C'était le problème du coroner.

Weideman toucha l'épaule de Joanna avec l'index.

— Quand vous pourrez vous y remettre, appelez-moi. Ça m'est plus facile les fins d'après-midi.

Joanna attendit que Weideman ait refermé la porte derrière lui. Puis elle se rapprocha de Murdock, pratiquement face à face.

— Ne me donnez plus jamais d'ordres, vociféra-t-elle. Plus jamais. Parce que la prochaine fois je vous dirai où vous pouvez vous les mettre.

— Faites attention. Je...

— Non, faites attention, *vous,* le coupa sèchement Joanna. Je vous ai rendu tellement de services que je ne les compte même plus. Chaque fois que vous m'avez demandé quelque chose, je l'ai fait. Que ce soit des autopsies pour le district ou l'examen *post mortem* de Lucy O'Hara. Et qu'est-ce que j'obtiens en remerciement de mon dévouement ? Le plaisir d'être humiliée par vous devant mes collègues. (Elle se détourna, jurant à mi-voix.) Je ne suis pas décidée à supporter ça, Simon. Ni de vous ni de personne.

— Je ne voulais pas vous humilier.

— Vous ne le vouliez peut-être pas, mais vous avez parfaitement réussi.

Murdock soupira d'un air las.

— J'ai peut-être été trop sec, concéda-t-il, je vous prie de m'en excuser.

— J'accepte vos excuses.

— Bien, dit Murdock, toujours aussi désireux de trouver un moyen de la forcer à démissionner du Memorial, mais sachant que ce n'était pas possible. J'ai encore un service à vous demander...

— Lequel ?

— Vous êtes au courant de la mort soudaine d'une autre patiente de « Santé d'abord » au Memorial ?

Joanna fit signe que oui.

— J'étais dans la tour de « Santé d'abord » avec le docteur Mariner quand il a appris la nouvelle.

Les pupilles de Murdock se rétrécirent.

— Qu'est-ce que vous faisiez avec lui ?

— J'étais en conférence avec Mariner et d'autres médecins, en relation avec le traitement de Lucy O'Hara. J'espérais qu'ils pourraient me donner des indications qui nous aideraient à savoir pourquoi elle était morte d'un coup.

— Et alors ?

— Rien.

Murdock se mit à tourner en rond autour de la tête, placée sur un petit piédestal.

— C'est la deuxième patiente de « Santé d'abord » qui meurt subitement au Memorial. Le tout en moins d'une semaine.

— J'espère que ce n'était pas encore une jeune fille...

— Non. C'était une femme de soixante-quatre ans avec des métastases d'un cancer du sein et en attente d'une autotransplantation de moelle osseuse. Elle portait un stimulateur cardiaque. Donc, avec un peu de chance, on va conclure à une mort par arrêt cardiaque. C'est le plus probable, n'est-ce pas ?

— Peut-être. (Ou peut-être pas. Joanna pensa aux autres causes de mort subite chez un patient atteint d'une tumeur généralisée. Grosse hémorragie provoquée par une tumeur perforant une artère principale. Embolie pulmonaire. Une douzaine de possibilités.) On verra bien.

— Il est essentiel que nous trouvions la cause de sa mort, dit Murdock tout en continuant à aller et venir. Nous avons un contrat très rémunérateur avec « Santé d'abord ». Ils nous envoient leurs malades les plus atteints et nous payent très correctement pour les soigner. Si leurs patients tombent comme des mouches au Memorial, ils les adresseront à d'autres hôpitaux. Et si ça arrive, le Memorial Hospital peut fermer ses portes...

Joanna eut un regard étonné.

— Je ne suis pas sûre de vous comprendre.

— Toute la médecine devient intégrée. Les jours de l'assurance médicale individuelle sont comptés. A la place de la pratique privée, la médecine va se structurer en mutuelles géantes, comme « Santé d'abord ». Et les centres médicaux, comme le Memorial, dépendront pour leurs ressources de leurs contrats avec les grandes mutuelles. « Santé d'abord » fait figure de modèle en Californie et tout le monde essaye de l'imiter. On a la chance d'être sous contrat avec eux. Ce qui nous permet d'avoir aussi des contrats avec d'autres grandes mutuelles. Ça représente aujourd'hui vingt-cinq pour cent de notre chiffre d'affaires, mais dans quelques années ça en représentera plus de cinquante pour cent. Si pour une raison quelconque le contrat avec « Santé d'abord » est dénoncé et que les autres mutuelles lui emboîtent le pas... (Murdock laissa traîner sa voix) eh bien, comme je viens de le dire, il ne restera plus qu'à mettre la clef sous la porte.

— Quand voulez-vous l'autopsie ? demanda Joanna.

— Le plus vite possible.

— Je l'inscris pour demain.

— J'espère que vous ne verrez pas d'inconvénient à la présence du docteur Mariner et de l'un de ses associés à l'examen *post mortem*. Il m'a appelé pour me le demander.

— Je le préviens dès que j'aurai fixé l'heure.

L'interphone se mit à sonner. Joanna s'en approcha et appuya sur un bouton.

— Qu'y a-t-il ?

— C'est l'équipe de télévision de « Channel Two », lui dit sa secrétaire. Ils demandent si on peut commencer un peu plus tôt. Disons quinze heures trente.

— Comment est mon planning ?

— Chargé. Normalement, vous devez examiner des photos avec l'interne-chef à cette heure-là. Mais je peux le déplacer.

— Bon. D'accord. (Joanna relâcha le bouton de l'interphone et se tourna vers Murdock.) Excusez cette interruption.

— Ce n'est pas grave, dit Murdock tout en resserrant sa cravate d'un geste nerveux. Qu'est-ce que... euh... veut la télévision ?

— Les journalistes de « Channel Two » veulent tourner une séquence sur la médecine légale. Nos cas difficiles les intéressent.

Murdock désigna la tête du regard.

— Et bien sûr vous allez leur présenter cette tête sans visage...

— Bien sûr.

Murdock comprenait maintenant pourquoi Joanna tenait tant à continuer son travail sur l'homme sans visage. Ce n'était pas seulement pour relever le défi d'identifier la victime. Cela était secondaire. Elle voulait qu'on parle d'elle. Il lui fallait les projecteurs, la publicité, comme une vedette d'Hollywood. Peut-être encore plus. La gloire est comme une maladie, pensa Murdock. Non, disons plutôt une drogue. Il finit par dire :

— C'est plutôt horrible à montrer, vous ne trouvez pas ?

— Un meurtre est une chose horrible, Simon.

— Pour moi, c'est tomber dans le sensationnel à tout prix.

Joanna respira profondément, essayant de garder son calme.

— Ce n'est pas pour le sensationnel. Ce n'est pas mon but en présentant l'homme sans visage.

— Quel est votre but ?

— Nous avons un cadavre que nous ne pouvons pas identifier parce qu'il n'a ni visage ni phalanges. On sait que c'est un Blanc, la trentaine, yeux marron et cheveux châtain clair. Et il devait avoir des amis, des relations, un boulot, peut-être même de la famille dans le sud de la Californie. En principe, il y a des gens à qui notre homme sans visage manque. Quelqu'un doit se demander où il est et ce qui lui est arrivé.

Joanna s'approcha de la tête. La perruque était de travers. Elle la redressa.

— Le journal télé dans lequel je vais passer est regardé par un million de personnes tous les soirs. Peut-être... disons peut-être... que quelqu'un verra ça et dira : « Tiens, ça pourrait bien être Charlie ou Mike ou Rudy ou Untel. » On aura peut-être de la chance. Peut-être que quelqu'un va l'identifier pour nous. C'est pourquoi je veux en parler à la télévision.

— Je vois, dit Murdock, pas entièrement convaincu, et se demandant si elle allait être payée pour sa prestation. (Il jeta un œil à la pendule.) Je dois y aller. Je suis déjà en retard à ma réunion du comité exécutif. S'il vous plaît, n'oubliez pas de prévenir le docteur Mariner pour qu'il vienne à l'autopsie de sa patiente.

— Je l'appelle d'ici une heure.

Murdock acquiesça et alla vers la porte. Il se retourna et leva la main, paume ouverte. Signe de paix. Joanna fit de même. Chacun savait qu'il y avait un problème entre eux. Ils ne pouvaient pas se sentir. Mais ça n'empêchait pas de rester poli. Ils étaient d'accord là-dessus.

Joanna se laissa tomber sur une chaise pivotante devant l'ordinateur. Elle se pencha en arrière et s'étira le dos et le cou. Son regard se porta sur la paillasse sur laquelle Phil Weideman s'était assis. Il avait oublié le dossier d'un patient. Joanna se leva et d'un pas lourd alla le chercher. Elle le feuilleta rapidement. Elle arriva à une page sur laquelle était collée la photo d'une jeune enfant, de quatre ou cinq ans. La fillette avait le palais fendu. Son bec-de-lièvre la défigurait entièrement. Joanna pouvait sans peine imaginer la tristesse et l'angoisse de la petite fille chaque fois qu'elle se regardait dans la glace. Joanna passa à la page suivante et vit une photo postopératoire de la même enfant. Une fine cicatrice blanche avait remplacé le bec-de-lièvre. La petite fille était tout sourire.

Joanna referma le dossier, revenant en pensée à Phil Weideman. Elle ne s'attendait pas à le trouver sympathique, mais plutôt à le supporter parce qu'elle avait besoin de son aide pour reconstituer le visage du mort. Mais ça ne s'était pas passé comme ça. Elle l'aimait bien, et même plus qu'elle ne voulait se l'avouer. Elle aimait ses manières et son allure et la façon dont il l'avait soutenue devant Murdock. Il aurait très bien pu faire comme Emily... se tirer vite fait. Il ne l'avait pas fait. Et d'où lui venaient de tels yeux bleus ? Trop bleus pour être vrais.

Elle secoua la tête et essaya de se débarrasser de ses folles pensées. D'ailleurs, il était marié. Tout au moins elle le pensait. Nom d'un chien, Jake, grogna-t-elle intérieurement, en pensant à Jake Sinclair, le grand flic avec qui elle vivait. Reviens en vitesse de Grèce. Tu as passé assez de temps à pleurer ton ex-femme, Eleni. « Zut », murmura doucement Joanna. Tout allait si bien jusqu'à ce que Jake reçoive ce coup de fil d'Athènes. Si bien. Un mois auparavant, ils étaient allés à Hawaii et n'avaient jamais été aussi heureux. Des journées chaudes et splendides et des nuits encore meilleures. Ils trouvaient enfin l'intimité qui avait été si longtemps absente de leurs vies. Et puis il y avait eu cet appel téléphonique. Le passé avait resurgi pour les séparer. Et voilà qu'elle rêvait aux yeux bleus d'un chirurgien, comme la première adolescente venue. Allez, Jake ! Reviens ici et nous reprendrons notre vie commune. On la reprendra au même point. Mais au fond d'elle-même, Joanna sentait confusément que ça n'arriverait pas.

Elle revint lourdement s'asseoir devant l'ordinateur. Elle examina les images sur l'écran. Il y avait six formes de visage selon les combinaisons variées données aux fragments d'os. Ça ne donnait pas la moindre idée de ce à quoi le visage avait pu ressembler. Mais au moins la partie frontale — le front — avait deux gros morceaux d'os bien à leur place. Joanna tapa un code, demandant à l'ordinateur de projeter la forme du front en se basant sur les deux fragments en place. Probablement cent possibilités, paria-t-elle.

Des chiffres clignotèrent sur l'écran, puis des formes faciales. Puis à nouveau des chiffres. Finalement, l'ordinateur rendit son verdict. DONNÉES INSUFFISANTES POUR CONSTRUIRE UNE IMAGE.

— Sans blague, fit Joanna en éteignant l'ordinateur.

9

Théo Papadakis se gara le long du trottoir, devant l'aéroport international d'Athènes. Il prit une cigarette dans son paquet et en offrit une à Jake, puis alluma soigneusement les deux.

— Bien, l'ami, nous ne nous reverrons plus, hein ?

— Sait-on jamais, dit Jake, tout en sachant que Théo avait raison.

— Où que tu sois et quoi qu'il arrive, tu feras toujours partie de la famille.

Jake approuva de la tête, repensant au petit cimetière où ils avaient enterré Eleni. Il revoyait la procession funèbre derrière le prêtre orthodoxe grec, le cercueil d'Eleni sur les épaules de ses six frères.

— J'ai du mal à croire qu'elle est morte.

— Mais c'est comme ça, et nous on doit continuer à vivre. Pas vrai ?

— Sans doute.

Théo tira sur sa cigarette et la jeta par la fenêtre. Ses yeux se rétrécirent soudainement et il se tassa derrière le volant.

— Baisse-toi et ne regarde pas vers le terminal... à moins que tu veuilles que ce gros porc de mari d'Eleni te voie.

Jake jeta un coup d'œil à Frank Stamos, un homme basané et obèse qui avait probablement été beau garçon avec vingt-cinq kilos de moins. Des porteurs chargés de malles et de valises entraient à sa suite dans le terminal.

— Je parie qu'il est sur le même vol que toi. Prie le bon Dieu de ne pas être à côté de lui.

— Ne te fais pas de bile. Il doit voyager en première classe.

— Oui, bien sûr. Ça lui permettra de bouffer pendant tout le vol.

— Tu ne l'aimes vraiment pas, hein ?

— Non, c'est vrai, répondit Théo. Mais il a eu un beau geste pendant son séjour ici.

— Lequel ?

— Il a pris quelqu'un pour entretenir la tombe d'Eleni. Tu sais, pour arracher les mauvaises herbes et mettre des fleurs toute l'année.

— Donc, il y a un petit peu de bon en lui.

— Un tout petit peu, dit Théo en rechignant.

Quelques instants plus tard, Jake marchait à l'intérieur du terminal en direction du comptoir de la TWA. Le hall était bondé et bruyant, l'air étouffant et vicié. Il faillit bousculer une hôtesse d'Olympic Airlines. Elle portait le même uniforme qu'Eleni lorsque Jake l'avait rencontrée. L'hôtesse sourit à Jake et il le lui rendit. Peut-être qu'en foutant le camp de Grèce j'arriverai à me débarrasser de certains souvenirs, se dit-il sans trop y croire. Le souvenir d'Eleni pourrait s'estomper, mais il y aurait toujours quelque chose pour la lui rappeler. Toujours. A sa droite, Jake vit une rangée de téléphones, tous occupés sauf un. Il se dirigea vers celui-là. Il posa sa valise et alluma une cigarette, puis appela Los Angeles.

— Allô.

La voix de Joanna était endormie.

— C'est Jake. Je t'appelle pour te dire que je vais arriver.

— Où es-tu ?

— A l'aéroport d'Athènes.

— Tu vas bien ?

— J'espère. (Jake tira profondément sur sa cigarette.) Es-tu toujours furieuse contre moi ?

— Pas furieuse, Jake. Simplement peinée et désappointée.

— Parce que je suis allé à l'enterrement, hein ?

— Parce que tu m'as laissée tomber comme une vieille chaussette, comme si je ne valais pas un clou.

— J'avais la tête à autre chose.

— Je sais... à une ex-femme morte et plus importante que moi à tes yeux.

— Merde, grogna Jake. Peux-tu arriver à comprendre que lorsque quelqu'un qui a été très proche meurt ça fait extrêmement mal ? Peux-tu faire un petit effort ?

— J'ai beaucoup donné et j'étais prête à en faire plus, mais tu m'as envoyée paître. Tu ne pouvais penser à rien ni à personne en dehors de ton ex-femme.

— As-tu peur à ce point-là ?

— Peur ? De quoi ?

— Que je pense à Eleni... une femme que j'ai aimée.

Joanna inspira profondément et expira bruyamment.

— Je me fiche de ce que tu penses. Ce qui m'importe c'est ton attitude à mon égard.

— C'est pas ça, dit brutalement Jake. Et tu le sais.

— J'essaye de rester calme, Jake.

— Je préfère entendre la vérité.

— Nom d'un chien ! Nom d'un chien ! laissa échapper Joanna. Tu peux te coller quelque part tout ton passé, ton présent et ton avenir ! Tu peux pleurer et porter le deuil de ton ex-femme à loisir ! Moi je ne veux pas être mêlée à ça.

— T'inquiète pas, ça t'arrivera pas, dit sèchement Jake.

Il y eut un long silence tendu.

— Il vaut peut-être mieux que nous restions séparés un moment, dit Joanna.

— Peut-être.

— Et je pense que le moment est venu de faire de nouvelles rencontres...

— Rencontres ! éclata Jake. Ça veut dire quoi ?

— Sortir avec d'autres gens.

Jake jeta par terre sa cigarette et l'écrasa rageusement.

— Qui est-ce ?

— De qui parles-tu ?

— Du type que tu voies ou à qui tu penses. (Jake sentit à son silence embarrassé qu'il avait vu juste.) Vous couchez ensemble ?

— Va te faire voir !

— Et toi, va te faire baiser !

Joanna raccrocha si violemment que le téléphone tomba de la table de chevet. Elle le débrancha en vitesse, au cas où Jake essaierait de la rappeler. Va au diable, Jake, bouillonna-t-elle, tu as toujours pensé d'abord à toi, même au début de notre rencontre. Mais j'ai fermé les yeux parce que je te trouvais différent des autres. J'avais tort. Et si je veux donner rendez-vous à Phil Weideman, je le ferai. Et si je veux coucher avec lui, c'est pareil.

Joanna passa dans la cuisine et se versa un verre de Chardonnay bien frais. Elle sirota son vin, s'efforçant de se calmer bien qu'encore furieuse contre Jake. Son estomac commença à gargouiller. Ça lui faisait toujours ça quand elle était bouleversée. Elle trouva dans le frigo de quoi faire une salade et un petit morceau de Cheddar. Le frigo était plein de plats congelés insipides. Elle se décida pour une branche de céleri trempée dans un assaisonnement au Roquefort.

Son regard se posa sur le calendrier collé sur la porte du frigo. Mardi. C'était toujours son mauvais jour. Et ce mardi-là ne déparait pas la collection. Son travail à l'hôpital s'était mal passé. Il y avait eu des oublis. Certaines choses n'avaient pas été faites ou pas comme elle l'aurait voulu. Un mauvais jour, à part l'interview télévisée. Ça, ça avait bien marché.

C'était du moins son impression. Joanna regarda l'heure. Elle pourrait le savoir avec certitude dans quelques minutes. Elle alla dans sa chambre et alluma la télévision.

Joanna s'assit sur le bord du lit et attendit le journal du soir. Elle repensa à Jake et se demanda s'il était aussi bouleversé qu'elle. Mais elle s'en fichait. L'affaire était réglée. L'irréparable s'était passé entre eux et Joanna doutait qu'ils puissent recoller les morceaux même s'ils essayaient ensemble. Elle aurait dû savoir que ça ne pourrait pas durer. Ils étaient trop différents, ils n'appartenaient pas à la même galaxie. Oui, c'est le moment de se bouger, pensa-t-elle.

Elle regarda sur l'écran l'apparition d'une blonde et séduisante présentatrice.

« Bonsoir, je suis Cathy Harrelson. Notre principal sujet ce soir est une nouvelle fusillade depuis une voiture qui a sérieusement blessé une fillette de six ans. Nous avons deux reporters sur place. Nous les rejoignons tout de suite à Inglewood... »

Joanna coupa la voix nasillarde de la présentatrice et observa le visage de Cathy Harrelson. La transformation était incroyable. Quand Cathy l'avait interviewée dans l'après-midi, Joanna avait été frappée par la dureté et le côté chevalin de son visage. Mais la caméra de télévision transformait ces traits. La télé lui conférait maintenant une douceur séduisante. Mais Joanna se rappelait l'incroyable grossièreté de cette femme lorsqu'elle avait su que le patient dont elles parlaient n'avait pas de visage.

— Il n'a pas de gueule ? avait laissé échapper Cathy Harrelson. Qu'est-ce que vous voulez qu'on tire de ça ?

— On va lui rendre un visage, lui avait dit Joanna.

— Comment ?

— Grâce à un ordinateur et beaucoup de travail.

« Maintenant, une pause publicité », était en train de dire Cathy Harrelson à l'écran, « et ensuite nous plongerons dans l'une des plus mystérieuses spécialités médicales, la médecine légale. Et mes amis, je vous le dis tout de suite, la séquence est spectaculaire. Alors, si vous avez l'estomac délicat... bon, c'est à vous de voir. »

Joanna se recroquevilla, détestant ce sensationnel. Horreur à suivre. Ne manquez pas ça. Vous allez avoir la pétoche. Pourquoi veulent-ils faire du sensationnel à tout prix ? Elle savait que c'était inévitable, mais ça ne réussissait qu'à rabaisser et déprécier les choses. Mais ce n'était pas son souci principal. Elle craignait surtout le montage. L'interview avait duré plus de vingt minutes et il n'était pas question qu'ils diffusent tout. Elle aurait de la chance s'ils lui consacraient plus d'une minute ou deux. Elle pouvait tout au plus espérer qu'ils garderaient les passages les plus importants, notamment celui où elle faisait une description générale du mort.

« Et maintenant notre dossier "Regards sur la médecine" », disait Cathy Harrelson, l'air grave. « Ce soir, nous entrons dans le domaine de la médecine légale. J'ai pu interviewer le docteur Joanna Blalock, qui est la directrice du service de pathologie légale au Memorial Hospital. En ce moment, elle collabore avec la police sur un cas particulièrement difficile. Celui qu'on appelle "le cas de l'Homme sans Visage". Vous allez comprendre pourquoi. Je vous préviens encore une fois : les images sont impressionnantes. »

Joanna se pencha en avant pour mieux se voir sur l'écran. La télévision la vieillissait. Elle n'avait aucune ride visible. La maquilleuse en était venue à bout avec une couche de fond de teint. Mais ses yeux paraissaient fatigués et gonflés, avec des cernes naissants. Ses cheveux légèrement décoiffés renforçaient son apparence fatiguée. Voilà le résultat de quatorze heures de travail par jour, se dit-elle piteusement.

« Il n'avait plus de visage quand on vous l'a apporté ? lui demandait Cathy Harrelson à la télé.

— Plus de visage du tout. Pratiquement pulvérisé

par un instrument contondant. Il n'est toujours pas identifié.

— Ses empreintes digitales n'ont rien donné ?

— Les dernières phalanges ont été coupées. »

La caméra panoramiqua sur la réplique de la tête du mort. Sous la lumière, les bouts d'os collés luisaient.

« Ceci est un moulage de sa tête, c'est ça ?

— Correct.

— Et comment comptez-vous reconstituer son visage ? »

Joanna expliqua comment elle avait rassemblé le plus possible de fragments d'os et comment elle se servait d'un ordinateur pour retrouver la position exacte de chaque morceau.

« C'est passionnant, dit Cathy Harrelson en retenant son souffle. Complètement fascinant. Combien de chances avez-vous d'obtenir un visage reconnaissable ?

— De bonnes chances, disons.

— Il y a des particularités physiques qui pourraient aider à identifier cet homme ? Comme des cicatrices ou des tatouages qu'un de nos spectateurs pourrait reconnaître ?

— Il a un tatouage particulier sur une fesse.

— Pouvez-vous nous le décrire ?

— Non, pas maintenant.

— Peut-on affirmer que c'est la police qui n'a pas voulu qu'on en donne les détails ?

— Oui, c'est bien ça.

— Vous ont-ils dit pourquoi ?

— Non, ils n'ont rien dit », mentit sans hésitation Joanna.

La police lui avait spécifiquement demandé de ne pas décrire le tatouage pour éviter un flot d'appels téléphoniques de tous les cinglés et névrosés de Los Angeles, soit pour confesser le crime, soit pour prétendre savoir qui avait fait ça. Et, dans ce cas, il faudrait vérifier chaque information, ce qui serait une gigantesque perte de temps. Non. Simplement dire qu'il avait un tatouage sur une fesse. Si un proche s'inquiétait de l'absence de la victime, ses caractéristiques générales plus la présence d'un tatouage sur la fesse lui suffiraient.

Joanna reporta son attention sur la télé.

« Absolument passionnant, disait le coprésentateur, excellent reportage, Cathy. »

Cathy Harrelson rayonnait.

« Merci, Bill. J'aimerais m'en attribuer le mérite, mais honnêtement l'histoire parle d'elle-même.

— C'est vrai, admit le présentateur. Croyez-vous vraiment qu'ils vont réussir à redonner un visage à la victime ?

— Je parierais que oui, dit Cathy sans hésiter. Joanna Blalock est l'une de nos sommités en pathologie légale. Oui, cet homme va retrouver un visage. Rapidement.

— J'espère que vous nous ferez connaître la suite.

— Certainement. »

Dans une chambre d'un petit motel de Pico Boulevard dans l'ouest de Los Angeles, Karl Rimer éteignit la télévision et se remit à nettoyer son Beretta. Il vérifia et revérifia le mécanisme semi-automatique, pour s'assurer qu'il fonctionnait parfaitement. Il aimait cette arme. Il en aimait le poids, le toucher, l'équilibre et, surtout, le calibre des balles. Neuf millimètres. Juste la bonne taille. Assez gros pour causer beaucoup de dégâts, mais proprement. Pas comme les magnums. Leurs balles traversaient le corps et parfois le mur derrière et la pièce suivante. Et en plus les magnums étaient bruyants. Un vrai coup de canon.

Rimer continua à nettoyer son arme, mais sa pensée revenait à l'émission qu'il venait de voir. Nom d'un chien ! Ça allait chauffer. Il le savait. Il le pressentait. Le téléphone allait sonner et il lui faudrait les calmer, les tranquilliser, leur dire que tout allait bien se passer. Et tout allait bien se passer. Ça lui faisait simplement mal au cul d'y retourner pour verrouiller. A double tour, cette fois.

Le téléphone sonna. Il décrocha à la quatrième sonnerie.

— Oui, dit Rimer.

— Avez-vous vu l'émission à la télé ?

— Je l'ai vue.

— Il devait normalement être mort et non reconnaissable.

— Il *est* mort et non reconnaissable.

— Pour combien de temps ?

— Je m'en occupe.

— Ça vaudra mieux.

Rimer reposa le combiné et retourna fourbir son arme. Le canon du pistolet luisait dans la lumière et il le fixa, essayant de se concentrer et de retrouver le nom du médecin légiste qu'il avait vu à la télé. Comment diable s'appelait-elle ? Il réfléchit un moment et ça lui revint.

Blalock. Joanna Blalock.

10

Emily Ryan regarda le visage de Sally Wheaton et détourna rapidement les yeux. La ressemblance entre Sally Wheaton et la mère d'Emily était frappante. Le même petit nez, la même bouche généreuse, des fossettes aux joues, les yeux bleus. Et toutes les deux avaient un cancer du sein. Sauf que la maladie de la mère d'Emily avait été détectée très tôt et qu'on la disait guérissable. Première phase. Tumeur locale. Pas de métastases. Mais avec le cancer du sein on n'était jamais sûr de rien. Il suffisait qu'une cellule maligne se décroche, atteigne une autre partie du corps et commence à se multiplier, et alors la maladie bénigne se transformait en cauchemar.

— Que pensez-vous de ça ? demanda Joanna Blalock en soulevant le foie. Celui-ci avait été totalement retiré.

Sa surface était tapissée de petites nodosités blanches.

Emily tendit la main et palpa les nodosités. Elles étaient dures et bien ancrées.

— Probablement des métastases.

— Probablement, approuva Joanna. Le foie de la patiente était-il hypertrophié ?

— Non.

— Qu'ont donné les analyses ?

Emily hésita, réfléchissant.

— Pas d'anomalies spectaculaires. Quelques enzymes hépatiques en léger surnombre.

— Qu'en concluez-vous ?

— Que cliniquement il nous manque des choses. Un sacré paquet, ajouta Emily *in petto*, malgré nos tests sanguins sophistiqués, nos scanners et nos imageries à résonance magnétique.

Joanna était maintenant à l'œuvre sur la poitrine du cadavre. Elle avait retiré le pacemaker et le tenait dans la lumière. Les fils pendaient comme des tentacules. A l'aide d'une loupe, elle lut l'inscription gravée sur sa surface. STIMULATEUR CARDIAQUE. NUMÉRO 1408B. MPI, LOS ANGELES, CA. USA.

Joanna posa le pacemaker sur une table, puis retira le cœur et les poumons. La plèvre était émaillée de nodosités métastatiques aggravées par de petits épanchements bilatéraux. Le cœur avait une taille normale, sans surépaisseurs ni cicatrices sur les parois ventriculaires. Même les artères coronaires semblaient en bon état.

— Avez-vous appris quelque chose sur son affection cardiaque ?

— Très peu. J'ai parlé à l'interne qui a fait son bilan et il m'a dit qu'elle avait une arythmie provoquée par le bloc auriculoventriculaire, mais il n'en était pas sûr. Ils attendent le dossier que leur envoie son cardiologue personnel.

La porte de la salle spéciale de la morgue s'ouvrit et Simon Murdock entra, suivi de Robert Mariner et d'Arnold Kohler. Ils portaient tous les trois des tuniques vertes. Joanna contempla rapidement Murdock. Il avait l'air si drôle en tenue chirurgicale, notamment à cause du T-shirt qu'il avait gardé et de son gant en latex par-dessus sa montre Rolex en or à cinq mille dollars.

Murdock s'approcha de la table d'autopsie et jeta un œil au corps à demi disséqué.

— Je croyais que vous nous attendiez pour commencer...

Joanna montra la pendule. Elle indiquait midi.

— J'ai attendu. Tout le monde était prévenu que l'autopsie était à onze heures. Il n'y avait personne. J'ai attendu une demi-heure et comme il n'y avait toujours personne, nous avons commencé.

— Vous n'auriez pas pu attendre encore un peu ? dit Murdock sans chercher à cacher son irritation.

— Nous sommes déjà en retard, répondit Joanna, très en retard. Toutes les tables d'autopsie ordinaires sont occupées, si bien que nous sommes obligés d'utiliser cette salle spéciale, en principe réservée aux cas contagieux.

Murdock fut sur le point de répliquer, mais le système de ventilation au plafond se mit bruyamment en route. L'unique ventilateur servait à pousser l'air vers le fond de la pièce, d'où il était aspiré vers l'extérieur au lieu d'être recyclé. Cela dans le but d'empêcher les micro-organismes de rester dans la pièce, et d'infecter le personnel. Un vœu pieux plutôt qu'une certitude scientifique.

Murdock se tourna vers Mariner lorsque le bruit des pales du ventilateur diminua.

— Excusez ce manque de coordination dans nos emplois du temps.

Mariner inclina très légèrement la tête.

— J'aurais préféré être là dès le début.

Vous n'aviez qu'à être à l'heure, eut envie de dire Joanna, mais elle se retint, consciente de l'importance pour le Memorial du contrat avec « Santé d'abord ».

— Je pourrais peut-être vous expliquer ce que nous avons constaté jusqu'ici...

— Oui, dit aussitôt Murdock, cela nous aiderait.

Arnold Kohler sourit intérieurement en regardant Simon Murdock se mettre en quatre pour faire plaisir à Robert Mariner et l'apaiser. Tout ça pour le fric. Pour ce marché de plusieurs millions de dollars entre « Santé d'abord » et le Memorial.

Joanna saisit le récipient contenant le foie de Sally Wheaton.

— Rien à signaler à première vue. Nous avons trouvé sa lésion primaire au sein gauche et des métastases évidentes sur la plèvre, les poumons et le foie. Le cœur ne présente rien d'anormal au premier examen. En tout cas, rien indiquant un infarctus récent ou ancien. Le stimulateur cardiaque était en place et les fils intacts...

— Et le cerveau ? demanda Mariner.

— Normal. Rien à signaler. Pas de trace d'hémorragie ou de thrombose.

Mariner attrapa une paire de gants en latex et examina rapidement le foie et les poumons. Il s'attarda sur le cœur, vérifiant les valves et les gros vaisseaux. Il prit une règle et mesura la largeur de la paroi ventriculaire gauche, puis inspecta centimètre par centimètre les artères coronaires.

Joanna l'observait, impressionnée par sa minutie. Ce n'était pas un novice en autopsies et il semblait particulièrement compétent dans le domaine du cœur et des artères coronaires. Elle se demanda s'il avait fait des études de cardiologie.

Mariner jeta le cœur dans un récipient en aluminium. Il produisit un bruit sourd et mouillé.

— Alors, de quoi est-elle morte ?

Joanna secoua les épaules.

— Je ne sais pas trop.

— C'est-à-dire que vous n'en savez rien.

— Pour l'instant.

Mariner se tourna vers Murdock.

— Voici la deuxième de nos patientes qui meurt soudainement au Memorial, et personne ne peut me fournir d'explication.

— Il nous faut juste encore un peu de temps pour...

— Vous avez eu tout le temps avec Lucy O'Hara, dit Mariner d'un ton cassant, et vous n'avez toujours pas de réponse. Nous n'envoyons pas nos patients ici pour qu'ils y meurent subitement. C'est pourtant le cas, non ?

— Cela peut arriver. Ces deux patientes étaient très gravement atteintes.

Mariner retira ses gants et les jeta dans la corbeille.

— Elles étaient malades, mais leur mort ne peut être imputée à leur maladie.

Il y eut un silence embarrassé. Le ventilateur se remit bruyamment en route, pour se taire au bout de quelques secondes. Mariner :

— Verriez-vous un inconvénient à ce que je fasse venir un second médecin légiste pour un deuxième avis ?

— Pas du tout, s'empressa Murdock. Nous accepterons volontiers un deuxième avis.

Joanna se sentit rougir de confusion. Elle fixait le plancher, mais sentait sur elle le regard des autres.

Mariner regarda Joanna.

— Et vous ? Etes-vous d'accord ?

— Vous pouvez amener qui vous voulez, dit sèchement Joanna.

— N'y voyez rien contre vous, dit Mariner. Je veux simplement aller au fond des choses.

— Comme nous tous, dit Murdock, la voix dégoulinante de sincérité.

— Nom de Dieu, gémit Emily, plus fort qu'elle ne l'aurait voulu.

Mariner se retourna vers elle.

— Vous vouliez dire quelque chose ?

— Ouais, je crois, dit Emily, un petit tremblement dans la voix. Cette femme portait un pacemaker. Croyez-vous à la possibilité... même infime... qu'elle soit morte d'une arythmie cardiaque ?

Si Mariner ressentit le sarcasme en demi-teinte d'Emily, il n'en laissa rien paraître :

— Vous évoquez un dysfonctionnement du pacemaker ?

— C'est exact.

— Ça n'arrive presque jamais.

Joanna intervint :

— Mais ça s'est déjà vu.

— Vraiment ? demanda ironiquement Mariner. Etes-vous experte en pacemakers ?

— Non, mais je suis experte en autopsies, répliqua Joanna d'un ton sec.

— Alors dites-moi pourquoi mes patientes sont mortes subitement.

— C'est mon intention.

— Je me moque de vos intentions, faites-le.

Joanna lui lança un regard furieux, outrée de ses manières brutales et décidée à ne pas les supporter plus longtemps.

— Vous n'avez pas à me donner des ordres.

Les veines du cou de Mariner se gonflèrent. Il prit une profonde inspiration et s'efforça de se calmer.

— Vous me donnez l'impression de prendre ça comme un cas d'école. Et je ne veux pas de ça. Permettez-moi d'être tout à fait clair. Je me répète. Deux de mes patientes sont mortes soudainement sans cause identifiée. Elles sont entrées dans cet hôpital et y sont tombées raides mortes. J'attends de vous que vous en trouviez la raison. Si vous n'en êtes pas capable, je trouverai quelqu'un qui le sera. S'il faut pour cela faire appel à un autre médecin légiste, je le ferai. Suis-je suffisamment clair ?

— Parfaitement, dit Joanna, regardant Simon Murdock opiner du chef et se demandant s'il avait une colonne vertébrale. Et j'aimerais moi aussi rendre ma position claire et préciser deux ou trois petites choses...

— Bien, dit Mariner sans sourciller.

Joanna essayait de garder son sang-froid tout en sachant qu'elle ne pourrait pas y parvenir :

— Depuis votre arrivée, je n'ai entendu que *je, moi, mes. Mes* patientes par-ci et *mes* patientes par-là. Et *je* vais faire ceci et *je* vais faire cela. Maintenant, écoutez-moi bien parce qu'il faut que vous compreniez bien ce qui suit. Vous ne ferez rien d'autre ici que regarder et observer parce que ce ne sont plus vos patientes, désormais. Et voici pourquoi. Ces patientes sont mortes subitement et sans cause apparente, donc tombent en fait sous l'autorité de l'Etat et des services du coroner. Nous effectuons ces autopsies parce que le coroner nous y autorise. Ça ne vous regarde plus, mais alors plus du tout. Quant à l'appel à un autre médecin légiste, c'est à nous d'en prendre la décision, pas à vous. Vous pouvez le demander. Mais pas l'exiger. Suis-je claire ? Suffisamment claire ?

Mariner la fixa à son tour, gardant un visage calme, mais mourant d'envie de lui tordre le cou.

— Trouvez simplement de quoi sont mortes mes patientes.

— C'est mon intention.

— On veut tous trouver la réponse, dit Murdock d'un ton conciliant. Et on va faire le maximum pour ça. Et si on n'arrive à rien nous solliciterons un deuxième avis, et un troisième si nécessaire...

— Bien, dit Mariner, un peu radouci.

— Et vous pourrez choisir le consultant.

— Espérons que ce ne sera pas utile.

Mariner était décidé à calmer un peu le jeu et à offrir à chacun une sortie honorable. Il ne voulait pas pousser les choses trop loin parce qu'il avait autant besoin du Memorial que le Memorial avait besoin de lui. Il lui fallait leur savoir-faire, leur nom, leur réputation. Les futurs patients étaient ravis de savoir que le Memorial et « Santé d'abord » étaient sous contrat mutuel. Un argument de poids pour les faire adhérer.

Mariner se tourna vers Joanna, le visage plus détendu.

— Mais vous vous êtes trompée sur un point. La mort ne met pas fin à mes engagements envers mes patientes. Je me suis occupé d'elles lorsqu'elles étaient vivantes et je continue à leur mort. Mon dernier devoir vis-à-vis d'elles est de trouver la cause de leur décès. Vis-à-vis d'elles et de leurs familles.

— Nous ferons le maximum, dit Joanna.

— Si vous avez besoin de renseignements complémentaires sur leur passé médical, dites-le-nous et on vous les donnera.

Joanna n'en revenait pas de ce changement soudain dans l'attitude de Mariner. Un instant auparavant, il exigeait avec arrogance, et maintenant il était attentif et conciliant. Elle se demandait ce qu'il dissimulait vraiment au fond de son cœur.

— Nous voudrions en savoir plus sur l'état cardiaque de Sally Wheaton.

Mariner désigna Arnold Kohler.

— Le docteur Kohler a été son médecin généraliste à « Santé d'abord ». Je suis sûr qu'il pourra vous donner... (Mariner s'arrêta au milieu de sa phrase et soupira.) J'ai oublié de vous présenter. Excusez-moi. Joanna Blalock, voici le docteur Kohler.

Joanna fit un rapide signe de tête, observant Kohler. Il était petit et brun et son front brillait de transpiration bien qu'il ne fasse que vingt et un degrés dans la pièce.

— Parlez-moi de l'arythmie de Mme Wheaton.

— Eh bien, je... je n'ai pas son dossier avec moi, bégaya Kohler, mais de mémoire, elle avait des contractions ventriculaires prématurées.

Joanna lui jeta un regard de côté d'un air sceptique.

— De simples contractions ventriculaires prématurées ne nécessitent pas un pacemaker.

— Ben, c'est le cardiologue qui me l'a dit, dit Kohler pour se défendre.

Joanna secoua la tête.

— Ce n'est pas possible. Pas pour de simples contractions ventriculaires.

Kohler haussa les épaules et regarda le sol.

— Mme Wheaton avait bien des contractions ventriculaires prématurées, dit tranquillement Mariner, soutenant Kohler. Elles étaient visibles sur chaque électrocardiogramme. Mais elle avait aussi par intermittences une dissociation auriculoventriculaire. Et dans ces moments-là, la pression sanguine baissait brusquement.

Joanna se tourna vers Kohler.

— Quand lui a-t-on mis le pacemaker ?

Kohler réfléchit.

— Il y a environ six mois.

— Je suppose que c'est un pacemaker de type sentinelle.

— Quoi ? dit Kohler en levant les sourcils.

— Un pacemaker sentinelle, répéta Joanna en articulant chaque mot. Celui qui ne se met en route qu'en cas de besoin.

— Ah, dit Kohler en hésitant, ça pourrait bien être ça...

Joanna le regarda avec insistance.

— Je croyais que vous m'aviez dit avoir parlé avec le cardiologue avant l'implantation du pacemaker...

— Je l'ai fait, mais on ne m'a pas dit...

— C'est un pacemaker d'un type nouveau, intercéda doucement Mariner. Il réagit à la demande, mais on peut aussi le programmer pour qu'il donne des impulsions en permanence. Mme Wheaton s'en trouvait très bien.

— Tous les symptômes avaient disparu, ajouta Kohler.

— Peut-être sont-ils réapparus, fit Joanna. Peut-être a-t-elle eu une nouvelle forme d'arythmie, comme une tachycardie ventriculaire, et le pacemaker n'a pas réagi à ça. Ou peut-être que le pacemaker a mal fonctionné.

— Je peux facilement faire vérifier cette dernière hypothèse, proposa Mariner. Je peux demander aux gens de MPI de le passer au peigne fin si vous voulez.

— Une fois l'autopsie terminée je vous l'enverrai, dit Joanna, tout en pensant qu'elle le ferait d'abord vérifier par le service de cardiologie du Memorial.

Une opinion indépendante vaut toujours mieux, se dit-elle, se souvenant que MPI était une filiale à cent pour cent de « Santé d'abord ».

Murdock demanda :

— Est-ce que les arythmies provoquent au cœur des changements visibles au microscope ?

— Non, répondit aussitôt Joanna. On ne peut reconnaître une arythmie que par électrocardiogramme ou enregistrement magnétique selon le système Holter.

Murdock eut un soupir las.

— Si bien que si sa mort est due à une arythmie, on ne pourra rien prouver.

Les pupilles de Mariner se contractèrent tout à coup. Il saisit le pacemaker et l'amena dans la lumière, essayant de lire le numéro de série.

— Je vois bien 1, 4, 0, 8, mais je ne peux pas dire si la lettre qui suit est un A ou un B...

— C'est un B, dit Joanna en prenant le pacemaker et en vérifiant à la loupe. C'est un B. Ça change quelque chose ?

— Possible, dit prudemment Mariner. Certains de nos derniers modèles ont un détecteur interne. C'est comme un système Holter miniaturisé qui enregistre chaque battement de cœur et le retransmet par réseau à notre ordinateur central de « Santé d'abord ».

— L'enregistrement est-il permanent ? demanda Joanna.

— Oui, mais un jour sur deux, et seulement pour certains pacemakers. Sinon, le volume des enregistrements serait gigantesque et inexploitable.

Joanna approuva lentement, se demandant si elle allait enfin avoir de la chance.

— Il est donc possible que son rythme cardiaque ait été enregistré le jour de sa mort...

— C'est possible.

— Comment le savoir ?

— En vérifiant sur les ordinateurs du labo d'électrocardiologie.

— Ça va prendre combien de temps ?

— Quelques heures.

Mariner sortit le premier de la salle d'autopsie, Kohler sur ses talons. Murdock traîna en arrière et attendit qu'ils soient hors de portée de voix.

Il se tourna alors vers Joanna, parlant à mi-voix.

— Du nouveau sur Lucy O'Hara ? Quelque chose qui puisse expliquer sa mort ?

Joanna secoua la tête.

— Rien. Aucune piste.

Murdock proféra une obscénité particulièrement salée et quitta la pièce.

Joanna revint au cadavre éventré. Elle refit mentalement son listing pour s'assurer que tous les tests nécessaires sur les fluides et les tissus avaient bien été ordonnés. Elle avait déjà pris la précaution de faire congeler quelques spécimens sans conservateur au cas où des examens complémentaires se révéleraient nécessaires. Et maintenant qu'il risquait d'y avoir un autre médecin légiste appelé en renfort, Joanna voulait s'assurer que des quantités adéquates de chaque spécimen seraient disponibles pour un deuxième examen. Elle pressentait que le consultant était déjà choisi. Elle l'avait senti au ton et à l'attitude de Mariner quand le sujet avait été abordé. Joanna respira profondément, hérissée contre Murdock, qui s'était soumis si facilement. Elle jeta un coup d'œil à Emily Ryan, affairée à ranger les organes disséqués dans des boîtes séparées.

— N'oubliez pas de congeler une bonne quantité du sang et d'urine de la patiente.

— Entendu.

— Et du liquide pleural.

Emily prit une énorme seringue et, enfonçant l'aiguille dans la cavité pleurale, commença à aspirer le liquide. Il était épais et jaune, et fortement mélangé de sang. Un épanchement malin, pensa

Emily, et elle revit sa mère, qui souffrait d'un cancer du sein, et sa grand-mère, morte de la même maladie, les poumons atteints et de gros épanchements dans la plèvre. Cancer du sein héréditaire. Et Emily était la suivante. Les scientifiques avaient récemment découvert un gène du chromosome 17 responsable de l'anomalie. Emily avait décidé de faire vérifier si elle était porteuse du gène. Mais elle n'avait pas décidé quand. Elle aspira le reste du liquide pleural et se pencha par-dessus le corps pour atteindre un flacon stérile. Sa taille frôla le cadavre et l'un des bras de Sally Wheaton glissa et vint pendouiller le long de la table.

Joanna s'approcha et remit le bras en place. Elle fit demi-tour, puis se retourna à nouveau, le regard fixé sur les traces d'intraveineuses au bras de Sally.

— On a fait une prise de sang à la patiente juste avant sa mort, n'est-ce pas ?

Emily réfléchit.

— Je crois, oui.

— Regardez dans le dossier.

Emily alla vers une table et parcourut les pages du dossier de Sally Wheaton à la recherche des fiches d'infirmerie.

— J'y suis. Elle a eu une prise de sang à l'hôpital faite par une infirmière nommée Wendy Fujiama.

— Et je crois que Lucy O'Hara aussi a eu une prise de sang quelques minutes avant sa mort, dit Joanna, plus pour elle-même que pour Emily.

— Je peux le vérifier. J'ai son dossier sous la main. (Emily prit un épais dossier qu'elle feuilleta rapidement. A la dernière page, elle trouva ce qu'elle cherchait.) Lucy a eu une prise de sang dix minutes avant qu'on la découvre morte.

— Qui a effectué la prise de sang ?

— Wendy Fujiama.

— Quelle est exactement votre procédure pour une prise de sang ? demanda Joanna.

Wendy Fujiama hésita un peu, réfléchissant. Elle fixait le sol, évitant de regarder Joanna.

— Eh bien, je nettoie d'abord la peau à l'alcool et...

— Partez du début, dit Joanna. Depuis votre arrivée dans la chambre de la patiente.

— J'entre et je dis à la malade que je viens faire une prise de sang.

— Votre plateau est déjà préparé ?

— Bien sûr. Sinon je perdrais trop de... (Wendy s'arrêta soudain et regarda Joanna, ses yeux étroits se rétrécissant encore.) Pourquoi toutes ces questions ?

— Je vous le dirai tout à l'heure, dit Joanna d'un ton neutre. Alors dites-moi, votre plateau est-il préparé à l'avance ?

— Certainement, dit prudemment Wendy, maintenant sur ses gardes. Avant d'aller dans la chambre, je vérifie quels examens sanguins sont demandés et combien de tubes de sang il me faut.

— Et ensuite ?

— Ensuite, je place un garrot sur le bras de la patiente et je nettoie à l'alcool le point de saignée. Quand j'ai repéré une veine, je la pique et j'attends que le sang coule. Puis je raccorde le tube à essais et je prélève l'échantillon.

— C'est un système sous vide, n'est-ce pas ?

— Oui. C'est un tube sous vide, si bien que le sang est automatiquement aspiré.

— Serait-il possible d'injecter un produit par ce système ? demanda Joanna, observant le visage de Wendy.

— Pas une fois que le tube à essais est fixé, répondit calmement Wendy, ses paupières battant l'espace d'un instant.

— Les aiguilles sont bien protégées ?

Wendy fit signe que oui.

— Elles sont dans des étuis en plastique qu'il faut dévisser pour ouvrir. On entend un petit « pop » à l'ouverture.

— Si vous n'entendiez pas ce bruit, utiliseriez-vous l'aiguille ?

— Sûrement pas. Ça voudrait dire que l'étui a déjà été ouvert.

— Qui prépare le plateau pour la prise de sang ?

— C'est moi. A mon arrivée le matin, je vais au labo et je m'approvisionne en aiguilles et en tubes.

— Est-ce que ce plateau échappe parfois à votre contrôle ?

— Jamais.

— Vous souvenez-vous d'avoir effectué une prise de sang sur Lucy O'Hara et Sally Wheaton ?

— Bien sûr, répondit sans hésiter Wendy. On fait systématiquement... (Elle s'arrêta au milieu de sa phrase, les yeux écarquillés.) Vous n'allez pas croire que je suis mêlée à leurs morts ?

— Je n'ai pas dit ça.

— Alors pourquoi toutes ces questions ?

— Pour avoir toutes les données, et m'assurer qu'on n'a laissé passer aucun indice.

— Quoi par exemple ? dit Wendy en élevant la voix. Vous pensez qu'on leur a injecté quelque chose ?

— Rien ne le prouve.

— Mais vos questions laissent supposer que vous croyez que quelqu'un aurait injecté quelque chose aux patientes. Et que ce quelqu'un pourrait être moi.

— Personne ne vous accuse de rien.

Wendy fit un geste d'incrédulité.

— Ce n'est qu'un bavardage amical, alors ?

— Simple vérification systématique, répéta Joanna.

— Je refuse de continuer à répondre à vos questions.

— J'ai fini. Vous m'avez dit tout ce que je voulais savoir.

Wendy se leva.

— Bon, encore une chose. En partant d'ici, j'appelle mon avocat et je lui raconte notre conversation. Et si jamais le public en entend parler ou si c'est versé à mon dossier, je porte plainte contre vous et le Memorial.

Joanna la regarda partir, puis sortit une tasse de café tiède de sous son bureau et la sirota. Dans sa tête, elle visualisait l'appareillage utilisé pour une prise de sang et cherchait la faille possible du système. Mais c'était une recherche illusoire et elle le savait. Le système sous vide interdit l'injection de quoi que ce soit et, même dans ce cas, le produit aurait été décelé dans les analyses de sang. Et on n'avait rien trouvé. Rien de rien. Zéro pointé. Elle ne savait toujours pas de quoi Lucy O'Hara et Sally Wheaton étaient mortes. Comme elle l'avait dit à Murdock une demi-heure plus tôt, elle n'avait pas la moindre piste.

11

Accompagnée par un vigile, Joanna prit l'ascenseur « Recherche et Développement » jusqu'au neuvième étage de la tour « Santé d'abord ». Le walkie-talkie accroché à la ceinture du vigile émettait un grésillement statique, mais Joanna entendit cependant une voix donnant l'ordre de contrôler à fond l'escalier de secours. Elle jeta un œil à l'étui de revolver du garde et remarqua que la lanière qui retenait la poignée était détachée. L'ascenseur s'arrêta brusquement et les portes s'ouvrirent. Amanda Black l'attendait devant le poste de sécurité.

— Des problèmes ? demanda Joanna.

Amanda haussa les épaules avec indifférence.

— Quelqu'un était dans l'escalier de secours tôt ce matin. On ne sait pas pourquoi l'alarme ne s'est pas déclenchée, mais il a été filmé.

— Vous pensez qu'il voulait entrer par effraction ?

— Peut-être. Mais ce serait un sacré boulot. Les portes de secours sont pratiquement blindées et ne s'ouvrent que de l'intérieur.

Amanda se tourna vers le vigile dans sa cage de plexiglas et lui donna le nom de Joanna. Le vigile entra l'information dans l'ordinateur et attendit qu'il la traite et donne son feu vert.

— Avez-vous sur vous des appareils photo ou d'enregistrement ? demanda le vigile, les yeux fixés sur l'écran.

— Non, répondit Joanna.

Le vigile lui tendit un badge de visiteur et la regarda l'accrocher sur elle.

— Veuillez porter ce badge tout le temps.

Les deux femmes franchirent une porte et se retrouvèrent dans une petite pièce avec une seconde porte. Amanda tapa une série de cinq chiffres sur un clavier mural. Comme elle prenait son badge, une alarme se déclencha. L'air fut rempli d'un bip-bip aigu. Aussitôt, les deux portes se verrouillèrent automatiquement.

— Qu'est-ce qui ne va pas ? demanda Joanna.

— L'une de nous doit porter quelque chose d'interdit, dit calmement Amanda.

La porte du vestibule s'ouvrit. Le vigile, main sur la crosse de son arme, recula et fit signe aux deux femmes de sortir. Il désigna Joanna.

— Veuillez vider votre sac à main sur la table.

Joanna ouvrit et retourna son sac. Il en tomba un peigne, un poudrier, un bâton de rouge à lèvres, une brosse, des kleenex, un mouchoir, un carnet d'adresses et un dictaphone.

Le vigile prit le petit dictaphone et le lui montra.

— Un enregistreur, dit-il avec rudesse.

— C'est un dictaphone, dit Joanna, ennuyée. J'ai dicté des lettres en venant ici.

Le vigile alluma l'appareil et écouta la voix de Joanna : « Cette lettre est pour le docteur Robert Kingman, de l'hôpital John-Hopkins. Cher Bob, excusez-moi de répondre si tardivement à votre dernière lettre mais... » Le vigile éteignit le dictaphone.

— Je le garde ici. Vous le reprendrez en partant.

Les femmes retournèrent dans la petite pièce et Amanda retapa la série de chiffres sur le clavier mural.

— Tous les visiteurs sont fluoroscopés ? demanda Joanna.

— Sans exception.

Il y eut un lourd cliquetis et la porte s'ouvrit. Les

deux femmes suivirent un long couloir. Tout était silencieux et immobile, toutes les portes fermées. Elles arrivèrent devant la pièce marquée MATIÈRES BIOLOGIQUES EXPÉRIMENTALES. La porte s'ouvrit brusquement et un laborantin en sortit. Joanna jeta un coup d'œil dans la salle immense, très éclairée, avec des rangées de paillasses et des appareils sophistiqués. Elle ne comprit pas tout de suite qu'il y avait une paroi de verre entre le laboratoire et le couloir. A l'arrière-plan, elle entrevit un technicien en train d'ouvrir un gros incubateur. Il était habillé comme un cosmonaute, avec un capuchon muni d'un masque en plastique teinté. La porte se referma.

— Quelle sorte de toxines étudient-ils ? demanda Joanna.

— Des toxines moléculaires capables de paralyser le système immunitaire.

— D'une façon sélective ? Des toxines qui n'attaquent que le système immunitaire ?

— C'est ce qu'on m'a dit.

Elles arrivèrent au labo d'électrocardiologie. Amanda essaya de tourner la poignée, mais elle était verrouillée. Elle prit son badge et l'introduisit dans une fente au-dessus de la poignée. La porte s'ouvrit en chuintant. Elles entrèrent sans bruit dans une pièce plongée dans la pénombre. Joanna aperçut tout juste un groupe de gens debout près de la console. Les ordinateurs sur le côté bourdonnaient, un bruit intensifié par le silence ambiant. Tout à coup, contre le mur, des écrans vidéo géants s'allumèrent et des chiffres défilèrent, trop rapidement pour être lisibles. Les écrans se vidèrent un instant, puis affichèrent un bleu profond. Des lignes blanches et floues apparurent puis se transformèrent progressivement en cardiogrammes nets. Maintenant, tous les écrans présentaient des rythmes cardiaques. Joanna avait l'impression de visionner cent électrocardiogrammes à la fois.

Amanda avança la première vers la console où

Alex Black était affairé à entrer des nombres. Sa coiffure, d'habitude impeccable, était un peu en désordre, et Joanna lui trouva l'air soucieux. Derrière Alex se tenaient Robert Mariner et une femme habillée en infirmière, que Joanna ne connaissait pas.

— Allons, allons, marmonna Alex, essayant d'obtenir l'information de l'ordinateur.

Il tapa un autre code, mais il n'y eut aucun changement sur les écrans. Il essaya encore et encore, sans résultat.

Mariner secoua la tête d'un air consterné et alla vers Joanna.

— Je crains de vous faire perdre votre temps. Quand je vous ai appelée, on m'avait dit que l'enregistrement du rythme cardiaque de Sally Wheaton serait accessible dans quelques minutes. Mais ça fait deux heures que j'attends.

— Voulez-vous dire que son rythme cardiaque n'a pas été enregistré ?

— Mais si, justement. Mais on n'arrive pas à récupérer les données.

Joanna regarda le grand écran devant elle. Les diagrammes parcouraient l'écran de plus en plus vite.

— Je ne suis pas sûre de comprendre. Vous avez le nom, le numéro de la patiente et le numéro de série de son pacemaker. Ça doit suffire à l'ordinateur, non ?

— Normalement oui. Mais nous avons un si grand nombre d'informations à traiter que nous avons mis au point un nouveau système de stockage. Un système tellement microminiaturisé que toute la Bible peut tenir sur un disque de la taille d'une boîte d'allumettes. Malheureusement, il est encore en rodage et requiert un code très compliqué. (Mariner prit une longue respiration.) C'est un de nos meilleurs scientifiques, mort dans un accident de bateau le mois dernier, qui l'a inventé. Il était le seul à maîtriser vraiment chaque élément du système. Cet homme était un génie.

— Un vrai génie, dit Amanda. Si Bob Cipro était vivant et présent, on aurait les données sur Sally Wheaton en cinq minutes.

— Ou moins, dit Mariner. Je crains que pour ce programme particulier, nous ne soyons que de vulgaires béotiens.

Joanna porta son attention sur l'écran vidéo. Les électrocardiogrammes continuaient à se succéder sur l'écran. Un nombre apparut... 208B.

— Que signifie ce nombre ?

— C'est le numéro du pacemaker qui correspond à l'enregistrement, expliqua Mariner. Vous vous rappelez peut-être que le numéro du pacemaker de Sally Wheaton est 1408B. Ce qui signifie qu'il faut relire encore mille deux cents enregistrements de pacemakers avant d'arriver au sien.

— Ne pouvez-vous pas court-circuiter les numéros intermédiaires et aller directement au 1408 ?

— C'est ce qu'on essaye de faire, mais l'ordinateur ne l'accepte pas.

— Si on avait cette saloperie de code, ça marcherait, gronda Alex.

Mariner fut sur le point de dire quelque chose, mais se ravisa, se tournant vers la femme vêtue en infirmière.

— Pardonnez-moi de ne pas vous avoir présentées. Docteur Joanna Blalock, voici Kate Phillips. Kate coordonne les greffes pour « Santé d'abord ».

Joanna tendit une main que Kate serra fermement. Trop fermement, pensa Joanna.

— Comment allez-vous ?

— Bien, merci.

— J'ai demandé à Kate de venir parce qu'elle connaît bien nos futurs greffés, expliqua Mariner. Vous avez peut-être des questions auxquelles elle pourra répondre mieux que personne.

— Leur mort est tellement, tellement tragique, dit

Kate d'une voix étonnamment douce pour une femme aussi charpentée. (Grande et musclée, elle avait de larges épaules et des cheveux blonds coupés très courts et rejetés en arrière comme ceux d'un homme.) Elles étaient sur le point de suivre le seul traitement qui pouvait les sauver.

— Est-ce que d'après vous elles étaient angoissées ? demanda Joanna.

Kate réfléchit.

— Pas plus que les autres. Elles étaient conscientes qu'elles pourraient ne pas survivre à la greffe ou que celle-ci pourrait ne pas réussir. C'est normal avec ce genre de patients. (Elle plissa les yeux pour mieux se souvenir.) Sally avait des craintes à propos de son pacemaker. Il lui arrivait de rêver que le pacemaker s'arrêtait subitement de fonctionner...

— Mais son pacemaker ne lui a jamais posé de problèmes, intervint aussitôt Mariner.

— Jamais, approuva Kate. Mais elle se faisait difficilement à l'idée que son cœur était sous le contrôle d'un appareil électrique.

Etaient-elles obsédées par des prémonitions de fin prochaine ou de mort subite ? demanda Joanna.

Kate secoua fermement la tête.

— Avant tout, elles voulaient vivre. Je les trouvais même pleines d'espoir. Ces trois femmes avaient la volonté de vivre...

— Vous voulez dire ces *deux* femmes, corrigea Joanna.

— Non. Trois patientes en attente de greffe sont mortes récemment, dit Kate.

Mariner la regarda, abasourdi.

— Une troisième patiente est morte ? Quand ?

— Il y a quatre mois, dit tranquillement Kate. Vous devez vous souvenir d'elle. Karen Butler, la jeune infirmière atteinte d'arthrite rhumatismale et d'anémie aplasique.

Mariner tambourina des doigts sur le pupitre, pensif.

— Je ne me souviens pas d'elle. Qui était son généraliste à « Santé d'abord » ?

— Je ne sais pas trop, dit Kate en cherchant dans sa poche un bloc de fiches. (Elle commença à les feuilleter.) Laissez-moi vérifier...

Trois futures greffées sont mortes, pensa Joanna. Elle se demandait si la première aussi était morte soudainement et sans cause établie. Et au Memorial Hospital. Bon Dieu ! Trois morts identiques ne pourraient être attribuées aux circonstances ou à des coïncidences. Ce seraient forcément des meurtres.

— Le docteur Kohler était son médecin, dit enfin Kate.

— Arnold Kohler ? demanda aussitôt Joanna.

— Oui.

Bien que Joanna n'en laissât rien paraître, sa pensée galopait tandis que les pièces du puzzle commençaient à s'emboîter. Kohler avait été le généraliste de Sally Wheaton et de Karen Butler. Ça en faisait deux sur trois. Elle se demandait s'il y avait un lien entre lui et Lucy O'Hara.

— Avez-vous des renseignements cliniques sur Karen Butler ?

Kate consulta l'une de ses fiches.

— C'était une jeune infirmière avec une arthrite rhumatismale qu'on avait traitée par injections de sels d'or. Traitement remarquablement efficace, mais l'or avait engendré une anémie aplasique. C'est pour ça que nous l'avions adressée au Memorial pour une greffe de moelle osseuse.

— Est-ce le docteur Kohler qui administrait les injections de sels d'or ?

Kate haussa les épaules.

— Il faut le lui demander.

C'est mon intention, se dit Joanna, se demandant maintenant si Kohler était assez fou pour administrer lui-même les injections. L'or était une thérapie efficace contre l'arthrite rhumatismale, mais comportait un risque significatif de toxicité et ne devait être administré que par un rhumatologue confirmé. Sinon, on risquait une catastrophe comme, dans le cas de Karen Butler, une anémie aplasique.

— La patiente a-t-elle reçu sa greffe ?

— Non. Elle est morte avant l'intervention.

— Elle est morte au Memorial ? demanda Joanna.

— Sur le parking, répondit Kate.

— L'a-t-on vue à l'intérieur de l'hôpital le jour de sa mort ?

Kate regarda à nouveau sa fiche.

— Je n'en suis pas certaine. C'est important ?

— Ça pourrait l'être, dit Joanna. Soyez gentille de le vérifier.

Kate prit note.

Mariner intervint :

— Je suis surpris que le Memorial ne nous ait pas appelés et prévenus de sa mort.

— S'ils l'ont trouvée sur le parking, ça relevait peut-être de la police, suggéra Joanna.

Amanda fit un geste.

— Je crois me souvenir d'elle, maintenant. On l'a trouvée morte dans sa voiture. Ils nous ont appelés parce qu'ils voulaient savoir si nous pouvions signer un acte de décès et formuler la cause de sa mort subite. Nous ne le pouvions pas, et le procureur a été saisi.

— A-t-on fait une autopsie ? demanda Mariner.

— Je le suppose, dit Amanda.

— Je ne peux pas me contenter de suppositions, nom d'un chien, fit sèchement Mariner. Il me faut des faits.

Amanda fut visiblement estomaquée par la brusque sortie de Mariner. Elle le fixa un instant en pâlissant, puis détourna le regard.

— Je crois qu'il y a eu autopsie, dit Kate. Je me souviens d'un rapport du bureau du coroner établissant qu'elle avait des amphétamines dans le sang.

— Elle se droguait ? demanda aussitôt Joanna.

— A l'adolescence, dit Kate. Mais elle était jugée clean depuis des années.

— Vous souvenez-vous du taux d'amphétamines trouvé dans son sang ?

— Pas comme ça, mais je peux le vérifier.

Mariner pressa gentiment le bras de Kate.

— Et n'oubliez pas de voir s'il y a eu autopsie. Et si oui, apportez-moi le rapport.

— Pas de problème, dit Kate, d'une voix plus chaude que d'habitude.

Joanna observait cet échange, le regard fixé sur la main de Mariner, qui ne relâcha qu'à ce moment-là le bras de Kate. C'était plus qu'un geste banal, pensa Joanna. Et puis la voix de Kate avait changé quand Mariner l'avait touchée. Joanna jeta un regard à Amanda, qui fixait d'un air mauvais l'infirmière blonde. Si Amanda avait été une chatte, elle l'aurait attaquée toutes griffes dehors.

— Est-ce que par hasard cette dernière patiente portait une pompe ou un pacemaker ?

Kate haussa les épaules.

— Il faut le demander au docteur Kohler.

— Ça fait désormais trois morts, dit Mariner avec écœurement. Trois femmes sont mortes qui avaient pour seule chose en commun d'être sur le point de subir une greffe de moelle osseuse. Merde, qu'est-ce qui se passe au Memorial ?

— Vous ne pensez pas que..., commença Amanda.

— Je ne pense rien, coupa Mariner. Je sais simplement que trois de nos patientes sont mortes soudainement sans raison valable.

Kate le regarda d'un air étonné.

— Vous pensez qu'il s'agit d'actes intentionnels ?

— Il y a pas mal de gens qui aimeraient voir « Santé d'abord » se casser la gueule, répondit sombrement Mariner.

Joanna nota mentalement de vérifier si une autopsie avait été pratiquée sur la troisième patiente. Et dans ce cas, de voir le coroner responsable.

Alex repoussa son fauteuil et s'écria :

— Nous sommes arrivés à 1400 !

Tout le monde leva les yeux vers l'écran géant. Les diagrammes défilaient et le nombre 1400 clignotait. L'écran devint noir un instant, puis des diagrammes réapparurent. On en était au 1401.

— Bravo ! dit Mariner en tapotant l'épaule d'Alex. Comment avez-vous réussi ?

— J'ai entré le nom de la patiente et le numéro 1400. Bob Cipro avait programmé l'ordinateur de telle façon qu'il n'accepte que les numéros de série divisibles par cent. Il accepte 1400, mais pas 1401 ou 1408.

— Pourquoi a-t-il fait ça ?

— Pour qu'il soit extrêmement difficile de pénétrer dans le programme. Personne ne rentrera des nombres divisibles par cent parce qu'il n'y a pas de pacemakers portant ces numéros. Ces nombres-là ont été sautés. Ainsi, il y a des pacemakers numérotés 1299 et 1301 et 1399 et 1401, mais pas de 1300 ni de 1400. Génial, hein ?

— Comment Bob a-t-il fait pour que ces numéros n'existent pas ? demanda Mariner.

Alex haussa les épaules.

— En passant un coup de fil, j'imagine.

Mariner sourit intérieurement. Il imaginait très bien Bob dans ce rôle. Attraper le téléphone et leur dire de faire comme ça, sans donner de raison. Bob était persuadé qu'un secret restait un secret aussi longtemps qu'il était détenu par une seule personne. Bob Cipro était un être brillant, mais aussi paranoïaque que sournois, ne partageant ses pensées qu'en cas de nécessité. Mariner ne put s'empêcher de se demander combien d'idées géniales Cipro avait emportées dans sa tombe.

— Cipro pouvait faire merveille sur un ordinateur, dit Mariner en souriant légèrement à Joanna. Il pouvait même fabriquer un programme capable de reconstituer un visage en entrant les mensurations de fragments isolés d'os faciaux...

— J'utilise son programme ? s'exclama Joanna.

Mariner fit signe que oui.

— Bob l'a mis au point pour Bio-Synthetics, qui appartient à « Santé d'abord ». Et, bien sûr, Phil Weideman est l'un de nos consultants. Lorsqu'il a demandé l'autorisation d'utiliser le programme pour reconstituer le visage de votre cadavre, je l'ai donnée sans hésiter.

— Je vous ai vue à la télé, docteur Blalock, dit Kate d'un ton admiratif. Mon Dieu, c'est fascinant. Allez-vous vraiment réussir à redonner un visage à cet homme ?

— Avec du temps, oui.

— Je ne comprends pas bien pourquoi la police n'a pas voulu que vous décriviez le tatouage sur la fesse du mort, dit Kate.

— Ils n'ont pas donné de raison, mentit Joanna. Ils me l'ont juste demandé.

— Quel sorte de tatouage ? demanda Alex, soudain intéressé.

— Un tatouage, dit Joanna. Je suis désolée de ne pouvoir en dire plus pour l'instant.

— C'était quelle émission télé ? voulut savoir Alex.

Kate s'empressa de le renseigner.

— Je regrette d'avoir loupé ça, dit Alex. Les investigations de médecine légale m'intéressent beaucoup.

— Je l'ai enregistrée sur VHS et je peux vous la prêter, proposa Kate.

— Ça me ferait très plaisir !

— 1408 ! annonça Mariner.

Tout le monde se tourna vers l'écran et tendit le cou. Le numéro 1408 clignotait. Le rythme cardiaque était normal, à soixante-dix pulsations minutes.

Alex tapa rapidement une nouvelle série de

chiffres et la date et l'heure apparurent en haut et à droite de l'écran.

— C'est la date de sa mort, dit Mariner, les yeux fixés sur l'écran. Nous sommes à onze heures quarante-deux du matin. Quelle est en gros l'heure du décès ?

— Entre onze heures quarante-cinq et onze heures cinquante, dit Joanna.

Personne ne bougeait, regardant et attendant. Un ange passa. La ventilation se mit en route et Joanna sentit le courant d'air, mais l'atmosphère semblait malgré tout lourde et confinée. *11 : 44 A.M.* clignota sur l'écran.

— Son rythme cardiaque s'accélère, dit Mariner, brisant le silence.

Le rythme cardiaque de Sally Wheaton grimpa à 90 battements/minute, puis 100. Un rythme encore normal.

— Quelque chose provoque une tachycardie, commenta Joanna.

— Elle en est à 120, dit Mariner. 140...

Les lignes de l'électrocardiogramme s'enchevêtrèrent tout à coup, puis se transformèrent en larges ondulations. L'agonie. Les dernières secondes de vie. Maintenant, l'électrocardiogramme était plat.

L'heure, *11 : 46 A.M.*, était affichée sur l'écran.

L'ordinateur donnait l'heure exacte du décès de Sally Wheaton.

Mais pas la cause.

12

— Vous devez inscrire votre nom, monsieur, dit le réceptionniste.

L'homme hésita. Il fut sur le point d'écrire *Willy Patterson,* son nom de naissance, celui sous lequel il avait été porté disparu au Viêt-nam. Il masqua son hésitation en examinant un instant le stylo. Puis il s'inscrivit sous le nom de Karl Rimer, celui qu'on lui avait donné, celui qu'il utilisait pour ses comptes en banque à l'étranger, où on ne lui réclamait pas de numéro de sécurité sociale.

Rimer pénétra dans le hall principal du Memorial Hospital. Il était huit heures du soir et des visiteurs étaient assis ou faisaient les cent pas dans l'attente de quelqu'un. Rimer passa près de deux vieillards qui regardaient dans le vide et d'une femme fatiguée avec un enfant endormi dans les bras. Tout le monde semblait triste.

Il vit en face de lui un vigile sans arme, un talkie-walkie à la ceinture. Un flic à la retraite, se dit Rimer, travaillant la nuit pour compléter une pension trop maigre. Rimer fit un signe de tête au vigile, qui fit de même puis se mit dos au mur pour pouvoir se gratter discrètement les hémorroïdes.

Rimer s'approcha de l'ascenseur. A côté de lui se trouvait un patient en fauteuil roulant, un gros bandage autour de la tête. Un vieil homme plus mort que vif. Une jeune femme se tenait derrière le fauteuil et lui parlait doucement. Il n'avait pas l'air de l'entendre. Rimer s'écarta. Il détestait les malades et plus encore les hôpitaux. Il n'avait jamais été hospitalisé et ne le serait jamais. Conneries. Les gens meurent, à l'hôpital.

La porte de l'ascenseur s'ouvrit. Rimer attendit pour s'assurer que le malade en fauteuil roulant ne le prenait pas, puis il y entra. Comme la cabine commençait à descendre, Rimer prit son Beretta et y fixa un silencieux. L'ascenseur s'arrêta, Rimer mit l'arme dans la poche extérieure de son imper et enfila une paire de gants en latex tout en sortant de l'ascenseur d'un air hésitant comme quelqu'un qui s'est perdu. Au cas où il se trouverait nez à nez avec quelqu'un. Le couloir était vide. Il respira la forte odeur de désinfectant du carrelage, qui indiquait que l'équipe de nettoyage était déjà venue et repartie.

Rimer prit à gauche en direction de la morgue. Il l'avait repérée la veille, où il s'était présenté comme un journaliste qui faisait un papier sur la médecine légale. Ils avaient été charmants. Il avait eu droit à un tour complet de la morgue avec Emily Ryan, interne-chef. Une fille brillante, avait pensé Rimer, et bavarde, cherchant à impressionner. Elle lui avait dit tout ce qu'il désirait savoir.

La morgue se trouvait au bout du couloir. Le néon au-dessus de la porte était éteint, l'endroit plongé dans la pénombre. Rimer regarda sous la porte et constata qu'il n'y avait pas de lumière à l'intérieur. Il plaqua l'oreille contre le battant de la porte. Tout était calme. Il essaya la poignée, mais elle était bloquée. Il sortit rapidement un jeu de clés et en choisit une, longue et fine, qu'il introduisit dans la serrure.

Au second essai, la porte s'ouvrit et il entra. Il referma à clef. Le laboratoire était dans le noir complet. Rimer sortit une lampe de poche et balaya la pièce, s'orientant rapidement. A droite, les tables d'examen et les incubateurs, à gauche, les centrifugeuses et l'équipement lourd. Il y avait une porte près des incubateurs et Rimer s'en approcha.

« Qu'est-ce que c'est ? » avait-il demandé la veille à Emily Ryan.

Elle avait hésité, avec un battement de paupières.

— C'est pour des études spéciales...

— Quoi, par exemple ?

— Les enquêtes policières, ce genre de choses.

— On peut jeter un œil ?

— Malheureusement non. »

Cela avait permis à Rimer de savoir où Joanna était en train de reconstituer le visage du mort. Il ouvrit cette seconde porte et se trouva à nouveau dans le noir. L'odeur était différente. Jusque-là elle avait été suave, mais maintenant il y avait de faibles relents de charogne et Rimer se demanda d'où cela provenait. Il balaya la pièce de sa torche et vit un bureau, des paillasses, un appareillage mystérieux, et une troisième porte.

Il traversa la pièce et ouvrit cette porte. Un cabinet de débarras et de rangement. Il recommença à balayer le laboratoire avec sa torche. Des placards au mur. Un ordinateur. Un plateau avec des fragments d'os blancs. Et il la vit. La tête du mort avec les bouts d'os qui y étaient accrochés.

Rimer eut un brusque souvenir du Viêt-nam. Des têtes au bout des piques. Des têtes d'Américains. A la frontière du Viêt-nam et du Cambodge. Un escadron des Forces spéciales avait pénétré au Cambodge et ils avaient été capturés par les Khmers rouges. Les Rouges leur avaient tranché et empalé la tête au bout des piques, juste à la frontière. Un avertissement. Restez au large.

Rimer s'approcha lentement de la tête, l'observant soigneusement. Il en était assez près pour la toucher, quand il s'aperçut que c'était une réplique. Nom de Dieu ! Ça faisait tellement vrai de loin, surtout la chevelure. Les cheveux étaient la réplique parfaite de ceux de la victime. Il retira un gant et les froissa entre ses doigts. La texture semblait si naturelle. Rimer toucha la face et sentit qu'elle était adhésive. Il tira doucement sur un morceau collé, qui commença à venir. Rimer écarta les doigts et le laissa en place.

C'est loin de faire un faciès, pensa Rimer en comptant les morceaux d'os déjà fixés. Sept. Rimer était étonné qu'ils aient reconnu sept fragments d'os. Il avait laissé le mort face broyée, totalement pulvérisée. Au premier coup de batte de base-ball, le front de l'homme s'était largement fendu en deux. Rimer se rappelait le craquement des os. L'homme s'était écroulé sur le sable, comme une masse. Encore une vingtaine de coups, des os et du sang partout. Il ne restait rien de la face. Plus rien.

Rimer observa longuement la tête et ne vit rien qui ressemblât, même de loin, à l'homme qu'il avait tué. Il regarda le plateau de bouts d'os. Il saisit avec précaution un fragment avec sa main gantée et l'observa. Comment diable pourraient-ils trouver sa place ? Il leur faudrait la deviner. Ils n'arriveraient jamais à reconstituer la face de ce trou-du-cul. Impossible.

Il reposa le fragment sur la table et l'écrasa avec la crosse de son arme. Il se brisa en esquilles et minuscules éclats. Il les ramassa et les remit sur le plateau.

L'attention de Rimer fut attirée par l'ordinateur posé sur la table. Il ne comprenait rien aux ordinateurs, ne les aimait pas, s'en méfiait même. Un voyant vert était allumé il ne savait pourquoi. Il tapota le clavier au hasard et rien ne se produisit. Il recommença des deux mains et l'un de ses doigts appuya sur *on*.

L'écran s'éclaira. Des contours de visages apparurent, puis des fragments d'os vinrent se mettre en place. Le regard de Rimer passa de l'écran au moulage et *vice versa*. Bordel de merde ! Ce putain d'ordinateur leur disait où placer les morceaux. L'ordinateur était en train de reconstituer le visage.

Détruisons la tête et les os, se dit-il, et foutons le camp. Et balançons aussi une demi-douzaine de balles de neuf millimètres dans l'ordinateur. Ça devrait le niquer pour de bon.

Rimer se figea brutalement. Il venait d'entendre une porte s'ouvrir. Puis plus rien. Les secondes passèrent. Puis Rimer entendit des pas, des hauts talons sur le linoléum, et des voix féminines. Il jeta un coup d'œil rapide sur le clavier, à la recherche de la touche *off*. Il ne la trouva pas. En désespoir de cause, il se mit à taper au hasard sur les touches. Sans résultat. L'écran était toujours allumé. Il chercha rapidement le cordon électrique de l'ordinateur et le débrancha. L'écran s'éteignit.

Les pas s'approchaient. Il sortit son Beretta et envisagea une petite tuerie. Il valait mieux pas, finalement. Il pouvait y avoir du monde tout près. On les attendait peut-être dans le couloir.

Rimer fila à travers la pièce et entra dans le réduit, dont il referma sans bruit la porte. Il éteignit sa torche et s'assura que son pistolet était armé. Son cœur battait. Il était aux aguets, mais ses sens n'étaient pas aussi aiguisés qu'il l'aurait voulu. Il prit dans sa poche deux cachets d'amphétamines de cinq milligrammes. Ça suffirait, se dit-il, surtout additionnés à la piquouse qu'il s'était faite juste avant d'entrer à l'hôpital. Il mâcha rapidement les cachets avant de les avaler, persuadé que la matière active serait plus efficace qu'avalée directement. Il en ressentit presque immédiatement les effets. Son pouls s'accéléra, ses sens s'aiguisèrent. Il envisagea à nouveau de tuer les intrus. Elles seraient mortes avant de s'en être rendu compte, leurs cervelles répandues sur le sol. Seulement si j'y suis obligé, se dit-il à nouveau. Mais le taux d'amphétamines montait dans son sang et maintenant Rimer se mettait à espérer que les intrus feraient une boulette.

Il entendit la porte s'ouvrir, puis deux voix féminines. L'une était celle d'Emily Ryan. Il ne reconnaissait pas l'autre.

— Si on arrive à rajouter un morceau d'os frontal, disait Joanna, je pense que l'ordinateur sera capable de nous donner une idée du côté gauche...

— Un demi-front est loin de constituer un visage, dit Emily.

— Mais tout un front, c'est autre chose. Souvenez-vous qu'en gros les deux côtés d'un visage sont presque identiques. Alors si nous pouvons reconstituer le côté gauche, l'ordinateur va nous montrer à quoi ressemblait le côté droit et on aura un front entier.

— Je préférerais le bas du visage. Je veux dire ses joues, son menton, sa mâchoire... des choses comme ça.

— Moi aussi. Mais pour ça il faut que nous trouvions des morceaux assez gros d'os maxillaires...

Emily claqua subitement les doigts.

— J'avais oublié. J'ai reçu un coup de fil du service de pathologie dentaire, cet après-midi. Le docteur Bailey voulait qu'on lui envoie tout fragment osseux pouvant appartenir à la région maxillaire. Elle est surtout intéressée par les alvéoles dentaires... avec ou sans dents.

— Il nous les faut aussi. Nous travaillons en ce moment sur cette partie.

— C'est ce que je lui ai dit. Mais elle est sacrément tenace. Je lui ai dit qu'elle pouvait faire des moulages des morceaux qu'elle voudrait. Ça vous convient ?

— Parfaitement. Elle avait du nouveau ?

— Simplement qu'elle sait maintenant que le mort avait une arête orbitale peu marquée. (Emily ferma à demi un œil, réfléchissant.) Encore une chose, à propos de la bouche. Ah ouais, elle pense — soulignez bien le mot *pense* — que le mec avait une grande bouche. Et vous savez ce qu'on dit des hommes qui ont une grande bouche...

Les deux femmes eurent un petit rire étouffé.

Joanna demanda :

— Est-ce le terme exact employé par le docteur Bailey : « une grande bouche » ?

Emily réfléchit.

— Non. Je crois qu'elle a dit « large ». Oui, elle a dit « une bouche très large ».

— C'est important, très important.

— Pourquoi ?

— Parce que les Blancs à la bouche très large ont presque toujours des lèvres minces.

Emily approuva lentement.

— Donc notre type a une arête orbitale peu marquée, une grande bouche et des lèvres minces.

— Et des yeux marron, ajouta Joanna.

Fils de pute, jura Rimer intérieurement, furieux contre lui-même de s'y être pris comme un manche pour détruire le visage de l'homme. Le mort avait une arête orbitale peu marquée et une grande bouche et des lèvres minces. Et des yeux marron. Rimer revoyait ces yeux sans vie fixés sur lui. Mais il les avait réduits en miettes avec la batte de base-ball ! Encore et encore jusqu'à ce qu'il n'en reste rien. Ou plutôt c'est ce qu'il avait cru. Fils de pute ! Rimer colla son oreille à la porte.

— Je dois vous avouer une chose, docteur Blalock, disait Emily. Au début j'ai pensé que vous aviez les yeux plus gros que le ventre. J'ai cru que nous n'avions aucune chance de reconstituer le visage de cet homme. Maintenant, je suis sûre qu'on va y arriver. Je n'en doute plus.

— Moi non plus. Montrez-moi ce fragment particulier d'os facial...

Emily ouvrit un tiroir et prit une petite enveloppe.

— Voici le fragment. Il n'est pas comme les autres. Il a une entaille particulière.

— Observons-le à la loupe.

Elles traversèrent la pièce.

Rimer les entendit se déplacer et, à présent, il distinguait moins bien leurs voix. Il écoutait intensément, ne voulant pas en perdre un mot. Tout était calme. Il n'entendait que sa propre respiration. Donc, la deuxième femme, c'était Joanna Blalock, se dit-il, la revoyant à la télé. Jeune — disons trente-cinq ans — et jolie. A cause de sa jeunesse apparente et de sa beauté, il n'avait guère prêté attention à ses compétences, croyant qu'elle parlait en l'air. A l'écouter, maintenant, il se rendait compte à quel point elle était intelligente et perspicace. Et, du même coup, qu'elle pouvait lui causer beaucoup d'ennuis.

— Regardez la petite entaille, dit Emily, réglant la lentille et dirigeant la lumière sur le fragment d'os.

L'appareil était muni d'une simple machine à grossissement, d'une loupe réglable et d'une lampe puissante éclairant par en dessous. La loupe était latérale afin que la lampe n'éblouisse pas l'observateur.

— Je pense que ce fragment appartient au maxillaire inférieur, dit Joanna. L'entaille est l'échancrure à laquelle s'attache le muscle masseter.

— Est-elle normalement aussi marquée ?

— Elle peut l'être, dit Joanna. Mais je pense que l'entaille a été accentuée par la façon dont l'os a été fracturé. Si vous mettez le fragment sur le côté, vous pouvez voir... (La lampe de l'appareil se mit à clignoter, puis s'éteignit.) Merde ! l'ampoule a claqué.

— Nous avons des ampoules de rechange dans la réserve, dit Emily. Je vais en chercher une.

Rimer recula en vitesse vers le fond du réduit, à un mètre cinquante de la porte. Il se mit en position de tir, genoux légèrement pliés, bras tendus, le Beretta pointé en avant. Un tir à la tête, se dit-il, et elle va s'écrouler sans un cri. Puis retour dans le labo et en finir avec Joanna Blalock. Il ne serait pas loin d'elle, trois mètres tout au plus. Un autre tir à la tête. Puis masquer le mobile des meurtres. Mutiler sexuellement les corps, saccager le labo, peut-être y mettre le feu.

Le bouton tourna et la porte commença à s'ouvrir.

Rimer immobilisa son arme, le doigt sur la détente.

— Ce n'est pas la peine, Emily ! appela Joanna. L'ampoule n'était que desserrée. Ça y est, elle fonctionne.

La porte se referma.

Rimer baissa lentement son arme, soulagé de ne pas avoir eu à les tuer. Trop risqué. Trop d'accrocs possibles. S'il pouvait faire ce qu'il avait à faire sans tuer encore du monde, ce serait aussi bien. Un meurtre ici serait trop voyant. Défoncer la tête d'un trou-du-cul avec une batte de base-ball était une chose, assassiner deux médecins au Memorial une autre.

— Je suis à peu près sûre que ça fait partie de la mâchoire, dit Joanna. Le docteur Bailey va sans doute vouloir en tirer un moulage.

— Je le lui donne demain matin à la première heure. (Emily jeta un regard sur la réplique de la tête du mort. Elle posa le petit fragment d'os à l'angle de la mâchoire, sans savoir si c'était sa place ou non.) Croyez-vous qu'ils réussiront à mettre la main sur le maniaque qui a commis ce crime ?

— Peut-être. Mais il faut d'abord que la police sache qui est la victime.

— J'espère qu'on attrapera ce salaud et j'espère aussi qu'on lui dira comment nous avons reconstitué le visage de ce pauvre homme. (Emily tendit la main et retira le morceau de mâchoire du moulage.) Notre tueur n'est peut-être pas aussi malin qu'il se l'imagine, hein ?

— Ne le sous-estimez pas, dit Joanna.

Rimer hocha la tête. En plein dans le mille, marquise. Il se souvint des quatre Viêt-congs qui l'avaient fait prisonnier et enfermé dans une cage de bambou. Pendant leur sommeil, il s'était libéré. Il les avait tués tous les quatre à coups de crosse. Ils l'avaient sous-estimé.

Rimer entendit qu'on ouvrait et fermait un tiroir.

Maintenant les femmes parlaient à mi-voix et il ne saisissait que des bribes de conversation. Il était question d'une femme appelée Sally Wheaton et de ses problèmes cardiaques.

— Voulez-vous continuer à travailler ce soir sur ce visage ? demanda Emily.

— Non. Ça suffira pour aujourd'hui.

Rimer les écouta s'éloigner. La porte du laboratoire s'ouvrit puis se referma. Encore des bruits de pas, mais plus faibles. Rimer resta dans le réduit cinq grandes minutes, au cas où les femmes auraient oublié quelque chose et seraient revenues.

Le réduit devenait étouffant, l'air vicié. Rimer s'en fichait. Comme d'habitude, il s'était parfumé avec une lotion après-rasage costaud et c'était la seule odeur qu'il sentait. Elle masquait toutes les autres, y compris celle qu'il détestait le plus. L'odeur de la charogne. Elle lui restait dans les narines, depuis le Viêt-nam. Chez les Viets, ça puait l'égout partout, et c'était cent fois pire dans la jungle, où Rimer avait passé le plus clair de son temps. L'odeur. L'odeur affreuse de mort et de décomposition. Il se demanda s'il pourrait jamais l'éliminer de ses narines et de sa mémoire. Sans doute pas.

Il colla son oreille à la porte et écouta encore une minute. Il remit en vitesse ses gants de latex et essuya la poignée de la porte avec son mouchoir, pour effacer ses empreintes.

Il rentra dans le laboratoire et éclaira avec sa torche électrique la réplique de la tête du mort. Rimer repensa au Viêt-nam. Des têtes. Des têtes d'Américains au bout des piques. Des têtes de Viêt-congs écrabouillées à coups de crosse, les cervelles qui giclaient. Il en rêvait encore parfois. Mais moins souvent qu'avant. Qu'ils aillent se faire foutre, et le Viêt-nam avec, pensa Rimer en prenant la tête qu'il posa sur le sol, face dessus. Avec un maximum de force, il la frappa du talon. La tête se brisa comme une coquille d'œuf, des morceaux volant dans toutes les directions.

Il s'approcha rapidement du plateau sur lequel se trouvaient les fragments d'os. Avec la crosse de son pistolet, il commença à les réduire en miettes, mais s'arrêta à cause du bruit qu'il faisait. Trop de bruit. Il trouva à portée de main un tapis épais sur lequel il mit les fragments d'os, qu'il recommença à pulvériser. Patiemment, il réduisit chaque morceau en poudre. Qu'elles s'amusent à recoller ce merdier, pensa Rimer, tournant maintenant son attention vers l'ordinateur.

Il dégagea la sécurité de son Beretta et tira quatre fois sur l'appareil. Le tube éclata à grand bruit et de la fumée blanche commença à s'échapper. Les circuits de l'ordinateur firent des étincelles et la fumée s'épaissit. Rimer se hâta vers la porte. Il était presque vingt et une heures. Il fallait qu'il se dépêche. C'était presque la fin des heures de visite au Memorial.

13

Simon Murdock contemplait les débris éparpillés sur le sol.

— A-t-on appelé la police ?

— Il y a trois heures, dit Joanna.

— Et alors ?

— Ils ne sont pas encore là, dit Joanna en lui saisissant le bras et l'emmenant voir un fragment d'os sur le sol. On dirait que les effractions et les destructions de biens ne sont pas considérées comme de grands crimes.

— Leur avez-vous dit que c'était en relation avec la victime du meurtre ?

— Evidemment. Mais ça n'a pas eu l'air de les impressionner.

Joanna prit une longue inspiration et repassa en revue ce qui avait été détruit dans le laboratoire de médecine légale. Le moulage de la tête du mort était réduit en pièces ; même la perruque était déchirée ; de minuscules fragments d'os étaient éparpillés partout, certains à trois mètres du plateau où ils s'étaient trouvés ; l'ordinateur était à peine reconnaissable ; plus de tube, l'intérieur calciné.

— Celui qui a fait ça a mis le paquet...

— Peut-on sauver quelque chose ?

Joanna haussa les épaules.

— Je ne pense pas.

— Bon, en cas de besoin, on pourrait faire exhumer

le corps et reprendre un moulage de la tête, suggéra Murdock.

— Ce n'est pas le problème, lui dit Joanna. On a encore la matrice du moulage. Non, le problème, c'est que je ne retrouve plus que trois des morceaux d'os qu'on avait fixés à la tête. Il manque quatre grands morceaux et il est impossible de savoir à quoi ils ressemblaient et où ils allaient.

— L'ordinateur peut peut-être nous aider.

— Dieu seul pourrait refaire fonctionner cet appareil.

Murdock se pencha sur l'ordinateur. Il vit des éclats de verre, du métal tordu, des fils carbonisés qui dégageaient encore une odeur de brûlé. Il voulut toucher le clavier mais Joanna saisit son bras.

— N'y touchez pas, dit-elle. Ils trouveront peut-être des empreintes digitales sur les touches.

Murdock acquiesça et recula.

— Plus rien n'est sacré, dit-il d'un air écœuré. Ni les églises, ni les hôpitaux, ni les laboratoires de recherche.

— Ça a toujours été comme ça, dit Joanna d'un air morne, sauf au cinéma.

Elle se dirigea du bureau vers la paillasse, suivie par Murdock. Elle avançait sur la pointe des pieds, essayant d'éviter les fragments d'os, mais avait quand même l'impression de marcher sur des grains de sable. Elle posa le pied sur un petit fragment et le réduisit en poudre. Joanna jura en elle-même et se demanda pour la centième fois pourquoi elle n'avait pas déposé les morceaux d'os dans le coffre-fort mural où elle mettait les documents importants.

— C'est quand même difficile à avaler, dit Murdock d'une voix tendue. Quelqu'un se pointe au Memorial, descend en pathologie dans le laboratoire de médecine légale et détruit votre travail. Comment a-t-il trouvé son chemin ?

— Facilement. Il n'a eu qu'à le demander à l'accueil.

Murdock se frotta pensivement le menton.

— Ce passage à la télé n'était peut-être pas une très bonne idée, au fond.

— Je savais qu'on prenait un risque, que le tueur pouvait voir l'émission.

Murdock la regarda curieusement.

— Et le sachant, vous avez quand même accepté cette émission de télé ?

— C'était risqué, mais il fallait le faire, Simon. Quelqu'un, quelque part, connaît notre homme. Quelqu'un le cherche.

La porte s'ouvrit et Phil Weideman fit son entrée. Il se précipita vers Joanna et lui saisit les mains, réprimant son envie de la serrer dans ses bras.

— Est-ce que ça va ?

— Je vais bien, dit Joanna, le regardant dans les yeux et pensant que c'étaient les plus bleus qu'elle ait jamais vus. (Elle lui sourit, touchée de son inquiétude.) Vraiment, je vais bien.

Murdock les observait, certain maintenant qu'il se passait quelque chose entre Phil et Joanna. Leurs regards étaient trop appuyés, leurs contacts physiques trop longs pour n'être qu'amicaux. Murdock regarda l'annulaire de Weideman. Pas d'alliance. Il avait peut-être divorcé.

Weideman finit par lâcher les mains de Joanna. Il se tourna vers Murdock et lui adressa un signe de tête.

— Quelle merde, hein, Simon ?

— Ça fait partie du désordre général, grogna Murdock. Les criminels sont partout et font ce qui leur chante.

Weideman s'approcha de l'ordinateur, évitant soigneusement les principaux fragments d'os au sol. Il se pencha et plongea son regard dans l'appareil.

— Nom de Dieu ! Comment il s'y est pris ? Avec une bombe ?

— Des balles.

Joanna l'entraîna derrière l'ordinateur et lui montra trois trous déchiquetés par où étaient sorties les balles. Elle mit un doigt dans l'un des trous, pensant que ça correspondait à un gros calibre. Un .38 ou peut-être un .44.

— A-t-on une chance de récupérer les données sur le disque dur ? reprit-elle.

Weideman haussa faiblement les épaules.

— Peut-être, mais je n'ai pas trop d'espoir. On dirait qu'il l'a consciencieusement démoli.

Il sortit une lampe de poche et éclaira l'intérieur de l'ordinateur. Il crut voir quelque chose briller à l'intérieur et avança la main.

Joanna la lui saisit.

— Il ne faut sûrement toucher à rien avant l'arrivée de la police.

Weideman regarda sa main sur la sienne, puis la fixa dans les yeux et sourit.

Joanna se sentit rougir et lâcha sa main. En se retournant, elle frôla par inadvertance son épaule. Il sentit l'électricité qu'elle dégageait et faillit la toucher à son tour.

Weideman s'approcha du plateau vide sur lequel avaient été posés les fragments d'os. Il baissa les yeux sur le tapis épais et les os en miettes éparpillées dessus.

— Ne me dites pas que c'est tout ce qui reste des os faciaux du mort.

— Si, dit sombrement Joanna. Tout a été réduit en poudre et en éclats impossibles à identifier.

— Le type qui a fait le coup savait ce qu'il faisait, commenta Weideman. Il n'a rien négligé... la tête, les fragments, l'ordinateur.

Joanna approuva.

— Un professionnel.

— Dommage qu'on n'ait pas un vigile à chaque étage la nuit, reprit Weideman. Ça l'aurait peut-être dissuadé...

— Et où trouverait-on l'argent pour payer ces vigiles ? se défendit Murdock.

— Ça n'aurait strictement rien changé, dit Joanna. Un vieux vigile n'aurait pas fait le poids face à un tueur professionnel.

Une grande infirmière blonde passa la tête par la porte et dit :

— Docteur Blalock, la police est là.

— Faites-les entrer, dit Joanna.

L'infirmière s'effaça et Jake Sinclair apparut.

Joanna ouvrit de grands yeux, prise au dépourvu. Il avait les traits tirés et l'air fatigué, le visage creux. Elle eut envie de se précipiter vers lui mais en écarta l'idée.

— Depuis quand es-tu revenu ?

— Depuis quelques heures.

— Tu vas bien ?

— Ouais, très bien, dit Jake, sensible à la froideur de son attitude et de sa voix.

Murdock se recula pour laisser passer le détective. Pour un homme de sa taille, Sinclair avait une démarche souple et silencieuse. Et il était bien plus agile que Murdock ne l'aurait pensé. Il se déplaça adroitement entre les débris, évitant les fragments.

Sinclair se baissa, étudiant la perruque du mort et les bouts d'os éparpillés. Il jeta un coup d'œil à l'ordinateur détruit.

— Qu'est-ce qui s'est passé ?

— Il y a eu effraction. (Joanna lui raconta en détails l'histoire de l'homme sans visage et sans phalanges, son essai de reconstituer le visage de la victime avec des fragments d'os et un ordinateur, et son passage à la télévision. Elle parlait sur un ton objectif et détaché, portant plus d'attention aux fragments répandus sur le sol qu'à Jake.) Le tueur a dû voir l'émission et s'inquiéter. Alors il est venu hier soir et il a détruit toute possibilité de reconstituer le visage de la victime. J'ai appelé la police mais ils ne sont pas encore arrivés.

Murdock s'adressa à Sinclair :

— Vous pourriez peut-être intervenir pour qu'ils s'activent un peu...

— Je vais voir ce que je peux faire.

Joanna prit brièvement Jake par le bras.

— Désolée. Que je te présente. Tu connais Simon Murdock, le grand patron du Memorial ?

— Bien sûr, dit Jake.

Murdock ne lui tendit pas la main. Il inclina la tête. Jake lui rendit son salut, le trouvant encore plus antipathique que d'habitude. Il savait que les gens comme Murdock regardent les policiers de haut, comme des fournisseurs. On les salue, on ne leur serre pas la main. A moins d'avoir les couilles prises dans un étau et besoin d'un flic pour vous sortir de là. Ça pourrait valoir une poignée de mains.

— Et voici le docteur Phil Weideman, poursuivit Joanna. C'est un chirurgien plasticien qui m'aide à reconstituer le visage du mort. Phil, voici Jake Sinclair.

Les deux hommes se mesurèrent un moment du regard. Weideman fit un signe de tête et Jake le lui retourna, prenant conscience du peu de distance entre Weideman et Joanna. Leurs coudes se touchaient presque. Et puis elle avait dit le nom du chirurgien d'une drôle de façon. Jake se demanda si Weideman était le mec avec qui Joanna sortait ou avait envie de sortir. Ou de coucher. Nom de Dieu !

Jake s'approcha de la perruque au sol, la retournant avec son stylo.

— Est-ce que tout le crâne a été broyé ?

— Seulement la face, dit Joanna. Mais je ne sais pas de quoi exactement s'est servi le tueur. (Joanna regardait Jake qui essayait de raccorder deux bouts d'os.) Pourquoi le tueur voulait-il absolument détruire le visage de la victime ?

Jake haussa les épaules.

— Il y a trente-six mille raisons possibles.

— Ça va nous aider, fit Joanna d'un ton glacial.

Jake leva les yeux et vit que Weideman essayait de

s'empêcher de ricaner. Enfoiré, dit Jake intérieurement, et il reporta son attention sur Joanna. Il y avait des tas de raisons pour vouloir détruire le visage d'une victime. Mais une seule tenait la route. Il décida de laisser Joanna la trouver toute seule. Qu'elle se remue les méninges.

— C'est toi, le médecin légiste. C'est à toi de dire quelle est la raison la plus probable.

Joanna perçut le ton tranchant de Jake. Dommage. S'il s'attendait à débarquer et à tout retrouver comme avant... Il allait être salement déçu.

— Est-ce que c'est un règlement de comptes ? Un coup de la mafia ?

— Allons. Tu peux faire mieux, dit Jake, souriant légèrement.

— Ça pourrait être ça, insista Joanna.

— Non. Ils tuent généralement pour prendre le pouvoir, se venger ou envoyer un avertissement. Ils veulent que tout le monde sache qui est la victime et ce qui lui est arrivé. (Jake s'avança vers l'ordinateur et y plongea le regard. Il passa derrière l'appareil et vit les trous laissés par la sortie des balles.) Gros calibre, hein ?

— Au moins un .38, dit Joanna en passant un gros stylo à bille dans l'un des trous. Il savait ce qu'il faisait.

— Avez-vous retrouvé les balles ?

— Elles sont fichées dans le mur.

Jake s'approcha du mur derrière l'ordinateur et se mit à extraire l'une des balles avec son couteau.

Weideman observait Jake Sinclair, essayant de le jauger. Weideman faisait un mètre quatre-vingts et pesait quatre-vingt-quinze kilos. Il se trouvait costaud. Mais ce n'était rien en comparaison de Jake Sinclair. Celui-ci ne faisait guère que trois centimètres de plus, mais il avait de larges épaules et un torse puissant, et ne passait pas inaperçu. Le détective avait un visage martial avec des pommettes saillantes et des yeux gris-bleu. Au menton, une cicatrice irrégulière et ancienne. Mauvais travail chirurgical, se dit Weideman, convaincu qu'il pourrait refaire la cicatrice et la rendre presque invisible. Mais il soupçonnait Sinclair de la préférer comme ça. Ça lui donnait un air méchant, un air de dur, qui pouvait intimider les gens. Weideman avait appris par une infirmière que Joanna sortait avec un inspecteur de la criminelle. Il avait imaginé le flic en Sherlock Holmes moderne. Raffiné, intellectuel, désinvolte. Aucune de ces qualités ne correspondait à Jake Sinclair.

Jake réussit finalement à extraire la balle, qu'il examina soigneusement. Elle était aplatie et déformée, mais on voyait que c'était un gros calibre. Il manipulait la balle avec son mouchoir, évitant de la toucher. Le mec s'est servi d'un silencieux, pensa Jake. Sinon, ça aurait fait trop de bruit.

Joanna interrompit ses pensées :

— Est-il déjà arrivé qu'un tueur détruise le visage de sa victime et lui coupe le bout des doigts ?

— Une fois, dit Jake, se rappelant, douze ans en arrière, un corps décomposé dans un ravin près de Mulholland Drive. La victime était une jeune pute qui faisait chanter un de ses clients. Le type était un riche homme d'affaires de Bel Air qui avait des goûts spéciaux, et elle avait des photos.

Joanna plissa les yeux, un peu perdue.

— Mais pourquoi détruire le visage ? Morte, ça veut dire morte. Une fois la prostituée morte, plus de chantage. Non ?

— Ouais, mais le type était très prudent. Il a réfléchi que si on identifiait le cadavre on risquait de découvrir qu'elle faisait chanter quelqu'un. Et si on trouvait qui elle faisait chanter, celui-là serait le suspect numéro un.

Joanna approuva.

— Donc le tueur ne voulait pas seulement éliminer sa victime, mais également effacer toute trace de son passé...

— Exact, répondit aussitôt Jake. Un cadavre non identifié n'a ni nom, ni histoire, ni passé. On l'enterre anonymement dans un coin.

— Et tous ses secrets avec lui...

— Tu y es. (Jake laissa tomber la balle dans une coupe de verre vide posée sur la paillasse.) Le plan c'est de tuer le type et de s'assurer qu'on ne sache jamais pourquoi on l'a tué.

— Tu crois que ma victime était un maître chanteur ?

— Peut-être que oui, peut-être que non. Mais il devait savoir quelque chose et quelqu'un se sentait vachement menacé.

— Oh, allons, lieutenant, dit Weideman d'un ton moqueur. Ce n'est qu'une hypothèse, vous le savez bien.

— Exact, dit Jake, trouvant Weideman de plus en plus antipathique. J'émets tout le temps des hypothèses. C'est vrai que si j'étais médecin je n'en ferais aucune parce que je saurais tout d'avance.

Joanna jeta à Jake un regard réprobateur. Puis elle tourna le regard vers Weideman. Jake observa l'échange muet entre Joanna et le plasticien. Il essaya de lire sur leurs visages et dans leurs yeux, mais sans succès.

Joanna se retourna vers Jake.

— Le tueur de Bel Air dont tu parlais... n'était pas un professionnel, n'est-ce pas ?

— Non.

— Il se pourrait donc que celui qui a tué l'homme sans visage n'en soit pas un non plus.

— Oh non, corrigea aussitôt Jake. Ce type est un pro. (Il montra les débris au sol et l'ordinateur calciné.) Ce n'est pas du travail d'amateur. Le type savait exactement quoi et comment faire. Il avait préparé son coup. Et ce n'était pas la première fois qu'il venait...

Murdock lança un regard sceptique à Jake.

— Comment en êtes-vous si sûr ? Il a pu demander son chemin à l'accueil, descendre au service de pathologie et faire irruption dans le laboratoire de Joanna...

— Non, je ne crois pas, dit Jake calmement. Le type devait avoir le plan de ce service, savoir où on était en train de reconstituer le visage de la victime, connaître le type de serrure, et l'heure où normalement le personnel s'en va. Il lui fallait connaître plein de détails. En fait, l'objectif n'était pas seulement de remplir le contrat, mais de le terminer et de repartir incognito. C'est ce qui s'est passé. Il y a peu de chances que le hasard ait joué.

— Je ne suis toujours pas convaincu, dit Murdock.

Jake inspira profondément et s'efforça de garder son calme. Il eut envie de rompre la conversation et de partir en laissant la brigade des cambriolages s'occuper de tout. Mais il savait que Joanna avait besoin d'en savoir plus et que ça pourrait l'aider. Il la regarda.

— A quelle heure es-tu partie hier soir ?

Joanna hésita, réfléchissant.

— Je suis sortie manger un morceau à sept heures et demie et revenue vers huit heures et quart. Je suis repartie juste après huit heures et demie.

— Tu es sortie la dernière ?

— Oui.

— En fermant les portes à clé ?

— Celle de l'entrée, oui.

— La serrure avait-elle été fracturée ce matin à ton arrivée ?

— Non. J'ai ouvert avec la clé.

— Donc, dit Jake en se tournant vers Murdock, quelqu'un a forcé la serrure pour entrer. Vous pouvez y arriver, docteur ?

— Non, mais...

— Nous sommes donc d'accord, coupa Jake, perdant patience. Un type descend ici, force la serrure et détruit méthodiquement tout élément de preuve en relation avec la victime qu'il a tuée. Il entre et sort sans se faire remarquer. Si ça c'est pas du travail de pro...

— C'est pas parce qu'un gars sait forcer une serrure que c'est un professionnel, observa Murdock.

— C'est vrai. Mais celui qui sait à la fois forcer les serrures et tuer en est un, en général.

Jake tourna le dos à Murdock et inspecta la pièce. Ce n'était pas la première fois qu'il venait à la morgue et il connaissait à peu près l'emplacement de chaque chose. Aucun tiroir ni placard n'était ouvert. La verrerie était proprement rangée à sa place. Jake regarda la porte ouverte du débarras au fond de la pièce.

— Qu'est-ce qu'il y a là-dedans ?

— C'est une réserve, dit Joanna.

— As-tu laissé la porte ouverte en partant hier soir ?

— Non. Elle était fermée.

— Est-ce que quelqu'un est venu au labo après toi ?

— Non. Je suis partie après huit heures et demie, donc après le passage de l'équipe de ménage. Je suis arrivée à huit heures ce matin et j'étais la première.

— Et tu as trouvé la porte du réduit ouverte ?

— Oui, cette... (Joanna resta bouche bée en comprenant où Jake voulait en venir. Elle le fixa longuement avant d'avaler sa salive.) Tu penses que le tueur était là-dedans pendant que j'étais dans le labo ?

— C'est probable.

Weideman émit un son désapprobateur.

— C'est une supposition sans aucun fondement, lieutenant. Absolument rien ne le prouve. Vous faites peur à Joanna pour rien.

Jake se gratta l'oreille, se demandant pourquoi il perdait son temps à discuter avec un amateur. Et un amateur casse-pieds.

— Joanna a été la dernière à partir hier soir et la première à arriver ce matin. Quand elle est partie la porte était fermée, quand elle est revenue elle était ouverte. Alors, qui l'a ouverte, d'après vous ?

— Celui qui est entré par effraction, admit Weideman, mais ça ne prouve pas qu'il était dans le débarras quand Joanna était dans le labo. Il peut avoir ouvert cette porte n'importe quand après son départ. A minuit, par exemple.

— Oui. Peut-être, dit Jake, sans y croire.

Il supposait que le pro était venu entre huit et neuf heures, vers la fin des heures de visite. Le personnel était parti, les femmes de ménage passées. Et il y avait encore du monde dans les couloirs. Pas beaucoup, mais assez pour passer inaperçu.

Jake s'approcha du réduit et regarda dedans. Ses quatre murs étaient couverts d'étagères et il faisait un mètre cinquante de profondeur... assez vaste pour que le tueur puisse s'y cacher à l'aise. Jake examina la poignée et le côté intérieur de la porte. Il crut un instant détecter une odeur suave, mais elle disparut. Il approcha le nez de la porte et retrouva le parfum. Suave. Mais bas de gamme. Une eau de Cologne, ou peut-être une lotion après-rasage. Mais seulement à un endroit précis de la porte, à la hauteur du nez de Jake. Jake recula et renifla l'air au fond du réduit. Neutre. Peut-être un peu vicié. Il revint dans le laboratoire.

— Je crois que le tueur était dans le réduit.

— Encore une supposition, hein ? demanda Weideman.

— Ce genre de supposition n'avance à rien, ajouta Murdock. Ça ne sert qu'à effrayer le personnel.

Weideman approuva de la tête.

— Arrêtons toute spéculation jusqu'à ce que les experts aient tout examiné.

— Bonne idée, dit Jake d'une voix tendue. Je ne serai peut-être pas là quand ils viendront, alors n'oubliez pas de leur dire que notre suspect fait à peu près un mètre quatre-vingt-dix, et qu'il utilise une lotion après-rasage très bon marché. Et dites-leur bien de poudrer soigneusement le réduit à la recherche d'empreintes. Notre type y est resté longtemps.

Weideman contempla Jake, les sourcils froncés d'incrédulité.

— Comment savez-vous tout ça ?

Jake sourit légèrement et ne dit rien.

Joanna s'approcha de Jake.

— Comment as-tu déterminé sa taille ?

Jake la prit par le bras et l'emmena vers la porte du réduit. Il lui montra une zone près des gonds.

— Mets-toi sur la pointe des pieds et sens le bois ici.

Joanna se mit sur la pointe des pieds et renversa la tête, le nez contre la porte. Elle renifla à plusieurs reprises.

— Je ne sens rien.

Jake lui montra une zone très au-dessus de la poignée.

— Essaye ici.

Comme elle s'approchait, son épaule toucha Jake. Elle s'écarta vivement. Pour lui faire comprendre que c'était fortuit et ne signifiait rien.

Jake entrouvrit les lèvres, presque souriant. Elle n'aurait pas su dire s'il était blessé ou se moquait d'elle.

— Où ça ? demanda Joanna.

— Là.

Joanna se remit sur la pointe des pieds et sentit le bois.

— On dirait un parfum bon marché.

— Ça doit être une lotion après-rasage, dit Jake. Il a posé sa joue ici contre la porte, sans doute pour y coller son oreille et t'entendre partir.

— Emily Ryan était avec moi, dit tranquillement Joanna. Il devait écouter notre conversation.

— Nom de Dieu, marmonna Weideman. Le tueur était dans le réduit. Imaginons que Joanna en ait ouvert la porte pour une raison ou une autre...

Joanna déglutit avec peine, se souvenant tout à coup de la panne de la lampe quand Emily Ryan avait failli ouvrir la porte du réduit. *Mon Dieu ! Il nous aurait tuées toutes les deux.*

— Le tueur s'est probablement introduit dans le labo pendant les heures de visites du Memorial.

— Probablement, approuva Jake. Ç'aurait été intelligent de sa part. Il y avait encore du monde. Les professionnels aiment opérer au milieu de la foule.

— S'il est entré pendant les heures de visite, il a dû donner son nom à l'entrée, lança Murdock.

— Sauf s'il est entré par une porte de service, dit Jake.

— Elles sont fermées à partir de six heures.

Jake eut un léger sourire.

— Notre type force les serrures, rappelez-vous.

— Mais il faut quand même vérifier le registre des visiteurs, ne croyez-vous pas ?

— Il faut le faire. Mais n'y comptez pas trop. Même s'il est passé par la porte principale et a signé le registre, c'est sous un nom bidon. (Jake se retourna lentement, examinant les débris jonchant le sol.) Pas la peine d'espérer qu'il commettra des erreurs stupides. Je crois le mec très prudent.

— En tout cas, il a détruit tous les bouts d'os que nous avions, remarqua Weideman.

— Peut-être pas, dit Joanna, revoyant en esprit le moment où elle avait étudié avec Emily le morceau de mâchoire.

Emily avait mis le fragment dans le tiroir du bureau. Joanna se précipita pour voir. Jake la regarda ouvrir le tiroir et en sortir une petite enveloppe Kraft. Elle retourna l'enveloppe et la secoua. Il en tomba quelques éclats minuscules et une bouffée de poudre blanche.

— Il n'a rien oublié, dit sombrement Joanna.

Jake hocha la tête.

— Comme je l'ai dit, c'est un type plutôt méticuleux.

14

Alex Black se tenait devant la fenêtre dans le bureau du psychiatre et il ferma les yeux. Et retrouva le rêve. Toujours le même.

Il était sur une corniche, si haut que les gens en dessous ressemblaient à des fourmis. Le vent était violent et il luttait pour rester en équilibre. Tout d'un coup il tombait, cul par-dessus tête. De plus en plus vite. En chute libre. Le sol arrivait vers lui et il s'écrasait avec un bruit mou. Il gisait, désarticulé, voyant le monde pour la dernière fois. Les passants lui jetaient un coup d'œil et continuaient leur chemin. Tout le monde s'en fichait.

Alex rouvrit les yeux et son rêve éveillé disparut. Il était maintenant si près de la vitre qu'il l'embuait. Il l'essuya lentement de la main et regarda les grosses gouttes de pluie tambouriner contre le verre.

Il baissa le regard vers la rue. Les gens étaient pressés de rentrer avant la nuit, avant que la tempête hivernale balaye Los Angeles.

Derrière lui, le psychiatre gratta une allumette et tira sur sa pipe.

— Vous voilà bien silencieux, Alex. Vous avez des soucis ?

— Je fais toujours le même rêve...

— Racontez-moi ça.

Alex décrivit son rêve d'un ton monocorde. Sans

émotion, ni frayeur, même au moment de sa chute et de sa mort certaine.

— Ça signifie quoi, d'après vous ?

— Je n'en sais trop rien. Peut-être...

La voix d'Alex se perdit dans le hurlement du vent et l'averse soudaine qui crépitait contre la vitre.

Le psychiatre tira sur sa pipe et attendit qu'Alex continue. Il se demandait si Alex était atteint au point de ne pas saisir ce que son subconscient lui disait. A moins qu'il ne le sache et préfère l'ignorer.

— Avez-vous des pulsions de suicide ?

— Pas vraiment.

C'était une demi-vérité. Ces pensées l'habitaient encore, mais maintenant il les écartait. Avant, il les aurait ruminées pendant des heures.

— Et vous êtes toujours poursuivi par les démons ?

Alex haussa les épaules et essuya à nouveau la vitre. La réponse était oui et non. Les démons venaient la nuit. Ils le suivaient dans son lit, dormaient avec lui, s'éveillaient avec lui. Ils venaient aussi parfois dans la journée, mais c'était pire la nuit. Bien pire.

— Pas tout le temps.

Il y eut un violent coup de tonnerre. Tout l'immeuble parut trembler. Un instant, Alex pensa que Dieu lui reprochait de cacher la vérité. Enfant, c'était ce qu'il croyait.

— Les démons sont présents la plupart du temps, admit-il.

— Croyez-vous toujours nécessaire de qualifier vos symptômes de démons ?

Alex se tourna vers le psychiatre et sourit. Un faible sourire sans humour. Il savait que le psychiatre n'aimait pas le mot *démons*. Ça n'avait pas de sens clinique, on ne l'utilisait pas dans ses bouquins ni ses revues. Le psychiatre préférait des termes comme *dépression, désespérance, désespoir.* Mais *démons* exprimait mieux le phénomène, pensa Alex, et il continuerait de l'employer.

— Prenez-vous régulièrement vos antidépresseurs ? (Le psy observa Alex qui commençait à jouer avec ses cheveux, les tortillant près de l'oreille. Il avait l'air d'un petit garçon.) Alors ?

— Ça me rend somnolent. Ça m'empêche de travailler.

— Autrement dit, vous ne les prenez pas.

— Pas tout le temps.

— Ce n'est pas très sérieux, dit le psychiatre sans élever la voix, tout en se disant que les médecins sont les pires des patients, impossibles à soigner. Vous ne devriez pas modifier le traitement sans m'en parler d'abord.

— Je sais.

Le psychiatre prit son bloc d'ordonnances.

— Essayons le Prozac. En principe, il a moins...

— Supprimons tout médicament, l'interrompit Alex.

— Je ne crois pas que ce soit une bonne idée, Alex. Pas à ce stade de votre affection.

— Pourquoi ne pas essayer ? Quelques jours seulement.

Le psychiatre hésita, ses doigts tambourinant sur le bureau. Puis il approuva à regret.

— Seulement quelques jours. Je veux vous revoir jeudi.

Alex regarda sa montre. Les quarante-cinq minutes étaient passées, la séance était terminée.

Il alla au portemanteau et prit sa longue blouse blanche. Il l'enfila, arrangeant le stéthoscope pour qu'il gonfle la poche latérale. Si quelqu'un le voyait sortir du bureau du psychiatre, il le prendrait pour un collègue ou un ami en visite, pas un patient.

— Ne vous inquiétez pas, je ne ferai pas de bêtise. A jeudi.

Le psychiatre se demanda s'il fallait prévenir la femme d'Alex, médecin également. Comme ça, quelqu'un au moins garderait un œil sur lui.

Le psychiatre attendit qu'Alex soit sorti, puis feuilleta rapidement son répertoire téléphonique à tambour et appela le numéro d'Amanda Black. Huit sonneries. Pas de réponse. Il recomposa le numéro. Toujours pas de réponse. Que fabriquait le secrétariat ?

Il recommença à appeler mais vit clignoter un voyant rouge sur le bord de son bureau. Le patient suivant était arrivé et l'attendait. Le psy reposa le téléphone et nota d'appeler Amanda Black dès le lendemain matin.

Dix étages plus bas, Karl Rimer était appuyé contre la paroi de l'abribus. Le col de son imperméable était remonté jusqu'aux oreilles et au menton. Une casquette imperméable souple lui couvrait le front. On ne pouvait voir de lui que ses lèvres minces et ses yeux gris-vert. Et un appareil auditif, qui était en réalité un récepteur d'écoute.

Rimer enfonça plus avant le récepteur dans son canal auditif et écouta attentivement. Un peu plus tôt, il avait entendu Alex Black dire « A jeudi », puis le bruit de la porte qu'on fermait. Il se demandait si Black allait revenir, comme il l'avait déjà fait à plusieurs reprises, pour dire au psy qu'il voulait rectifier un mensonge ou réparer un oubli. Tout était calme. Un peu d'électricité statique. Nouveau silence. Puis il entendit un bref grognement ou un rot et un bruit d'éclaboussures. Rimer réfléchit un instant, se concentrant, visualisant le bureau. Puis il hocha la tête. Le psychiatre était en train de pisser.

Le minuscule micro avait été dissimulé derrière un tableau suspendu au mur, à mi-distance entre le bureau du psychiatre et le divan. Il était loin des toilettes privées du psy, mais avait facilement capté le bruit de sa miction. C'était bien le moins. L'appareil avait coûté plus de mille dollars. Une fois le travail terminé, il le récupérerait.

Il regarda sa montre. Alex Black serait en bas dans

cinq minutes. Rimer l'avait minuté à plusieurs reprises et pouvait dire à trente secondes près quand il apparaîtrait sur la passerelle vitrée qui reliait les deux tours jumelles à la hauteur du deuxième étage. Une fois, le docteur avait mis plus de temps. Six minutes de trop. Rimer s'était renseigné et avait appris que les ascenseurs ne marchaient pas, ce qui avait obligé Alex Black à descendre à pied. Pour le reste, il était parfaitement prévisible, toujours dans les temps. Rimer leva les yeux vers la passerelle et aperçut une équipe médicale en tenue chirurgicale qui traversait en courant. Ils poussaient ou tiraient quelque chose. Il s'efforça de distinguer quoi. C'était un patient sur un brancard roulant, avec une perfusion.

La pluie redoubla tout à coup, martelant le ciment. Les gens sous l'abri s'emmitouflèrent dans leurs vêtements et tournèrent le dos au déluge. Rimer ne bougea pas. Il garda les yeux fixés sur la passerelle vitrée. Le vent tourbillonnait et lui jetait la pluie au visage. Il sourit, content de lui. Le camouflage parfait. Personne ne se souvenait de quoi que ce soit sous la pluie. Juste de la pluie. Plus fort était le déluge, mieux c'était.

C'est au Viêt-nam qu'il avait le plus aimé la pluie. Il avait été dans les PERL, les Patrouilles d'élite de reconnaissance lointaine. Les commandos de la mort, des hommes qui passaient des mois dans la jungle pour massacrer le plus de Viêt-congs possible. Et il en avait massacré un paquet. Putain, pas moins de cent. Probablement le double en comptant les peut-être. Comme le jour où il avait dynamité un réseau de galeries où se terraient les cocos. Il avait mis la dose ! Dieu seul savait combien de ces petits fils de putes avaient été enterrés vivants. Tuer ne lui procurait ni plaisir ni émotion. C'était juste un boulot qu'il avait appris. Non, tuer lui était égal. Mais la chasse, la traque... oh, Dieu, que ça lui manquait ! Et la chasse était toujours meilleure quand il pleuvait.

La pluie était son alliée, son amie. Elle le rendait invisible, masquait son odeur et effaçait tous les bruits qu'il pouvait faire par mégarde. La pluie était bonne pour le chasseur, mauvaise pour la proie.

Rimer vérifia à nouveau sa montre. Encore quatre-vingt-dix secondes. Il quitta l'abri et se dépêcha vers le hall principal de la tour médicale la plus proche. La pluie tombait à verse, le ciel s'assombrissait de minute en minute. Le vent tourbillonna encore, faisant s'envoler une boîte en carton avant de la projeter au sol. Rimer contourna précipitamment la boîte, repensant au rêve récurrent d'Alex d'une chute de grande hauteur.

Nom de Dieu ! Pour un toubib, pensa Rimer, ce mec est plutôt con. N'importe quel crétin pouvait interpréter ce rêve à la noix. Désir de mort. Rimer avait déjà vu ça, des tas de fois, au Viêt-nam. Il se souvenait d'un gars tranquille et circonspect du Tennessee qui avait décidé de jouer les Rambo et de chasser le coco au fond de la jungle. Seul. Il avait mal fini, la gorge tranchée d'une oreille à l'autre. Il y avait eu aussi le Baron-Fou, le meilleur parmi les PERL, qui trimbalait un pistolet à air comprimé en plus de son M16. Un jour, le Baron-Fou avait attaqué un nid de mitrailleuses viêt... *au pistolet à air comprimé.* Allez savoir pourquoi. Juste comme ça. Et il avait ri quand les balles de mitrailleuses lui avaient transpercé la poitrine. Ouais, le toubib avait un instinct de mort, tout comme le Baron-Fou.

Rimer se précipita dans le hall et se dirigea vers l'escalier de secours, jetant un coup d'œil à sa montre. Encore quarante-cinq secondes. Il escalada deux étages en courant et se hâta vers les ascenseurs. Aucun à l'étage. Toutes les cabines descendaient. Parfait.

Rimer prit deux cachets d'amphétamines, qu'il mâcha avec application avant de les avaler. L'effet de la drogue serait à son maximum dans les cinq minutes. L'idéal. Rimer attendit patiemment, son pouls commençant à s'accélérer, ses muscles frémissant gentiment. L'eau dégoulinait de sa casquette et de son imper sur le carrelage, formant une petite mare. Il l'essuya du pied. La sono jouait *Spanish Eyes*. La chanson suivante serait *Granada*. Il avait entendu la cassette de la sono une douzaine de fois sur son appareil d'écoute. Karl Rimer était très prudent et faisait attention à tous les détails, même les plus petits. Il aimait répéter avant d'agir.

A la limite de son champ de vision, il vit Alex franchir les portes automatiques. Il pressa rapidement le bouton d'appel de l'ascenseur et recula, regardant droit devant lui. L'instant d'après, il aperçut le reflet du docteur dans le panneau-miroir près de l'ascenseur. Alex Black était encore plus petit que ne l'avait cru Rimer. Pas plus d'un mètre cinquante-cinq, avec de petits pieds et de petites mains, et probablement fragile. Rimer jeta un coup d'œil au visage d'Alex Black. Joli petit fils de pute. Mais sa face était sillonnée de rides, et des pattes-d'oie profondes marquaient le coin de ses yeux sombres et fatigués. Il approchait les quarante ans, mais en faisait cinq de plus. Rimer détourna le regard, se disant que le vieillissement prématuré du toubib venait probablement de ses troubles émotionnels. Il avait déjà vu ça. Bien des fois. Au Viêt-nam.

La porte de l'ascenseur s'ouvrit et Rimer fit un pas en avant, retenant la porte pour Alex Black et le suivant dans la cabine. Il appuya sur le bouton du huitième étage.

— A quel étage allez-vous ? demanda Rimer, le doigt encore sur le panneau de commandes.

— Huitième, dit Alex.

Rimer hocha la tête et recula, laissant de la place à Alex. Les deux hommes regardaient chacun de son côté, s'évitant des yeux. Rimer fixait le panneau indicateur d'étage, Alex ses souliers.

La cabine s'arrêta au cinquième, mais personne ne monta. Comme les portes se refermaient, Alex porta son mouchoir à son nez, gêné par le parfum insistant de la lotion après-rasage qui emplissait l'air. Il se demanda si ce n'était pas pour masquer une mauvaise odeur due à une quelconque maladie.

L'ascenseur s'arrêta au huitième. Rimer laissa passer Alex Black. Puis il s'élança le long du couloir vers le service qui se trouvait directement en face de celui d'Alex Black. Il marchait à grands pas, sans hésiter, sans un regard pour les portes latérales. Il avait l'air d'aller dans un endroit connu où il serait déjà venu de nombreuses fois. Rimer s'arrêta devant la porte du bureau de William Shaw, docteur en médecine. Il essaya d'ouvrir. La porte était fermée à clé, comme il s'y attendait. Il frappa fortement. Pas de réponse. Il essaya à nouveau d'ouvrir.

— Je crains qu'il n'y ait plus personne, dit Alex. Ils partent normalement à six heures.

Rimer se retourna, l'air ennuyé.

— Mais j'avais rendez-vous à six heures et demie...

— Vous êtes sûr ?

— Absolument. J'ai eu la secrétaire hier. (Rimer retira sa casquette souple et la tordit nerveusement dans ses mains. De l'eau goutta sur la moquette et il fourra en vitesse la casquette dans sa poche.) J'ai déjà eu des rendez-vous en fin de journée et je n'ai jamais eu de problème.

— Vous devriez essayer d'appeler chez lui.

Rimer soupira bruyamment, secouant la tête, simulant la fatigue et la résignation. Il le faisait très bien. Il vit de la sympathie dans le regard d'Alex Black.

— Il y a un téléphone dans le coin ?

— Pas précisément. Il doit y avoir des cabines publiques dans le hall.

Rimer soupira encore, d'un air abattu.

— Elles ne marchent pas. J'ai essayé d'appeler avant de monter.

Alex eut une brève hésitation et observa le visage de Rimer. L'homme était grand et mince, un visage anguleux taillé à la serpe, des traits ciselés. Des cheveux blond-roux, bouclés aux extrémités, et des yeux gris-vert empreints de tristesse.

— Vous pouvez vous servir de mon téléphone.

— Vous êtes très aimable.

Alex ouvrit la porte et le précéda dans la pièce d'accueil. Ils franchirent une seconde porte et entrèrent dans un premier bureau. L'un des murs était couvert de graphiques, l'autre d'armoires à dossiers, d'un photocopieur et d'une fontaine à eau fraîche. Rimer sortit la main de la poche de son imper. Un cachet d'amphétamines tomba sur le sol. Il ne s'en aperçut pas.

Rimer observa le téléphone mural, juste au-dessus du photocopieur. Tous les témoins clignotaient, toutes les lignes étaient libres. Le personnel était parti, comme Rimer l'avait prévu. Il s'approcha du téléphone, repéra le bouton de réglage du volume de la sonorisation juste au-dessus.

— Prenez la deuxième ligne, dit Alex.

— Merci encore, fit Rimer avec gratitude.

Comme Alex regardait ailleurs, Rimer mit la sono à fond. Une rafale de *Granada* envahit la pièce. Alex virevolta, surpris. Son instinct profond lui disait de fuir. Mais il était trop tard.

D'un bras, Rimer tenait le cou d'Alex et appuyait un revolver sur sa tempe.

Une seconde avant que Rimer appuie sur la détente, Alex revit son rêve obsessionnel. Il chutait de plus en plus vite, le sol venait à sa rencontre.

Il entendit un grand bruit sourd.

Son corps s'enfonçant dans la terre.

Une balle s'enfonçant dans son crâne.

15

Joanna était en train de se démaquiller lorsque la sonnette de l'entrée retentit. Elle se remit un soupçon de rouge à lèvres, se demandant qui c'était. Il était presque minuit et, au-dehors, le vent et la pluie se déchaînaient. On sonna de nouveau. Elle se hâta vers le séjour et regarda à travers l'œilleton de la porte. Jake était là sous la pluie, sans imper et trempé.

Joanna ouvrit vite la porte.

— Tu aurais pu m'appeler.

— C'est ce que j'ai fait, mais ta ligne était occupée.

Joanna hocha la tête.

— Problèmes hospitaliers.

— Deux heures durant...

— Beaucoup de choses à régler, dit Joanna en dégageant le passage. Entre, avant d'attraper une pneumonie.

Jake alla droit à la cheminée et resta devant les flammes.

— Bon Dieu, quel temps de merde !

— Surtout pour les crétins qui traînent dehors.

— Ça va être le ton de la soirée ?

— Tu ferais mieux de retirer tes vêtements et de les mettre sur un cintre.

Jake eut un large sourire.

— Tu as raison.

— Ne t'y trompe pas, dit aussitôt Joanna. Tu ne

vas pas passer la nuit ici. Tu as un survêtement dans la penderie. Tu pourras repartir avec.

Joanna le regarda entrer dans la chambre, puis alla jusqu'au bar et servit deux cognacs. Elle s'observa brièvement dans la glace. Elle était affreuse. Les cheveux en bataille, le rouge à lèvres mal réparti. Toutes les rides de son front étaient visibles. Elle arrangea rapidement ses cheveux de la main et pensa à se remaquiller. Et puis zut ! Elle n'allait pas se faire belle pour lui. C'était fini.

Jake réapparut dans le séjour en survêtement bleu et or. Il était pieds nus et ses cheveux dégouttaient encore.

Joanna lui tendit un petit verre de cognac et ils s'assirent sur un canapé devant le feu pour siroter tranquillement leur alcool. Les bûches rougeoyantes flambaient. Dehors, la pluie tombait à verse, battant le mur de l'immeuble. Le silence de la pièce fut rompu par le craquement d'une bûche.

— Je trouve que tu réagis trop vivement, dit Jake.

— A quoi ?

— Tu le sais très bien.

— Oh, dit Joanna en hochant la tête, tu parles de ton escapade en Grèce pour une ex-femme...

— Elle venait de disparaître, merde ! laissa échapper Jake.

— Ce jour-là, plein de choses ont disparu, dit lentement Joanna. Ce ne sera plus jamais comme avant.

Jake posa sa main sur ses cheveux.

— Tu ne devrais pas être jalouse d'une morte.

Joanna secoua la tête.

— Je ne suis pas jalouse. Je regarde les choses en face. Et c'est un fait qu'il s'est passé quelque chose cette nuit-là qui fait qu'entre nous plus rien ne sera comme avant.

Jake lui caressa les cheveux, prenant une longue mèche et la tortillant. Elle ne répondit pas à ses avances, mais se laissa faire. Jake ne voyait toujours pas en quoi il était fautif. Bon Dieu ! Quelqu'un meurt, on va à l'enterrement. Femme, ex-femme, amie. On va lui rendre hommage. C'est dans l'ordre des choses.

— Je vois qu'on ne pense pas de la même façon.

— C'est ce que je vois.

Jake l'attira vers lui.

— Ce n'était pas sérieux, cette idée de sortir avec d'autres, n'est-ce pas ?

— Oh que si, répondit aussitôt Joanna. Un de ces soirs, j'irai dîner avec Phil Weideman.

— Ça veut dire qu'il ne te l'a pas encore proposé ?

— Non, mais il va le faire.

Jake sourit intérieurement. Peut-être que Weideman ne le ferait pas.

— Eh bien, en ce siècle de femmes libérées, pourquoi ne l'invites-tu pas ?

Joanna leva les sourcils.

— Je devrais le faire ?

— Bien sûr que non. Tu as déjà un homme.

— Vraiment ? (Joanna le regarda droit dans les yeux.) Où ça ?

— Ici même.

Jake la pressa soudain contre lui et l'embrassa.

— Non !

Joanna essayait de se dégager.

— Si !

Jake la tenait fermement et l'embrassa à nouveau. Elle résista, mais plus mollement, puis il sentit ses lèvres lui rendre le baiser, ses bras autour de son cou. Ils s'embrassèrent encore, lèvres entrouvertes.

Ils n'allèrent pas jusqu'à la chambre. Leurs vêtements étaient éparpillés partout... chemise sur le canapé, pantalon sur une chaise, soutien-gorge par terre, petite culotte sur le guéridon.

Ils restèrent allongés sur le sol, la tête de Joanna sur la poitrine de Jake. La pluie continuait de tomber, un peu moins fort, mais le vent avait forci et sifflait dans les arbres devant chez elle.

— Ça ne change rien pour autant, dit doucement Joanna. Je verrai d'autres hommes.

— Bon Dieu, grogna Jake, notre relation ne signifie rien pour toi ?

— Si. Il est clair que nous avons une attirance physique l'un pour l'autre et que ça va durer. Mais ça ne suffit pas à créer une relation profonde.

— Tu te figures que ce sera bien mieux avec Phil Weideman, hein ?

— Peut-être.

Jake lui jeta un regard de biais.

— J'espère que tu ne cherches pas à me mettre en concurrence avec ton Weideman.

— Je ne te demande rien, Jake. Désormais, il n'y aura plus ni exigences ni conditions.

La vache, gronda Jake intérieurement, elle me traite comme un collégien. Va te faire foutre ! Ce n'était plus de son âge. Encore que...

Joanna se leva et remit son corsage, puis enfila son jean. Elle s'assit dans un fauteuil capitonné, les jambes repliées sous elle.

— Comment tu trouves le digestif ?

— Bien, dit Jake distraitement.

— Veux-tu qu'on parle de gens morts soudainement sans cause apparente ?

— D'accord. Ça va réchauffer la conversation.

Joanna sourit intérieurement. Il était vexé. Bien. Il le méritait. Elle se versa un autre cognac avant de lui raconter la mort de Lucy O'Hara, de Sally Wheaton et de Karen Butler. Tandis qu'elle donnait des détails sur chaque cas, elle regardait Jake qui faisait les cent pas, à nouveau en survêtement. C'était une manie. Il réfléchissait mieux en marchant. Le récit terminé, il continua à arpenter la pièce, tête penchée, mains croisées derrière le dos.

— Alors, qu'en penses-tu ?

— Il y a meurtre, dit Jake.

— Tu es persuadé que les trois patientes de

« Santé d'abord » ont été assassinées, hein ? Sans aucun doute ?

— Ça sent le meurtre à plein nez, non ?

Jake prit une cigarette grecque. C'était son troisième paquet de la journée et il avait la gorge irritée et râpeuse. Ces dernières années, il avait réussi à se limiter à une dizaine par jour, mais à l'enterrement d'Eleni il s'était trouvé au milieu de Grecs qui fumaient comme des cheminées. Au bout de quelques jours, il fumait ses trois paquets. Il se tuait à ce rythme-là et le savait. Il se promit de se restreindre à nouveau. Bientôt.

— Mais il n'existe aucune preuve, dit Joanna, interrompant ses pensées. Et elles n'avaient rien en commun si ce n'est qu'elles étaient des patientes de « Santé d'abord » envoyées au Memorial pour des greffes de moelle osseuse.

— Quelqu'un voulait leur mort, dit Jake.

— J'en suis persuadée. Mais dis-moi pourquoi et qui.

— A qui profite leur mort ?

Joanna haussa les épaules.

— Je n'en ai aucune idée.

— Pas le moindre suspect ?

— Si, peut-être un, dit-elle lentement. Il y a un médecin du nom d'Arnold Kohler à « Santé d'abord », que je trouve bizarre.

— Comment ça ?

— Rien de précis. C'est un petit miteux, le genre de type qui ne vous regarde jamais quand il vous parle. C'était le médecin traitant d'au moins deux des trois patientes mortes. Et c'est un mauvais toubib, Jake.

— Ce n'est pas un crime.

— Sauf s'il tue des gens.

— Pour quel motif le ferait-il ?

Joanna haussa de nouveau les épaules.

— Peut-être qu'il couvre quelque chose. Peut-être

que ses patientes l'avaient menacé de poursuites pour mauvais soins...

— As-tu parlé avec lui ?

— Je l'ai appelé trois fois à son bureau. J'ai l'impression qu'il refuse de me prendre au téléphone.

Jake regardait dans le vide, essayant de rassembler les morceaux.

— Mais comment aurait fait ce docteur Kohler pour tuer ses patientes au Memorial ?

— Ça, aucune idée !

Jake reprit ses va-et-vient.

— Il faut qu'il y ait un complice au Memorial. Car enfin, c'est là qu'elles sont mortes. Qui au Memorial pourrait tirer profit de leur mort ?

— Personne, en fait. Le Memorial a trop de lits inoccupés en ce moment. Ils courent après les patients.

— Et « Santé d'abord » ? Est-ce que ces morts lui rapportent quelque chose ?

— Elle y perd. Très gros. « Santé d'abord » sert de modèle à la future médecine maîtrisée. Elle prétend assurer d'excellents soins à un prix raisonnable. Si on se mettait à dire que ses patients tombent comme des mouches dès qu'ils ont un peu plus qu'un rhume... Bon, tu vois l'effet sur leur réputation et sur les adhésions...

— Qu'est-ce que tu appelles « médecine maîtrisée » ?

Joanna prit la cigarette de Jake et en aspira une petite bouffée, puis la lui rendit.

— C'est en fait une maîtrise des coûts. Pour l'instant, les médecins prennent les honoraires qu'ils veulent. Avec la médecine maîtrisée, le médecin doit pratiquer un tarif conventionné.

— Donne-moi un exemple.

— Disons que tu as mal à la gorge. Tu vas chez le docteur et il t'examine et te fait faire une analyse en laboratoire. Ça te coûte soixante-cinq dollars. Mais si tu es membre d'une mutuelle et que ton médecin est sous contrat avec elle, tu ne paieras que trente dollars, quelles que soient les analyses. Autrement dit, le contrat fixe un plafond de dépense.

Jake s'imprégna de l'information avant de parler :

— Les médecins ne sont pas trop contents, j'imagine.

— Ils hurlent comme des cochons qu'on égorge.

Jake sourit légèrement.

— Et j'imagine que ton copain chirurgien, Phil Weideman, gueule plus fort que les autres...

— C'est un chirurgien remarquable qui travaille merveilleusement, dit Joanna d'un ton cassant.

— Ouais, il peut rester aussi bon. Mais en étant moins bien payé pour le faire.

Jake alla vers le bar et se versa un autre cognac. Il rapporta la bouteille à Joanna et remplit son verre. Leurs mains se frôlèrent. Elle retira la sienne et lui tourna le dos. Il souffla un grand coup et reprit ses allées et venues.

— Crois-tu qu'on pourrait aller jusqu'à tuer pour détruire la médecine maîtrisée dans notre pays ?

Joanna eut un rire forcé.

— Il s'agit d'un marché de huit cents milliards de dollars par an. Huit cents bons milliards. Quinze pour cent du PIB.

— Donc ça peut venir d'un médecin.

— Mais qui ? Et comment ? J'ai contrôlé et recontrôlé cent fois les dossiers des mortes. Elles étaient dans des services différents et soignées par des docteurs différents au Memorial.

— Leur a-t-on fait des piqûres ou administré des médicaments ?

— On a fait une prise de sang à deux d'entre elles le jour de leur mort. Lucy O'Hara et Sally Wheaton. Pas à la troisième. Pour ne rien laisser au hasard, j'ai interrogé longuement celle qui a fait les prélèvements. J'ai été frappée par son air dur et antipathique. Et elle est montée sur ses grands chevaux quand j'ai commencé à lui parler des mortes. Mais ses réponses étaient toutes correctes et, en plus, pourquoi aurait-elle tué ? A moins qu'elle n'ait perdu la boule. (Joanna sirota lentement son cognac, le gardant un moment sur sa langue avant de l'avaler.) *Soudaine* et *mort* sont les deux mots qui trottent dans ma tête. Mort soudaine. La clé est là. Mais rien dans l'autopsie ne va dans ce sens. Ni coups, ni attaques cardiaques, ni caillots de sang, ni hémorragies. Rien.

— Empoisonnements ?

— On a analysé leurs fluides biologiques en faisant les tests les plus pointus et on n'a rien trouvé. Zéro pointé. J'ai même envoyé des échantillons de leurs foies à San Francisco, au cas où ils pourraient extraire des tissus quelque chose d'anormal.

— T'as l'air d'être dans le pétrin.

— Explique-toi.

Il y eut tout à coup un grand bruit sourd venu du plafond. On eût dit que toute la pièce tremblait.

— Qu'est-ce que c'est que ce bordel ? demanda Jake.

— Ce sont deux gars qui viennent d'emménager. Ils doivent faire partie d'une équipe de football à l'université. Dieu, qu'ils sont bruyants !

Un autre grand bruit sourd. Un petit bout de plâtre se détacha du plafond blanc et tomba comme une feuille morte.

Jake leva les yeux.

— Tu leur as demandé de se calmer ?

— Une douzaine de fois.

A présent, ils mettaient la stéréo. Trop fort. Vibrations de basse.

— Hé ! cria Joanna en direction du plafond. Un peu moins fort !

— Va te faire foutre ! gueula une voix pour toute réponse.

Jake se dirigea vers la porte.

— Ce sont des gosses, Jake, dit Joanna en le retenant par le bras.

— Des petits cons, oui !

— Des gosses, dit Joanna en le tirant en arrière.

Encore deux ans et ses prêts bancaires seraient remboursés. Alors elle se chercherait une maison.

Au-dehors, la pluie redoubla, martelant un côté de l'immeuble. Il y eut un éclair dans le lointain, puis un coup de tonnerre. Joanna blottit sa tête dans ses bras appuyés au dossier de sa chaise et fixa le feu.

Le téléphone sonna. Joanna regretta de ne pas l'avoir débranché. A la cinquième sonnerie, elle décrocha. C'était le coéquipier de Jake, Lou Farelli. Elle passa le combiné à Jake et le regarda ranimer le feu tout en parlant. Sa conversation se limitait à « Parfait », « Ouais » et « Bon ».

— Du grabuge ? demanda Joanna lorsqu'il raccrocha.

— *Niet,* fit Jake en allumant une nouvelle cigarette. J'avais envoyé Farelli parler aux policiers qui ont découvert l'homme sans visage.

— Ils en ont dit plus ?

— Pas beaucoup. Ils ont trouvé le corps dénudé dans une esquisse de tombe recouverte de quelques pierres. Le tueur n'a pas laissé de traces. Les flics ont fouillé le coin à la recherche de l'arme dont il s'est servi pour défoncer le visage de la victime. *Nada.* Rien. Notre client fait très attention.

— Mais pourquoi une tombe aussi sommaire ? Pourquoi n'a-t-il pas creusé jusqu'à deux mètres ? On n'aurait jamais retrouvé le corps.

Jake lui sourit.

— As-tu jamais essayé de creuser un trou de deux mètres de profondeur et d'un mètre de large ? (Joanna secoua la tête.) Un homme seul mettrait un temps fou. Plusieurs heures. (Jake passa un bras autour des épaules de Joanna et l'attira vers lui.) Trop de risques. Un auto-stoppeur ou un campeur auraient pu tomber sur lui. Ou même un garde forestier. Non, ç'aurait été trop dangereux. Il valait mieux se contenter d'une tombe superficielle, se tirer de là et courir sa chance...

Joanna reconnut que c'était logique. Jake s'y entendait pour reconstituer un crime. Il était fort. Nettement moins dans ses relations privées.

— Et s'il n'a recouvert la tombe que de quelques pierres, c'est qu'un trop gros tas aurait pu attirer l'attention d'un promeneur ?

— Absolument. Et quelques grosses pierres suffisaient pour empêcher la pluie d'emporter la terre et décourageraient sans doute les coyotes s'ils détectaient l'odeur du cadavre. Et quand bien même les coyotes déplaçaient les pierres, ils se contenteraient de dévorer le corps et cela arrangerait aussi le tueur.

— Bon Dieu. (Joanna réprima un haut-le-cœur.) Le tueur a pensé à tout, apparemment.

— Un vrai pro. (Jake fit le geste d'allumer une autre cigarette mais se retint.) Il y a quelque chose qui ne colle pas. Quelque chose qui cloche.

— Quoi ?

— Je n'en sais trop rien, dit Jake, la voix tendue. Je l'ai sur le bout de la langue, mais ça ne vient pas. Mon esprit tourne au ralenti.

— Ça vient peut-être du décalage horaire depuis ton retour de Grèce.

— Possible.

— Le mot *Grèce* lui remit Eleni en mémoire. Il se revoyait dans une taverne qui surplombait un port magnifique, à la sortie d'Athènes. Eleni dansait toute seule, se passant les mains dans les cheveux, invitant Jake à la rejoindre. C'était la dernière fois qu'ils s'étaient trouvés ensemble à Athènes. Hormis les funérailles.

Joanna l'observait. Jake essayait de cacher sa tristesse, mais elle transpirait. Elle se demanda pourquoi les hommes faisaient tant d'efforts pour cacher leur douleur. Ça ne contribuait qu'à renforcer leur peine.

— As-tu envie de me parler d'Eleni ?

— Il n'y a pas grand-chose à en dire.

— Mais si.

Jake soupira bruyamment.

— Je l'ai aimée et elle est morte. Et ça fait un mal de chien.

— Peut-être qu'au fond de toi tu l'aimes encore, Jake.

— Non, c'est fini.

— Si ça avait été vrai, pourquoi retourner en Grèce pour ses funérailles ?

Jake hésita, voulant répondre avec prudence. Il avait l'impression de se trouver en terrain miné.

— Je devais le faire.

Mon cul, pensa Joanna, le visage impassible.

— C'est pas seulement ça.

Jake sentit son pouls s'accélérer.

— Tu refuses de voir les choses simplement, hein ? Il faut que tu fabriques une espèce de mélo.

— C'est ce que tu en penses ? Un mélo ?

— Carrément.

— Je vais te dire le vrai mélo ! éclata Joanna. C'est l'histoire d'un flic taré qui court en Grèce derrière un amour perdu depuis des années. Et il n'arrive pas à se rappeler que son grand amour l'a foutu dehors et a divorcé et a refait sa vie, sans jamais se soucier de lui. Alors, ça te dit quoi ?

— Que seule une salope terriblement jalouse peut raconter ça.

— Il y a belle lurette que je ne suis plus jalouse, dit Joanna d'un ton glacial. Par contre, je vais te dire ce qui te pend au nez...

— C'est quoi ?

— Que je vous envoie au diable, toi et ton passé.

Jake eut un geste d'écœurement.

— Je savais que je n'aurais pas dû venir ce soir.

— Personne ne t'a invité.

La stéréo dans l'appartement au-dessus se déchaîna soudain. La basse était si forte que tout se mit à vibrer. Puis un gros bruit sourd. Des gens qui sautaient en dansant.

Jake monta sur un escabeau et tapa du poing au plafond.

— Hé là-haut ! Arrêtez ce vacarme !

La musique redoubla et le martèlement s'amplifia.

Jake frappa à nouveau au plafond.

— Hé, nom de Dieu ! Il est presque minuit. Ça suffit. Si tu tapes encore au plafond, je descends et on va s'expliquer. Trou-du-cul !

Jake sourit à Joanna. Puis il se remit à donner de grands coups au plafond. Il entendit courir au-dessus. Une porte s'ouvrit. Ils descendaient l'escalier.

Jake se précipita dans la chambre et revint avec son .38 Special Police, vérifiant qu'une balle était bien engagée dans le canon. Il se dirigea vers la porte de l'appartement. Joanna l'attrapa par le bras, essayant de le retenir :

— Non, Jake ! Ce sont des gosses !

On frappa avec violence à la porte. Puis une voix cria :

— Ouvre, trou-du-cul, ou j'enfonce la porte !

Jake ouvrit la porte et se mit en position de tir, arme levée et bras tendus. Son .38 Special était pointé sur la tête d'un malabar d'environ vingt-cinq ans, cheveux blonds en brosse et mâchoire carrée. Il devait peser dans les cent vingt kilos et mesurer au moins deux mètres.

— Vous vouliez me parler ? dit Jake d'un ton rauque. Eh bien, c'est le moment.

Le costaud écarquillait les yeux devant le pistolet. Il ouvrit la bouche, mais aucun son n'en sortit. Derrière lui se tenait un autre malabar, tout aussi costaud, avec de longs cheveux en désordre qui lui tombaient sur les épaules. Tous les deux en T-shirts et en jeans. Un peu en retrait, une jeune femme blonde contemplait la scène, plus fascinée qu'effrayée. Elle portait un minishort et une chemise ouverte nouée sous les seins. Elle exposait largement une poitrine trop forte et trop bien galbée. Des implants, se dit Jake, remarquant ensuite la cigarette qu'elle fumait,

dont l'odeur suave était caractéristique de la marijuana. Dans l'autre main, elle tenait une canette de bière.

— T'as plus rien à dire, hein ? dit Jake en faisant un pas en avant sous la pluie. (L'homme recula vivement.) Bon, eh bien, c'est moi qui vais parler. *Primo,* j'ai une licence de port d'arme parce que je suis flic. *Secundo,* je dors souvent ici et j'ai le sommeil léger. *Tertio,* si vous me faites encore chier, vous vous en rappellerez longtemps. Est-ce que je me fais bien comprendre ?

L'homme face à Jake acquiesca rapidement d'un geste et dit, tout doucement :

— On va faire gaffe.

— Vous avez vachement intérêt.

— Une seconde, laissa échapper la blondasse. Ils payent leur loyer comme les autres. Vous ne pouvez pas exiger...

— Si, je peux, coupa Jake, en regardant ostensiblement son joint. Et je peux aussi appeler mes collègues de la brigade des stups pour qu'ils viennent faire un tour et fouillent votre appartement. Ça vous dirait ?

— C'est pas la peine, dit rapidement le malabar. On va faire gaffe, je vous le promets.

— Je ne veux plus rien entendre, pas même un cri de souris, dit Jake d'une voix tendue. Maintenant, remontez chez vous et tenez-vous peinards.

Un éclair colora le ciel en bleu. Jake et Joanna rentrèrent en vitesse.

Joanna claqua la porte et fixa Jake.

— Bon Dieu, Jake ! T'es pas fou ? Sortir ton revolver comme ça !

Les pupilles de Jake se rétrécirent, il n'en croyait pas ses oreilles.

— Il était prêt à défoncer ta porte, nom de Dieu !

— Ce ne sont que des gosses qui veulent jouer aux durs. Tu aurais pu leur parler au lieu de les menacer avec ton arme...

— Parfois t'es vraiment trop conne, grogna Jake, essayant de contenir sa rage. Imagine que ce fils de pute ait eu un revolver quand j'ai ouvert la porte. On aurait été tués tous les deux en un clin d'œil.

— Les gens de l'immeuble ne sont pas armés, et même si c'était le cas ils ne se menaceraient pas les uns les autres.

— Ouais, et dans cet immeuble on n'enfonce pas les portes, bien sûr ? dit Jake entre ses dents, tandis que gonflaient les veines de son cou. Tu comprends rien, c'est ça ?

— Non, toi, tu ne comprends rien, répondit Joanna sur le même ton. Maintenant, les gens de l'immeuble se diront qu'il ne faut pas frapper à ma porte sous peine de se trouver nez à nez avec un revolver.

— Tu déconnes et tu le sais. Pourquoi en rajoutes-tu systématiquement ?

Joanna serra les mâchoires.

— C'est la deuxième fois que j'entends ça ce soir. J'ai pas aimé la première fois et j'aime encore moins cette fois-ci.

— Je vois, dit Jake froidement.

— Bien, tu vas voir autre chose. C'est que tu vas ramasser tes fringues et foutre le camp. Immédiatement ! (Jake la regarda bouche bée, devenant tout rouge.) Et ne reviens pas sans y être invité.

— Parfait !

Jake fit volte-face et alla d'un pas lourd dans la chambre, jurant sous cape. Il revint avec ses vêtements mouillés et passa devant elle sans un mot.

Il se retrouva sur le seuil et se retourna pour dire quelque chose. Mais il n'en eut pas le temps, la porte lui claqua au nez.

16

Joanna jeta à l'infirmière un regard sévère.

— Vous dites au docteur Kohler de me recevoir sur-le-champ, sinon je le fais convoquer.

— Quoi ? fit l'infirmière, abasourdie. Je... je ne crois pas avoir compris...

— Alors écoutez bien et répétez exactement mon message au docteur Kohler. (Joanna ne parlait pas trop fort pour éviter que les patients dans la salle d'attente ne l'entendent.) Il faut que je parle avec lui de certaines de ses patientes mortes subitement. Des enquêtes sont ouvertes et, comme je suis chargée des autopsies, je représente le coroner. S'il ne veut pas me parler, je le fais convoquer. S'il n'obtempère pas, je fais délivrer un mandat d'arrêt. On viendra, on lui passera les menottes et on me l'amènera. Ce ne sera pas très agréable pour lui.

— Je retourne lui parler, dit vivement l'infirmière.

Joanna regarda l'infirmière se hâter dans le couloir. Au moment où elle allait entrer dans une pièce, Arnold Kohler en sortit. L'infirmière désigna de la tête Joanna, puis lui dit quelques mots d'un ton animé. Joanna essaya de lire l'expression du visage de Kohler mais elle ne voyait que son profil.

Il tendit un dossier à l'infirmière et alla rapidement à la rencontre de Joanna.

— Je suis désolé, docteur Blalock. Je n'avais pas

compris que c'était vous. L'infirmière avait écorché votre nom.

— Je vois, dit Joanna, pas dupe. La secrétaire du docteur Mariner ne vous a pas prévenu de ma venue ?

— Je reçois tellement de messages, fit Kohler d'un ton évasif. L'un dit une chose, l'autre le contraire. J'ai du mal à suivre.

— Où peut-on parler ?

— Dans mon bureau.

Joanna suivit Kohler le long d'un couloir jusque dans un bureau encombré. La pièce était petite et sans fenêtre, l'air vicié par l'odeur froide de la fumée de cigarette. En s'asseyant, Joanna jeta un coup d'œil à la table d'examen vieillotte avec ses lanières de cuir. A côté, un encombrant appareil à électrocardiogrammes qui datait d'au moins vingt ans. Même le stéthoscope accroché au cou de Kohler était obsolète, avec sa cloche volumineuse et son long tuyau. Joanna tourna sa chaise pour faire face à Kohler. Au coin de son bureau, elle vit une plante desséchée, aux feuilles jaunies, en train d'agoniser.

— C'est tragique, vraiment tragique. Ces patientes étaient sur le point d'obtenir un nouveau bail sur la vie. (Kohler haussa les épaules.) Que peut-on faire ?

— Trouver de quoi elles sont mortes, dit Joanna.

— Les autopsies n'ont encore rien donné ?

— Pas jusqu'alors. (Joanna sortit un paquet de fiches et le parcourut.) Avant d'en arriver à vos patientes, je voudrais vous parler de Lucy O'Hara.

— Qui ?

Kohler plissa le front.

— Lucy O'Hara.

— Je ne la connais pas.

— Vous êtes sûr ?

— Affirmatif, dit Kohler, tout en se grattant nerveusement l'oreille. Je ne l'ai jamais vue.

— Je crois que si. (Joanna prit une fiche qu'elle

relut rapidement.) Il y a six mois, vous l'avez hospitalisée.

— Ce doit être une erreur. Ça doit...

— Il n'y a aucune erreur, coupa Joanna. Vous êtes indiqué comme son généraliste dans le dossier d'hospitalisation. C'était une jeune femme atteinte de leucémie aiguë et d'une pneumonie galopante.

Kohler resta un moment les yeux dans le vide, puis approuva lentement.

— Ah, oui. Je m'en souviens maintenant. C'était une patiente d'Amanda Black. Amanda était en vacances et je la remplaçais. La patiente était très malade.

— Ce n'était pas votre avis, à l'époque. D'après la note d'un consultant, quand le père de Lucy vous a appelé et a décrit les symptômes, vous lui avez dit que ça devait être une grippe.

— Ç'aurait pu être ça, se défendit Kohler.

— Avec quarante de fièvre ?

Kohler se tortilla sur sa chaise.

— D'après mon expérience, la grippe peut parfois...

Joanna fit non de la main.

— Son père lui-même a été plus clairvoyant. C'est pourquoi il l'a emmenée sur-le-champ aux urgences.

Kohler fut sur le point de dire quelque chose, mais retint sa langue.

Joanna se souvint que le père de Lucy était avocat et décida de frapper à l'aveuglette :

— C'est pour ça qu'il vous a menacé de poursuites pour faute professionnelle ?

— On en est restés là. Il était bouleversé par la maladie de sa fille.

Et par votre bêtise, pensa Joanna.

Elle jeta un coup d'œil à ses fiches sur Lucy O'Hara, Sally Wheaton et Karen Butler. Toutes les trois mortes. Et toutes soignées par Arnold Kohler.

— Parlons de Karen Butler...

Kohler parut content de changer de sujet.

— C'était une jeune infirmière atteinte d'arthrite rhumatismale et qui était insensible aux traitements habituels. C'est pourquoi on lui a fait des injections de sels d'or.

— Qui a décidé de lui administrer de l'or ?

— Un des rhumatologues de « Santé d'abord ».

— Qui faisait les injections ?

— Mon infirmière.

— Et qui analysait le sang de Karen avant chaque nouvelle injection ?

Kohler hésita.

— Je ne sais pas.

— Est-ce que ça veut dire que vous faisiez injecter des sels d'or à cette patiente sans vous assurer que sa composition sanguine était normale ?

Le visage de Kohler se durcit.

— Ecoutez, je ne suis pas un spécialiste de cette maladie. Pour savoir le comment et le pourquoi des injections de sels d'or, demandez au rhumatologue.

— Mais c'était votre malade et c'est votre infirmière qui administrait les injections...

— Ecoutez, on lui a donné de l'or et elle a mal réagi. Ça a détruit sa moelle osseuse. C'est triste, mais c'est comme ça.

Ç'aurait pu ne pas être comme ça, se dit Joanna, si quelqu'un avait suivi les choses de près. Elle observa Kohler un instant, se demandant jusqu'où il serait capable d'aller pour masquer son incompétence.

— Saviez-vous que Karen Butler prenait des amphétamines ?

Kohler battit brièvement des paupières.

— Comment le savez-vous ?

— On en a trouvé dans son sang. Et beaucoup, ce qui laisse supposer qu'elle en prenait régulièrement.

— Comment la quantité trouvée dans le sang vous indique-t-elle qu'elle en prenait depuis longtemps ?

— Les utilisateurs chroniques développent une tolérance à la drogue, si bien qu'il leur faut augmenter de plus en plus les doses pour obtenir le même effet.

— Comment savez-vous qu'elle ne se shootait pas par intraveineuse ? Cela provoque en effet une quantité importante dans le sang.

— Parce qu'à l'autopsie on n'a pas trouvé de points de piqûres ni de sillons, dit Joanna en souriant légèrement. Et si ça avait été le cas, vous vous en seriez aperçu en l'examinant. Pas vrai ?

— Bien sûr, bien sûr, répliqua Kohler, regrettant d'avoir posé la question, et pressé de voir Joanna Blalock en finir et fiche le camp.

— Où croyez-vous qu'elle se procurait ses amphétamines ?

— Partout et nulle part. Aujourd'hui, les gosses se procurent de la drogue aussi facilement que du chewing-gum. On en trouve à chaque coin de rue. Il y a des vendeurs partout. (Kohler eut un léger sourire.) De véritables pharmacies...

L'interphone sur le bureau de Kohler vibra.

— Docteur Kohler, M. Cook fait une réaction allergique. Ses lèvres et sa langue commencent à gonfler...

Kohler sauta sur ses pieds.

— Il va me falloir interrompre cette conversation. Si vous avez besoin d'autres renseignements, n'hésitez pas à m'appeler.

Joanna le regarda quitter la pièce précipitamment, le stéthoscope battant sur sa poitrine. Kohler venait de dire un mot qui l'avait marquée, mais elle ne savait plus quoi. Il avait souri mal à propos juste avant de le dire. C'était quoi ? Drogues ? Intraveineuse ? Coin de rue ? Merde ! C'était quoi ?

Le regard de Joanna rencontra le bloc d'ordonnances posé sur le bureau de Kohler. Ses yeux s'illuminèrent. *Pharmacie !* C'était ça le mot, *pharmacie !*

Joanna arracha une feuille d'ordonnance vierge et quitta rapidement la pièce.

17

Qui a trouvé le corps ? demanda Jake, parlant par-dessus la sono.

— La secrétaire, dit le sergent Lou Farelli. Elle est arrivée un peu plus tôt que d'habitude pour taper du courrier. Il était à peu près huit heures et demie quand elle est arrivée, pour découvrir son patron la cervelle éparpillée dans la pièce. Elle s'est mise à hurler et à vomir. (Farelli pointa le doigt sur une petite mare de vomissures sur la moquette.) Regarde où tu marches.

Jake regarda la flaque et eut un haut-le-cœur. Il avait encore sur l'estomac les mélanges de tequila et de bière absorbés après avoir quitté Joanna, la veille au soir. Il ne comprenait toujours pas pourquoi elle était si déraisonnable. Et susceptible. Bon Dieu ! Elle ne lui avait pas laissé la moindre chance d'arranger les choses. Et puis merde. Si elle voulait qu'il en soit ainsi... très bien.

— Le vomi te semble bizarre ? demanda Farelli.

— Non, dit Jake, reprenant ses esprits. Donc, tu penses que c'est tout bêtement un suicide ?

— On dirait bien. (Farelli était un petit homme trapu au visage rond et aux cheveux noirs clairsemés.) Le toubib s'assied à la place de la secrétaire, sort un .32 acheté dans la rue et appuie sur la détente...

— Comment sais-tu que l'arme a été achetée dans la rue ?

— Le numéro de série a été limé.

Jake s'approcha du cadavre d'Alex Black. Le corps était assis, tête en arrière, bouche ouverte, les yeux sans vie fixés au plafond. Il y avait un trou en étoile dans le crâne, d'où suintaient cervelle et sang. C'était le trou de sortie et, d'après l'angle de la tête, Jake se dit que la balle devait être allée se loger dans le mur.

— Avez-vous trouvé la balle ? demanda Jake.

— Pas encore, dit Farelli. Elle n'est ni dans le plafond ni dans le mur ni sur le sol. On pense qu'elle est là. (Il montrait le mur rempli d'étagères et de dossiers.) On va fouiller ça dès qu'on aura le feu vert du médecin enquêteur.

— Où est-il ?

— A côté, en train de chercher un thermomètre. Il a laissé tomber le sien et il s'est cassé. (Farelli jeta un œil vers la porte qui menait au deuxième bureau et baissa la voix.) L'enquêteur, c'est cette espèce d'Indien, Gupta.

— Vas-y mollo, dit Jake, la voix rauque à cause d'un excès de cigarettes.

— C'est pas ça, dit Farelli. Il n'a pas l'air bien, Jake. Et il est tout pâle. Il a l'air moins bien que le cadavre qui se trouve là.

— Il couve une sale pneumonie. (Jake se souvenait d'une conversation avec Joanna à propos d'une étrange épidémie de pneumonie qui avait décimé les services du coroner. La maladie du légionnaire, quelque chose comme ça.) Il va pouvoir faire son boulot ?

— Il fait au mieux.

La sono braillait *Spanish Eyes*.

— Pourquoi la musique est-elle si forte ?

— C'est comme ça qu'on l'a trouvée.

— Tu penses que le toubib voulait couvrir le bruit du coup de feu ?

— C'est probable, répondit Farelli, pas tout à fait

convaincu. Mais pourquoi s'embêter avec ça ? Une fois qu'il s'était fait sauter la cervelle, peu lui importait qui le trouverait et quand.

— Rappelle-toi qu'il était médecin. Il s'est peut-être dit qu'il n'allait peut-être pas mourir sur le coup et il ne voulait pas qu'on le trouve encore vivant, qu'on l'emmène dans un service de soins intensifs et qu'on le maintienne en vie avec des tubes et des appareils...

— C'est moche, dit Farelli en secouant la tête. Voilà un médecin dans un labo super, qui gagne plein de fric, et il se fait sauter la cafetière. Tout ce pour quoi il s'est battu dans la vie disparaît en une fraction de seconde. T'imagines ?

— Il devait avoir des soucis.

— Eh bien, comme ça il n'en a plus.

Jake inspecta la vaste pièce. Tout était en place, pas de trace de lutte. Le secrétariat était vide, sans couleur. Des dossiers et des tiroirs, un photocopieur, une machine à café, une fontaine d'eau fraîche. Son regard se posa sur le bureau de la secrétaire. Au-dessus, il y avait la photo encadrée d'une femme tenant un jeune garçon, tous les deux souriants et heureux. Au mur était accroché un calendrier illustré d'un océan paisible et d'une légende qui disait : AUJOURD'HUI EST LE PREMIER JOUR DE CE QUI VOUS RESTE À VIVRE. Jake se demanda qui écrivait ce genre de conneries et combien il était payé pour ça.

— Salut, lieutenant, dit Girish Gupta en entrant dans la pièce.

— Salut, toubib, dit Jake.

Gupta préféra se contenter d'un signe de tête plutôt que de lui serrer la main. Il portait des gants de latex et tenait un thermomètre jetable. Il s'agenouilla, ouvrit la braguette du cadavre pour faire glisser le pantalon et réussit à introduire le thermomètre dans le rectum sans modifier la position du corps.

— On va savoir quand il est mort exactement.

Quelle fin, pensa Jake. Le pantalon à demi baissé et un thermomètre dans le cul. Et la cervelle dégoulinant du crâne.

— Sale affaire, sale affaire, dit Gupta, avec son accent anglais pointu. Ça paraît encore plus tragique quand ça vient d'un médecin, et plus regrettable.

— Vous croyez au suicide, hein ?

— Tout va dans ce sens, non ? Pas de trace de lutte, pas d'effraction. L'arme, la blessure. Tout porte à penser que le coup de feu a été auto-administré.

— Il a laissé une explication ? demanda Jake.

Gupta fit un geste de la main.

— On ne trouve pas toujours d'écrit.

— Ouais, mais ce type s'y était préparé. Il a acheté une arme dans la rue, attendu que son service soit vide et tout le monde parti, a augmenté le son de la sono pour couvrir le bruit du coup de feu. Ce genre de gars laisse en général un mot.

— Peut-être, concéda Gupta. D'un autre côté, il y avait peut-être seulement pensé. Et il s'est décidé tout d'un coup.

— Juste comme ça, hein ?

Gupta fit signe que oui.

— Tout à fait. Une impulsion subite, vous comprenez.

Jake s'efforça de ne pas sourire de la façon dont le toubib avait dit « une impulsion subite ». Ça sonnait comme si le cadavre avait été pris d'une soudaine envie d'attraper la dernière séance au cinéma.

Gupta continua :

— Vous avez dit que l'arme utilisée avait été achetée dans la rue. Pourquoi pas chez un armurier ? Ce n'était pas un criminel. Il pouvait légalement acheter une arme sans difficulté.

— Il était peut-être pressé, répondit Farelli. En Californie, il faut attendre quinze jours pour obtenir une arme.

— Ah, fit Gupta, hochant la tête. (Il fut sur le point de retirer le thermomètre, puis décida d'attendre encore un peu.) Mais dites-moi, comment un respectable médecin saurait-il où trouver une arme dans la rue ? Il ne saurait pas où s'adresser ni qui approcher.

— Tout se vend, dit Jake au jeune coroner. Je peux vous citer une douzaine de coins de rue à Los Angeles où vous pouvez acheter tout ce que vous voulez. Des filles, des drogues, des armes. N'importe quoi.

— Admettons qu'Alex Black ait su où trouver une arme. Il fallait encore qu'il sache laquelle demander...

Jake haussa les épaules.

— Pas nécessairement. Il lui suffisait de demander une arme de poing de calibre moyen. Ça veut dire en général un .32 ou un .38. Et il n'y a pas besoin d'être un spécialiste en fusées pour charger un revolver, se le coller sur la tempe et appuyer sur la détente.

— Quel gâchis !

Gupta s'agenouilla et retira le thermomètre de l'anus d'Alex Black. Il plissa les yeux pour lire, gêné par le manque de lumière. Comme il se relevait, ses genoux flanchèrent et il se mit à vaciller.

Jake et Farelli le rattrapèrent par les bras et le soutinrent. Le thermomètre lui échappa des mains et rebondit sur le sol, se cassant en deux.

— Est-ce que ça va ? demanda Jake.

— Juste un peu chancelant, dit faiblement Gupta. Je devrais peut-être m'asseoir un instant...

Jake le conduisit jusqu'à une chaise et le regarda s'asseoir lourdement et aspirer de l'air plusieurs fois. Le médecin enquêteur paraissait très pâle sous les néons, et des gouttes de sueur se formaient sur son front.

— Voulez-vous vous allonger un peu ? lui proposa Jake.

— Non, non, répliqua Gupta. C'est le premier jour où je me relève de ma pneumonie et je ne suis pas encore bien rétabli. Mais ça va aller. Après une ou deux minutes de repos.

— Si vous êtes souffrant, on va appeler quelqu'un d'autre du bureau du coroner.

— Il n'y a personne d'autre. Nous ne sommes encore que quelques-uns à reprendre le boulot et j'étais le plus en forme, croyez-moi si vous voulez.

Farelli fit couler un verre d'eau de la fontaine et l'apporta. Gupta but lentement, respirant fort entre deux gorgées. Il desserra sa cravate et pencha la tête en arrière.

Jake voyait que Gupta allait de moins en moins bien, le visage encore plus tiré qu'avant. Il était incapable de continuer et il fallait un médecin légiste ici et tout de suite. Mais qui ? Pas de coroners disponibles, selon Gupta. Jake résistait à la tentation d'appeler Joanna, mais plus il y pensait plus ça lui plaisait. Elle serait parfaite, si elle voulait bien le faire. Et ça lui donnerait l'opportunité de parler avec elle et peut-être de se raccommoder.

— Seriez-vous opposé à ce que j'appelle un consultant ? demanda-t-il.

Les pupilles de Gupta se rétrécirent.

— Qui ?

— Une de vos collègues, Joanna Blalock.

Gupta approuva.

— Très bon choix.

Jake se tourna vers Farelli.

— Le toubib pourrait-il s'allonger quelque part ?

— Il y a un divan dans le bureau du docteur.

Jake fit signe à un gros flic en uniforme près de la porte.

— Aidez le légiste à s'installer sur le divan dans le bureau du médecin.

— Vraiment, ce n'est pas la peine, protesta Gupta en essayant de se relever.

Mais ses jambes étaient en coton. Il retomba sur sa chaise.

Jake fit un signe de la tête au flic en uniforme, qui s'approcha, aida Gupta à se relever en le soutenant et l'emmena dans le bureau du fond.

— Je sais ce que c'est, dit Farelli d'un ton compréhensif. Souviens-toi quand j'ai eu cette sale bronchite et que j'ai voulu travailler quand même. J'arrivais même pas à mettre mes idées en place.

— Oui oui, dit Jake distraitement.

Farelli leva les yeux vers Jake, essayant de lire dans ses pensées.

— Tu crois que le toubib a négligé quelque chose ?

— Non, mais il n'accorde pas assez d'importance à des choses évidentes.

— Par exemple ?

— La lettre de suicide.

— Ils n'en laissent pas toujours. Surtout les cinglés.

— Ouais, mais regarde celui-ci. (Jake s'approcha du corps et le montra du doigt.) Cheveux soigneusement peignés, ongles manucurés, nœud de cravate impeccable, chaussures parfaitement cirées. C'était un homme soigné, et les gens soignés ne meurent pas de façon négligée. Tout doit être rangé et en ordre. Ils laissent une lettre.

— Possible, dit Farelli d'un ton dubitatif. Mais ça ne prouve pas que ce n'est pas un suicide. Je crois que tu encules les mouches.

Jake haussa les épaules.

— Je passe mon temps à ça.

Au bout du couloir, la porte de l'ascenseur s'ouvrit et Joanna en sortit. Un policier en uniforme tendit le bras, lui coupant le passage.

— Désolé, madame, l'étage est interdit, dit-il.

— Je travaille pour les services du coroner, fit Joanna.

Le policier sourit finement, se demandant si cette jeune femme séduisante était une journaliste de la télé. Il savait que le médecin enquêteur était déjà là.

— Vous avez une carte professionnelle ?

Un éclair de colère traversa le visage de Joanna.

— Ecoutez, je suis là parce que...

— Montrez-moi votre carte de service ou partez, dit fermement le policier.

Joanna regarda le couloir derrière le policier. Elle distingua Lou Farelli et agita le bras. Le flic se retourna et vit Farelli qui agitait aussi le bras. Il fit vite un pas de côté et marmonna quelque chose comme : « Désolé ».

Joanna arpenta le couloir, passant devant des portes ouvertes. Infirmières et secrétaires étaient à l'affût, la suivant du regard et murmurant à son passage. La sono diffusait *People Who Need People.*

— Ohé, toubib, dit cordialement Farelli.

— Salut, sergent, lui renvoya Joanna avec sympathie tout en pensant pour la centième fois qu'il avait plus l'air d'un serveur de restaurant italien que d'un flic de la criminelle. Comment ça va ?

— Au poil.

Ils pénétrèrent ensemble dans le bureau, Farelli la guidant pour lui éviter de marcher dans le vomi. Joanna vit Girish Gupta et alla vers lui. Il paraissait plus maigre que la dernière fois qu'elle l'avait vu et il avait les traits tirés.

— Je suis désolée que vous ne soyez pas bien.

— Oh, ce n'est rien, dit Gupta avec légèreté. Je retrouve doucement le pied marin.

— Vous avez sans doute repris le boulot trop vite.

— Je crains que vous n'ayez raison.

Joanna se tourna vers Jake et dit avec fermeté :

— Je suis très en retard dans mon travail au Memorial. Je ne peux pas t'accorder plus d'une heure.

— Très bien, dit Jake, sensible à la fraîcheur du ton.

— Et quelles que soient mes conclusions, il faudra trouver quelqu'un d'autre pour l'autopsie.

Jake eut envie de l'envoyer paître, mais il avait besoin d'elle et d'une raison pour être avec elle.

— Je pensais que tu serais intéressée. Car enfin, ce type travaillait pour « Santé d'abord ».

— C'est bien pourquoi je suis là.

— Et pour toi ça ne vaut pas plus d'une heure de ton temps, hein ?

— Ecoute, dit Joanna d'un ton glacial. J'ai déjà tellement de retard que je ne pourrai jamais le rattraper. Pourtant, je me suis débrouillée pour me libérer une heure pour toi. Mais si ça ne te suffit pas, trouve quelqu'un d'autre.

Jake l'observa un instant. Les veines de son cou se gonflèrent tandis qu'il s'efforçait de garder son sang-froid.

— Je me fous du temps que tu y passes. Fais ton boulot correctement.

Joanna s'approcha du cadavre vautré sur le fauteuil à pivot. Son regard se posa sur sa main ouverte, le revolver et la mare de sang sur le sol.

— Tu veux bien m'affranchir ?

Jake lui donna rapidement tous les détails, y compris qui avait découvert le corps et dans quelles circonstances, la sono à fond, les particularités de l'arme utilisée.

— Et pas de lettre écrite par lui, conclut-il.

Joanna enfila une paire de gants en latex et examina la tête d'Alex Black. Elle observa le trou de pénétration juste en dessous de la tempe droite, les bords noircis et brûlés. Le trou de sortie dans la partie supérieure du pariétal gauche était plus gros et moins régulier. Elle recula, penchant la tête de côté et essayant d'imaginer le parcours de la balle une fois ressortie. Son regard se porta sur le mur couvert de dossiers. Puis elle reporta son attention sur la tête d'Alex Black. Le trou de pénétration se trouvait sur la partie antérieure, presque dans la zone frontale. Elle fit comme si sa main était un revolver et pointa son index sur la partie antérieure de sa propre tempe. Ça lui faisait bizarre et elle dut se forcer pour appuyer sur la détente imaginaire. Elle jeta un coup d'œil au revolver sur le sol. Un . 32. La main ouverte d'Alex Black le touchait presque.

— A-t-on retrouvé la balle ?

— Pas encore, dit Jake. Farelli pense qu'elle se trouve quelque part dans ce mur couvert de dossiers et de tiroirs.

— C'est probable, admit Joanna. Mais parfois les balles qui traversent un crâne ne vont pas si loin. Examinez bien la moquette.

— C'est ce qu'on a fait, dit Farelli. Tout ce qu'on a trouvé, c'est une sorte de pilule.

— Je peux voir ?

— Bien sûr.

Farelli prit un sac en plastique et le vida sur le bureau de la secrétaire.

Joanna examina à la loupe le cachet triangulaire orange. Elle déchiffra les lettres *SKF* et le nombre *E19*. Elle alla vers une étagère et prit un dictionnaire médical. Elle feuilleta rapidement les pages jusqu'à ce qu'elle arrive à la section d'identification du produit et aux photos des pilules.

— C'est de la dexédrine, une forme d'amphétamine.

— Du speed ? demanda Jake.

Joanna fit signe que oui.

— Mais probablement acheté en pharmacie. C'est fabriqué par une société pharmaceutique honorablement connue... Smith, Kline & French.

— Peut-être que le toubib s'en servait pour ses expériences, suggéra Farelli.

— Non, dit tout de suite Joanna. C'est une substance contrôlée et, de plus, Alex Black ne faisait pas ses recherches dans ce bureau.

— Alors, quelqu'un parmi le personnel utilisait ça, dit Jake.

— C'est ça, dit Joanna avec un léger sourire, quelqu'un.

Jake essaya de lire sur son visage, sans résultat.

Joanna se pencha pour examiner le cou et la gorge du cadavre, à la recherche de meurtrissures. Il n'y en avait pas. A l'aide de sa loupe elle examina s'il y avait de la peau et du sang sous les ongles. Rien. Les mains étaient nettes, les articulations sans écorchures ni râpures. Rien n'indiquait qu'Alex Black se soit battu ou débattu avant de mourir.

Jake rompit le silence.

— Trouves-tu bizarre l'absence de lettre ?

— Pas vraiment, dit Joanna, perdue dans ses pensées.

— La plupart des suicides des gens des classes supérieures sont accompagnés de lettres, argumenta Jake.

— C'est vrai, dit Joanna, tout en tournant lentement autour du corps.

— Tu le connaissais bien, le docteur Black ?

— Comme je te l'ai dit au téléphone, je l'ai rencontré ainsi que sa femme à deux occasions pour parler de la mort des patientes de « Santé d'abord ».

— Ce n'était pas un ami ?

— Pas du tout.

Jake se frotta le nez, sensible à l'odeur fétide du vomi sur le sol.

— Je continue à m'étonner de l'absence de lettre d'adieu. Ce n'est pas normal.

— Peut-être, fit Joanna tout en mesurant la taille de la blessure de sortie avec une petite règle. Mais il faut savoir qu'Alex Black n'aimait pas sa femme. Je pense qu'il la détestait suffisamment pour ne pas lui laisser de lettre.

Jake sourit intérieurement. C'était une pensée typiquement féminine. La meilleure vengeance. Se supprimer sans laisser de lettre. Votre femme — même si elle se fiche de vous — se demandera toujours si elle en est responsable. La faute ! La faute imaginaire ! Toujours là, à hanter l'épouse à jamais. Fils de pute ! Il fallait vraiment qu'il lui en veuille...

— Je vais éteindre un moment. Je visualiserai mieux dans la pénombre.

Joanna alla à la porte et éteignit. La pièce devint sombre et paisible. Joanna attendit un instant, puis ramena son esprit à la veille au soir. Elle imagina Alex revenant dans son service. Il allume. Il entre dans le bureau de sa secrétaire et s'assied. Joanna fit le parcours et s'assit à côté du cadavre. Il sort son revolver et... Non ! Non ! L'arme ne pouvait pas être dans le tiroir de la secrétaire. Il n'était pas venu à son bureau pour la prendre. Peut-être l'avait-il sur lui.

Joanna se tourna vers Gupta.

— A quelle heure est-il mort ?

— Entre six et sept heures, répondit aussitôt Gupta.

Joanna demanda :

— Sait-on où se trouvait Alex Black entre cinq et six ?

Farelli prit son calepin et le feuilleta.

— D'après sa secrétaire, il avait rendez-vous avec le docteur Brian Hummer à cinq heures.

— Qui est Brian Hummer ?

Farelli haussa les épaules.

— On vérifie.

Donc, réfléchit Joanna, Alex Black a rencontré un médecin à cinq heures, et portait sans doute la même blouse blanche qu'au moment de sa mort. La blouse ne lui permettait pas de cacher une arme. Et de toute façon il ne se serait pas promené avec. Donc il est revenu dans son service et dans son bureau personnel, a pris le revolver, puis est retourné dans le bureau de sa secrétaire, et là... Joanna secoua la tête. Ça ne marche pas. Pourquoi revenir au bureau de la secrétaire ?

— Bizarre, bizarre, fit Joanna, plus pour elle-même que pour les autres.

Jake dressa l'oreille.

— Quoi ?

— Des détails qui ne collent pas. Des détails qui me troublent.

— Par exemple ?

— L'endroit de la blessure, si Alex Black s'est effectivement tiré une balle dans la tête.

Jake agita les mains.

— Dans la tempe. L'endroit que la plupart des gens choisissent pour se faire sauter la cervelle.

Farelli confirma :

— C'est ce que tout le monde fait.

— Tout le monde, sauf les médecins, dit Joanna. Les médecins ne visent pas la tempe. La main peut glisser, on peut être trois centimètres à côté. Et alors qu'est-ce qui se passe ? On détruit le lobe frontal du cerveau et au lieu de mourir on devient un légume. Les médecins qui se suicident à l'arme à feu mettent toujours le canon dans la bouche, en visant la partie centrale du cerveau. Comme ça, la balle atteint les centres vitaux et vous mourez. C'est ainsi que font la plupart des médecins, et *a fortiori* un homme aussi intelligent qu'Alex Black.

— Combien connais-tu de médecins qui se sont suicidés avec une arme à feu ?

— Eh bien !... six maintenant.

— Et combien parmi eux ont placé le revolver dans leur bouche avant d'appuyer sur la détente ?

— Tous les six. (Joanna montra le point de pénétration dans la tête d'Alex.) Et regarde où il est supposé s'être tiré la balle. A la limite antérieure de la tempe. Déchargez votre arme et appliquez-la sur votre tempe.

Farelli retira les balles de son revolver et le mit sur sa tempe.

— Plus en avant, lui dit Joanna.

Farelli dut se tordre le cou pour prendre la bonne position.

— Qu'est-ce que ça donne ? demanda Joanna.

— Très malcommode, convint Farelli. J'aurais du mal à appuyer sur la détente.

— Si c'est un meurtre, dit lentement Joanna, notre tueur a commis une erreur évidente. Il a tiré sur Alex Black au mauvais endroit.

— Il cherchait peut-être de la drogue, pensa Farelli à voix haute.

Jake secoua la tête.

— Non. Le bureau serait sens dessus dessous.

— Alors, comment expliques-tu la présence d'une pilule d'amphétamine sur le sol ? demanda Farelli.

Jake réfléchit, puis haussa les épaules.

— Peut-être le tueur l'a-t-il apportée, dit prudemment Joanna. Peut-être qu'il a avalé des pilules juste avant de passer à l'action et que l'une d'elles est tombée par terre...

Jake approuva.

— Ça colle. Ça expliquerait aussi certaines maladresses.

Farelli fit la grimace.

— Difficile de conclure au meurtre simplement parce que le toubib s'est tiré une balle mal ajustée.

Joanna regarda Farelli recharger son arme et la remettre dans son étui.

— Il n'y a pas que ça. Il y a aussi l'endroit où il s'est tiré la balle. Installé au bureau de la secrétaire. Pourquoi ? C'est idiot. Il a rendez-vous avec un médecin à cinq heures et il revient ici, mettons à six heures. Il n'a pas son revolver sur lui, donc il va dans son bureau, où il a caché l'arme. Pourquoi est-ce qu'il ne se suicide pas dans son bureau ? Pourquoi revenir dans celui de sa secrétaire ? C'est idiot.

— Sans compter l'absence de lettre, ajouta Jake.

— Et ça peut être le tueur qui a poussé le volume de la sono pour couvrir le bruit du coup de feu.

Jake réfléchit un moment, tapotant des doigts sur le photocopieur.

— Il y a pas mal de choses qui ne collent pas. Des détails, mais rien de probant.

— Je pense que le suicide est sujet à caution, dit Joanna.

— Penses-tu que le coroner te suivra ?

— C'est difficile à dire.

Jake tambourina à nouveau sur le photocopieur, pesant le pour et le contre, et s'adressa finalement à Farelli :

— Appelle la brigade d'investigation criminelle.

Farelli sortit son mouchoir et se pencha par-dessus le cadavre pour attraper le téléphone posé sur le bureau de la secrétaire. Son coude heurta le fauteuil, le faisant pivoter, et le corps glissa, tombant sur le sol en position assise.

Farelli et Jake relevèrent le cadavre en le tenant par les bras. La longue blouse blanche d'Alex Black se releva jusqu'à sa taille et son pantalon déboutonné lui tomba sur les genoux.

Joanna écarquilla les yeux.

— Tenez-le ! Ne bougez plus !

Farelli et Jake avaient de la peine à soutenir le corps. Alex Black n'avait pas dû peser bien lourd de son vivant, mais là c'était un vrai poids mort.

Joanna prit sa loupe et examina soigneusement le dessin sur la fesse d'Alex Black.

— Qu'est-ce qu'il y a ? demanda Jake.

— Un tatouage. Un tatouage de rouge-gorge bleu.

— Et alors ?

— Mon homme sans visage. Il a également un tatouage sur le cul.

— Un rouge-gorge ?

— Un papillon. Mais ce sont les mêmes couleurs. Bleu et or. Et le style se ressemble, avec de grands yeux et de petites pattes.

— Tu imagines qu'il y a un lien entre ce mec et le refroidi sans visage ?

Joanna haussa les épaules.

— Peut-être que oui, peut-être que non. Mais je mettrais ma main au feu que celui qui a réalisé ce tatouage a fait également celui de l'homme sans visage.

Jake approuva.

— Donc, si tu arrives à trouver qui a fait le tatouage de celui-ci, peut-être que l'artiste se rappellera avoir tatoué le papillon sur l'autre refroidi...

— T'as gagné.

— Et il pourrait se souvenir de son nom.

— Il pourrait.

Joanna remit la loupe dans son sac et se dirigea vers la porte.

Jake la rattrapa par le bras.

— Si la brigade d'investigation criminelle découvre quelque chose, je t'appelle.

— Entendu, mais seulement à mon bureau.

Joanna dégagea brutalement son bras et quitta la pièce.

18

Amanda Black paraissait plus choquée que triste. Elle regardait droit devant elle sans ciller et parlait d'une voix monocorde.

— Vous insinuez que mon mari ne s'est pas suicidé ?

— On enquête sur sa mort, dit Jake.

— Votre question laissait supposer...

Amanda ne poursuivit pas sa phrase. Elle porta sa cigarette à ses lèvres et en tira distraitement une bouffée. Elle avait un air absent, les pensées visiblement ailleurs.

— Etes-vous en état de continuer à me répondre ? demanda Jake.

Amanda fit un bref signe de tête.

— Je vais bien.

Mais Jake voyait bien que c'était faux. Elle essayait visiblement de rester calme et maîtresse d'elle-même, mais il sentait qu'elle avait du mal à se contrôler. Il sympathisa, repensant aux funérailles d'Eleni et à l'affreuse impression de vide qui l'avait alors envahi. Mais il savait que c'était le bon moment pour interroger la veuve. Ses réponses seraient plus franches, moins préparées.

— D'après vous, votre mari avait-il des raisons de vouloir se tuer ?

Amanda hocha lentement la tête.

— Mon mari souffrait de dépression. Parfois profonde.

Jake se pencha vers elle.

— Depuis quand était-il déprimé ?

— Depuis des années, plus ou moins. Mais c'était pire ces temps-ci.

— Etait-il suivi par un psychiatre ? (Amanda hocha la tête.) Puis-je avoir son nom ?

— Brian Hummer.

Jake sortit son calepin et en feuilleta les pages jusqu'à ce qu'il tombe sur le nom de Brian Hummer. Alex Black avait vu son psychiatre à cinq heures, une heure à peu près avant sa mort. C'était peut-être bien un suicide, après tout, se dit Jake. Un toubib cinglé qui se fait sauter la cervelle pour Dieu sait quelle raison. Et c'était peut-être pour ça qu'il n'avait pas écrit de lettre. Comme disait Farelli, en général les vrais dingues n'écrivent rien avant de se suicider.

Le téléphone sonna. Amanda regardait ailleurs, les yeux dans le vide.

Ils étaient assis dans la salle de réunion, au dixième étage de la tour « Santé d'abord ». Les rideaux étaient ouverts, le temps gris et couvert, la tempête menaçait. Le radiateur était en marche et la pièce sentait le renfermé.

Amanda tira sur sa cigarette et les cendres tombèrent sur sa blouse blanche. Elle les contempla un moment, puis les balaya lentement. Profitant de la distraction d'Amanda, Jake regarda Joanna et, d'un signe de tête, l'enjoignit de poursuivre l'interrogatoire.

— Quel était le degré de dépression de votre mari ? demanda Joanna.

— Parfois invalidant.

— Avait-il déjà fait des tentatives de suicide ?

— Non.

— Est-ce qu'il en parlait ?

— Pas avec moi.

— Avait-il des gestes suicidaires ?

Jake griffonna *gestes suicidaires* et le souligna.

Amanda réfléchit.

— Une fois, à la faculté de médecine, je crois. Il a avalé une poignée de comprimés de Valium, puis a changé d'avis et appelé les assistants.

— Votre mari prenait-il des antidépresseurs ?

— Depuis quelque temps, mais je ne crois pas qu'il les prenait régulièrement. Il se plaignait que ça le déphasait, l'engourdissait et l'empêchait de penser. Il avait horreur de ça.

Et ça lui a peut-être coûté la vie, pensa Joanna. C'est idiot de modifier son traitement. Mais elle savait que quand les médecins se font soigner ils font souvent ça. Complètement idiot.

— Alex avait-il une arme ?

— Certes non ! laissa échapper Amanda, la voix remplie d'émotion pour la première fois. Il ne voulait même pas s'en approcher.

Jake se pencha rapidement vers elle.

— Il en avait peur ?

Amanda secoua la tête.

— Non, ce n'est pas ça. Quand il était jeune, il chassait avec son père. Un jour, son père a tiré sur un chevreuil... ou ce qu'il croyait être un chevreuil. C'était en fait un autre chasseur. L'homme perdit une jambe des suites de sa blessure. Depuis ce jour-là, Alex n'a plus touché un fusil ou un revolver.

— Mais il savait se servir d'une arme à feu ?

— Oh oui. J'en suis sûre.

Jake se redressa et Joanna reprit l'interrogatoire.

— Saviez-vous que votre mari s'était fait tatouer ?

Amanda esquissa un sourire vite réprimé.

— Non, je ne savais pas. Ça doit être récent.

Merde, grogna intérieurement Joanna. Elle avait espéré qu'Amanda serait en mesure de lui donner le nom de la boutique où Alex s'était fait tatouer.

— Excusez ma question, mais quand avez-vous pour la dernière fois partagé le même lit que votre mari ?

Les pupilles d'Amanda se rétrécirent notablement.

— C'est important ?

— Oui, ça l'est.

Jake sourit intérieurement. Bien sûr, que c'est important. Dis-nous quand tu as baisé avec lui pour la dernière fois et on saura quand tu as vu son cul pour la dernière fois. Et on saura que le tatouage a été fait depuis.

— Presque un an, dit humblement Amanda, comme reconnaissant une défaite. Ce n'était un secret pour personne que nous n'avions plus de rapports et que nous vivions chacun de notre côté. Mais nous restions attachés l'un à l'autre.

— Pourquoi n'avez-vous pas divorcé ? demanda Joanna.

— Je crois qu'on était sur le point de le faire.

— Pensez-vous que la perspective d'un divorce ait pu faire perdre la boule à votre mari ?

— Je n'en sais rien, dit calmement Amanda.

Elle fut sur le point d'ajouter quelque chose, mais se ravisa.

— Est-ce qu'Alex sortait avec quelqu'un ? demanda Joanna.

Amanda hésita, battant un instant des paupières.

— Pas à ma connaissance.

Jake remarqua le battement de cils, sachant d'expérience que c'était le signe certain que la personne mentait ou cachait quelque chose. Mais pourquoi ? Qu'est-ce que ça changeait maintenant ?

— Quelqu'un avait-il intérêt à la mort de votre mari ?

— Vous voulez dire, financièrement ?

— Oui.

— Personne véritablement. Il n'était pas très riche. Ses plus gros avoirs, à ma connaissance, consistaient en actions de « Santé d'abord ».

— Quelle est leur valeur ?

— Je dirais dans les cent mille dollars.

— Et vous en héritez ?

Amanda fit signe que oui.

— A moins qu'il n'ait modifié son testament depuis un an.

Jake prit note. *Vérifier le testament.* Voir s'il l'avait modifié ou fait un legs à une petite chérie avec qui il baisait. C'est peut-être elle qui l'avait persuadé de se faire tatouer. Les hommes mûrs font des âneries quand ils se tapent des jeunes femmes.

— Revenons sur les relations de votre mari depuis un an. Quand il y avait des pots à l'hôpital, est-ce qu'il y participait ?

— Il n'allait jamais à ce genre de réunion. Il trouvait les médecins ennuyeux.

— En dehors de l'hôpital, est-ce qu'il fréquentait des clubs ou des bars ?

— Il allait de temps en temps dans des clubs de Santa Monica et d'Hollywood. Il n'était pas très sociable, mais c'était un bon danseur, lieutenant. Un très, très bon danseur.

— Je vois, dit Jake, pensant à Hollywood.

Pas le Hollywood des stars de cinéma et des feux de la rampe, qui n'existait plus. Mais le Hollywood d'aujourd'hui. Un petit quartier au beau milieu de Los Angeles rempli de criminels, de putes, de maquereaux et de drogués. Un quartier louche et sordide où tout et tous étaient à vendre.

— Est-ce qu'il vous a dit dans quels clubs ?

— Je n'en ai pas souvenir.

— Il allait souvent dans ces clubs ?

Amanda haussa les épaules et battit des cils.

— Je n'en sais rien.

Oh, bien sûr que si, pensa Jake. Tu sais où et quand et pour je ne sais quelle raison tu ne veux pas en parler. Il se demanda si elle essayait de protéger la réputation de son mari mort. Mais à quel sujet ? Qu'est-ce qu'elle essayait de cacher ?

Joanna demanda :

— Est-ce qu'il sortait accompagné ?

— Il ne m'a jamais parlé de personne.

— Quel genre de musique de danse préférait-il ?

Amanda répondit sans hésiter :

— Country et western. Je ne sais pourquoi, il aimait les danses de groupe pour lesquelles on n'a pas besoin de partenaire...

— Vous alliez danser avec lui ? demanda Joanna.

— Oh non ! dit vivement Amanda. Alex m'en a juste parlé une fois.

Jake chantonna en lui-même, ravi. Plus les questions sont pertinentes, meilleures sont les réponses. Ainsi ce vieil Alex aimait le country et western, hein ? Il aimait la valse-musette et la java. Bon, ça tombait bien parce qu'il n'y avait qu'un club « country et western » à Santa Monica, et un autre à Hollywood. Facile à vérifier. Et Jake savait qu'il y avait beaucoup de tatoués parmi les habitués des bars « country et western ». Toutes sortes de tatouages.

La porte de la salle de réunion s'ouvrit et Robert Mariner fit son entrée. Il se précipita vers Amanda, qui s'était levée, et la serra chaleureusement dans ses bras.

— J'ai pris l'avion dès que j'ai su la nouvelle, dit Mariner.

— C'est...

La voix d'Amanda se brisa et elle enfouit son visage dans l'épaule de Mariner. Tout son corps semblait secoué de sanglots muets.

Joanna observait le couple, se demandant à nouveau quelle sorte de relations ils entretenaient, tout en se rendant compte qu'elles dépassaient la simple amitié. Elle fixa son attention sur Mariner, qui tendait un mouchoir à Amanda pour qu'elle essuie ses larmes. Joanna ne pouvait s'empêcher d'être impressionnée par lui. Il était naturellement le point de mire, comme si ça lui revenait de droit. La plupart des gens n'auraient pas osé entrer dans une pièce où se déroulait un interrogatoire de police... sans frapper d'abord. Mais pas Mariner. Il débarquait simplement, sans se poser de questions. Joanna savait que les gens puissants agissaient comme ça. Ils allaient et venaient à leur gré, et vous aviez le choix, les suivre ou dégager.

Mariner aida Amanda à s'asseoir et fit un signe de tête à Joanna. Il observa Jake un instant, puis tendit la main.

— Je ne crois pas que nous nous connaissions. Je suis le docteur Robert Mariner.

— Et moi le lieutenant Sinclair, de la criminelle, dit Jake en lui serrant la main.

Mariner lui jeta un regard de côté tout en s'asseyant.

— De la criminelle ? On a des doutes sur la cause de la mort d'Alex ?

— Pas vraiment, dit Jake. On essaye simplement de raccorder certains fils...

— C'est-à-dire ? demanda Mariner.

— Eh bien, on est un peu perturbés par l'endroit où le docteur Black s'est tiré une balle. Et il s'est collé le revolver sur la tempe. Selon le docteur Blalock, la plupart des médecins qui se suicident mettent le canon dans la bouche. Ça réduit les risques d'erreur.

— C'est vrai d'habitude, dit Mariner d'un ton professionnel. Mais Alex s'est peut-être souvenu d'un de nos collègues qui s'appelait Joseph Mann...

Amanda aspira l'air entre ses dents, le visage chagriné.

— Joseph Mann, continua Mariner, était médecin-chercheur à Harvard à l'époque où on faisait tous partie du personnel. Il a tenté d'en finir en mettant le canon du revolver dans sa bouche et en appuyant sur la détente. L'arme a dû dévier, parce que la balle est partie vers le haut et lui a fait éclater les deux yeux et la partie frontale du cerveau. C'est maintenant un légume dans un établissement pour incurables avec des tubes dans tous les orifices.

Jake demanda :

— Et Alex Black connaissait bien Joseph Mann, hein ?

— Ils partageaient la même chambre à l'université, dit Amanda.

Jake hocha la tête.

— Ça pourrait en effet expliquer pourquoi il a préféré la tempe.

Pas nécessairement, se dit Joanna, repensant à ce qu'avait dit Amanda plus tôt. Elle prit une feuille de bloc-notes sur la table et griffonna : *chasseur.*

Mariner secouait la tête.

— Je ne comprends toujours pas comment c'est arrivé. Nous savions qu'Alex était déprimé et suivi par un très bon psychiatre. Qu'est-ce qui a bien pu se passer ?

Le téléphone sonna. Mariner décrocha.

— Ici Mariner. Ne passez aucune communication. (Il écouta un instant.) Je me fous de savoir qui c'est. Je ne veux pas être dérangé. (Il reposa le téléphone et se tourna vers Jake et Joanna.) Alex avait rendez-vous avec le psychiatre deux ou trois fois par semaine. Il était très bien suivi. Sa dépression était en principe maîtrisée.

Joanna dit :

— Amanda nous a dit qu'Alex ne prenait peut-être pas ses médicaments régulièrement.

Mariner regarda Amanda.

— C'est vrai ?

Amanda fit signe que oui.

— Si intelligent et si bête en même temps, dit Mariner avec écœurement.

Jake observait Mariner, pensant que sa réaction à la mort d'Alex était plus de colère que de tristesse.

— Etiez-vous très ami avec Alex Black ?

— Pas du tout, répondit immédiatement Mariner. Il expliqua qu'il avait rencontré Alex à Boston et lui avait offert le poste de directeur du département « Recherche et Développement » dans la mutuelle qu'il venait de créer et qui allait devenir « Santé d'abord ». Ils n'entretenaient que des relations d'employeur à employé.

— Comme la plupart des gens brillants, Alex n'aimait pas avoir un patron, ou quelqu'un qui lui donne des ordres, conclut Mariner.

— Et vous lui en donniez ? demanda Jake.

— Plus ou moins, mais en général Alex n'en faisait qu'à sa tête.

— Vous l'acceptiez, hein ? demanda Jake, incrédule.

— Bien sûr. Alex était un génie qui dépassait de la tête et des épaules n'importe qui d'autre à « Santé d'abord ». (Mariner regarda Amanda allumer une cigarette et agiter la main pour empêcher la fumée d'aller vers lui.) Vous savez, Alex était bourré d'idées. La plupart des chercheurs ont une idée originale — disons — une fois par mois. Avec Alex, c'était douze fois par jour. Et toutes pouvaient avoir une implication pratique. Il était très, très important pour nous. Si quelqu'un voulait détruire « Santé d'abord », il commencerait par s'attaquer à Alex Black...

— Soupçonnez-vous quelqu'un de vouloir détruire « Santé d'abord » ? demanda Jake.

— La plupart des médecins, des hôpitaux et des compagnies d'assurances, pour commencer. (Mariner se força à rire, faiblement.) Ils sont tellement simplets. Ils croient pouvoir encore stopper la réforme de la médecine. Ils croient que le train est encore en gare.

— Et ce n'est pas le cas, hein ?

— Non seulement le train a démarré, lieutenant, mais il roule déjà à pleine vitesse. La médecine d'autrefois a vécu, disparue à jamais. L'avenir est prometteur.

Pas pour Alex Black, pensa Jake. Il avait encore quelques questions à poser à Amanda Black à propos de sa vie privée, mais décida de remettre ça à plus tard, en dehors de la présence de Mariner. Il repoussa sa chaise et se leva.

— Merci de nous avoir consacré du temps. Merci de votre aide.

— Va-t-on faire une autopsie ? demanda Mariner.

— Oh, oui, dit Joanna sans hésiter.

— Nous aimerions en connaître le résultat.

— Certainement.

Jake et Joanna prirent l'ascenseur pour redescendre dans le hall et sortirent dans le jour gris. Le ciel était rempli de nuages sombres, l'air lourd et immobile.

— Qu'est-ce que tu en penses ? demanda Jake.

— De quoi ? dit Joanna.

— De la mort d'Alex Black. Ça ressemble de plus en plus à un suicide, non ?

— Pas vraiment.

— Ben, je pense qu'il avait une sacrée bonne raison pour ne pas mettre le canon dans sa bouche.

— Tu oublies un détail, Jake, dit-elle en prenant son bras tout en marchant. Alex Black a été chasseur. Il savait tout sur les fusils et armes à feu. Pour être sûr de ne pas se rater, il lui suffisait de se mettre un calibre de douze dans la bouche et d'appuyer sur la détente.

— Ce n'est pas très facile d'amener un fusil de chasse dans un bureau médical, dit Jake. Parce que, merde, il ne voulait pas que ça se voie.

— Simple comme bonjour. Il lui suffisait de le mettre dans une boîte.

Jake fit un signe d'hésitation, toujours pas convaincu.

— Et il s'est tué dans le bureau de la secrétaire, continua Joanna. Ce n'est pas normal. Ça ne colle pas. Il y a trop de choses curieuses, Jake.

Ils passèrent devant un vendeur de rue qui proposait des bretzels et du café. L'odeur, délicieuse, les fit saliver. Jake s'approcha et commanda pour tous les deux. Les bretzels étaient si brûlants qu'il leur fallut les serviettes en papier pour les tenir. Ils les mangèrent adossés à la voiture de Jake.

Joanna mastiquait lentement, pensant aux fois précédentes où elle avait mangé des bretzels avec Jake. En général sur un banc public, parfois dans une allée. C'était toujours marrant et ils se sentaient complices. Et maintenant c'était banal. Il manquait quelque chose.

— Que penses-tu d'Amanda et de Mariner ? Ils sont amants ?

— Peut-être, dit Jake prudemment. Ils sont plus qu'amis, c'est clair.

Joanna prit une grosse bouchée de bretzel et la mastiqua un moment.

— Je pense qu'Amanda ne nous dit pas tout ce qu'elle sait sur Alex.

— Tu t'en es rendu compte, hein ?

— Ouais, dit Joanna, descendant son bretzel avec le café.

Elle crut sentir une goutte de pluie et tendit la main, pour vérifier.

— Je me demande ce qu'Amanda cherche à cacher à propos d'Alex.

Jake haussa les épaules.

— Il va falloir fouiner un peu pour trouver la réponse.

— Par où on commence ?

— Soit par les bars « country et western », soit par les tatoueurs. Fais ton choix.

Joanna hésita tout en s'essuyant les mains avec la serviette en papier.

— Ce sera uniquement boulot-boulot. Pas de « si » ni de « mais ».

— Uniquement boulot-boulot, confirma-t-il.

— Faisons les « country et western ».

19

— Je n'arrive pas à croire au suicide d'Alex Black, dit Weideman en arpentant la morgue. Ce n'était pas son genre.

— C'était quoi, son genre ? demanda Joanna.

— Ben, je ne sais pas. Il n'était jamais maussade, abattu ou déprimé.

— Le voyiez-vous souvent ?

— Au moins une fois par semaine. Parfois plus.

— Et il semblait bien, hein ?

— Toujours. (Weideman se campa devant la nouvelle réplique de la tête de l'homme sans visage et l'étudia. La perruque était en place, mais il n'y avait pas de bouts d'os collés.) C'est vrai ce qu'on raconte dans les journaux sur la mort d'Alex ?

— Ils chassent le sensationnel, dit Joanna d'un ton évasif.

— Quel gâchis, fit tristement Weideman. Non seulement c'était un être brillant, mais aussi un gentil garçon. Sa femme doit être au trente-sixième dessous.

Joanna considéra brièvement Weideman, se rendant compte à quel point il connaissait mal Alex Black.

— Certainement.

— Quel gâchis, répéta Weideman.

Emily Ryan leva les yeux de l'appareil à grossissement dont elle se servait pour essayer d'ajuster de minuscules fragments d'os faciaux. Qu'est-ce qu'on en a à foutre ? eut-elle envie de dire tout haut. Un chercheur cinglé se fait sauter la cervelle et le monde entier devrait prendre le deuil ? Arrêtons de délirer. Emily n'éprouvait aucune sympathie pour ceux qui se suicident. Aucune. Elle avait vu trop de jeunes malades mourir de maladies atroces, luttant désespérément pour rester en vie, certains acceptant des traitements épouvantables pour avoir une chance de vivre un peu plus longtemps. Et ce dingue de chercheur, qui aurait sans doute pu faire un centenaire, se tue, se fait sauter la cervelle. Se débarrasse de la vie. Un gâchis, hein ? Emily se foutait éperdument d'Alex Black.

— Est-ce qu'on a une chance de tirer quelque chose de ces fragments ? demanda Weideman, son regard allant de la table à Joanna.

— Pas vraiment. Tout a été broyé. (Joanna observait Weideman marchant de long en large. Il ne portait pas sa tenue de chirurgien comme d'habitude, mais un blazer bleu, un pantalon de cuir, une chemise blanche et une cravate rose. Il était tellement élégant qu'il ressemblait à un modèle de la revue *Esquire*.) Il faut peut-être concentrer nos efforts sur les maxillaires.

Les maxillaires étaient les seuls fragments encore intacts. Le tueur ne les avait pas brisés parce qu'ils n'étaient pas dans le labo lors de sa visite. Ils étaient étudiés dans le service de chirurgie dentaire par le docteur Mary Bailey. Elle avait déterminé que l'homme sans visage avait les dents légèrement en avant, mais guère plus.

— On ne pourra jamais recoller ces bouts d'os frontal, dit Emily d'un ton pessimiste.

— Essayez encore, insista Joanna. Sans le front, impossible de reconstituer le visage.

Merde, grogna Emily intérieurement, et elle reprit sa tâche impossible.

Joanna alla jusqu'au nouvel ordinateur et tapa sur

le clavier. Les contours de la tête du mort apparurent sur l'écran. Le visage n'était pas dessiné, des fentes représentaient les yeux, le nez, et la bouche. Elle entra un nouveau code et l'homme sans visage eut des cheveux. Elle lui donna un visage triangulaire, des yeux gris-marron et une légère supraclusion des dents. Elle ajouta ensuite une partie du front, en fonction des mensurations à partir des photos prises de la face pendant l'autopsie. Mais ça ne donnait pas grand-chose. Le visage restait incomplet, impossible à identifier.

Weideman regardait par-dessus l'épaule de Joanna en essayant de donner l'impression qu'il étudiait l'écran, mais en réalité c'était elle qu'il regardait. Ses cheveux étaient libres, tombant sur ses épaules, et lorsqu'elle se penchait en avant ils couvraient le côté de son visage, la rendant incroyablement sexy. Elle portait un corsage de soie et une jupe serrée en tweed. Sa taille était si fine que Weideman était certain de pouvoir l'encercler de ses deux mains.

Il imagina Joanna assise sur le bord de son lit et déboutonnant son corsage de soie, lentement, infiniment lentement, bouton par bouton. Il se sentit bander et détourna le regard. Weideman avait l'intention de sortir avec elle. Et vite. Peut-être dîner dans un petit restaurant italien sympathique. Non, non. Pas de précipitation. Commençons par un déjeuner. Une heure à une terrasse de café. Comme ça ce serait décontracté. Mais d'une façon ou d'une autre, ils allaient sortir et, d'une façon ou d'une autre, coucher ensemble. Il en était sûr.

— Ça ne marche pas, dit Joanna avec écœurement. Pas de visage possible sans le front.

— Voila qui va peut-être aider.

Weideman sortit de sa poche de blazer une enveloppe kraft. Comme il la tendait à Joanna, leurs doigts se touchèrent et il sentit le courant passer. Et il était certain qu'elle l'avait ressenti aussi. Au diable le déjeuner ! pensa Weideman. On va aller dîner dans un coin tranquille et discret.

— C'est un nouveau logiciel que m'avait donné Alex Black. D'après les gens de Bio-Synthetics, il peut extrapoler la forme et la taille d'un os facial à partir d'un minuscule fragment.

Joanna ouvrit l'enveloppe et jeta un œil au logiciel. Weideman se tenait près d'elle, trop près, et elle aurait dû s'écarter mais elle ne le fit pas. Elle jeta un œil à sa main gauche. Pas d'alliance. Elle avait entendu dire que le mariage des Weideman battait de l'aile. Elle s'efforça de repenser à son boulot.

— Quand avez-vous vu Alex pour la dernière fois ?

— La semaine dernière.

— Et il avait l'air bien ?

Weideman fit un geste.

— Il avait l'air en forme. On a parlé du nouveau logiciel qu'il avait conçu et il m'a dit qu'il en préparait un autre, encore plus performant. Mais on a surtout parlé d'opéra.

Joanna fronça les sourcils.

— Alex aimait l'opéra ?

— Oh, ouais. Et il avait des billets pour la *Tosca*, avec Placido Domingo. Mais il devait s'absenter pour un colloque, et il m'a offert les billets.

— Vous avez accepté ?

— Bien sûr. Vous auriez hésité ?

Joanna eut un large soupir.

— Placido chantant la *Tosca*. J'en connais qui seraient prêts à tuer pour ces billets.

— Alors, si vous voulez, je vous invite, dit Weideman sans se démonter.

Joanna hésita. *Refuse, merde. Il est marié... séparé mais marié. Dis non !*

— J'accepte, avec plaisir.

Emily leva les yeux de l'appareil à grossissement et eut un large sourire. Les vieux, se dit-elle, sont tellement coincés. Pourquoi ne vont-ils pas tout simplement se taper un steak et un verre de vin avant de rentrer à la maison et de s'envoyer en l'air ? Ça finira comme ça, de toute façon.

Joanna dit :

— Vous et Alex étiez de bons copains.

— Je le connaissais depuis longtemps.

— Depuis quand ?

Weideman réfléchit.

— Ça doit faire dix ans. On était carabins en même temps à Boston. Alex, Amanda et moi. Ils étaient internes en médecine, et moi en chirurgie.

— Vous connaissiez déjà Mariner ?

— Moi, oui, dit Weideman d'un air tendu.

Joanna hocha la tête.

— C'est pour ça que vous avez été engagé à « Santé d'abord » ?

Weideman lui jeta un regard glacial.

— Je ne travaille pas à « Santé d'abord ». Je suis consultant pour Bio-Synthetics. C'est tout.

Et Bio-Synthetics appartient à « Santé d'abord », se dit Joanna, mais elle décida de ne pas insister.

— A votre ton, on n'a pas l'impression que vous êtes un grand admirateur de Robert Mariner...

Weideman haussa les épaules avec indifférence.

— Il a ses idées, et moi les miennes.

— Beaucoup de gens ne jurent que par Robert Mariner.

— Bien sûr, dit Weideman d'un ton faussement sincère. C'est le Messie, Dieu réincarné. Il va fendre les eaux et nous ouvrir le chemin.

— Vous, vous ne croyez pas à la médecine maîtrisée ?

— Pas quand ce n'est que supercherie et fausses promesses.

Phil Weideman avait la conviction que les réformes en matière de soins qui se mettaient en place en Amérique étaient fondamentalement mauvaises et mèneraient droit au désastre. Les politiciens faisaient des promesses inconsidérées. Ils promettaient d'abaisser les coûts tout en améliorant la qualité des soins. Et ça, bien sûr, c'était un mensonge. Toute personne sensée savait bien que le seul moyen d'abaisser les coûts était de rationner ou de supprimer des soins. Ce qu'ils avaient fait et continuaient à faire en Angleterre. Ils aiguillaient les malades sur les généralistes plutôt que sur les spécialistes. Les personnes âgées devaient attendre des mois pour une simple opération de la cataracte, un an ou plus pour un col du fémur. Ils refusaient les hémodialyses aux plus de soixante ans, refilaient des pilules aux cardiaques plutôt que de leur faire un pontage coronaire. Et c'est sans doute ce qui attendait les Américains. Ça diminuerait les coûts et, en quelques années, l'Amérique en serait au même point que l'Angleterre, avec un système médical en ruine.

— Médecine au rabais, dit Weideman, pensant à haute voix. Il n'y aura plus qu'une médecine au rabais.

— A cause des mutuelles ? demanda Joanna.

Weideman hocha fermement la tête.

— Et à cause de capitalistes du genre de Robert Mariner, qui veulent mettre la main sur la médecine. Ces gars-là sont parfaitement décidés à détruire le meilleur système de soins du monde... pour lui substituer leur propre système.

Joanna secoua la tête, pas convaincue.

— Mais les membres de « Santé d'abord » sont bien soignés, non ?

— Demandez ça aux familles des patientes qui ont trouvé la mort ici alors qu'elles venaient s'y faire soigner...

— Vous ne rendez pas « Santé d'abord » responsable de leur mort, quand même ?

— Et comment ! dit Weideman d'une voix tendue et furieuse. Ils veulent les lauriers quand tout va bien, qu'ils reçoivent les blâmes quand ça va mal !

— Vous n'êtes pas juste, Phil. Vous ne savez rien de ces patientes.

— J'en sais plus que vous ne croyez, répliqua Weideman. J'ai soigné une fois la mère de Lucy O'Hara. Et j'ai presque soigné Lucy.

— Comment peut-on « presque » soigner quelqu'un ? demanda Joanna.

— C'est une longue histoire.

— J'ai tout mon temps.

Emily Ryan écoutait attentivement, buvant chaque parole. Tout comme Weideman, elle détestait les réformes de santé engagées en Amérique. Elles mettaient par terre tout ce dont elle avait rêvé et pour quoi elle s'était battue.

— Il y a quelques années, commença Weideman, la mère de Lucy m'a demandé de voir sa fille. Au lycée, Lucy avait reçu un ballon de volley qui lui avait fracturé le nez en laissant un petit creux bien visible au-dessous de l'arête. Ce n'était pas compliqué et j'étais d'accord pour intervenir. Elles sont revenues me voir au moins quatre fois pour me faire part de leurs craintes et me poser des questions avant qu'elle soit finalement programmée en oto-rhino-laryngologie. Et puis il a fallu retarder l'opération parce que Lucy avait attrapé la grippe, et quand elle a été guérie je devais partir en vacances. J'ai proposé de l'opérer à mon retour. Bon, son père a appelé en insistant pour qu'on le fasse dès que possible et, sachant qu'il avait des amis influents au Memorial, j'ai accepté de modifier mon emploi du temps pour leur faire plaisir. Deux jours avant l'opération, ils ont décidé de la retarder sans m'en donner la raison. A mon retour de vacances, j'ai demandé à ma secrétaire d'appeler la mère de Lucy afin de fixer une nouvelle date pour la rhinoplastie. On lui a répondu qu'on n'avait plus besoin de mes services.

Joanna repensa à l'autopsie de Lucy O'Hara.

— Je ne me souviens d'aucune déformation du nez de Lucy. Quelqu'un d'autre a dû arranger ça.

— L'histoire ne s'arrête pas là, continua Weideman. Quand ce genre de chose arrive, j'appelle toujours le patient pour savoir ce qui s'est passé ou si j'ai fait quelque chose qui a déplu. J'ai donc appelé la mère de Lucy, et elle m'a dit qu'ils avaient pris contact avec « Santé d'abord » et que l'opération se ferait chez eux. Je leur ai souhaité bonne chance et j'ai raccroché. Le lendemain, Michael O'Hara a appelé Murdock en disant que j'avais fait pression pour qu'on me confie l'opération au Memorial. Et Murdock m'a convoqué pour me passer, poliment, un savon. Bien sûr, c'était de la connerie et j'ai essayé de minimiser l'affaire... (Weideman respira profondément, s'efforçant de garder son sang-froid.) Mais nom de Dieu, c'est dur. Moi, j'essayais d'être le bon docteur, et on m'accusait de faire pression sur le patient, de le racoler. Vous imaginez ce que ça m'a fait ?

Joanna hocha la tête, compatissante.

— Le nez de Lucy a-t-il été refait ?

— Deux fois.

Joanna regarda Weideman avec étonnement.

— Deux fois ?

— Ouais, ouais. Le plasticien sous contrat avec « Santé d'abord » s'appelle Anthony Title. C'est le roi de la liposucion, à Beverly Hills. Il a loupé le nez de Lucy la première fois. Je crois qu'il était un peu de travers.

— Bon Dieu.

Joanna fit la grimace.

Weideman serra les mâchoires et une veine gonfla sur son front.

— Tout ça pour le fric. Tout ça pour que la famille de Lucy économise quelques milliers de dollars.

— Je croyais Michael O'Hara très riche.

— Il l'est. J'ai lu quelque part qu'il gagne plus d'un million de dollars par an. Mais les riches ont un comportement bizarre vis-à-vis de l'argent. (Weideman secoua lentement la tête.) Pour économiser quelques billets, il a pris pour sa fille le risque d'un médiocre chirurgien...

— Et d'une double anesthésie générale, ajouta Joanna.

Weideman hocha la tête.

— Les gens sont comme ça ! dit-il avec amertume, comme si cela expliquait tout.

— Hé ! appela Emily. Venez voir ce que j'ai trouvé !

Joanna s'approcha et étudia les deux petits fragments d'os posés sur le bureau. L'un avait la forme d'un minuscule quartier de lune, le deuxième une surface arrondie. Joanna les assembla soigneusement. Ils s'emboîtaient parfaitement.

— Qu'en dites-vous ? demanda Emily.

— Beau boulot, dit Joanna en tapotant l'épaule d'Emily. Faites en douze fois autant et on sera à nouveau dans le coup.

— Je devrais pouvoir y arriver d'ici un siècle, disons.

— Je sais que c'est très difficile, mais c'est notre seul espoir, dit Joanna. Mettons ces fragments dans une enveloppe séparée.

Emily ouvrit le tiroir du bureau et commença à fouiller dedans. Elle en sortit un peigne, du rouge à lèvres, des kleenex, puis des petits bouts de papiers couverts de chiffres.

— Qu'est-ce que c'est ? fit Joanna, criant presque.

— Des feuilles de brouillon, répliqua Emily.

— Je le vois bien. Mais quels sont ces chiffres ?

Emily saisit une feuille de papier et l'examina un moment.

— Oh, ça... dit-elle, se rappelant. Vous vous souvenez lorsque nous avons mesuré les morceaux d'os ? Je m'y suis reprise à trois fois et j'ai écrit chaque résultat avant de calculer la valeur moyenne. Et puis... (Emily s'arrêta au milieu de sa phrase, comprenant tout d'un coup.) Oh, mon Dieu ! Ce sont les mensurations des bouts d'os frontaux qui ont été détruits !

— Reprenez les chiffres et donnez-moi les moyennes.

Joanna s'installa devant l'ordinateur et attendit patiemment. Emily fit ses calculs, écrivit les moyennes et les tendit à Joanna.

Joanna entra les informations dans l'ordinateur et attendit. Le dessin d'un fragment d'os apparut sur l'écran. Elle entra des ordres et l'ordinateur plaça le fragment d'os sur la partie supérieure gauche du front.

— Combien avez-vous de feuilles couvertes de chiffres ?

Emily vida le tiroir et tria rapidement le tas. Elle prit chaque feuille l'une après l'autre et l'étudia.

— J'ai six feuillets... non, je vérifie. Il y a encore un bout de papier dans le fond du tiroir. Je les ai, tous les sept.

— On est remis en selle, dit Joanna en se frottant les mains. On va finalement pouvoir redonner un front à notre homme.

— Servez-vous du nouveau logiciel pour reconstituer le front, conseilla Weideman. Ça ira encore mieux qu'avec l'ancien.

— D'accord.

— Et n'oubliez pas de le mettre sous clé le soir. Ce logiciel est extrêmement précieux.

Joanna montra une grande aquarelle au mur.

— Je le mettrai dans le coffre mural chaque soir avant de partir.

— Bien. (Weideman jeta un coup d'œil à sa montre.) Il faut que j'y aille. J'ai une rhinoplastie dans trente minutes.

Weideman fit au revoir en quittant le laboratoire et se hâta dans le couloir. Avant d'aller en ORL, il fallait qu'il donne un important coup de téléphone. Et il fallait qu'il dise à sa secrétaire de remuer ciel et terre pour lui dégotter deux bonnes places pour la *Tosca*.

Weideman eut un large sourire en pensant à l'infirmière avec qui il couchait, celle qui adorait l'opéra et qui lui avait dit que Joanna était une véritable mordue d'opéra.

Devant l'ascenseur, Weideman faillit bousculer une très jolie secrétaire. Elle avait de grands cheveux blonds et des yeux marron foncé. Elle le fixa un instant, puis sourit.

Weideman lui rendit son sourire. Les femmes sont faciles, pensa-t-il, bien trop faciles. Même les plus brillantes, comme Joanna Blalock.

20

Le « Boot 'N' Scoot » de Santa Monica n'était pas ce que Joanna avait imaginé. Elle s'attendait à y trouver de rudes cow-boys, des filles quelconques et de la sciure sur le plancher. Mais c'étaient plutôt des hommes soignés, qui portaient des jeans avec des bottes et de larges boucles de ceinture en argent. Et de jeunes et jolies filles en bottes de cow-girls et en courtes combinaisons.

— Je crois qu'on aurait dû mettre nos chapeaux et nos jeans, dit Joanna.

— Inutile, dit Jake. C'est du déguisement. Ce sont des gens normaux avec un boulot normal dans un monde normal.

Jake la prit par la main et la guida. Il leur fallait avancer de biais pour se frayer un chemin dans le night-club bondé. A sa gauche, Joanna vit des billards et un petit bar utilisé surtout par les serveuses. A sa droite, un grand parquet de danse rempli de gens qui se trémoussaient sur une musique envoyée d'une petite cabine de disc-jockey. Et au-delà, un immense bar de forme ovale contre lequel les gens s'agglutinaient sur trois rangs.

Ils passèrent le long d'une énorme baie vitrée donnant sur la rue, au bout de laquelle se trouvait une rangée de petites tables. L'une des tables était libre.

— Assieds-toi une minute, dit Jake. Je reviens tout de suite.

Joanna vit Jake s'approcher d'un grand costaud aux larges épaules qui portait un jean et une chemise de cow-boy avec une étoile de shérif épinglée dessus. Son regard glissa vers la piste de danse, où les couples dansaient la valse-musette sur une chanson qui répétait sans cesse : *ça me casse les oreilles*. A première vue, la danse semblait difficile, avec déhanchements, tours et virevoltes compliquées. Mais Joanna se rendit compte qu'il n'y avait qu'un seul pas de base. Pied droit en arrière, puis pied gauche en arrière, puis les deux ensemble. Un. Deux. Un-deux. Facile. Elle essaya debout sur place, en rythme avec la musique. Un. Deux. Un-deux. Un. Deux. Un-deux. Une main toucha son épaule et elle se retourna.

Un jeune et élégant cow-boy lui souriait.

— Voulez-vous danser ?

— Je... je ne sais pas danser, fit Joanna, le regardant dans les yeux.

Ils étaient d'un bleu soutenu, comme ceux de Phil Weideman, avec la même lueur malicieuse.

— Je vais vous montrer.

— Je suis accompagnée.

— Il serait fâché ?

— Oui, je crois.

— Bon, peut-être une autre fois.

Joanna lui fit un large sourire.

— Avec plaisir.

Elle le regarda s'éloigner. Grand, fort et bien foutu. Et jeune. Une bonne vingtaine, tout au plus. Au moins dix ans plus jeune qu'elle. Elle adorait attirer les hommes plus jeunes qu'elle. Elle savait que ce n'était que sotte vanité féminine, mais ça faisait du bien. Un peu plus loin, le jeune cow-boy trouva une partenaire blonde et délurée et se dirigea avec elle vers la piste. Il regarda Joanna par-dessus son épaule et lui adressa un grand clin d'œil avec un large sourire.

Joanna le lui rendit, se disant que les manières du cow-boy lui rappelaient celles de Phil Weideman.

Elle se demanda à quoi ressemblerait Phil en costume de cow-boy avec bottes, boucle de ceinture et chapeau. Probablement sexy.

— Tu n'as pas tardé à te faire des amis, hein ? demanda Jake en la rejoignant.

— Sans problème, dit Joanna, les yeux toujours fixés sur le cow-boy.

— Il est pas un peu jeune pour toi ? plaisanta Jake.

— Pas vraiment. On est bien assortis.

— Alors pourquoi est-il parti si vite ?

— Par peur de toi.

Jake sourit.

— Tu lui as dit qu'on était ensemble ?

Joanna sourit en retour.

— Je lui ai dit que tu étais mon père.

— Bon Dieu.

Jake grommela, se demandant si elle se moquait de lui. Merde, il ne faisait pas si vieux que ça. Hein ?

Joanna montra du doigt l'homme aux larges épaules qui portait une étoile de shérif.

— Qui est ce gars à qui tu parlais ?

— Le videur. J'avais besoin de savoir qui sont les barmen qui ont été là le plus souvent ces six derniers mois.

— Et tu le sais ?

— Bien sûr, partenaire.

Jake la prit par le bras et la guida à travers la foule. Ils se glissèrent entre les couples jusqu'au bar. Un jeune barman aux larges épaules et aux boucles blondes sur les oreilles et le cou mixait fiévreusement des cocktails. Son chapeau de cow-boy était rejeté en arrière.

Le barman jeta un coup d'œil à Jake et Joanna.

— Et pour vous deux ?

— Vous êtes Johnnie ? demanda Jake.

— Je crois bien. (Johnnie sourit.) C'est ce que dit le badge sur ma poitrine, en tout cas.

— Donnez-nous deux Bud légères, dit Jake en lui

tendant un billet de dix dollars. J'ai aussi besoin de quelques renseignements.

— C'est-à-dire ?

Johnnie servit les bières et rafla le billet de dix d'un geste expérimenté.

— Par exemple, est-ce que vous connaissez ce type ?

Jake sortit une photo d'Alex Black.

Johnnie examina longuement la photo.

— Il est complètement différent en costume-cravate...

— Hé, Johnnie ! gueula une voix de l'autre bout du bar. Une Coors et une Miller's Genuine et une double paire de nénés !

— Je reviens, dit Johnnie, prenant les bières au frigo.

Joanna sirota sa bière et passa le bar en revue, s'attardant sur les visages. Comme tout dans la vie, ils avaient meilleure allure vus de loin. Juste en face d'elle, il y avait deux vieux, soixantaine finissante pour le moins, têtes baissées sur leurs verres comme s'ils attendaient la fin du monde. Près d'eux une femme, qui semblait vieillir à vue d'œil. Ses cheveux d'un noir de jais étaient teints pour en cacher le gris, son visage flasque s'affaissait de partout et son maquillage excessif destiné à masquer les injures du temps ne faisait que les souligner. Joanna se demanda si ce bar était la seule sortie de cette femme et si chaque soir elle rentrait seule dans un appartement sinistre avec pour toute compagnie son chat et son poste de télé.

Le barman revint et Jake demanda :

— Vous le connaissez, hein ?

— Pas beaucoup, dit Johnnie. Il est venu souvent, mais on n'a pas bavardé. Il est plutôt solitaire, restant dans son coin.

— Est-ce qu'il danse ? demanda Joanna.

Johnnie réfléchit.

— Un peu, je crois. En général avec des femmes mûres.

Joanna regarda à travers le bar la femme aux traits flasques. Elle était en train de rire et n'en paraissait que plus ridée.

— Vous avez des clients de tous les âges, apparemment.

Johnnie hocha la tête.

— Entre vingt et un ans et le cercueil.

Jake donna une chiquenaude à la photo d'Alex Black.

— Donc c'est surtout un solitaire...

— Ouais, fit Johnnie.

— Est-ce qu'il parle à quelqu'un en particulier ? demanda Jake.

— Il n'a pas d'amis ici, dit Johnnie. Je veux dire, personne ne se soucie de lui. Mais il cause avec Stacey et Glen.

— Ils sont là ?

Johnnie se mit sur la pointe des pieds et scruta la foule.

— Ouais, ils sont là-bas. Ils reviennent de la piste.

Johnnie leur fit signe de la main pour qu'ils s'approchent.

— Qu'est-ce qu'il y a ? demanda Glen.

— Ces gens-là s'intéressent à ce toubib avec qui vous parlez souvent, dit Johnnie.

Jake tendit la photo, que Stacey saisit. Elle l'observa brièvement et fit la grimace.

— C'est un barjot.

— Comment ça ?

— Un doux dingue, dit Stacey sans hésiter. Il lui faut dominer, se montrer le plus fort. La première fois que je l'ai rencontré, il m'a dit que j'allais être éblouie par sa science.

— Vous l'avez été ? demanda Joanna.

— Oh que non ! (Stacey prit son verre de bière et avala une grande gorgée.) J'ai eu mon bac à Stanford avec mention et je suis en deuxième année de droit à la fac. Faut pas être une cloche pour y arriver.

— C'est ce que vous lui avez dit ?

— Et comment !

— Quelle a été sa réaction ?

— Ça a tourné au concours pour savoir qui était le plus brillant.

— Qui a gagné ?

— Match nul, dit Stacey. Je ne connais pas grand-chose en médecine, mais lui ne connaît rien au droit.

Joanna ne pouvait s'empêcher de trouver la jeune étudiante en droit sympathique. Elle était visiblement intelligente, ouverte et jolie. Très, très jolie même, avec ses cheveux noirs, sa peau sans défaut et ses yeux bleu pâle.

— Avez-vous jamais dansé avec lui ?

— Une fois, dit Stacey. Ce n'est pas un très bon danseur, quoi qu'il en pense.

— Il n'a jamais essayé de vous draguer, hein ? demanda Joanna.

Stacey secoua la tête.

— Je viens en général ici avec Glen et je crois que Glen intimide ce vieil Alex.

Joanna regarda Glen. Il était grand et mince avec des cheveux châtains et des yeux marron foncé.

— Qu'est-ce qui gêne Alex en vous ?

— Le fait que je sois médecin, dit Glen, avec un doux accent sudiste mais un tantinet bostonien. Ça ne lui plaît guère.

— Ce qui lui a franchement déplu, c'est quand je lui ai dit que Glen est professeur de médecine et qu'il a déjà publié plus de cent cinquante articles, intervint Stacey. Ça a emmerdé le vieil Alex.

— Quel est votre domaine de recherches ? s'enquit Joanna.

— Les mécanismes immunitaires dans l'arthrite rhumatismale, répondit Glen avec naturel.

— Dans quelle équipe de recherches êtes-vous ?

— Je travaille avec Paulson.

Joanna fit signe qu'elle connaissait. L'équipe de Paulson était installée dans une université toute proche. C'était probablement le meilleur service de rhumatologie au monde. Tous les médecins qui en faisaient partie étaient à la fois d'excellents cliniciens et de non moins remarquables chercheurs. Revenant à Stacey, Joanna demanda :

— Avez-vous jamais vu Alex danser avec d'autres femmes ?

Stacey prit du temps pour répondre.

— Je crois qu'il a dansé un peu avec Grand Chef.

— Qui est-ce ?

Stacey montra sur la piste de danse une grande femme au teint cuivré avec un visage taillé à la serpe.

— C'est une Amérindienne ?

— Elle est à moitié Cherokee.

— Ils ont beaucoup dansé ensemble ? demanda Joanna.

— Je crois, dit Stacey en haussant les épaules. Je n'ai pas compté.

— Est-ce qu'elle est déjà repartie du club avec lui ?

— Une ou deux fois, dit Stacey. Peut-être plus. Comme je vous l'ai dit, je n'ai pas compté.

La voix du disc-jockey se fit entendre dans le haut-parleur : « Allez, debout les morts. C'est parti pour la danse du scalp et la danse des canards ! »

Stacey prit le bras de Glen.

— On se les fait.

— Je suis prêt, chérie, dit Glen en finissant sa bière d'un trait.

Stacey regarda Jake et Joanna.

— Un petit coup de danse collective ?

— Peut-être plus tard, dit Jake, serré maintenant tout contre Joanna, leurs bras se touchant.

— Oui, peut-être plus tard, dit Joanna en retirant son bras.

Le parquet se remplit de gens qui allaient de-ci de-là en bavardant. Puis, comme sur un ordre silencieux, les danseurs formèrent de longs rangs réguliers. La musique démarra, forte et entraînante, et les danseurs remuèrent en cadence, comme s'ils avaient déjà répété cent fois. Stacey était au premier rang, avec Glen d'un côté et l'élégant cow-boy qui avait invité Joanna à danser de l'autre.

— Ça a l'air marrant, dit Joanna.

— C'est sûr, dit Jake, les yeux fixés sur Stacey, dont la silhouette aurait fait rêver bien des femmes.

— Tu connais toutes ces danses ?

— Quelques-unes.

— Où as-tu appris ?

— Je fréquentais autrefois un club de la vallée, dit Jake, revoyant Eleni et le temps où elle s'habillait en cow-girl et où ils allaient boire de la bière et rigoler et brailler avec tout le monde. C'était une fille super, pensa-t-il, la regrettant plus que jamais et se rendant compte qu'une partie de lui l'aimerait toujours. Il la chassa de son esprit avec effort.

— Qu'est-ce que tu penses de ton copain, Alex Black ?

— Il ne semblait pas très populaire.

— Un fichu couillon en société, autrement dit ?

— On peut dire ça.

Ils se frayèrent un chemin à travers la foule jusqu'au bar et à la femme qu'on appelait « Grand Chef ». Elle se tenait à côté de la balustrade, près de la cabine du disc-jockey. Il y avait près d'elle un petit homme trapu avec une épaisse moustache, un visage vérolé et de longs cheveux retenus par un catogan. Ses cheveux étaient gras, comme s'ils n'avaient pas été lavés depuis des semaines.

— Je vais vous voler quelques minutes, dit Jake à la femme. (Il lui montra la photo d'Alex Black.) Vous le connaissez ?

La femme jeta un coup d'œil.

— Peut-être.

— Oui ou non ?

— J'ai déjà dansé avec lui, dit-elle.

— Vous souvenez-vous de son nom ?

— Alex. Je ne sais plus trop son nom de famille.

— Quand l'avez-vous vu pour la dernière fois ?

— Attendez voir, dit-elle, en levant les yeux pour mieux réfléchir. J'ai dû le voir...

Le courtaud à côté d'elle lui donna un coup de coude et lui jeta un regard menaçant.

— Je parlerai si je veux, dit-elle. Je peux lui dire...

Elle se tut car l'homme lui donna un second coup de coude, plus violent cette fois.

Jake dévisagea l'homme au visage vérolé.

— Vous avez un problème ?

— Oui, siffla l'homme entre ses dents. Et vous ?

— Oui, siffla Jake à son tour. C'est l'espèce de petite merde que j'ai en face de moi.

L'homme mit un petit moment à comprendre que Jake était un flic. Au début, il avait dû penser que Jake était un détective privé ou simplement un cul-terreux un peu trop curieux. Mais le casse-pieds était flic... il en était sûr maintenant...

— Elle n'a pas à vous répondre.

— Eh bien si, dit Jake d'un ton rauque en exhibant sa carte. Maintenant, ça se passe ici ou je vous emmène au commissariat. A vous de choisir.

— Je préfère ici, dit aussitôt la femme.

Jake se pencha sur l'homme au catogan.

— Si tu la pousses encore du coude, je serai fâché. Je risque même de me mettre en rogne.

L'homme hésita un instant, puis fit un rapide pas de côté.

— Avez-vous souvent dansé avec Alex ? demanda Jake à Grand Chef.

— Oui. Souvent.

— Avez-vous déjà quitté le club avec lui ?

— Non. Jamais.

Jake sortit une cigarette grecque et l'alluma, aspirant et rejetant la fumée lentement sans jamais quitter la femme des yeux.

— Vous me mentez encore et je vous fous au trou pour faux témoignage dans une affaire de meurtre.

Les yeux de Grand Chef lui sortirent de la tête et elle eut du mal à avaler sa salive.

— Qui a été tué ?

— Répondez à ma question.

Piégée, Grand Chef hésita, peu désireuse de mentir au flic mais effrayée de raconter la vérité devant son petit copain.

— Il est venu avec moi jusqu'à ma voiture une ou deux fois, admit-elle.

— Ce n'est pas ce qu'on m'a dit.

Grand Chef jeta un regard à son petit copain, puis baissa les yeux.

— Il m'a emmenée au fast-food, à deux rues d'ici. On a mangé et bavardé. Et c'est tout.

— Bien.

Jake observait la femme, la regardant se tortiller. Elle avait quelque chose de sensuel, avec sa peau colorée et ses pommettes saillantes. Son chapeau de cow-girl était rabattu sur son front et couvrait presque ses yeux noirs, très noirs. Elle était fortement maquillée, notamment autour des yeux. Dans la faible lumière, Jake crut voir un bleu sur le haut d'une joue. L'un dans l'autre, elle était attirante comme tout, et il se demanda pourquoi elle baisait avec l'affreux crétin qui l'accompagnait. Ah les femmes ! Essayez de les comprendre et vous deviendrez fou.

— De quoi parliez-vous avec Alex Black ?

— De sa femme, qu'il n'aimait pas et qui le traitait comme de la merde, dit-elle.

— Etes-vous allée chez lui ? demanda Jake.

— Jamais, dit-elle d'un ton assuré. C'est la vérité. Je le jure.

Jake sentit immédiatement qu'elle mentait. Le « Je le jure » en était la preuve.

— Il a dit que si, pourtant.

— C'est un menteur, dit Grand Chef, et elle resta soudain bouche bée. Est-ce qu'il essaye de me prendre comme alibi ? Est-ce que c'est ce que cherche à faire ce petit salaud ?

Jake continuait à la regarder, sans rien dire.

— C'est ma parole contre la sienne.

— Ouais, dit Jake en tirant sur sa cigarette. Avez-vous déjà vu son tatouage ?

— Je ne l'ai jamais vu à poil, dit Grand Chef, réalisant immédiatement son erreur.

— Comment saviez-vous où il était tatoué ? demanda Jake.

— Il... euh... il me l'a dit, bégaya Grand Chef, essayant de masquer son mensonge.

L'affreux devint soudain intéressé :

— Cette petite tête-de-nœud avait un tatouage ?

— Exact, dit Jake.

— Un chouette ? demanda l'homme. Je veux dire, avec de belles couleurs et des détails ?

Jake haussa les épaules.

— Vous vous y connaissez en tatouages ?

— Tout à fait.

L'homme roula sa manche de chemise et montra un tatouage compliqué sur son deltoïde. C'était un aigle criant, ailes étendues, dressé sur un lit de fleurs bleues et rouges.

— Joli, dit sincèrement Jake. Qui vous a fait ça ?

— Le vieux Sam, dit l'homme avec fierté. Un vrai maître. Le dernier du genre.

— Où est sa boutique ?

— Il n'en a plus, dit l'homme. Il perd la vue.

— Dommage, dit Jake, réalisant que Sam était la personne qu'il recherchait. J'aimerais lui parler d'un tatouage.

L'homme secoua la tête, croyant que Jake voulait se faire tatouer.

— Il n'en fait plus. Ou ce qu'il fait est parfait, ou il ne fait rien.

— Je voudrais quand même lui parler.

— Il suffit d'aller à l'autre bout du bar. (L'homme

montra les deux vieux penchés sur leurs verres.) C'est celui auquel la vieille n'est pas accrochée.

Jake et Joanna traversèrent le bar. Les danseurs faisaient la danse des canards, une danse rapide et enlevée qui les faisait bouger de droite à gauche, puis de gauche à droite. La musique était si bruyante que Jake devait presque crier pour que Joanna l'entende.

— Crois-tu qu'Alex et Grand Chef baisaient ensemble ? demanda-t-il.

Joanna fit non de la tête.

— Leurs relations étaient bizarres. S'il s'agissait de sexe, ce n'était pas d'une façon conventionnelle.

— Des choses spéciales, peut-être ?

— Oh, plus que peut-être.

— Pourquoi ?

— Parce que je pense que Grand Chef et son affreux copain jouent à des jeux spéciaux. Genre sado-maso, si le bleu qu'elle a sous l'œil veut dire quelque chose. Elle doit aimer l'amour vache et en redemander. Donc, découvre à quoi elle joue avec l'Affreux Jojo et tu auras une idée de ce qu'elle faisait avec Alex.

Jake sourit. Il n'avait pas vu ça, mais ça collait bien. L'Affreux Jojo avait l'air d'un vicieux, et c'est ce qui devait attirer la femme. Et son chapeau rabattu en avant. Bien trop en avant. Le chapeau devait cacher un bleu ou une bosse. Et puis cet épais maquillage couvrant la contusion sous l'œil. Jake se demanda à quels jeux se livraient Alex et Grand Chef et si l'Affreux Jojo y prenait part. Ils formaient peut-être un trio. Non, jugea aussitôt Jake, s'ils avaient formé un trio, l'Affreux Jojo aurait connu le tatouage d'Alex, et ce n'était pas le cas.

Ils s'approchèrent des deux vieux aux regards perdus dans leurs verres. La vieille s'écarta quand Jake vint s'appuyer au bar à côté de Sam.

— J'ai entendu dire que vous faites des tatouages, dit Jake.

— Faisais, dit Sam, la voix cassée par l'abus de cigarettes et d'alcool.

— Je voudrais un renseignement.

— Appelez S.V.P.

Sam saisit un petit verre qu'il avala d'un trait. Il le fit passer avec une gorgée de bière.

— Qu'est-ce que vous buvez ?

— Wild Turkey.

Jake fit signe au barman, qui remplit aussitôt le verre de Sam.

— C'est à propos d'un tatouage.

— Je n'en fais plus, dit Sam. J'ai de la merde dans les yeux. La cataracte, vous savez.

Joanna dit :

— Ça s'opère.

Sam lui jeta un regard de côté.

— Vous êtes docteur ?

— Oui.

— Eh bien, toubib, ils m'ont opéré l'œil gauche et l'ont foiré. J'ai eu une hémorragie suite à l'intervention. (Sam eut un haussement d'épaules résigné.) Ça n'a pas marché.

Jake demanda :

— Qui fait des tatouages d'oiseaux et de papillons avec de splendides couleurs bleu et or ?

— Une bonne demi-douzaine de mecs, répliqua Sam.

— Avec de grands yeux et de petites pattes ? ajouta Joanna.

— Oh, ça c'est signé Steely Dan.

Joanna sourit.

— Steely Dan ? Comme le groupe ?

— Madame, Steely Dan faisait des tatouages avant que les membres de cet orchestre ne soient nés.

— Est-ce que Steely Dan a une boutique ? demanda Jake.

— Ouais. Sur la promenade de Venice.

— Vous ne savez pas où exactement ?

— En face, ce putain de parc où traînent ces trous-du-cul de hippies.

— Merci, dit Jake en faisant signe au barman de remettre ça pour Sam.

— Vous allez le voir, hein ? demanda Sam.

— Ouais.

— Magnez-vous.

— Pourquoi ?

— Parce qu'aux dernières nouvelles Steely Dan était gravement atteint d'un cancer aux poumons. Et ça fait déjà trois ou quatre mois de ça.

21

Arnold Kohler entra en trombe dans son bureau et dévisagea Jake et Joanna.

— Vous ne pouvez pas arriver ici à l'improviste chaque fois que ça vous chante.

— Mais si, dit Jake en exhibant sa carte.

Il observa un instant Kohler, le trouvant tout de suite antipathique.

— Qu'est-ce que c'est que cette histoire ? demanda Kohler, regardant Joanna et Jake.

— Il semble que vous ayez délivré plein d'ordonnances pour des drogues interdites en vente libre, fit Jake.

— Un sacré paquet, ajouta Joanna en étalant sur ses genoux le listing de l'ordinateur. Vous avez prescrit d'énormes quantités d'amphétamines et de Percodan, pas vrai ?

Kohler s'assit derrière son bureau, cherchant à recouvrer ses esprits.

— J'ai beaucoup de patients qui en ont besoin.

— Ça se voit, dit Jake d'un ton sarcastique.

— Ces drogues peuvent avoir des usages médicaux.

Kohler sortit son mouchoir et s'épongea le front.

— C'est-à-dire ? demanda aussitôt Joanna.

— Les amphétamines pour les pertes de poids et les narcolepsies, le Percodan pour les douleurs chroniques.

Joanna regarda la feuille d'ordinateur. En haut de

la page figuraient le numéro de permis d'exercer en Californie de Kohler et son numéro de diplôme de médecin. Elle les avait obtenus grâce à la feuille d'ordonnance piquée dans le bureau de Kohler et les avait communiqués à Jake pour vérification.

— En ce qui concerne Karen Butler, pourquoi tant d'amphétamines ? Elle n'était ni obèse ni atteinte de narcolepsie...

— Je m'en servais pour lui soutenir le moral, répondit Kohler. Sa maladie la rendait dépressive.

— Les amphétamines ne sont pas indiquées pour lutter contre la dépression et vous le savez, répliqua sèchement Joanna. Et vous lui en prescriviez tellement que vous saviez forcément qu'elle était accro.

Kohler fit un geste de la main et ne dit rien, se demandant s'il devait appeler son avocat. Non, il valait mieux pas. Ç'aurait été comme un aveu. Et d'ailleurs, tout ce dont ils l'accusaient, c'était d'avoir prescrit trop de drogues. Ce n'était même pas un délit.

— Pourquoi m'avez-vous menti la première fois sur l'origine des drogues que prenait Karen Butler ?

Kohler fit un nouveau geste.

— Ce n'était pas intentionnel. Ça m'était simplement sorti de l'esprit.

Baratin, pensa Joanna. Elle haïssait Kohler et ses mensonges.

— Et puis il y a ce Rimer. (Jake se leva et s'approcha de la plante ratatinée dans un coin. Il passa un doigt sur une feuille. Elle était sèche comme de la sciure.) Ce type doit bouffer des amphétamines comme d'autres des bonbons.

— Il a une sévère narcolepsie, dit calmement Kohler, tandis que la sueur lui coulait dans le dos.

Jake regarda Joanna.

— Qu'est-ce que c'est que cette « narcolepsie » dont il parle ?

— C'est un dérèglement qui provoque chez le

patient des somnolences pendant la journée, dit Joanna.

— Ça se traite avec de fortes doses d'amphétamines ?

— C'est possible, dut reconnaître Joanna, pensant que Kohler était un mauvais médecin mais pas un idiot.

Il était du genre à faire beaucoup de mal mais toujours à couvert. Mais de telles doses seraient disproportionnées même pour une narcolepsie sévère.

Jake alla à l'évier et ouvrit le robinet, remplissant un grand verre d'eau. Il revint vers la plante en pot, aspergea les feuilles et versa le reste de l'eau dans la terre.

— Appelez votre secrétaire et dites-lui d'apporter le dossier de Rimer.

Kohler se raidit un instant, mais reprit vite pied.

— Son dossier médical est confidentiel.

— Je peux obtenir un mandat de perquisition, dit Jake sans se démonter. Et on va rester assis ici jusqu'à ce qu'il arrive.

Kohler soupira lourdement.

— Ce n'est pas un patient de « Santé d'abord ».

Le visage de Jake se durcit.

— Alors c'est qui ?

— C'est un de mes anciens patients quand je faisais de la clientèle privée il y a quelques années, expliqua Kohler. J'ai continué à lui délivrer des ordonnances.

— Alors où est son ancien dossier ?

— Rangé quelque part.

— Eh bien, vous feriez bien de le déterrer, parce que très prochainement les gars des stups vont débarquer. Et ils vont tout passer au peigne fin.

— Je n'ai rien fait de mal.

— On verra ça, dit Jake, conscient qu'il n'avait qu'égratigné le cuir d'Arnold Kohler.

Il y eut un long silence embarrassé. Personne ne

bougeait. L'air conditionné se mit bruyamment en route. Kohler recula son fauteuil.

— Je pense avoir suffisamment répondu à vos questions.

— Pour aujourd'hui, dit Jake. Mais on reviendra.

Kohler se leva.

— La prochaine fois que vous débarquez, j'appelle un avocat.

— Vous aurez raison, fit Jake tout en aidant Joanna à se lever. Et à votre place j'en choisirais un bon.

Kohler les regarda partir, puis retomba dans son fauteuil. Ses jambes se mirent à trembler, s'agitant sur le sol. Il dut les saisir à deux mains pour les arrêter.

22

Karl Rimer suivait le policier et le docteur à trente mètres. Il était huit heures et demie du soir et un brouillard épais recouvrait petit à petit la promenade en planches de Venice, réduisant rapidement la visibilité. Ça ne gênait pas Rimer. Il aimait le brouillard. C'était un bon camouflage.

Le couple accéléra l'allure et Rimer en fit autant, passant devant des mendiants pour rejoindre quelques touristes allemands. Il se noya parfaitement dans le groupe. Un autre de ses talents.

Une brise tiède arriva de l'océan et le brouillard se leva un court instant. Il vit devant lui le couple ralentir en passant devant une succession de boutiques, la plupart fermées. Rimer ralentit aussi, gardant une distance de sécurité d'une trentaine de mètres. Mais en fait il n'avait pas peur d'être découvert. Un pro aurait pu le repérer, pas ces deux amateurs.

Rimer s'octroya deux cachets d'amphétamines et les mâchonna rapidement avant d'avaler. Il gardait l'œil sur le policier, observant son allure et ses mouvements. Le flic était grand... vraiment grand... et costaud. Rimer pouvait facilement imaginer le policier intimidant Kohler et le forçant à cracher le morceau. Quelques heures auparavant, Rimer était allé voir Kohler : il était à ramasser à la petite cuiller. Les mains du toubib tremblaient tellement qu'il pouvait à peine tenir un stylo. Et il avalait des cachets de

Valium comme si c'était de l'aspirine. Crétin. Quel crétin. Tout ce que Kohler avait à faire, c'était d'éviter de bouger. S'ils avaient vraiment eu prise sur lui, ils l'auraient arrêté.

Rimer vit le policier saisir le bras de Joanna et il comprit qu'il allaient revenir vers lui. Il se glissa dans une boutique de T-shirts. C'était plus un auvent qu'une boutique. Il pouvait parfaitement voir le couple.

— Puis-je vous aider ? demanda une jeune femme aux dents cariées.

— Non, merci. Je regarde, dit Rimer.

Rimer faisait semblant d'examiner un T-shirt, mais sa vision périphérique lui permettait de voir la promenade. Il enfouit son visage dans le T-shirt au passage du couple. Il avait du mal à deviner leurs mouvements. Ils continuèrent à faire les cent pas, ralentissant devant une rangée de boutiques. Rimer crut tout d'abord que le couple tentait de débusquer une éventuelle filature. Mais ils refirent cent fois le même parcours. Pas de brusques changements de direction, comme le ferait quelqu'un d'averti. Non, ce n'était pas une filature qui les préoccupait. C'était quelque chose d'autre.

Rimer remit le T-shirt en place et ressortit. Bien que la nuit soit fraîche, il ne portait qu'une chemise à col ouvert. Ni veste, ni cravate. Il recentra son attention sur le couple, repensant à la veille au soir, quand il les avait suivis au Boot 'N' Scoot. Un saloon merdique. Pourquoi questionnaient-ils tous ces gens ? se demandait Rimer. Qu'est-ce qu'ils espéraient trouver ? Il avait repéré les visages des personnes interrogées. Il retournerait à ce bar plus tard pour savoir quelles questions avaient été posées.

Rimer passa près d'un égout bouché et s'éloigna rapidement de l'odeur nauséabonde. Ça lui rappelait l'odeur de pourriture de la jungle. Il sortit un flacon d'eau de Cologne de sa poche et s'en aspergea le visage. L'odeur de charogne s'atténua, sans disparaître complètement. Comme toujours.

Cette putain d'odeur de jungle lui collait à la peau et il avait horreur de ça. Mais merde, il avait fait fort dans la jungle. Si fort que la CIA lui avait offert du boulot alors qu'il appartenait encore aux PERL. Rimer leur avait dit qu'il y réfléchirait. Plus tard, peut-être. Ça n'avait pas traîné. Deux Marines lui avaient cherché des crosses dans un bar de Saigon. Rimer avait voulu partir. Ils lui avaient barré la route. Il les avait tués tous les deux, à coups de chaise. Rimer avait été arrêté. Passible de la cour martiale pour meurtre. Alors la CIA lui avait mis le contrat en main. Au lieu de le juger et de l'envoyer en taule, ils s'arrangeraient pour qu'il soit déclaré mort au combat. Ils lui fourniraient un nouveau nom. Rimer était un nom fictif qui ne lui survivrait pas. Il n'en avait rien à foutre. Il n'avait pas de famille, pas de domicile. Il avait accepté d'être un agent de la CIA. Mais sans leur accord ni même qu'ils le sachent, il exécutait des contrats à côté.

Devant lui, il vit le couple tourner subitement et s'approcher d'une des boutiques. Rimer leur emboîta le pas, accélérant l'allure. Il buta presque dans une jeune femme qui promenait un gros doberman. Il lui fit un signe de tête, les yeux toujours tournés vers la boutique. L'enseigne de néon au-dessus de la boutique le renseigna. *Salon de tatouage Steely Dan*. Nom de Dieu ! jura silencieusement Rimer, se souvenant du papillon tatoué sur le cul du mort. Ils sont sur la trace de l'homme sans visage grâce à son tatouage. Nom de Dieu !

Joanna jeta un œil par-dessus son épaule au moment où ils entraient dans la boutique du tatoueur. Elle vit un homme grand, entre deux âges, qui passait. Pas de veste, la chemise ouverte malgré la nuit froide.

— Tu as vu quelque chose ? demanda Jake.

— Un crétin de touriste qui va attraper une pneumonie, dit Joanna.

Une sonnette tinta lorsque Jake referma la porte. La boutique était minuscule et puait la fumée froide de cigarette. Elle était coupée en deux par un rideau en lambeaux. Un homme au visage émacié, petit et grisonnant, assis sur un tabouret, les regardait.

— Qu'est-ce que je peux faire pour vous ? demanda-t-il.

— Vous êtes Steely Dan ? demanda Jake.

— C'est bien moi. (Steely les observa avec méfiance. Ils ne voulaient pas de tatouages, il en était sûr. Le grand type portait *flic* écrit sur le front.) Vous êtes un flic ?

— Ouais, dit Jake. Ça vous dérange ?

— Non. (Steely sourit et découvrit une bouche édentée.) Du moment que vous n'êtes pas un de ces trous-du-cul du ministère de la Santé qui viennent vérifier mes aiguilles.

— Ils vous cassent les pieds, hein ? demanda Jake.

— Ce sont des emmerdeurs. (Steely attrapa un paquet de cigarettes sans filtre et en alluma une. Il aspira longuement, les yeux sur Joanna.) Vous êtes flic aussi ?

— Non, dit-elle, observant les veines distendues de son cou et son visage d'un rouge foncé. Je travaille pour le bureau du coroner.

Steely tira une autre bouffée de cigarette et se mit à tousser. Une toux profonde et râpeuse. Sa toux était grasse, mais il ne cracha rien. Son visage devint cramoisi. Il leva une main pour s'excuser et disparut derrière le rideau.

Jake entendit l'eau couler au robinet, l'homme continuant à cracher ses poumons.

— Bon Dieu ! tu as remarqué la couleur de son visage ? demanda-t-il doucement.

— C'est dû à un syndrome de la veine cave supérieure, lui dit Joanna. Son cancer du poumon obstrue les grosses veines qui ramènent le sang de la tête vers le cœur. C'est pourquoi son visage est si rouge.

Jake secoua la tête.

— Et il continue de fumer.

— Ça n'a plus aucune importance, constata Joanna. Il est à moitié mort.

— Il faut que j'arrête de fumer.

— Ça vaudrait mieux si tu ne veux pas finir comme lui.

Le bruit d'eau s'arrêta. Un instant plus tard, le rideau s'écarta et Steely regagna son tabouret et s'assit lourdement. Il respira profondément deux ou trois fois, comme s'il vérifiait le passage de l'air, puis alluma une autre cigarette. Cette fois, il ne toussa pas.

— Bon, qu'est-ce que je peux faire pour vous, les gars ?

— Sam nous a dit que vous étiez le seul à faire des oiseaux et des papillons en bleu et or avec de petites pattes et de grands yeux, lui dit Jack.

Steely fit signe que oui.

— Comment va Sam ?

— Pas trop bien, dit Jake. Il perd la vue.

— Je sais, je sais, dit tristement Steely.

— Combien avez-vous tatoué d'oiseaux et de papillons comme ça ?

— Des centaines. Peut-être mille.

Merde, grogna Jake intérieurement. Il avait espéré un plus petit nombre.

— Ça fait beaucoup, hein ?

— C'est ma spécialité, dit Steely.

— Vous les faites tous en bleu et de cette jolie couleur dorée ? demanda Joanna.

Steely sourit.

— Vous aimez ce doré, hein ?

— Il est magnifique, dit sincèrement Joanna.

— C'est un Chinois qui m'a montré comment réaliser cette couleur, dit Steely en tirant sur sa cigarette. Foutre, ces Chinois sont les meilleurs pour les couleurs. Des chefs.

Les pupilles de Jake se rétrécirent.

— Vous voulez dire qu'il y a aussi un Chinois à Los Angeles qui fait des papillons et des oiseaux ?

— Non, non. (Steely balaya la question.) Je suis allé à Hongkong. Après la guerre, en 1946, je suis entré dans la marine marchande et j'ai navigué en mer de Chine. On s'est farci un putain de typhon, vicieux comme un âne, avec des pointes de vent à cent cinquante nœuds. (Steely se pencha en arrière, yeux mi-clos, se souvenant, le revivant presque.) Avec des vagues si hautes qu'elles dépassaient la coque et déferlaient sur le pont. Nom de Dieu ! J'ai cru qu'on allait mourir. Mais on a quand même réussi à rallier le port de Hongkong, où le bateau est resté quatre mois au radoub. C'est là que j'ai appris à faire les tatouages et les coloris.

— Est-ce que tous vos papillons et vos oiseaux sont dorés ? demanda Joanna.

— Non, dit Steely. Pas plus d'une centaine. L'or est difficile à travailler et ça prend bien plus de temps. Ça vaut plus cher.

Jake sortit la photo d'Alex Black et la montra à Steely Dan.

— Vous souvenez-vous de lui ?

Steely plissa les yeux devant la photo, le nez presque dessus.

— Je vais chercher mes lunettes, dit-il, avant de disparaître derrière le rideau.

Jake balaya la pièce du regard, remarquant maintenant les photos encadrées au mur. Il examina celle de deux jeunes hommes en uniforme de marin de la Seconde Guerre mondiale. Souriants, heureux. Sam et Steely Dan. Elle avait cinquante ans. Une autre photo montrait Steely assis dans un pousse-pousse, une splendide Asiatique à ses côtés. La légende disait *Hongkong 1948*.

Steely revint avec ses lunettes de lecture.

— Repassez-moi cette photo. (Il la regarda brièvement et la rendit à Jake.) Ouais, c'est moi qui l'ai tatoué. Et alors ?

— Vous souvenez-vous de son nom ? demanda Jake.

— Non.

— Prenez-vous les cartes de crédit ou délivrez-vous des reçus ?

— Non. Ni l'un ni l'autre.

— Qu'en disent les impôts ?

— Qu'ils aillent se faire foutre, dit Steely sans se démonter. Je paie assez de taxes.

— Ça fait combien de temps que vous avez tatoué ce gars-là ? demanda Jake.

— Il y a six ou sept mois, je dirais.

— Et où s'est-il fait tatouer ?

— Sur le cul, dit aussitôt Steely. On devine la classe sociale selon l'endroit du tatouage, voyez-vous. Les ouvriers les veulent sur les bras ou la poitrine. Les gens de la haute préfèrent qu'ils soient cachés, comme sur le cul.

Jake voulut s'assurer que la mémoire du vieil homme était précise.

— Alors vous lui avez tatoué un papillon sur le cul ?

— Non. Je lui ai fait un oiseau. C'est sur le cul de son petit copain que j'ai fait le papillon.

Joanna resta bouche bée.

— Son petit copain ? réussit-elle à dire.

Steely sourit, s'amusant de son air surpris.

— Ben oui, madame.

— Vous êtes sûr ?

Steely tira sur sa cigarette.

— Vous n'en saviez rien, hein ?

— Vous voulez dire qu'il était gay ? demanda encore Joanna.

— Gay ! (Steely prononça le mot avec dérision et se força à rire.) Ils ont de ces mots, aujourd'hui !

Bien sûr qu'ils étaient gays ou pédés, appelez-les comme vous voudrez !

Jake sortit son calepin.

— Vous souvenez-vous à quoi ressemblait son copain ?

Steely haussa les épaules.

— Grand, cheveux châtain clair. Comme ceux d'un surfer, vous pigez. Dans les trente ans.

— Pouvez-vous me décrire son visage ?

Steely réfléchit un moment.

— Non, pas vraiment. J'ai passé plus de temps à regarder son cul.

— Merde, dit Jake avec écœurement en refermant son calepin. Croyez-vous qu'ils habitaient près d'ici ?

— Probablement, mais je n'en suis pas certain. (Steely tira sur sa cigarette et réprima une toux.) Je les ai vus une fois ou deux sur la promenade, et une fois au grand supermarché dans l'avenue, à côté de la station d'essence.

— Ils se promenaient peut-être.

— C'est possible, approuva Steely.

— Mais vous ne le pensez pas.

— Merde, j'en sais rien, dit Steely, que la conversation commençait à fatiguer. Mais ils étaient bronzés comme des gens qui passent du temps sur la plage, surtout celui au papillon.

Jake tendit une carte de visite à Steely.

— Si vous revoyez l'un ou l'autre, appelez ce numéro, de jour comme de nuit.

Jake et Joanna ressortirent dans la nuit frisquette. Le brouillard s'était épaissi, formant un halo autour des réverbères. Touristes et mendiants avaient disparu.

— Je n'ai pas compris pourquoi tu as recommandé à Steely d'être sur le qui-vive à cause de deux morts, s'enquit Joanna.

— Alex Black est mort, peut-être pas son compagnon.

Joanna le regarda avec étonnement.

— Son compagnon, c'est le type sans visage !

— Peut-être que oui, peut-être que non.

— Mais tout colle ! argumenta-t-elle. L'homme sans visage était grand, la trentaine, cheveux châtain clair et un tatouage de papillon sur le cul.

— On trouverait probablement une douzaine de types correspondant à ce signalement.

— Probablement, admit Joanna, mais au fond de toi tu sais que j'ai raison, pas vrai ?

— Ouais. Mais il faut des preuves, des preuves tangibles.

— Qu'est-ce qu'on va faire maintenant ?

Jake alluma une cigarette et rejeta la fumée dans la nuit froide.

— Découvrir où nichaient nos deux tourtereaux.

23

Lou Farelli n'avait pas eu de chance sur la piste d'Alex Black et de son compagnon. Il avait déjà ratissé dix pâtés d'immeubles, en commençant par le supermarché où Steely Dan avait aperçu le couple quelquefois. Personne ne se souvenait de quoi que ce soit. Ni à la station d'essence, ni au supermarché, ni à la quincaillerie, ni chez la marchande de glaces, ni dans les restaurants, ni chez les teinturiers, ni chez les coiffeurs, ni dans la boutique vidéo. Le bide total. Personne ne se rappelait avoir vu Alex Black.

Farelli était appuyé contre sa voiture, observant les touristes qui déambulaient dans la rue principale de Venice. Il faisait chaud et lourd et la plupart des gens étaient en T-shirts, gilets sans manches et shorts. Farelli les trouvait moches, tout comme la communauté de la plage. Il se souvenait il y avait vingt ans, quand Venice était un endroit charmant où on venait passer le week-end en famille. Maintenant, c'était embouteillé et rempli de criminels et de bandes. Ça devenait un endroit de merde et, malgré quelques magasins et restaurants sympas dans la rue principale, par-derrière la ville avait l'air d'un ghetto.

Farelli entendit des patins sur le trottoir et se retourna. Il vit un jeune garçon en rollers qui zigzaguait vers lui.

— Pourquoi tu n'es pas à l'école ? lui cria Farelli.

— Parce que l'école c'est chiant, trou-du-cul !

Le roller leva un doigt en direction de Farelli tout en passant à sa hauteur.

— Nos futurs dirigeants, grogna intérieurement Farelli.

Il se décolla de sa voiture et remonta la rue en direction du supermarché. Un Coca glacé et basta ! Cette fois-ci, il allait chercher en dehors des artères principales. Il y avait encore plein de petites boutiques, magasins et supérettes à vérifier. Beaucoup trop, pensa-t-il, toujours pas convaincu qu'Alex Black et son copain aient vécu à Venice. Merde, ils pouvaient s'être promenés, être juste passés par là. Ou peut-être y faisaient-ils parfois des courses tout en vivant dans un quartier plus riche, comme Santa Monica ou Marina del Rey. Alex Black était un docteur plein aux as. Pourquoi aurait-il habité un endroit de merde comme Venice ?

Farelli entra dans le supermarché et déboutonna sa veste, laissant l'air frais pénétrer sa chemise. Une femme sourit en voyant ses bretelles, puis aperçut son arme dans son étui. Son sourire disparut instantanément. Farelli alla au distributeur et décapsula un Coca light. Il le but distraitement avec une paille, se demandant comment accélérer son enquête. Dommage qu'il n'y ait pas un putain de bar gay dans le coin. Ç'aurait été parfait. Et trop facile. La vie n'offrait jamais ça à Farelli.

Il alla à la caisse et remarqua que la caissière avait changé depuis tout à l'heure. Elle était grande et mince, la petite trentaine, avec des cheveux blonds décolorés. Le badge qu'elle portait sur son uniforme indiquait qu'elle s'appelait Sherry.

— C'est tout ? demanda Sherry.

— Ouais, dit Farelli. Je suis au régime.

— Comme tout le monde.

Farelli mit la main à la poche de sa veste.

— Je cherche un mec.

Sherry sourit.

— Moi aussi. On n'en trouve pas facilement en ce moment.

Farelli lui montra la photo d'Alex Black et attendit qu'elle l'ait examinée.

— L'avez-vous déjà vu ?

— Vous êtes flic ?

Farelli fit signe que oui.

— Alors ?

Sherry regarda encore la photo.

— Oui, il a déjà fait des courses ici.

— Combien de fois ?

— Plusieurs. Au moins une douzaine de fois.

Un homme derrière Farelli s'éclaircit la gorge et dit :

— Je croyais que c'était la caisse express.

— Elle est fermée, dit rudement Farelli. Changez de file.

— Elle a pourtant l'air ouverte, dit l'homme, sans bouger.

Farelli exhiba sa plaque et l'homme s'arracha. Les clients faisant la queue dans la file la plus proche virent aussi la plaque et, tout en détournant le regard, ils se concentrèrent, tendirent l'oreille.

Farelli baissa la voix et demanda à la caissière :

— Est-ce que vous travaillez dans la journée, d'habitude ?

— Presque jamais, dit Sherry. Je suis étudiante au Santa Monica City College et je travaille plutôt le soir. Mais la fille qui fait la caisse express est malade et ils m'ont demandé de venir.

— Pas de cours aujourd'hui ?

— J'en loupe deux, dit-elle d'un air navré. Mais j'ai besoin d'argent.

Farelli posa son Coca light et prit son calepin.

— A quelle heure venait-il, en général ?

— Vers sept heures ou sept heures et demie. Parfois un peu plus tard.

— Il venait seul ?

Elle secoua la tête.

— Il était toujours avec son ami.
— A quoi ressemblait cet ami ?
Sherry fronça les sourcils, réfléchissant.
— Il était grand, avec des cheveux blond clair. Assez beau garçon.
— Il a essayé de vous draguer ?
Sherry le regarda avec étonnement.
— Soyez sérieux.
Farelli sourit.
— C'était un couple, hein ?
— Ce n'était pas ouvertement des chouquettes, mais ouais... ils étaient à la colle.
— Vous connaissez leurs noms ?
— Non.
— Leur adresse ?
— Non.
— Vous les avez rencontrés ailleurs ?
— Non.
Farelli jeta un coup d'œil vers la caisse d'à côté et vit une jeune femme qui tenait un enfant sur un bras et poussait un caddie. Il se tourna à nouveau vers Sherry.
— Ils achètent beaucoup d'épicerie ?
Sherry réfléchit.
— Pas mal. Au moins deux pleins sacs.
— Pas seulement des beignets et des chips ?
— Sûrement pas. Ces gars-là mangent bien. Steaks, veau, crevettes, beaucoup de fruits frais.
— Est-ce qu'ils se sont fait aider pour porter leurs sacs jusqu'à leur voiture ?
Sherry haussa les épaules.
— J'en sais trop rien. Peut-être que Charlie les a aidés...
— Je peux lui parler ?
Sherry se mit sur la pointe des pieds et balaya les caisses du regard jusqu'à ce qu'elle aperçoive un jeune homme de petite taille, bien bâti, aux cheveux bruns coupés en brosse. Elle lui fit signe de venir.

— Qu'est-ce que je peux faire pour toi, ma belle ? demanda Charlie.

— Charlie, voici un policier qui cherche des renseignements sur l'un de nos clients.

Charlie se mit au garde-à-vous.

— Puis-je vous demander votre nom, monsieur ?

— Sergent Farelli, lui dit Farelli.

Charlie inclina cérémonieusement la tête.

— Charles P. Miller. Je suis éclaireur.

Farelli lui rendit son salut. Les éclaireurs étaient un groupe de jeunes gens entre dix-huit et vingt-cinq ans qui voulaient devenir officiers de police. Ils avaient des uniformes, accompagnaient les flics en patrouille, apprenaient à quoi ressemble le boulot de policier. C'étaient des jeunes gens très sérieux et la plupart devenaient de bons flics.

Farelli montra la photo à Charlie.

— Avez-vous déjà vu cet homme ?

Charlie examina la photo avec soin.

— Oui, monsieur.

— Combien de fois ?

— Cinq ou six fois. Ils étaient toujours deux.

— Vous savez comment ils s'appellent ?

— Non, monsieur.

— Avez-vous quelquefois porté leurs provisions jusqu'à leur voiture ?

— Non, monsieur. Ils préféraient les porter eux-mêmes. Et en général ils étaient à pied.

— Comment le savez-vous ?

— Une ou deux fois, je les ai vus sortir et suivre le trottoir avec leurs sacs. Ils n'allaient pas au parking.

— Ils étaient peut-être garés le long du trottoir. Le parking pouvait être plein.

— Non, répliqua Charlie. Il y a des places de parking partout à sept heures et demie du soir.

— Vous savez où ils habitent ?

— Vers le sud, dit Charlie. A deux pâtés de maisons tout au plus.

— Comment le savez-vous ?

— Parce qu'ils allaient vers le sud en partant d'ici.
— Pourquoi pas plus de deux pâtés de maisons ?
Charlie sourit.
— Vous avez déjà essayé de porter un grand sac de provisions à plus de quelques pâtés de maisons ?
— Vous avez de la jugeote, dit Farelli au jeune homme. Et une excellente mémoire.
— Merci, monsieur.
— Etes-vous rattaché au commissariat de Los Angeles Ouest ?
— Non, monsieur. Je patrouille avec l'officier Heyward, de la police municipale de Santa Monica. (Charlie hésita un moment, puis continua :) Si vous rencontrez l'officier Heyward, vous pourriez lui dire que je vous ai été utile pour votre enquête. Ça ferait bien dans mon dossier.
— Vous pouvez compter sur moi.
Farelli sortit du supermarché en se disant que Charles P. Miller ferait un très bon flic un de ces jours.
Le soleil brillait encore plus fort et la chaleur montait. Farelli prit la direction du sud, tout en sirotant son Coca light. Merde, peut-être que la chance allait s'arrêter là, se dit-il. Tant pis. Il prendrait tout ce qu'elle voudrait bien lui donner.
Farelli aperçut un facteur sur le trottoir d'en face et traversa.
— Hé ! Comment ça va ? lui cria Farelli.
— Bien, merci. (Le facteur était un grand Noir café au lait aux cheveux prématurément gris.) Puis-je vous aider ?
— Ouais. (Farelli sortit la photo d'Alex Black et la lui montra.) Vous avez déjà vu ce type ?
Le facteur fit signe que oui.
— Je l'ai vu quelquefois. Un pisse-froid. Le genre de mec à vous transpercer du regard sans dire un mot. Pas même « salut ».
— Il reçoit du courrier ?
— Aucun.
— Donc, vous ne savez pas où il vit ?

— Je n'ai pas dit ça. (Le préposé rejeta son grand sac sur l'épaule et montra un grand immeuble blanc en face.) Je l'ai vu sortir de là, quelquefois. J'imagine qu'il y habite.

— Vous savez son nom ?

Le facteur secoua la tête.

— Je vous ai dit que je ne lui ai jamais porté de courrier.

Farelli retraversa la rue et monta les marches de la résidence des White Sands. C'était une bâtisse recouverte de crépi, à deux étages, dotée d'une cour centrale avec une piscine et un palmier penché. Un vieil homme aux lunettes cerclées de métal arrosait un parterre de fleurs près des boîtes aux lettres.

— C'est vous le gérant ? demanda Farelli.

— Exact, dit le vieil homme en coupant le robinet d'arrosage.

Farelli lui montra la photo.

— Vous connaissez ce gars-là ?

— Qui êtes-vous ?

Farelli lui montra sa plaque.

— Vous le connaissez ?

Le gérant acquiesça.

— Il habite le 106. Il s'appelle Brown.

Farelli sourit intérieurement. Brown, hein ?

— Je parie que son prénom est Alex.

— C'est bien ça.

— Et je parie qu'il paye son loyer par mandat-poste ou en espèces.

— Faux. (Le gérant sourit.) Il utilise des traveler's.

— Et le colocataire ?

— Le colocataire ne paie pas de loyer. C'est M. Brown qui paie.

— A quoi ressemble le colocataire ?

— Grand, cheveux châtains. Beau garçon. Pourquoi ? (Le gérant jeta un regard en biais.) Ils ont fait quelque chose de mal ?

Farelli ne répondit pas.

— Où est votre téléphone ?

24

— On vous appellera si on a besoin de vous, dit Jake au gérant en guidant le vieil homme vers la porte, qu'il referma derrière lui.

Jake balaya des yeux le living-room de l'appartement d'Alex Black. Tout était net et propre, chichement meublé. Un canapé en skaï, une table basse, un pouf à billes. Au mur, une affiche encadrée du film *Casablanca* montrant Humphrey Bogart en trench-coat, col relevé.

— Ils ne passaient pas beaucoup de temps ici, hein ? commenta Jake.

— Ça n'a même pas l'air habité, dit Joanna.

Ils entrèrent dans une petite cuisine, placard et réfrigérateur d'un côté, plan de travail carrelé et évier de l'autre. Le placard sonnait le creux : un pot de café instantané, une boîte entamée de sachets de thé et quelques bouillon cubes. Dans le réfrigérateur, de la bière, des boissons sans alcool et une bouteille de Chardonnay à peine entamée. Le congélateur contenait des plateaux-repas et deux côtes de porc, dures comme de la pierre.

— Ils ne devaient venir là qu'en week-end, dit Jake en s'approchant d'une table basse.

Posée dessus, une édition du dimanche du *Los Angeles Times* vieille de deux semaines et une lettre du gérant informant les locataires que la piscine allait être vidée pour réparations. La lettre était adressée à *Messieurs Brown et Smith.*

Marchant sur la moquette, ils passèrent dans la chambre à coucher, qui semblait plus grande que le living. Un placard-penderie, une commode, un grand lit, une lampe de chevet, un poste de télé sur un socle.

Jake commença par les oreillers, les aplatissant pour s'assurer qu'il n'y avait rien à l'intérieur. Il souleva le matelas par un coin et le retourna par terre. Rien. Il souleva le sommier, regarda dessous, et le laissa retomber. Toujours rien. Jake alla à la commode, recouverte d'une fine couche de poussière. Jake ne vit pas d'empreintes. Il prit son mouchoir pour ouvrir le tiroir du haut. Des chaussettes et des sous-vêtements, soigneusement pliés. Un paquet de préservatifs, une cassette vidéo porno. Sous la cassette, Jake trouva une lettre qu'il déplia. L'en-tête indiquait HQI SPERM BANK.

— Tu connais cette « HQI Sperm Bank » ? demanda Jake.

Joanna fit signe que oui.

— C'est une association à but non lucratif de pseudo-scientifiques qui croient que l'intelligence est génétiquement transmissible. Si vous prouvez que vous êtes un génie ou que vous avez un QI de plus de cent quarante, ils vous acceptent comme donneur de sperme. Et, bien sûr, il y a plein de connes qui achètent cette merde et sont impatientes d'être fécondées avec.

— Eh bien, nos deux amants avaient décidé de transmettre leur cerveau aux générations futures, dit Jake avec légèreté. Et devine un peu. En utilisant leurs véritables noms. Les donneurs de sperme étaient Alex Black et Bob Cipro.

Joanna sursauta.

— Quel est le deuxième nom ?

— Cipro. C-I-P-R-O. Pourquoi ? demanda Jake, voyant l'expression ahurie de Joanna.

— Bob Cipro était un scientifique de « Santé d'abord », dit-elle lentement. Il était directeur de recherche.

— Et alors ?

— Bob Cipro est mort dans un accident de bateau le mois dernier, dit Joanna, tandis que son esprit caracolait en tous sens.

— Ce qui veut dire ?

— Des tas de choses.

Joanna ouvrit son sac et feuilleta un petit répertoire noir jusqu'à ce qu'elle trouve ce qu'elle cherchait. Elle alla au téléphone, prit le combiné avec son mouchoir et composa un numéro. Elle eut immédiatement Amanda Black au bout du fil. Elles parlèrent très peu et uniquement de Bob Cipro. Le nom d'Alex Black ne fut pas prononcé. Joanna reposa lentement le téléphone et se tourna vers Jake.

— Il se passe quelque chose d'affreux. Une vraie folie meurtrière...

— Ouah ! dit Jake en levant les mains. Tu vas trop vite. Du calme.

Joanna respira profondément.

— Allons-y, point par point.

— Vas-y.

— Bob Cipro était l'amant d'Alex Black.

— Exact.

— Bob Cipro travaillait à « Santé d'abord » comme responsable scientifique. Il s'est tué le mois dernier dans un accident de bateau. Cipro était un excellent pagayeur, au point d'être capable de faire du kayak sur l'océan. On a retrouvé son embarcation sur la plage, en morceaux, et on a pensé qu'il s'était noyé. On n'a jamais retrouvé son corps.

— Et alors ?

— Alors je pense que Bob Cipro avait un tatouage de papillon sur le cul, l'œuvre de Steely Dan.

Jake ouvrit soudain de grands yeux.

— Nom de Dieu !

— Tu y es, dit Joanna d'un ton lugubre. Bob Cipro

est l'homme sans visage. Quelqu'un l'a assassiné sur la plage, puis a massacré son visage et l'a enterré dans la forêt. Quand on a retrouvé son bateau abîmé et pas le corps, on s'est dit qu'il était mort accidentellement et que son cadavre avait été emporté par la mer. Le tueur a coupé le bout des doigts de Cipro pour le cas où on le trouverait. Ce qui empêcherait d'identifier le cadavre, et la mort de Cipro continuerait à être considérée comme accidentelle...

— Mais pourquoi ?

Joanna haussa les épaules.

— Tout ce que je sais, c'est que quelqu'un le voulait mort. De mort accidentelle. De même que quelqu'un voulait la mort d'Alex Black et a cherché à la maquiller en suicide.

Jake commença à arpenter la pièce, tête penchée, rassemblant ses pensées.

— Tu as probablement raison, mais il y a un problème. Nous ne sommes pas certains que l'homme sans visage soit Bob Cipro. Et c'est impossible à prouver.

— Bien sûr que si.

— Comment ?

— Par les empreintes génétiques, dit Joanna en montrant la lettre de la HQI Sperm Bank. Je vais faire un prélèvement de tissus sur l'homme sans visage et comparer avec les empreintes génétiques du sperme de Bob Cipro.

Jake se gratta l'oreille.

— On peut tirer ça des tissus d'un mort ?

— On le fait avec des momies égyptiennes vieilles de quatre mille ans.

— Il faut l'autorisation du juge pour obtenir ce sperme, dit Jake en s'approchant de la commode.

— Ça pose un problème ?

— Pas dans une affaire de meurtre.

Jake vida le tiroir du haut sur le sommier et en tria le contenu. Il ne trouva rien d'intéressant. Il sortit le tiroir du bas et le fouilla. Des caleçons, des T-shirts, des chaussettes. Une barre de savon parfumé. Jake fut sur le point de refermer le tiroir, mais au lieu de cela il le sortit et le vida sur le lit. Une bande de scotch noir était collée derrière.

— Qu'est-ce que c'est que ça ? (Jake gratta le ruban avec un ongle, le décollant avec précaution. C'était un bout de microfilm. Il le tint dans la lumière, plissant les yeux pour distinguer les minuscules images.) On dirait un dessin de mécanisme...

Joanna fouilla dans son sac et sortit sa loupe. Tandis que Jake tenait le morceau, elle l'étudia.

— C'est une photo aux rayons X d'un appareil électrique. Je peux distinguer les fils et les bobines de ce qui ressemble à une pile.

Jake prit la loupe et regarda le film.

— Ouais, je vois ce que tu veux dire. Mais quelle est cette ligne blanche qui passe au milieu ?

Joanna haussa les épaules.

— Je ne sais pas trop.

— On dirait du ciment.

— De toute façon, c'est radio-opaque.

— Ce qui veut dire ?

— Que les rayons X ne passent pas à travers.

Jake étudia à nouveau le film.

— Tu sais ce que ça peut être ?

— Non. Mais je peux le montrer aux biomécaniciens du Memorial. Ils en connaissent un rayon.

Jake lui tendit le microfilm, qu'elle enveloppa avec soin dans un kleenex et mit dans son sac.

— Tu crois que ce film appartenait à Alex ou à Cipro ? demanda-t-elle.

Jake baissa le regard vers le contenu du tiroir du bas, étalé sur le sommier. Les caleçons portaient les initiales B.C. écrites au stylo près de la marque.

— Je dirais que c'était à Cipro.

Ils entendirent la porte de l'appartement s'ouvrir et des pas dans le séjour. Farelli entra dans la chambre, secouant la tête.

— C'est dingue, dit Farelli. Vous n'allez pas me croire...

— Dis voir, dit Jake, pensant encore au film et se demandant ce que c'était.

— Eh bien, je viens de recevoir un message radio, continua Farelli. Tu te souviens de ce type qui est entré dans le labo du toubib et a tout foutu en l'air ? Tu avais demandé aux gars de la criminelle d'essayer de relever des empreintes à l'intérieur du débarras...

— Ouais, je m'en rappelle, dit Jake, dressant l'oreille.

— Eh bien, ils ont recueilli un wagon d'empreintes sur la porte et ils ont identifié le mec.

— Et ?...

— Willy Patterson.

— Il est fiché ?

— Non.

— Merde, marmonna Jake, se demandant si c'étaient bien les empreintes du pro. On a quelque chose sur ce Willy Patterson ?

— Ouais. Son dossier militaire, dit Farelli en secouant de nouveau la tête.

— Qu'est-ce qu'on y trouve ?

— Qu'il est mort il y a vingt ans au Viêt-nam.

25

Dès qu'elle entra dans son laboratoire, Joanna comprit que ça coinçait. Simon Murdock était appuyé contre une paillasse, bras croisés. A côté de lui, un homme élancé aux traits ciselés et aux cheveux soigneusement peignés. Il portait une veste sport en tweed et un nœud papillon. BCBG.

— Ah, Joanna, fit Murdock en s'écartant de la paillasse. Je voudrais vous présenter notre nouveau consultant, le docteur David Portman, d'Harvard. Il vient nous aider pour le cas Lucy O'Hara.

— Comment allez-vous ? dit poliment Joanna en essayant de se contenir.

Portman lui rendit son salut. Un demi-salut empreint d'indifférence.

— Le père de Lucy O'Hara a réclamé un consultant externe, poursuivit Murdock, et, bien sûr, j'ai donné mon accord. J'ai demandé au docteur Portman de consulter également les dossiers des deux autres patientes mortes mystérieusement, et il a accepté.

Joanna fixa Murdock. Il n'avait même pas eu la courtoisie de la prévenir qu'on avait réellement décidé d'appeler en renfort un consultant externe. Elle sentit le sang lui monter à la tête et détourna le regard.

— Il lui faut un endroit pour travailler, continua

Murdock, et j'ai pensé que votre laboratoire serait l'idéal...

— Très bien, dit sèchement Joanna. Il peut s'installer au fond, à côté du spectromètre.

— Est-ce que cela vous suffira ? demanda Murdock à Portman.

— Pour l'instant, répondit Portman.

Emily Ryan se pencha sur son bureau et joua avec les fragments d'os, écoutant chaque parole. Elle plaignait Joanna. Murdock était un tel salaud et il semblait parti pour la scier. Probablement parce qu'il ne pouvait pas supporter de voir une femme occuper un poste de responsabilité. C'était vraiment un fumier de macho, pensa Emily, qui mériterait qu'on lui botte le cul.

— Si vous avez besoin de plus d'espace, vous n'aurez qu'à le dire, ajouta Murdock.

Portman fit rapidement le tour du laboratoire et s'arrêta devant la réplique de la tête d'homme sans visage. Il la regarda avec attention, puis tourna les yeux vers les fragments d'os sur le bureau d'Emily.

— Reconstitution d'un visage, hein ?

— C'est exact, dit Joanna.

— Vous pouvez m'en dire un peu plus ?

— Pas vraiment.

— Oh, allez, Joanna, cette histoire est fascinante, dit Murdock.

Dans la foulée, il commença à donner les détails les plus macabres de l'affaire. Portman était tout ouïe, son regard passant alternativement du moulage aux fragments d'os et à l'ordinateur.

Joanna n'en croyait pas ses oreilles. Murdock donnait l'impression d'être intimement lié au projet. Elle se demanda s'il croyait vraiment aux conneries qu'il débitait. Probablement pas. Murdock n'était qu'une coquille vide, et mensonges et informations erronées ne le gênaient pas, du moment que ça le servait.

Joanna regarda vers le fond du laboratoire et décida que ça suffirait pour Portman, du moins pour commencer. Il pouvait utiliser la salle du microscope pour étudier les prélèvements de tissus, et l'ordinateur de son bureau pour obtenir toutes les données qu'il désirait. Son regard s'arrêta sur la porte de la réserve et elle se promit mentalement de s'assurer qu'elle contenait les produits nécessaires, au cas où Portman voudrait faire ses propres essais. Elle continuait à fixer la porte, repensant à l'homme qui avait pénétré dans son laboratoire et pulvérisé tous les fragments d'os, l'homme qui avait été tué au Viêtnam vingt ans auparavant. Bon Dieu ! Comme si l'affaire n'était déjà pas assez compliquée ! Voilà que les morts ressuscitaient !

— Joanna, dit Murdock, interrompant ses pensées. Je voudrais que vous vous installiez quelque part avec le docteur Portman et que vous passiez en revue chacun des cas. Prenez le temps qu'il faudra.

Joanna secoua la tête.

— Je vais lui passer tous les dossiers, les lamelles et les résultats de laboratoire, et il pourra les examiner tout seul.

— Je voudrais que *vous* l'aidiez, insista Murdock. Au moins au début.

— Qu'Emily le fasse, dit Joanna avec brusquerie. Elle connaît tout de l'histoire...

Joanna quitta la pièce d'un pas décidé et passa dans le grand laboratoire. Une poubelle métallique se trouvait sur son passage et elle lui donna un grand coup de pied, l'envoyant valser. La poubelle heurta le mur avec un grand *bang* et roula sur le sol. Une technicienne releva la tête, effarée. Joanna passa devant elle en trombe et sortit dans le couloir, jurant sous cape, furieuse contre Murdock, qui l'avait rabaissée, et contre elle-même pour s'être laissé faire.

Mais c'était fini. Trop, c'est trop. Elle allait s'organiser pour quitter le Memorial et trouver un poste ailleurs. Il y en avait une douzaine de disponibles à travers toute l'Amérique et qui n'attendaient qu'elle.

Ça lui était égal de quitter Los Angeles. C'était une ville en ruine, une ville de crimes et de violence, pourrie de l'intérieur. L'air y était pollué, l'eau impropre à la consommation, sans parler des tremblements de terre, des incendies et des émeutes. Ça allait devenir invivable. D'un autre côté, c'était une des capitales mondiales du crime et un endroit épatant pour un médecin légiste. Peut-être allait-elle s'installer comme consultant indépendant, libérée de Simon Murdock, du Memorial et de sa bureaucratie. Et quand le Memorial aurait besoin de ses services, il la paierait à la vacation. Plus Joanna y pensait, plus ça lui plaisait.

Elle prit un autre couloir jusqu'à une porte sur laquelle on lisait : LABORATOIRE DE BIOMÉCANIQUE. ENTRÉE INTERDITE. Joanna frappa brièvement à la porte et entra. Il n'y avait pas de paillasses de laboratoire, mais des tables garnies d'appareils sophistiqués. Des diagrammes compliqués et des équations mathématiques écrites à la craie remplissaient les tableaux qui couvraient la plus grande partie des murs.

— Par ici, appela une voix.

Joanna alla dans le fond du laboratoire, où était assis Henry Benson. Il était penché sur une table et regardait une boule métallique suspendue à un fil de fer aller et venir comme un pendule. Il appuya sur un bouton et la boule s'arrêta net. Il appuya à nouveau sur le bouton et la boule se remit en mouvement, dessinant des huit.

— L'électromagnétisme, c'est super, dit-il en suivant la boule des yeux.

— Je n'y comprends rien, dit Joanna.

— Comme tout le monde. C'est comme la gravité. On dit des tas de choses dessus, mais personne ne sait exactement ce que c'est.

Joanna prit une enveloppe dans sa poche et en sortit le microfilm.

— J'aimerais savoir ce que c'est.

Benson leva le film dans la lumière et plissa les yeux, incapable de distinguer les détails.

— Affichons-le sur l'écran.

Il s'extirpa de son fauteuil et traversa le laboratoire à grands pas. Il était immense, dans les deux mètres et les cent trente kilos, avec une barbe grise hirsute et un gros ventre qui débordait sur sa ceinture. Il était le patron de la biomécanique depuis vingt-deux ans. En général, il n'avait pas très bonne opinion des médecins du Memorial, qu'il trouvait piètres scientifiques et imbus d'eux-mêmes. Mais Joanna Blalock, c'était différent. Elle était astucieuse et têtue comme une mule. Il admirait ces qualités-là, surtout chez les femmes.

Il abaissa un écran fixé au mur, éteignit les lumières et plaça le microfilm sur une table de projection. L'image qui apparut sur l'écran était floue et Benson fit soigneusement le point.

— Ah oui, dit-il.

— Vous savez ce que c'est ?

— Bien sûr. C'est un stimulateur cardiaque.

— Vous êtes certain ?

— Il n'y a aucun doute. (Il montra avec la pointe de son stylo.) Là, vous pouvez voir les fils et les micropuces, et voici la pile...

— Et c'est quoi, cette ligne blanche qui passe au milieu ?

Benson haussa les épaules.

— Ça ne fait pas partie du pacemaker, j'en suis sûr.

— Alors qu'est-ce que c'est ?

Benson se caressa la barbe, réfléchissant.

— Je n'en sais rien.

— Peut-être une variété de colle, suggéra Joanna.

— Pourquoi une colle ?

— Au cas où l'appareil se serait cassé et que quelqu'un aurait essayé de le recoller.

— Impossible. Si c'était une fracture, la ligne blanche ne serait pas aussi droite et lisse. Les bords seraient irréguliers.

Joanna leva les mains.

— Pourquoi diable quelqu'un introduirait-il une matière radio-opaque dans un stimulateur cardiaque ?

— J'ai mon idée, si ça vous intéresse.

— Je vous écoute.

— Je soupçonne qu'on a voulu faire un test. Parce que ces appareils développent parfois des micro-fractures impossibles à déceler, même aux rayons X. Alors on introduit sous pression un colorant radio-opaque dans la boîte et à la moindre fracture le colorant se fissure et ça se voit.

Joanna contempla l'écran.

— Je ne vois aucune fissure.

— C'est vrai. Tout est intact.

— Donc vous pensez que quelqu'un a voulu s'assurer d'un défaut possible, c'est ça ?

Benson haussa à nouveau les épaules.

— C'est l'explication que je donne, mais ce n'est qu'une supposition. (Il zooma sur des lettres au bas de l'appareil : *MPI.*) Ce truc a été fabriqué par « Medical Products & Instruments ». Montrez-le-leur et voyez leur réaction. Je parie qu'ils pourront vous dire pourquoi ce colorant est dans le pacemaker.

Benson redonna le microfilm à Joanna, éteignit le projecteur et ralluma la lumière. Il l'accompagna jusqu'à la porte.

— Désolé de ne pouvoir faire mieux.

— J'apprécie votre aide, Henry.

— Tout ce que je peux dire, c'est que l'appareil a l'air en bon état.

Peut-être pas, se dit Joanna en quittant le laboratoire. Ce stimulateur avait quelque chose d'anormal. Sinon, Bob Cipro n'aurait pas caché le microfilm.

26

— Aimeriez-vous un autre Martini ? demanda Phil Weideman.

— Non, merci, ça va, dit Joanna.

— Vous en êtes bien certaine ?

— Affirmatif.

Joanna regarda Weideman quitter la terrasse et se diriger vers un bar en miroirs. Il versa une bonne quantité de vodka dans un shaker, ajouta de la glace et secoua doucement.

— Sûre et certaine, hein ? cria Weideman.

— Absolument.

Joanna commençait à se sentir mal à l'aise. C'était le troisième verre que prenait Weideman en une heure et il commençait à bredouiller. Elle se demanda s'il était alcoolique. Non, décida-t-elle. Leur premier rendez-vous le rendait peut-être tout simplement un peu nerveux. Ou peut-être était-il en train de rassembler son courage.

Joanna longea la terrasse et contempla les lumières clignotantes de Los Angeles Ouest. Elle était à Bel Air dans la maison de Gary Goldin, un chirurgien orthopédiste du Memorial. A midi, elle avait aperçu Phil et Gary assis dans la cafétéria et les avait rejoints. Le trio était immédiatement parti dans une conversation intéressante et pleine d'humour. Gary l'avait invitée à un dîner en petit comité le soir même et elle avait accepté, pensant que ce serait sympa. Et que cela lui donnerait l'occasion de voir Phil Weideman ailleurs qu'à l'hôpital. A son arrivée, Gary partait. La voiture de sa petite amie était en panne et il allait à son secours. Depuis déjà une heure.

— Avez-vous encore à boire ? demanda Phil.

Il sortit sur la terrasse, son verre dans une main, un shaker de Martini dans l'autre.

— J'ai ce qu'il me faut.

— Encore un petit coup, dit Weideman, commençant à remplir son verre avant qu'elle ait eu le temps de le retirer.

Une goutte de Martini éclaboussa le bras de Joanna, tachant sa veste de lin. Weideman n'eut pas l'air de s'en rendre compte. Il leva son verre et avala une grande gorgée.

— Ce vieux Gary a une sacrée maison, vous ne trouvez pas ? Regardez son salon...

— C'est impressionnant, approuva Joanna, contemplant l'immense pièce, avec son plafond en ogives et sa cheminée de marbre.

Les fauteuils et les canapés étaient des meubles français d'époque recouverts d'un tissu bleu roi qui ressemblait à de la soie. Des portes vitrées donnaient sur la terrasse, d'autres sur un magnifique jardin avec piscine.

— Gary a été malin. Il a divorcé avant d'être plein aux as. (Weideman avala une autre gorgée.) Comme ça, sa femme ne lui a pas tout pris.

— Combien de temps est-il resté marié ?

— Voyons, ils se sont mariés lorsqu'il était étudiant et ils ont divorcé à la fin de son internat. (Weideman compta sur ses doigts.) Ils ont été mariés à peu près huit ans.

Joanna se souvint qu'au déjeuner Gary avait dit que son ex-femme était infirmière.

— Autrement dit, sa femme a travaillé et l'a fait vivre de la faculté à l'internat, et puis il l'a laissée tomber, c'est ça ?

— Elle s'en est bien sortie, fit Weideman.

— Mais l'ami Gary, lui, s'en est sorti encore mieux, n'est-ce pas ?

— Bon, c'est quand même lui qui a travaillé le plus...

Un éclair, suivi d'un coup de tonnerre. Ce fut aussitôt le déluge, avant même qu'ils aient le temps de quitter la terrasse. Weideman fit coulisser la baie vitrée et la ferma. La pluie crépitait contre les vitres.

— Voulez-vous vous débarrasser de vos vêtements mouillés ?

Weideman souriait, l'œil sur le dessin des cuisses contre la jupe mouillée.

— Non, merci, dit Joanna. Je vais me mettre près du feu.

Dehors, le temps empirait. Le vent s'était levé. Il y eut un nouveau coup de tonnerre, la lumière électrique baissa d'intensité, puis redevint normale.

Weideman alla au bar et appuya sur le bouton de la stéréo. On entendit une vieille chanson de Johnny Mathis.

— Dansons, dit-il, prenant le bras de Joanna.

Ils dansèrent, Weideman la tenant serrée, trop serrée, contre lui. Et chaque fois qu'elle essayait de se dégager, il la serrait encore plus fort.

Joanna réussit à glisser sa main droite entre elle et Weideman, et cela lui permit de respirer un peu. Mais Weideman interpréta mal son geste et crut qu'elle avait envie de lui toucher le torse. Il se mit à lui caresser le cou et le dos.

Joanna était pressée de voir la chanson finir. Elle était encore plus pressée de voir Gary Goldin revenir. La soirée tournait au désastre et Weideman devenait lourd. Maintenant, il chantonnait dans son oreille. Elle détestait ça.

Joanna se servit de sa main droite pour s'écarter un peu plus de lui, mais Weideman continua à se méprendre. Il commença à frotter son bas-ventre contre elle. Il lui mit la main aux fesses et les serra fort.

Joanna le repoussa.

— Bas les pattes, merde !

Weideman la regarda d'un air ahuri.

— Qu'est-ce qui ne va pas ?

— Pas si vite. Ce n'est pas mon style.

— Ne joue pas les vierges effarouchées, dit Phil avec brusquerie. Tu savais très bien ce que tu venais faire ici...

— Dîner. Et rien d'autre.

— Conneries ! Tu sais parfaitement que tu es venue pour t'envoyer en l'air avec moi.

Joanna prit son sac.

— Je m'en vais.

Weideman la rattrapa et la tira en arrière.

— Tu en as envie.

Joanna frappa Weideman avec son sac.

— Laisse-moi tranquille !

— Salope ! (Weideman cracha tandis qu'un petit filet de sang s'échappait de sa lèvre inférieure.) Fous le camp ! Et trouve-toi un autre connard pour t'emmener à l'opéra !

— Allez-vous faire mettre, ton opéra et toi ! lança Joanna en passant la porte.

27

La pluie tambourinait sur le toit de la voiture de Joanna. Elle conduisait avec précaution dans Mulholland Drive, une route en lacets à travers les collines qui séparent Los Angeles Ouest de la vallée de San Fernando. A sa gauche, elle apercevait les lumières de la vallée qui scintillaient dans la nuit brumeuse, trois cents mètres plus bas. Des bancs de brouillard étaient en train de se former, réduisant encore la visibilité. Dans le rétroviseur, Joanna vit des phares et ralentit, dans l'espoir que la voiture allait la dépasser et qu'elle pourrait se guider sur ses feux arrière dans les virages serrés.

La voiture qui la suivait ralentit également. Pas si bête, se dit Joanna. Si elle plongeait dans le ravin ou heurtait un bloc de rocher tombé sur la route, il s'en apercevrait et aurait le temps de s'arrêter. Elle se pencha sur le volant, fixant la ligne blanche centrale.

Joanna avait horreur de cette route la nuit, et chaque fois qu'elle s'y trouvait elle regrettait de ne pas avoir pris l'autoroute. Mais Mulholland était le plus court chemin de Bel Air au bungalow de Jake, à Studio City. Et elle avait des tas de choses à dire à Jake. Et d'abord, lui proposer de se réconcilier. Merde ! Elle avait été vraiment conne. Bien sûr que Jake n'était pas parfait. Bien sûr qu'il ne comprenait pas toujours les sentiments d'une femme. Mais quel homme en était capable ? Et Jake était marrant et intelligent, et bien plus brillant qu'il ne voulait le montrer. Et il était mille fois plus homme que cet insolent voyou de Phil Weideman.

Elle serra les dents en repensant à Phil Weideman et à sa manière de la peloter. Quel crétin monumental ! Et tellement superficiel. Son esprit revint sur Jake et sur la meilleure façon de remettre leur relation sur les rails. Elle pourrait commencer par s'excuser, encore que Jake ait largement mérité ce qui lui était arrivé. En plus, Jake n'aimait pas les discours. Il préférait l'action. Elle sourit intérieurement. Le mieux serait de l'attraper par le cou et...

Sa voiture roula sur l'accotement du côté du rocher, et son parechocs se frotta contre quelque chose. Joanna donna un coup de volant et remit sa voiture au centre de la route. Fais attention, merde, tu vas te tuer !

Elle aperçut devant elle, à travers la pluie et le brouillard, des feux de circulation et poussa un soupir de soulagement. Le virage de Laurel Canyon. Presque arrivée. Elle mit son clignotant pour indiquer qu'elle allait tourner à gauche. Elle vit dans le rétroviseur la voiture qui la suivait se rapprocher, indiquant qu'elle allait aussi tourner à gauche. Elle fut prise de panique. Il y avait tellement de débiles et de cinglés dans cette ville, particulièrement attirés par les recoins sombres et les femmes sans défense.

Elle s'assura d'un coup d'œil que toutes les portières étaient verrouillées, toutes les vitres relevées. Le feu était à l'orange. Elle passa juste au rouge. La voiture qui la suivait tourna également. Joanna accéléra. L'avenue était plus large maintenant, et mieux éclairée. Et la maison de Jake n'était plus qu'à un kilomètre. Joanna se dit qu'elle rentrerait dans l'allée et laisserait le moteur tourner. Elle se disait que Jake devait être chez lui parce qu'on était lundi et qu'il ne manquait jamais le match de football américain à la télévision. Si le taré la suivait dans l'allée, elle klaxonnerait comme une dingue. Jake surgirait en un instant et l'homme qui la suivait n'aurait pas fait le voyage pour rien.

Joanna ralentit à l'approche du bungalow de Jake et mit son clignotant. La voiture qui la suivait se rapprocha. Joanna prit l'allée, la main sur le klaxon. La voiture derrière elle passa sans s'arrêter, le conducteur regardant droit devant lui. Elle sortit de sa voiture en vitesse et courut sous la pluie légère jusqu'à la porte du bungalow. Elle tira la sonnette plusieurs fois, mais il n'y eut pas de réponse.

Joanna regarda autour d'elle et dénicha la clé dans un pot de fleur. Elle ouvrit la porte et regarda derrière elle, puis remit la clé dans le pot. Elle ne pouvait voir la voiture, tous feux éteints, arrêtée dans le virage à quelques maisons de là.

Le bungalow était dans l'obscurité, à l'exception d'une lampe allumée dans le séjour. Joanna passa dans la cuisine pour s'y verser un verre de Chardonnay frais et se rendit dans la chambre. Elle mit la télévision avec la télécommande et commença à zapper. Elle trouva une chaîne câblée qui passait un documentaire sur l'Egypte. Une équipe d'archéologues britanniques étudiait les pyramides royales. Joanna s'assit sur le bord du lit et monta le son.

Un archéologue barbu parlait du poids incroyable de chaque bloc de pierre utilisé pour construire les tombes des pharaons. Derrière lui, on apercevait une magnifique pyramide. Vue de loin, la surface de la pyramide paraissait lisse. Joanna savait qu'il n'en était rien. En fait, les gros blocs de pierre dépassaient d'un mètre et quelqu'un pouvait marcher dessus, comme sur des marches, jusqu'au sommet. Joanna l'avait fait au cours d'un voyage en Egypte. C'était une longue ascension, mais cela valait le coup. Quand elle était arrivée tout en haut, elle avait contemplé le désert, fascinée par son étendue. Elle avait eu l'impression d'être en présence de l'éternité.

L'archéologue parlait à présent des différentes

mesures de sauvegarde pour protéger la tombe du pharaon et les richesses qu'elle contenait. De faux couloirs. Sans issue. Le bon passage ressemblant lui-même à un faux. Les architectes de la pyramide avaient été très ingénieux, disait l'archéologue, et, à l'aide de cordes et de poulies, avaient réussi à mettre en place un dernier bloc de pierre au bout du vrai passage, lui donnant l'apparence d'un cul-de-sac.

Joanna regarda avec attention un diagramme de la pyramide qui apparaissait sur l'écran de télévision. Les faux passages étaient marqués en bleu, le vrai en rouge. Le diagramme montrait maintenant la ligne rouge clignotant à l'endroit où le dernier bloc de pierre bouchait le passage. Tout à coup, le bloc explosa et la ligne rouge progressa jusqu'à la chambre mortuaire du pharaon.

Joanna fixait l'écran, les yeux exorbités.

Oh, mon Dieu !

Elle se précipita du lit vers la commode, où elle prit son sac. Tenant le microfilm dans la lumière, elle l'examina attentivement avec sa loupe. Bon Dieu ! C'était sous son nez et elle n'avait rien compris. Habile, tellement habile. Mais pas autant que Bob Cipro, qui avait laissé un message sur le microfilm.

Elle courut à la cuisine et griffonna un mot pour Jake, qu'elle colla sur la porte du réfrigérateur. Il disait : *Je sais comment. Peut-être qui. Je vais au Mémorial pour un dernier test. Joanna.*

Joanna claqua la porte d'entrée et sauta dans sa voiture. Elle remonta rapidement le Laurel Canyon dans un brouillard qui semblait s'épaissir. La lumière des lampadaires était voilée, l'air tellement saturé d'humidité que des gouttes se formaient sur le pare-brise. Mais au fur et à mesure qu'elle montait, la visibilité s'améliorait et, lorsqu'elle atteignit Mulholland Drive, la nuit était parfaitement claire.

Elle appuya sur l'accélérateur et prit les virages serrés en souplesse, mais ses pneus se mirent à crisser et elle s'obligea à ralentir. C'est si simple, se répéta-t-elle, et sous notre nez. Et facile à prouver. Il suffisait de passer aux rayons X le pacemaker de Sally Wheaton. Le service de radiologie du Memorial était fermé à cette heure-là, mais il y avait un appareil à rayons X aux urgences. Une photo aux rayons X, et elle aurait la réponse.

Jetant un coup d'œil dans le rétroviseur, Joanna vit une paire de phares qui se rapprochaient rapidement. Elle ralentit et serra un peu à droite pour laisser le conducteur la doubler. Elle ne pouvait pas trop s'écarter parce que le bas-côté était étroit et qu'ensuite le ravin plongeait jusque dans la vallée, trois cents mètres plus bas.

Les phares étaient presque sur elle maintenant, éclairant violemment le rétroviseur et l'éblouissant un instant. La voiture qui la suivait heurta l'arrière de la sienne, la projetant vers le bas-côté. Elle donna un coup de volant, essayant de rattraper le milieu de la route. La voiture derrière elle laissa un peu de champ puis la heurta à nouveau, la renvoyant vers le bas-côté.

La peur envahit Joanna lorsqu'elle comprit ce qui se passait. Elle s'efforça de ramener la voiture sur la route, mais l'autre la poussait vers le ravin. Elle appuya à fond sur la pédale de freins mais ça ne changea rien. Le capot bascula dans le vide et elle vit les lumières de la vallée, trois cents mètres plus bas.

Elle tira sur la poignée de la portière. Verrouillée ! Elle essaya frénétiquement d'ouvrir la porte. La voiture derrière recula, s'arrêta un instant, puis percuta la voiture de Joanna et la propulsa dans le noir. Joanna eut l'impression de flotter dans l'espace. Tout semblait se passer au ralenti. Elle eut tout le temps de crier avant que sa voiture s'écrase sur les rochers en dessous et que le pare-brise éclate devant son visage.

28

Jake parcourut rapidement le dossier de Willy Patterson. Il était mince et n'apprenait pas grand-chose sur l'homme. Patterson était né dans une petite ville de l'Indiana qui n'existait plus et avait été élevé par ses grands-parents, aujourd'hui décédés. Ses états militaires au Viêt-nam n'avaient rien de particulier. Il y avait fait deux périodes, n'avait reçu ni médaille ni décoration.

— Il n'y a pas grand-chose là-dedans...

— Il faut lire entre les lignes, dit William Buck, le directeur d'une cellule « renseignements sensibles » de la police de Los Angeles.

— Que voulez-vous dire ?

— Eh bien, partons de l'unité dans laquelle il servait au Viêt-nam. Il faisait partie des Patrouilles d'élite de reconnaissance lointaine. Ça fait bien, à première vue, non ?

Farelli mâchonna son cure-dents et se balança sur son fauteuil.

— Comme un éclaireur, c'est ça ?

Buck se força à rire.

— Appeler un type comme ça un éclaireur, autant appeler chaton un tigre du Bengale. On les appelait les PERL. Des tueurs de sang-froid, très entraînés. Mauvais comme le diable et deux fois plus vicieux. Des gros fêlés que toute personne sensée éviterait de croiser sur son chemin.

Jake écoutait attentivement Buck parler des PERL. Des pitbulls névrosés, capables de tuer vite et sans réfléchir, presque d'instinct. Ils se battaient en principe en groupe, mais certains d'entre eux étaient des francs-tireurs lâchés dans la jungle pour massacrer tout sur leur passage. Buck en connaissait un rayon sur les PERL. Il avait été officier de renseignements au Viêt-nam, dans le Ier Corps d'Armée.

— Donc notre type est un vrai pro, hein ? demanda Jake.

— Pour le moins, dit Buck.

— Quoi d'autre dans son dossier ?

— On voit qu'il a été nettoyé.

— Comment ça ?

Buck donna une chiquenaude au dossier.

— Regardez ce qu'on dit de lui. Il est né dans une ville qui n'existe plus, a été élevé par des grands-parents décédés. Autant dire qu'il n'a pas de passé.

— Vous croyez que les informations sont fausses ?

Buck haussa les épaules.

— Peut-être que oui, peut-être que non. Même si c'est vrai, qu'est-ce que ça change ? Tous les éléments matériels ou humains en relation avec ce type se sont évaporés.

Dehors il y eut un éclair, puis un coup de tonnerre. L'éclairage dans la salle de réunion de l'hôtel de police faiblit un instant. Maintenant, la pluie battait la fenêtre. Jake alluma une cigarette et jeta un coup d'œil à la pendule. Il était vingt et une heures trente.

— En tout cas, il y a un mensonge évident dans le dossier de ce gars. Je mettrais ma main à couper qu'il n'a pas été tué au Viêt-nam il y a vingt ans.

— Ça ne fait pas de doute, approuva Buck.

— Qu'est-ce qui s'est vraiment passé, d'après vous ?

— Il y a trois possibilités, fit lentement Buck. Un, ça pourrait être une simple erreur. Quelqu'un pourrait avoir cru voir Patterson se faire descendre ou vu son corps et l'avoir signalé. Mais ça ne tient pas la route parce que Patterson aurait fini par réapparaître et les militaires adorent changer le statut d'un soldat de « mort au combat » en « vivant et en bonne santé ». Ça diminue le nombre des morts, vu ? Deux, Patterson aurait décidé de déserter. Pour se couvrir, il se serait arrangé pour se faire déclarer mort au combat, aurait rejoint Saigon et sauté dans un avion pour Dieu sait où. Il pourrait s'être engagé dans la Légion étrangère ou tiré en Rhodésie pour combattre les terroristes. Mais c'est très peu probable. D'après son dossier, il ne lui restait plus que deux mois à faire au Viêt-nam. C'était fini en deux coups de cuiller à pot, il touchait sa prime de fin de contrat et faisait ce qu'il voulait. Non, les deux premières solutions ne résistent pas à l'examen...

— Et la troisième ? demanda Jake.

Buck contempla les policiers pendant plusieurs secondes, hésitant.

— J'émets une supposition, rien de plus. Mais je crois n'être pas loin de la vérité. Je voudrais que ce que je vais vous dire ne sorte pas d'ici... (Jake et Farelli acquiescèrent et se penchèrent en avant.) Cet homme a des talents exceptionnels et il y a des agences gouvernementales qui apprécient énormément ce genre de talents. Des agences qui s'intéressent particulièrement au genre d'homme qui n'a pas de passé, pas de visage, pas d'identité...

Jake écrasa sa cigarette et prit son calepin.

— Donnez-moi le profil du gars.

Buck eut un mince sourire.

— Ils n'ont pas de profil, Jake. Ils n'ont l'air ni mauvais, ni sinistres, ni menaçants. Ils ressemblent à tout le monde et savent se fondre dans n'importe quel décor. Ce sont des caméléons. Je vais vous donner un exemple. Vous marchez dans la rue et vous voyez un grand type entre deux âges qui vient vers vous. Il a les épaules rentrées et les yeux baissés. Il a l'air battu, c'est comme s'il portait tout le poids du monde sur ses épaules. Vous auriez presque pitié de lui. Vous vous croisez. Tout à coup vous sentez un couteau qui s'enfonce dans votre dos. Vous vous effondrez sur le trottoir, agonisant. Lui va jusqu'au carrefour et attend que les feux passent au rouge pour traverser en sécurité.

— On ne le voit pas venir, hein...

— Ni s'en aller.

— Ils agissent toujours en solo ?

— Toujours.

Jake frotta son menton pas rasé.

— Il est fort probable que ce type vit seul.

— Oh, ouais. Il mange seul, vit seul, n'a ni famille ni amis, ni cartes de crédit ni comptes en banque, il paie tout en espèces. Et alors ? Il y en a un million qui sont comme ça...

— Donc, nous n'avons rien à nous mettre sous la dent, dit amèrement Jake.

— Je n'ai pas dit ça. (Buck sortit une photo de la poche de sa veste.) J'ai trouvé une photo de notre homme en militaire. Elle est un peu floue, mais c'est mieux que rien.

Jake observa la photo. On y voyait un jeune homme au visage anguleux, lèvres fines et cheveux blonds. Ses yeux étaient vides d'expression, sans aucune émotion.

— Il a l'air d'un type capable de monter au sommet de la tour Texas avec un fusil à lunette et de se mettre à tirer sur les gens...

— Vous dites ça parce que vous connaissez son histoire, dit Buck. Autrement, vous penseriez que ce n'est qu'un gamin regardant un appareil photo.

Non, sûrement pas, pensa Jake, étudiant encore la photo.

— Bien sûr, cette photo est vieille de vingt ans, poursuivit Buck. Il a dû changer.

— Peut-être.

Buck secoua la tête.

— Qu'est-ce que ça peut faire ? Personne ne le connaît, pas plus que son passé.

Jake lui rendit la photo.
— Est-ce que vos services peuvent vieillir ce visage de vingt ans environ ?
— C'est ce qu'ils sont en train de faire, dit Buck. Vous aurez ça demain.
Jake et Farelli se levèrent. Buck resta dans son fauteuil roulant, une couverture sur les cuisses. Il avait perdu ses deux jambes en sautant sur une mine viêt-cong en 1972.
— Je vous suis très reconnaissant de votre aide, dit Jake en serrant la main de Buck.
— Vous voulez un conseil ? demanda Buck
— Certainement.
— Ne vous attaquez pas seul à ce type.
— Pourquoi ?
— Parce que vous perdriez.
Jake et Farelli sortirent de l'hôtel de police et traversèrent le parking. Il pleuvait encore un peu, mais le ciel s'éclaircissait.
— Est-ce que je t'ai déjà dit ce qu'on raconte sur Buck ? demanda Farelli.
— Qu'est-ce qu'on raconte ?
— Que quand la mine a explosé et lui a soufflé les jambes, il s'est retrouvé à dix mètres. Il s'est immédiatement aperçu qu'il n'y avait plus rien là où auraient dû se trouver ses jambes. Et juste à côté de lui il en a vu une, avec sa chaussure au bout. Il l'a saisie et a essayé de la recoller, de la remettre en place. Il a essayé et essayé encore, mais cette saleté retombait toujours. (Farelli secoua tristement la tête.) Tu vois le tableau ?
— Dément. (Jake alluma une autre cigarette et rejeta la fumée dans l'air frais de la nuit, trop heureux de n'avoir pas été obligé de faire cette guerre pourrie, stupide.) Est-ce que tu en sais plus sur Cipro ?
— J'ai récupéré son sperme à leur banque du sperme.
— Ils ont râlé ?

— Oh, ouais. Ils ont rouspété et poussé des cris et m'ont parlé de leurs droits constitutionnels. Mais ils ont mis les pouces quand je leur ai montré mon mandat de perquisition et de saisie. Voilà la bonne nouvelle...

— Et la mauvaise ?

— C'est que ça prend deux mois pour avoir le résultat des tests génétiques.

Jake tiqua.

— Pourquoi est-ce si long ?

— Le test est très compliqué. Pire encore, les résultats ne sont pas toujours évidents. Parfois, c'est comme si on comparait des empreintes brouillées. On n'est pas toujours certain du résultat.

— Merde, marmonna Jake. Quoi d'autre ?

— Ni Cipro ni Black n'avaient de coffre-fort à la banque. Black habitait chez lui avec sa femme, si bien que j'ai hésité à demander un mandat de perquisition. Il vaudrait peut-être mieux attendre pour ça, qu'en penses-tu ?

Jake approuva.

— Et l'appartement de Cipro ?

— Il habitait Westwood. Il a déménagé il y a deux mois.

Jake repensa à l'appartement d'Alex et de Cipro à Venise. Peu de mobilier, à peine quelques vêtements. Ça n'avait pas vraiment l'air habité. Où diable Cipro avait-il planqué toutes ses affaires ? Jake tira une dernière bouffée de cigarette et la jeta.

— Vérifie tous les garde-meubles dans le secteur. Demande-leur s'ils ont quelque chose au nom de Cipro.

— D'accord.

— Rien d'autre ?

Farelli hésita un instant, réfléchissant.

— Ah, ouais, on a trouvé Steely Dan mort dans sa boutique ce matin.

— De quoi est-il mort ?

— D'une balle dans la tête, dit Farelli. La police de

Venice croit à un cambriolage. Peut-être un drogué cherchant de l'oseille.

— Ou un tueur professionnel serrant les écrous, dit Jake d'un air sinistre.

— Peut-être, fit Farelli d'un air dubitatif. Mais comment le pro aurait-il su que c'était Steely Dan qui avait gravé le tatouage sur le cul de Cipro ? Et le pro ne pouvait pas savoir que tu avais parlé à Steely Dan.

Ce n'était pas impossible, pensa Jake, se rappelant le soir où il était allé à la boutique de Steely Dan avec Joanna. Le pro pouvait les avoir suivis.

— Récupère la balle dans la tête de Steely Dan et compare-la à celle qu'on a trouvée dans le laboratoire de Joanna.

Farelli eut l'air surpris.

— Quelle balle ?

— Souviens-toi de l'effraction du labo du toubib et de la balle qui a traversé l'ordinateur et s'est fichée dans le mur.

Farelli se frappa le front de la paume.

— Je suis aux fraises, excuse-moi.

— Il est tard, et nous sommes fatigués tous les deux. (Jake posa la main sur la portière de sa voiture.) On s'y met de bonne heure, demain matin. Huit heures tapantes.

Farelli commença à s'éloigner, et se retourna.

— Encore une chose. Pourquoi Buck veut-il que nous gardions sous le manteau toutes les informations sur ce Patterson ?

— Parce que Buck fait partie des services de renseignements et que ces gars-là évitent de se marcher sur les pieds.

— Ces salauds mènent un drôle de jeu, grommela Farelli en se dirigeant vers sa voiture.

Jake prit la voie rapide de San Diego-Nord puis la sortie de Mulholland Drive. Il ne pleuvait plus, mais l'air restait brumeux et saturé d'humidité. Sa radio était branchée sur la fréquence de la police et le speaker diffusait un message général à toutes les voitures sur un violeur présumé dans le quartier de Wilshire-Centre.

Jake éteignit la radio et se concentra sur le tueur. Un pro. Un vrai professionnel, difficile à filer et, encore plus, à appréhender. Mais ils avaient enfin son portrait. Et Buck allait faire établir par son service le visage du pro vieilli de vingt ans, et cela donnerait une assez bonne idée de ce à quoi ressemblait le gars aujourd'hui.

Jake se demandait ce qu'il ferait de la photo. Il décida de ne pas la diffuser. Pas encore. Ça ne servirait qu'à alerter le tueur. Il allait teindre ses cheveux, porter des lunettes, se laisser pousser la moustache. Et il serait méconnaissable. Non, mieux valait attendre.

Jake entendit derrière lui une sirène de pompiers et se rangea sur le côté. Le camion le dépassa, sirènes hurlantes. Jake reprit sa route et aborda un large virage. Il vit devant lui une voiture pie, tous feux allumés, barrant la route. Un agent de police détournait la circulation vers une voie secondaire. Au-dessus des têtes, on entendait le bruit saccadé d'un hélicoptère et Jake voyait ses projecteurs sillonner la brume. Il comprit tout de suite. Quelqu'un avait roulé trop vite sur la route mouillée et avait basculé dans le vide, faisant un plongeon de trois cents mètres. Mulholland était une belle promenade la nuit, mais ô combien dangereuse sous la pluie.

Jake quitta Mulholland et prit Woodcliff. Ça faisait un détour, mais il n'était pas pressé. Il voulait penser tranquillement au pro qu'il pourchassait.

29

Des secouristes descendaient la falaise en rappel. Depuis le camion des pompiers et l'hélicoptère, des projecteurs géants illuminaient leur parcours et l'épave. De loin, la voiture semblait coincée entre deux rochers, mais en s'approchant les secouristes s'aperçurent qu'il n'en était rien. Elle reposait entre les deux rochers, s'étant écrasée sur le premier avant de rebondir sur l'autre, nez vers le bas. Un bloc de pierre coincé sous l'essieu était la seule chose qui la retenait, l'empêchant de continuer sa glissade dans la pente.

Nick Owens, le chef des secouristes, s'approcha de la voiture côté conducteur. Il fit très attention de ne pas la toucher, tellement sa position était instable et précaire, la moindre secousse menaçant de la faire culbuter deux cent cinquante mètres plus bas. Nick appela le secouriste qui se trouvait de l'autre côté de la voiture.

— Est-ce qu'on peut la stabiliser, Red ?

— Rien à faire. Pas même avec une grue de deux tonnes. Et elle ne va pas tenir comme ça très longtemps non plus. (Red Murphy descendit un peu plus bas et regarda à travers la vitre brisée de la portière.) Je ne vois personne là-dedans. Et toi ?

Nick alluma sa torche électrique et vit le volant et l'airbag gonflé. Il essaya d'ouvrir la porte, tout doucement. Elle était bloquée. Il bascula jusqu'au pare-brise, partiellement éclaté côté conducteur. Prenant son couteau, il atteignit l'airbag et le perça, puis attendit qu'il se dégonfle. Enfin, Nick poussa avec précaution l'airbag sur le côté. Il vit des cheveux d'un blond argenté et un front ensanglanté.

— Une femme !

— Vivante ?

— Pas sûr (Nick étendit le bras pour essayer d'atteindre son cou et de prendre son pouls sur la carotide. Il lui manquait quelques centimètres.) Vous m'entendez ? cria-t-il.

Pas de réponse.

En s'éloignant du pare-brise, Nick heurta le capot. La voiture bougea, l'avant prenant encore de la gîte. Il y eut un grincement de métal contre le rocher avant que la voiture s'immobilise à nouveau.

— Fais gaffe, mon pote ! Fais gaffe ! cria Red.

Nick revint à la vitre du conducteur. Elle était intacte et baissée de quelques centimètres. Il essaya de passer la main, impossible. Il plaça sa bouche devant l'ouverture et cria de nouveau :

— Vous m'entendez ?

Joanna bougea légèrement la tête.

— Je vous entends, dit-elle d'une voix à peine audible.

— Elle est vivante ! cria Nick à tue-tête.

Il fut entendu par les pompiers et les secouristes qui se trouvaient au sommet de la falaise. Ils poussèrent des hourras, battirent des mains, crièrent des encouragements.

— Okay, ma belle, lui dit Nick. Ne bougez pas et on va vous sortir de là en un tour de main.

La tête de Joanna tournait et sa vision était toute brouillée. Mais elle apercevait le noir devant elle et les scintillements de lumières, tout en bas. Elle ne savait pas trop où elle était. Peut-être en avion, tout en l'air, en train de survoler une ville...

— Avez-vous mal ? demanda Nick.

— J'ai mal à la tête, dit faiblement Joanna.

— Pouvez-vous remuer les mains et les doigts ?

Joanna serra et desserra les poings.

— Oui.

— Maintenant, essayez de remuer les bras et les coudes...

— Où suis-je ? demanda Joanna.

— Dans une voiture, et je vais vous en sortir. Mais il va falloir faire exactement ce que je dis. Maintenant, essayez de remuer les bras et les coudes...

Joanna obéit.

— Ça va.

— Pouvez-vous bouger les orteils et les pieds ?

Joanna bougea ses orteils et ses chevilles. Ils étaient raides et engourdis, mais ils bougeaient.

— Je peux les remuer.

En tout cas, sa moelle épinière est intacte, se dit Nick. Mais il savait qu'elle pouvait s'être fracturé les vertèbres cervicales et, si c'était le cas, un mouvement brusque et la moelle épinière serait rompue et elle finirait quadriplégique. La procédure correcte serait de commencer par lui immobiliser le cou, mais Nick savait que ce n'était pas possible dans le cas présent.

Un éclair bleu déchira le ciel et le visage de Nick se ferma. Le réservoir de la voiture était percé et ça sentait l'essence à plein nez. La moindre étincelle, et Red, la femme et lui finiraient carbonisés. La pluie revenait et Nick jura. La montagne était saturée d'eau et on n'allait pas tarder à avoir des coulées de boue.

— Qu'est-ce qui m'est arrivé ? demanda Joanna, la peur la prenant soudain à la gorge.

— Vous avez eu un accident de voiture, répondit calmement Nick. Maintenant, ne dites plus rien. Faites exactement ce que je vous dis et le plus rapidement possible. D'abord, détachez votre ceinture de la main droite.

Joanna tâtonna et trouva le bouton. La ceinture se détacha et s'enroula automatiquement.

— Bien, dit Nick d'un ton encourageant, essuyant la pluie dans ses yeux. Maintenant, vous allez pousser le bouton de verrouillage automatique des portières avec votre main gauche...

Joanna appuya sur un bouton de la main gauche. Sans résultat.

— Vous avez dû pousser le bouton de verrouillage des vitres, dit Nick, qui connaissait le tableau de bord parce qu'il avait lui aussi une Toyota. Appuyez sur le bouton suivant.

Joanna s'exécuta et immédiatement toutes les portières se déverrouillèrent dans un concert de *clics*.

Nick commença à ouvrir la portière avec précaution, mais Joanna s'appuyait contre elle comme un poids mort. Nick dut faire un effort pour empêcher la portière de s'ouvrir davantage.

— Red ! J'ai besoin d'aide.

Red se hissa un peu et se balança par-dessus la voiture en veillant à ne pas la toucher.

— Qu'est-ce qu'il y a ?

— Elle est appuyée contre la portière et dès que je vais ouvrir elle va culbuter...

— Alors n'ouvre pas, camarade.

— Bouge-toi le cul et viens m'aider à maintenir la porte fermée. Quand je vais te le dire, retiens la porte encore une seconde, puis ouvre-la largement d'un seul coup.

Les secouristes se mirent lentement en position. Red se plaça juste au-dessus de la porte, Nick à la hauteur de la poignée. Ils maintenaient la portière fermée avec les paumes de leurs mains.

— A trois, cria Nick. Un ! Deux ! Trois !

Joanna culbuta sur l'épaule de Nick. Il l'agrippa fermement, le bras gauche autour de sa taille.

— Je l'ai !

— Tire ! cria Nick de toutes ses forces.

Joanna ne comprenait pas trop ce qui arrivait. Elle ne voyait que du noir et des lumières scintillantes en dessous d'elle. L'homme lui avait dit qu'elle avait eu un accident de voiture, mais elle ne se souvenait de rien. Sa tête recommença à tourner et elle ferma les yeux, essayant de stopper son vertige. Où suis-je ? se dit-elle, se demandant si elle faisait un mauvais rêve. Elle ouvrit les yeux et fixa les lumières en dessous. La mémoire commença à lui revenir. Elle conduisait quelque part, dans des virages serrés, ses pneus crissaient, lorsque...

— On y est presque, dit Nick. Tenez-moi bien.

Joanna se sentait raide et endolorie et elle avait des élancements dans la tête. Tout à coup, elle reçut des lumières vives dans les yeux, qui l'aveuglaient, et son mal de tête empira. Des mains secourables la saisirent et la soulevèrent. Elle entendait des voix d'hommes. Elle essayait de voir leurs visages, mais ce n'étaient que des silhouettes. La pluie redoublait et d'énormes gouttes lui frappaient le front.

— On l'emmène au Memorial ou à Saint-Luc ? demanda Red.

— Allons à Saint-Luc, dit Nick. C'est plus près et il y a un grand marchand de beignets juste en face.

— Allons-y.

Joanna fut étendue sur un brancard et transportée jusqu'à l'ambulance. Elle gardait les yeux fermés parce que ça soulageait sa tête. Elle entendit le bruit de fond d'une liaison radio : quelqu'un prévenait le service des urgences de l'hôpital Saint-Luc de leur probable heure d'arrivée. L'ambulance se mit en route, sirènes hurlantes dans la nuit.

Nick prit le pouls de Joanna. Cent pulsations/ minute. Un peu rapide, mais pas trop mal après ce qui lui était arrivé. Il lui mit autour du bras un tensiomètre, pompa puis relâcha lentement.

— Douze/ huit. Elle fait un peu d'hypotension.

— Mais non, dit Joanna. Ma pression systolique est normalement entre douze et treize.

Nick sourit.

— Vous êtes infirmière ?

Joanna remua la tête sans rien dire.

Nick tendit la main et retira quelques éclats de verre du front ensanglanté de Joanna. Il y avait une douzaine de petites coupures, dont aucune ne saignait. Il lui nettoya doucement le front avec une solution de peroxyde. Nick n'avait pas encore réalisé à quel point cette femme était jolie. Mais son style de coiffure, ses vêtements et ses bijoux lui disaient aussi qu'elle avait les moyens. Rien à voir avec son milieu à lui.

— Qu'est-ce qui s'est exactement passé ? demanda Joanna, encore étourdie et ayant du mal à se concentrer

— Vous avez quitté la route et dévalé la montagne. Vous avez failli vous tuer.

— Comment m'en suis-je sortie ?

— Je suis descendu vous chercher, dit prosaïquement Nick. Vous vous souvenez ?

Joanna fit signe que oui, mais ce n'était pas vrai.

— Je devrais vous remercier, dit-elle lentement. Je vous dois bien ça.

— Je vais vous dire. Quand vous irez mieux, on sortira ensemble et je vous ferai payer les hamburgers.

Joanna sourit faiblement.

— Je suis une fan du hot-dog au chili.

Nick tomba immédiatement amoureux.

— Comment vous appelez-vous ?

Joanna hésita et fronça les sourcils.

— Je... je ne sais plus bien.

— Ne vous faites pas de mouron, dit Nick d'un ton badin. C'est toujours comme ça. Vous prenez un coup sur la tête et vous ne savez plus qui vous êtes ni où vous habitez. En général, ça ne dure pas. J'ai vu ça mille fois.

L'ambulance prit Sunset Boulevard en direction de l'est. La pluie tombait à verse, tambourinant sur le toit. Joanna écoutait ce bruit et elle eut une réminiscence. Elle était au volant, la pluie frappait sa voiture. Il y avait du brouillard et elle ne voyait pas bien. Puis elle revit les petites lumières.

— Merde, grommela Nick, interrompant ses pensées. J'ai oublié de vous mettre sous perfusion. C'est pas réglo.

— Est-ce vraiment nécessaire ?

— J'en ai peur. (Nick attrapa un nécessaire pour perfusion et une poche de liquide.) Un peu de sérum physiologique ?

— Je préférerais une solution D-E à cinq pour cent, dit Joanna sans réfléchir.

Nick sourit. C'était sûrement une infirmière. D-E à cinq pour cent signifiait cinq pour cent de dextrose dans de l'eau. C'était du jargon médical, réservé aux professionnels. Et en plus elle avait raison. Tout ce qu'il voulait c'était installer une perf, au cas où elle subirait un contrecoup. De la dextrose diluée à cinq pour cent était un meilleur choix que du sérum. Il nettoya son avant-bras à l'alcool et trouva la veine du premier coup.

— Je ne vous ai pas fait mal, hein ? demanda Nick en accrochant la poche de solution.

— A peine.

L'ambulance prit un virage serré et s'arrêta devant l'entrée des urgences de l'hôpital Saint-Luc. Les portes de l'ambulance s'ouvrirent et Joanna se sentit soulevée et allongée sur un chariot roulant. Elle gardait les yeux fermés en priant que ses maux de tête s'arrêtent.

Un garçon de salle noir poussa le brancard de Joanna à travers une série de portes automatiques et le long d'un large couloir. Nick suivait en tenant à bout de bras la poche de liquide. Joanna avait l'impression de vivre un mauvais rêve et aurait voulu se réveiller. Mais dans son subconscient elle voyait maintenant les pyramides. Elle se retrouvait en Egypte, au milieu d'un vaste désert. *Je dois rêver. Forcément.*

Ils arrivèrent au point d'orientation, où les attendait une grande rousse, l'infirmière de service.

— Qu'est-ce que c'est, Nick ? demanda Judy Travers.

— Un accident de voiture. Les paramètres vitaux sont stables, pas de grosse blessure, dit calmement Nick. Mais elle a eu une forte commotion. Elle ne se souvient ni de son nom ni de rien.

L'infirmière sortit une lampe-stylo et la dirigea sur les yeux de Joanna. Les deux pupilles étaient rondes et régulières et réagissaient à la lumière.

— Mettons-la en salle 3, dit-elle, orientant le chariot dans la bonne direction.

— Je croyais qu'on mettait les traumatisés en salle 1, fit Nick.

— C'est vrai, mais elle est prise. Un chauffard saoul a pris l'autoroute en sens inverse et a percuté de plein fouet une autre voiture.

— Qu'est-ce qui lui est arrivé ?

— Il est mort.

Tant mieux, se dit Nick, qui détestait les ivrognes au volant et les carnages qu'ils causaient.

— Et les victimes ?

— Elles luttent contre la mort en salle 1, dit l'infirmière, qui baissa la voix. Une mère et sa fille qui revenaient d'un concert.

— Merde, murmura Nick.

— Ouais.

Ils poussèrent Joanna sur son chariot jusqu'en salle 3, une pièce rectangulaire séparée en deux du sol au plafond par un rideau. L'infirmière vérifia les paramètres vitaux de Joanna et les nota.

— Elle m'a dit que sa pression systolique est en général un peu faible, l'informa Nick.

— C'est une infirmière ? demanda Judy Travers.

Nick haussa les épaules.

— Elle ne se souvient de rien.

L'infirmière tapota la main de la patiente, admirant au passage le collier et les boucles d'oreilles en or que portait Joanna.

— Vous souvenez-vous de ce qui vous est arrivé ?

— On m'a dit que j'avais eu un accident d'auto, dit lentement Joanna.

— Mais vous ne vous en souvenez pas, hein ?

— Non, je ne m'en souviens pas.

— Savez-vous quel jour nous sommes ?

— Je... je ne sais pas trop.

— Comment vous appelez-vous ?

Joanna ferma instinctivement les lèvres et tenta de prononcer un mot. Aucun son ne sortit.

— On dirait que vous avez essayé de dire quelque chose commençant par un G, l'encouragea l'infirmière. Est-ce que votre nom commence par un G ?

Joanna tenta de se concentrer, mais son cerveau restait vide.

— Je ne sais pas.

L'infirmière lui tapota à nouveau la main et, apercevant un hématome sur la tempe de Joanna, se demanda s'il y avait une fracture en dessous.

— Pourquoi est-ce que je ne me souviens pas de mon nom ? demanda Joanna avec anxiété.

— Parce que vous avez eu une contusion.

Une main sale tira le rideau qui divisait la pièce en deux et une femme entre deux âges, en fauteuil roulant, apparut. Son visage n'était pas lavé, sa peau était tannée par trop de soleil, et ses cheveux filandreux n'étaient pas coiffés.

— On ne sert pas à manger dans cet hôpital ? réclama-t-elle.

L'infirmière regarda la SDF avec dédain.

— Non, pas au service des urgences.

— Je crève de faim. Je n'ai pas mangé de la journée. (La sans-abri toussa violemment, des glaires raclant sa gorge.) Vous ne pourriez pas m'avoir un sandwich ou une barre chocolatée ?

— Non, je ne peux pas, dit sèchement l'infirmière. Maintenant, restez tranquille et taisez-vous. On aura le résultat de vos radios dans quelques minutes et vous pourrez partir.

— Pourquoi on met tant de temps à lire mes radios ?

— Parce qu'il y a des personnes bien plus malades que vous. Elles passent en priorité.

L'infirmière contempla la femme, espérant qu'elle ne laisserait pas des poux comme souvent les SDF dans le service des urgences.

— Merde, grogna la femme qui commença à marmonner.

L'infirmière reporta son attention sur Joanna.

— Je vais demander au médecin de venir. D'accord ?

Joanna fit signe que oui et regarda sortir l'infirmière et le secouriste. Elle repéra un otoscope et un ophtalmoscope accrochés au mur et, à côté, le tensiomètre et son manomètre. Dans un coin, il y avait un électrocardiogramme, câbles pendants. Tout ça semblait familier à Joanna. Elle avait l'impression d'être déjà venue ici.

— Pourquoi êtes-vous là ? demanda la sans-abri.

— J'ai eu un accident d'auto, dit Joanna.

— Vous savez pourquoi je suis ici ? Une voiture de police m'a roulé sur le pied. C'est pas croyable.

Joanna regarda le plafond et ne dit rien. Elle n'avait vraiment pas envie de bavarder avec cette femme.

— Comment vous appelez-vous ? demanda la SDF.

— Je... je ne sais pas, dit lentement Joanna.

— Ce n'est pas grave. De toute façon, les noms, c'est sans importance. Moi, par exemple, je m'appelle Emma Stanley. Mais personne sait vraiment qui je suis. (Emma se gratta vigoureusement sous l'aisselle.) Vous avez vu comment l'infirmière m'a traitée ? Comme de la merde. Elle me prend pour de la merde. C'est ce qu'elle pense des SDF. (Emma se gratta à nouveau l'aisselle, mettant cette fois ses doigts dans la manche de sa robe.) Savez-vous que j'ai été enseignante ? Eh oui. J'étais professeur, avec une chouette voiture et un bel appartement. On m'a licenciée et j'ai pas retrouvé de boulot. Je pouvais plus payer mes traites et ils m'ont repris ma voiture. Puis on m'a coupé le téléphone et les autres services. Et puis ils m'ont virée de mon appart' parce que je pouvais plus payer le loyer. J'avais personne vers qui me tourner, personne pour m'aider. Voilà comment j'ai fini dans la rue.

Tout ce que disait Emma était vrai. Elle oubliait juste de dire qu'on l'avait licenciée quand on avait diagnostiqué qu'elle était schizophrène et paranoïaque et qu'elle avait refusé d'aller aux rendez-vous de son psychiatre et de prendre les médicaments qu'il lui avait prescrits parce qu'elle était convaincue qu'il voulait l'empoisonner.

La porte s'ouvrit et l'infirmière rentra, suivie d'un médecin asiatique.

— Hé, toubib ! appela Emma. Je peux avoir un sandwich ou une barre chocolatée ?

Le docteur ignora la SDF et s'approcha de Joanna.

— Je suis le docteur Chang. Comment vous sentez-vous ?

— Un peu mieux, dit Joanna. J'ai moins mal à la tête.

— Bien. (Chang était entre deux âges, dodu, et portait des lunettes cerclées de métal.) Savez-vous où vous êtes ?

— A l'hôpital, essaya Joanna.

— Bien. Vous souvenez-vous de ce qui s'est passé ?

— Pas vraiment.

— Savez-vous quel jour nous sommes ?

Joanna hésita.

— Je ne sais pas trop.

— Pouvez-vous me donner votre nom ?

Joanna réfléchit, essayant de se rappeler. Elle secoua lentement la tête.

Chang fit un rapide examen neurologique. Les

réflexes de Joanna étaient bilatéralement égaux, ses fonctions motrices et sensorielles intactes. Aucun nerf crânien n'avait été touché. En dehors de son amnésie, il n'y avait pas de déficit neurologique.

— Je vais appeler un spécialiste. Il voudra faire quelques tests et vous fera probablement admettre à l'hôpital.

— Les laissez pas vous mettre à l'hôpital ! s'écria Emma. Les laissez pas faire ! Ils ont fait entrer un de mes amis à l'hôpital et il en est jamais ressorti. Ils l'ont tué !

Chang fit demi-tour et regarda la femme d'un œil glacial.

— Tirez ce rideau et fermez-la !

Emma le défia un instant du regard, puis obtempéra. Mais elle laissa le rideau entrouvert pour pouvoir continuer à voir.

Chang et Judy Travers sortirent de la pièce et suivirent le couloir. Le service des urgences était débordé. Toutes les salles étaient occupées. Des patients en fauteuil roulant et sur des chariots étaient alignés contre les murs. Un brouhaha de conversations emplissait l'air. La plupart en anglais. Quelques-unes en espagnol. Une dans un dialecte chinois que Chang ne reconnut pas.

— Qui est le neurologue de garde ? demanda-t-il.

— Le docteur Payne.

— Bien. Si vous ne pouvez pas le joindre, appelez Kanter. (Un patient en fauteuil roulant eut un haut-le-cœur et un peu de vomi tomba sur le sol. Chang l'ignora.) Je suis en salle 1 si on a besoin de moi.

Judy se hâta vers la salle des infirmières, où se trouvaient les numéros de téléphone des médecins. Elle regrettait d'avoir accepté une double garde, en dépit de ses gros besoins d'argent. Elle était si lasse, ses pieds étaient douloureux et son dos lui faisait affreusement mal. Et elle avait encore dix heures à tirer. En arrivant au bureau, elle vit une jeune infirmière en conversation animée avec un visiteur, un homme de grande taille vêtu d'un trench-coat et d'une casquette imperméable.

— Il y a un problème, Karen ? demanda Judy.

— Ce monsieur demande des nouvelles de la patiente en salle 3, répondit Karen.

Judy observa brièvement le visiteur, remarquant ses cheveux blond-roux bouclés aux extrémités.

— On ne donne des renseignements sur les patients qu'aux familles.

— Mais je suis de la famille, dit Karl Rimer, réfléchissant rapidement et prenant une expression inquiète. Je suis son oncle. Je roulais derrière elle quand elle a quitté la route et basculé dans le vide.

— Pourriez-vous me donner son nom ? demanda Judy.

— Vous ne le savez pas ? dit évasivement Rimer.

— Elle s'est malheureusement cognée la tête et souffre d'amnésie.

— Bonté divine ! (Rimer secoua tristement la tête mais intérieurement il était ravi. Cela allait lui faciliter la tâche.) C'est sérieux ?

— Ça revient en général, mais il faut du temps, dit Judy, voyant la tristesse sur le visage de l'homme et compatissant. Peut-être que si on l'appelle par son nom ça va lui rafraîchir la mémoire.

— Bien sûr, bien sûr, dit Rimer. Elle s'appelle Jane Blackwell. Et je suis l'oncle Willy. Pourrais-je la voir ?

— Oui, mais seulement quelques minutes.

— Ça ira très bien, remercia Rimer. Ça me permettra de rassurer le reste de la famille, qui est très inquiète.

Judy le guida le long du couloir, entre les rangées de patients. Rimer essayait de s'écarter le plus possible d'eux et de leurs odeurs corporelles. Ils sentaient la mort et la putréfaction et cela lui rappelait le Viêt-nam. Il sortit sa petite bouteille d'eau de Cologne et s'en mit sur le visage.

Judy tint la porte de la salle 3 pour laisser passer Rimer. Elle renifla la forte odeur de sa lotion après-rasage et se demanda s'il se rendait compte à quel point ça puait.

— Jane, votre oncle Willy vient vous rendre visite, dit douce ment Judy en se penchant sur Joanna.

— Janie, comment te sens-tu ? demanda Rimer, l'air très inquiet.

— Mieux, dit Joanna.

Judy demanda :

— Reconnaissez-vous votre oncle Willy ?

— Je ne crois pas, dit Joanna.

La porte s'ouvrit et une jeune infirmière passa la tête.

— Judy, on vous demande en salle 1. La fillette est de plus en plus agitée.

Judy fit un signe et se tourna vers Rimer.

— Je reviens dans quelques minutes. Si elle se fatigue, partez, s'il vous plaît.

— Entendu. Et merci pour votre gentillesse.

Rimer attendit que l'infirmière soit sortie, puis agit rapidement. Il se rapprocha de Joanna et passa sa main gauche sous son cou, le soulevant légèrement et exposant le larynx. Un coup du tranchant de la main allait lui briser le larynx, la trachée serait obstruée. Elle mourrait en moins de soixante secondes. Rimer avait tué une douzaine de Viêt-congs de cette façon et tous avaient trépassé vite et sans bruit, à part un léger gargouillis. Rimer mit sa main droite à plat, doigts tendus, et la leva au-dessus de sa tête.

Joanna vit la main levée et comprit ce qui allait se passer. Elle essaya d'appeler au secours, mais de sa gorge ne sortit qu'un couinement. Elle essaya de s'échapper mais elle était attachée sur le chariot.

— Il va la tuer ! (Emma criait de toutes ses forces.) Il va la tuer ! Au meurtre ! Au meurtre !

Rimer fit volte-face, surpris. Il vit derrière le rideau une vieille sorcière crasseuse qui le dévisageait et sortit aussitôt son Beretta. Mais il entendit des voix dans le couloir et des pas qui s'approchaient. Il cacha son arme sous son trench-coat.

La porte s'ouvrit et le docteur Chang entra en courant. Il toisa Emma du regard. La vieille folle.

— Qu'est-ce qui se passe ?

— Il a essayé de la tuer.

Emma montrait Rimer du doigt.

— C'est stupide, dit Rimer, jouant l'offensé. Je me suis penché pour embrasser ma nièce sur le front et cette folle s'est mise à gueuler.

— Votre nièce ? demanda Chang.

— Oui. Je suis son oncle Willy, dit Rimer. Votre infirmière a eu la gentillesse de m'accorder quelques minutes avec Janie.

— Bien, bien. (Chang approuva de la tête, satisfait.) La présence d'un membre de la famille peut aider beaucoup.

— Je ferai tout pour Janie, dit Rimer.

— La vieille Emma est folle à lier, dit Chang à Rimer. On va la virer dès qu'on aura les résultats de ses radios. (Il prit Rimer par le bras et le guida vers la porte.) Cette salle va être nettoyée dans quelques minutes et ensuite vous pourrez être tranquille un moment avec votre nièce.

— Merci.

Rimer avait horreur d'être touché par un homme mais résista à l'envie de dégager son bras. Il avait eu Joanna à sa portée et l'avait ratée à cause d'une vieille folle. Rimer sentait le Beretta sous son trench-coat et il caressa du doigt le silencieux. Il ne louperait pas sa seconde chance.

Emma attendit que la porte soit refermée, puis elle sauta de son fauteuil roulant et se précipita vers Joanna.

— Il voulait vous tuer ! Vous avez vu ? Cet homme voulait vous tuer.

— Pourquoi ? demanda Joanna, troublée et effrayée.

— J'en sais rien, mais vous feriez mieux de vous tirer avant qu'il revienne, l'exhorta Emma.

Joanna hésitait, ne sachant que faire.

— Je... je...

— Vous avez vu qu'il a voulu vous tuer, hein ? Il a levé la main comme un champion de karaté...

Joanna fit un signe de tête rapide.

— Il visait ma gorge.

— Y a aucun doute. Vous auriez été ratatinée.

Emma détacha les sangles du chariot de Joanna et arracha l'aiguille de perfusion de son bras. Elle remarqua le collier et les boucles d'oreilles en or de Joanna et se demanda à combien ça pouvait se vendre sur le trottoir. Au moins cent dollars. Elle aida Joanna à s'asseoir.

Joanna sentit sa tête tourner.

— Vaut peut-être mieux attendre...

— Pour qu'il revienne et vous tue ? (Emma fit se lever Joanna du chariot et la soutint jusqu'à ce qu'elle se tienne debout.) Essayez de marcher.

Joanna tenta quelques pas chancelants. Ses jambes étaient en coton, comme si elles ne pouvaient pas la porter. Mais elles y réussirent. Les pas suivants furent plus fermes, mais encore hésitants.

— Pourquoi voulait-il me tuer ? demanda encore Joanna.

— Vous le demanderez à votre oncle. Vous avez peut-être une fortune dont il héritera. (Emma tendit à Joanna une petite bombe aérosol. Elle était rouillée, presque percée par endroits.) S'il vous attaque encore, envoyez-lui-z'en une bonne giclée.

— Elle a l'air vieille... Elle marche encore ?

— J'en sais rien, j'ai jamais essayé. (Emma passa son bras autour de la taille de Joanna pour la soutenir.) Appuyez-vous sur moi. Je vais vous aider à sortir.

Elles débouchèrent dans le couloir, de plus en plus bondé. Docteurs, infirmières et aides-soignants étaient coincés au milieu des patients. Le brouhaha était intense, les gens criaient pour se faire entendre. Joanna ne voyait qu'une forêt de têtes. Les deux femmes arrivèrent devant un bureau dont la porte était ouverte. Sur un portemanteau, Emma vit deux grandes blouses blanches. Elle les attrapa et en tendit une à Joanna.

— Mettez-ça et gardez la tête baissée.

Elles revinrent dans le couloir et prirent la direction de l'entrée. Elles longèrent l'infirmerie, puis un petit laboratoire. Joanna reprenait des forces à chaque pas, mais Emma lui donnait toujours le bras pour qu'elle s'appuie dessus. Elles avaient presque atteint la réception quand la porte de la salle 1 s'ouvrit et Judy Travers en sortit. Elle se heurta presque aux deux femmes.

— Hé ! Où allez-vous comme ça ?

— Courez ! cria Emma, attrapant Joanna par le bras et l'entraînant.

— Arrêtez ces deux-là ! cria Judy en s'élançant derrière elles.

Tout le monde à l'accueil se leva pour voir d'où venait cette agitation. Rimer sauta sur ses pieds et regarda par-dessus les têtes. Il vit l'infirmière rousse donnant la chasse. Et il aperçut Joanna et la vieille folle qui couraient vers les portes automatiques.

Rimer poussa des gens, essayant de se frayer un chemin dans la foule. Il buta violemment contre un homme qui lui jeta un regard mauvais et lui retourna un coup de poing. Rimer lui fractura la clavicule d'un seul geste. Puis il repartit dans la foule, envoyant valser des patients de tous côtés. Finalement, il atteignit les portes et se retrouva dehors.

La nuit était brumeuse, et on y voyait mal. Un autobus passa et commença à freiner à l'approche de l'arrêt du carrefour. La brume se leva un instant et Rimer vit les deux femmes en blouse blanche qui montaient dans le bus. Il courut de toutes ses forces vers le carrefour, mais ses chaussures adhéraient mal au bitume mouillé. Il glissa, faillit tomber, eut du mal à retrouver son équilibre. Le bus démarra au moment où Rimer atteignait le carrefour. Il cria, mais le bus continua sa route.

Rimer sortit rapidement de sa poche une petite longue-vue rétractable. Il la déplia et fit le point sur l'arrière du bus, notant mentalement son numéro. Puis il courut à sa voiture.

30

— Son oncle ! cracha Jake. Elle n'a pas d'oncle !

— Comment pouvais-je le savoir ? répliqua Judy Travers sur le même ton.

— Vous ne demandez jamais les cartes d'identité, ici ?

— Qu'est-ce que ça aurait changé ? demanda Judy, pas du tout impressionnée par le policier. (Elle était fatiguée et irritable et voulait partir du service des urgences et aller se coucher.) La nuit dernière, cet endroit était un asile de fous. C'était plein de malades, certains dans un état critique. C'est alors que cette femme est arrivée. Elle avait eu un accident d'auto, des paramètres normaux et pas de blessure grave. Elle n'avait rien, en dehors du fait qu'elle ne se rappelait plus qui elle était. Et rien ne nous permettait de l'identifier. Et voilà qu'un homme arrive en nous disant qu'il est son oncle. Alors, dites-moi, qu'est-ce que j'aurais dû faire ? Appeler le FBI et le faire contrôler ?

Jake respira profondément et essaya de se calmer.

— Ça ne vous a pas semblé bizarre que ce type se pointe subitement ?

L'infirmière haussa les épaules.

— Pas vraiment. Il a dit qu'il roulait derrière elle quand elle a quitté la route.

Jake regarda Farelli et les deux hommes échangèrent un signe. Le tueur avait suivi Joanna avant de la pousser en dehors de la route de montagne. L'arrière de la voiture était abîmé et la section des enquêtes criminelles pensait qu'il avait été heurté par une autre voiture ou un camion.

— Le type a dit qu'il était son oncle, hein ?

— C'est ça.

— Est-ce qu'il a donné un nom ?

Judy réfléchit.

— Je crois qu'il a dit qu'il était son oncle Willy.

— Bon Dieu ! gémit Jake. Ce bon vieil oncle Willy Patterson. Vous vous souvenez de son aspect ?

Judy haussa de nouveau les épaules.

— Pas vraiment.

— Essayez quand même.

Judy réfléchit, rappelant ses souvenirs.

— Il portait un trench-coat et une casquette imperméable. Il était grand et entre deux âges, probablement la quarantaine.

— Et son visage ?

Judy essaya de se rappeler l'homme, et secoua lentement la tête.

— Il y avait tant de monde, cette nuit. Je ne suis pas restée avec lui plus d'une minute ou deux.

— Il a retiré sa casquette ?

— Non.

Malin, pensa Jake. Col du trench-coat relevé et casquette rabattue sur les yeux, et la moitié du visage est cachée. Jake se souvint de ce que William Buck avait dit à propos des PERL. Ils se fondaient dans le paysage comme des caméléons. On ne les voyait pas aller et venir.

— Je sais quand même une chose, dit Judy en plissant le nez. Il puait l'eau de Cologne la plus insupportable que j'aie jamais sentie...

Jake se tourna vers le docteur Chang, qui était assis sur un tabouret dans la salle de consultations. Il avait retiré ses chaussures et étendu ses jambes.

— Avez-vous remarqué quelque chose ?

— Rien de plus que Judy. Il était grand, entre deux âges, légèrement voûté.

— Vous souvenez-vous de ses traits ?

Chang rejeta sa tête en arrière et regarda le plafond. Il essayait de se rappeler l'homme, mais ses pensées le ramenaient à la mère et à la fillette dans un état critique après l'accident de voiture de la nuit dernière. La mère souffrait de fractures multiples, la fille avait un hématome sous-dural qui avait été ponctionné. Il semblait maintenant qu'elles allaient pouvoir s'en sortir. Mais il s'en était fallu de peu. D'un cheveu.

— Non, j'ai à peine vu le type. Je sais qu'il était environ vingt-deux heures trente, si ça peut vous aider.

— Et l'eau de Cologne ?

Chang secoua la tête.

— J'ai un gros rhume de cerveau. En ce moment, je ne sentirais pas un putois couché sur mes genoux...

Jake sortit son calepin.

— Parlez-moi de son amnésie.

— Elle était globale.

— Qu'est-ce que ça veut dire, « globale » ?

— L'amnésie est fréquente après un traumatisme crânien, dit Chang, utilisant un vocabulaire clinique. En général, la personne perd la notion du temps et de l'espace. Il est plus rare qu'elle oublie qui elle est, mais c'est son cas. Donc aucune notion du temps, de l'endroit, ni de son nom. C'est ça, une amnésie globale.

— Et ça dure combien de temps ?

— Quelques jours ou quelques semaines, parfois plus.

Chang prit son mouchoir et se moucha.

— Et ça peut être définitif ?

— Ça peut arriver.

— Prenez-vous des précautions particulières avec les patients qui souffrent d'amnésie ?

— Ce n'est pas nécessaire. Ce ne sont pas des patients dangereux.

— Ouais, mais ils peuvent aller n'importe où, comme Joanna, dit Jake avec amertume.

— Elle était attachée par des sangles au chariot, dit Chang, se demandant pourquoi le flic était tellement affecté par la disparition de cette personne. Et d'ailleurs, ça ne s'est pas passé comme ça.

— Ça s'est passé comment ?

Chang se moucha à nouveau.

— Judy en sait plus long que moi là-dessus.

— Quand elle a été amenée par les secouristes, expliqua Judy aux policiers, je l'ai mise en salle 3 et j'ai vérifié ses paramètres. Puis je l'ai laissée seule pour m'occuper d'autre chose et je me suis trouvée nez à nez avec son oncle. Il voulait la voir, alors je l'ai emmené en salle 3 où je l'ai laissé.

— C'est là que c'est devenu le bordel, dit Chang, intervenant dans le récit. J'ai entendu quelqu'un qui gueulait de toutes ses forces en salle 3 : « Il va la tuer ! Il va la tuer ! ». Je me suis précipité dans la pièce et j'ai vu un homme entre deux âges près de la patiente. Il s'est présenté comme étant son oncle. Emma-la-Dingue continuait à crier qu'il avait essayé d'assassiner la patiente...

— Une minute, coupa Jake. Qui est Emma-la-Dingue et qu'est-ce qu'elle faisait dans la pièce ?

— La plupart des salles sont séparées en deux par un rideau, expliqua Chang. Votre cliente était d'un côté, Emma-la-Dingue de l'autre, avec un pied blessé. Emma est une schizophrène paranoïaque qui se fait admettre aux urgences le plus souvent possible.

— Vous avez laissé une patiente qui ne savait pas qui elle était ni où elle était avec une toquée ? demanda Jake d'un ton incrédule.

— Emma n'est pas dangereuse, dit calmement Chang. Dingue, mais pas dangereuse.

— Connerie ! dit Jake d'un ton sifflant. Ne me

racontez pas que les schizophrènes paranoïaques ne sont pas dangereux ! Une fois, j'en ai vu un envoyer valser un homme à cinq mètres !

— Je veux bien croire que ça pourrait arriver s'ils se sentaient menacés, concéda Chang. Mais ce n'est pas le genre d'Emma. C'est le genre à refuser une radio parce que les rayons X pénétreraient dans sa tête et la feraient exploser. Je ne la considère pas comme violente.

— Ah ouais ? dit Jake, ne croyant pas un mot de ce que disait Chang. Et donc, quand vous vous êtes précipité dans la pièce, vous avez cru qu'Emma avait un accès de paranoïa...

— Tout à fait, reconnut Chang. J'ai cru qu'elle fabulait. J'ai donc raccompagné l'oncle dehors et je lui ai demandé d'attendre quelques minutes à la réception jusqu'à ce que la salle soit libre. Deux minutes après, j'ai entendu Judy qui criait dans le couloir.

— Je sortais de la salle 1, dit Judy, reprenant l'histoire, quand j'ai vu la patiente et Emma en blouses blanches. Je leur ai crié de s'arrêter, mais elles ont couru vers la porte. Puis ça a été encore le bordel. Les gens qui se trouvaient à l'accueil sautaient sur leurs pieds pour voir ce qui se passait et se bousculaient. Et puis il y a eu une bagarre. Un pauvre type y a récolté une sale fracture de la clavicule. Il attendait qu'on ait vu sa grand-mère. C'était une véritable émeute.

— Et les deux patientes ont franchi la porte, c'est ça ? demanda Jake.

— Oui.

— Et je parie que le vieil oncle Willy n'est pas revenu demander des nouvelles de sa nièce, hein ?

— Non, dit Judy d'un air penaud. Il n'est pas revenu.

Jake sortit de sa poche une photo de Willy Patterson. C'était la photo d'un militaire, âgé de vingt ans.

— Est-ce l'oncle de la patiente ?

Chang observa longuement la photo et haussa les épaules.

— Je ne suis pas sûre, dit Judy. A cause de sa fichue casquette.

Jake remit la photo dans sa poche et demanda :

— Vous souvenez-vous d'un détail inhabituel à propos de la patiente ? Portait-elle quelque chose de particulier ?

Judy répondit :

— Elle avait un très joli collier et des boucles d'oreilles en or. C'était simple et sans fioritures, mais extrêmement élégant.

— Pensez-vous qu'Emma ait vu les bijoux ? demanda Jake.

— Peut-être.

Jake leur donna à chacun une carte et dit :

— Si quelque chose d'autre vous revient, appelez-moi à ce numéro, de jour comme de nuit. (Jake se dirigea vers la sortie, puis se retourna.) Quel est le nom de famille d'Emma ?

— Stanley, dit aussitôt Chang.

— Vous n'auriez pas son adresse, par hasard ?

— Elle est SDF.

Jake et Farelli sortirent sous un brillant soleil. La matinée était claire et tiède. La circulation grossissait sur Sunset Boulevard.

— Appelle Buck, dit Jake à Farelli, et demande-lui de se magner de faire retoucher la photo de Willy Patterson par son équipe. Dis-lui aussi qu'on en veut une avec une casquette imperméable sur la tête.

— Très bien.

Farelli sortit son calepin et commença à griffonner.

— Ensuite, prends des gars et passe le coin au peigne fin. Vérifie les restaurants de nuit, les vendeurs de beignets et les magasins ouverts non-stop... tout ce qui était ouvert entre dix et onze heures hier soir. Montre les photos de notre client et de Joanna. Vois si quelqu'un se souvient de quelque chose.

— Compris.

— Et puis appelle toutes les compagnies de taxis et vois si il y a eu des prises en charge dans le voisinage. Dis-leur qu'on recherche deux femmes en blouses blanches. (Jake sortit une cigarette et l'alluma distraitement.) Vérifie aussi tous les bus qui sont passés sur Sunset Boulevard entre dix et onze.

Farelli hésita.

— C'est un sacré travail, Jake. Le toubib n'avait pas son sac et la SDF n'avait probablement pas un radis en poche.

Jake secoua la tête en signe de dénégation.

— Les SDF font la manche et ont toujours un peu de monnaie sur eux. Et la plupart ont un billet de dix ou vingt dollars planqué dans une chaussure ou ailleurs, en cas de pépin. Ils sont peut-être crasseux, mais ils savent comment survivre sur le macadam.

Farelli dit :

— Tu crois le toubib encore vivant, hein ?

Peut-être, dit Jake, espérant contre toute logique. Si le tueur les avait rattrapées la nuit dernière, il les aurait tuées sur-le-champ et n'aurait pas perdu de temps à cacher les corps. Une vieille SDF et une amnésique. Qui ça intéresse ? Ouais, si elles avaient été assassinées, on aurait déjà retrouvé les corps.

Elles sont mortes, pensa Farelli. Une vieille et une amnésique face à un pro. Aucune chance de lui échapper.

— Tu crois que le toubib a filé quand elle a vu que le type voulait la refroidir ?

— Ça m'étonnerait, fit Jake. Souviens-toi, Joanna était attachée sur un chariot. Il a fallu que quelqu'un détache les sangles. Ça ne peut être que la folle-dingue.

— Pourquoi aurait-elle aidé le toubib ?

— J'y vois déjà deux raisons. Soit pour l'aider, tout simplement. Soit pour ses bijoux...

Et d'après toi ?

— Pour les bijoux.

Farelli approuva.

— Je n'ai plus qu'à vérifier tous les prêteurs sur gages. Tu sais à quoi ressemblent ces bijoux ?

Jake se remémora la veille au matin, quand il était passé au labo de Joanna pour savoir où on en était avec le microfilm.

— Le collier en or est d'une seule pièce, sans maillons. Les boucles d'oreilles ont la forme de petites feuilles. (Jake jeta sa cigarette par terre et l'écrasa rageusement.) Elle n'a aucune chance, pas la moindre.

— Attends, Jake, on ne sait jamais. Le toubib peut avoir du bol.

Jake secoua lentement la tête.

— J'ai parlé à Buck ce matin et je lui ai dit ce qui s'était passé aux urgences. Puis je lui ai posé une seule question. Est-ce que notre tueur est aussi bon pisteur en ville qu'il l'a été dans la jungle ?

— Et qu'a-t-il répondu ?

— Le pro est meilleur en ville. La piste est plus facile à suivre...

31

Robert Mariner se réveilla en sursaut. Il sauta du lit au deuxième coup de sonnette.

— Qui ça peut bien être ?

— Quelle heure est-il ? demanda Amanda, à moitié endormie sous les couvertures.

— Sept heures.

— Nom de Dieu !

La sonnette retentit de nouveau et Mariner alla à l'interphone accroché au mur de la chambre.

— Oui ?

— C'est Rimer. Il faut que je vous parle.

Mariner regarda fixement l'interphone, puis se secoua :

— Contournez la maison et venez me voir sur le balcon.

Mariner et Amanda enfilèrent en vitesse leurs robes de chambre et se précipitèrent au rez-de-chaussée de leur maison sur la plage. Amanda fit un détour par la cuisine pour prendre une grande bouteille de jus d'orange et des verres et rejoignit Mariner sur le balcon. La plage de Malibu était déserte, l'océan d'un bleu pâle et calme comme un lac.

Rimer avança péniblement dans le sable et monta les marches.

— La femme a filé.

— Quoi ! dit Mariner, abasourdi. Qu'est-ce qui s'est passé ?

Rimer décrivit en détail les événements de la veille au soir, insistant particulièrement sur la fuite de Joanna de l'hôpital.

— Mais je vais la retrouver. Ce n'est qu'une question de temps.

— Le temps nous manque, dit sèchement Mariner. Vous êtes supposé être un pro. Comment avez-vous pu la laisser s'échapper ?

— Elle ne l'a pas fait exprès. C'est un coup de bol, dit calmement Rimer, repensant à la vieille SDF qui avait aidé Joanna Blalock. (Il tuerait la vieille aussi. A cause des ennuis qu'elle avait suscités.) Sa chance ne va pas durer.

— Vaudrait mieux pas, dit Mariner en arpentant le balcon.

— On vous a déjà payé très cher, intervint Amanda, qui se demandait si Rimer n'essayait pas tout simplement de leur extorquer un peu plus d'argent. Il y aura une prime de dix mille dollars si elle meurt dans les vingt-quatre heures...

Rimer acquiesça. Il la trouvait encore plus antipathique que d'habitude, mais fut sensible à la prime de dix mille dollars.

Mariner envisagea de faire appel à un autre professionnel pour régler le problème, mais il n'avait plus le temps.

— Et je veux une preuve de sa mort. Film, photos, n'importe quoi. Et vous allez me rendre un service supplémentaire. Je veux que vous fouilliez Blalock et au besoin son laboratoire. A la recherche d'un stimulateur cardiaque.

Rimer écouta Mariner lui décrire à quoi ressemblait le pacemaker, puis demanda :

— Vous voulez que je le détruise ?

— Non. Ramenez-le-moi.

— Vous l'aurez demain matin, dit Rimer.

Mariner regarda Rimer descendre les marches et contourner la maison.

— Nom de Dieu ! Il nous faut Blalock morte et le pacemaker ici.

— Mais une fois Joanna Blalock morte, le pacemaker n'est plus un danger. Les secrets du pacemaker disparaîtront avec elle.

— N'y compte pas. Elle en a peut-être déjà parlé à quelqu'un d'autre. Merde, elle peut même l'avoir envoyé à un autre laboratoire pour étude approfondie.

— Mais si elle n'est plus là, personne ne poursuivra...

— Le grand flic le fera, coupa Mariner. Pas besoin d'être un génie pour y voir clair.

Amanda alluma une cigarette, les mains tremblantes.

— Comment sais-tu qu'elle a envoyé le pacemaker quelque part ?

— Je n'en suis pas absolument sûr. Mais chaque fois que j'ai demandé à Blalock de nous laisser regarder le stimulateur cardiaque de Sally Wheaton, elle a répondu qu'il était encore en examen...

— Oh, merde, marmonna Amanda en hochant la tête. Il faut récupérer ce pacemaker.

— Et vite, dit Mariner. Avant que quelqu'un fasse le rapprochement entre ce pacemaker et la mort de Bob Cipro.

Amanda acquiesça de nouveau, repensant au coup de fil qu'elle avait reçu de Joanna Blalock. Celui où elle avait demandé des détails sur la mort de Cipro, et notamment si on avait jamais retrouvé le corps. Ils savaient que Cipro était l'homme sans visage. Nom de Dieu ! Tout foutait le camp. Amanda essaya d'avaler sa salive, mais sa gorge était aussi sèche que du bois.

— Qu'est-ce qu'on fait ?

— On se met à couvrir nos traces.

— Ce n'est peut-être pas utile. Suppose que Rimer mette la main sur Blalock et le pacemaker...

— Suppose qu'il n'y arrive pas, fit Mariner en rentrant dans la maison.

32

Joanna se réveilla dans une pièce inondée de soleil. La lumière était aveuglante et tout était flou. Il lui fallut quelques instants pour reprendre ses esprits. La pièce était nue, parquetée, les fenêtres cassées. Au loin, elle pouvait entendre un mélange de sons. Paroles, cris d'oiseaux, et un bruit qu'elle ne reconnaissait pas.

— Comment vous sentez-vous, Janie ? demanda Emma.

Joanna dévisagea longuement la femme crasseuse avant de la reconnaître.

— Où sommes-nous ?

— Près de la plage.

— Mais où ?

— Dans un immeuble vide de Santa Monica. (Emma ricana bruyamment.) Avec vue sur l'océan, ma chère.

— Comment sommes-nous venues ici ? demanda Joanna, encore perdue.

— Par le bus, dit Emma en regardant Joanna avec curiosité. Vous vous rappelez pas d'hier au soir ? Vous vous rappelez pas de ce qui s'est passé aux urgences ?

Joanna réfléchit, revoyant le service des urgences et l'infirmière et le médecin asiatique. Et l'homme au-dessus d'elle, le bras levé et prêt à la frapper.

— L'homme, dit-elle doucement.

— Ouais, l'homme, dit Emma d'une voix tendue. Il a failli vous tuer d'un coup de karaté. T'aurais dû voir ça, Teddy. C'était terrifiant.

— Pourquoi voulait-il faire ça ? demanda Teddy.

— Qui sait ? (Emma se curait les dents avec ses doigts.) Il a simplement dit qu'il était son oncle.

— Il en avait peut-être après son fric, suggéra Teddy.

— Possible.

Teddy observait Joanna sans sympathie. Il n'aimait pas les nouveaux parce que ça faisait une bouche de plus à nourrir et qu'ils n'avaient déjà pas de quoi. Et il n'aimait pas Joanna parce qu'elle n'était pas de leur monde. Teddy voyait bien qu'elle avait une vie aisée. Sa peau était douce et lisse, ses cheveux propres et coiffés à la mode. Et elle sentait bon. Il se l'imagina à poil au pieu.

— Je suis pressée de les voir apporter la bouffe, dit Emma.

— Ouais, moi aussi.

Le regard de Teddy était maintenant posé sur le cou et les oreilles de Joanna, là où elle avait porté ses bijoux. Les boucles d'oreilles avaient rapporté cinquante dollars et Emma lui en avait refilé dix. Mais où diable Emma avait-elle planqué le collier ? Il avait de la valeur, Teddy en était sûr. Emma se le gardait probablement pour elle. Il avait confiance en Emma, mais pas pour l'argent. Son regard glissa vers la jambe de Joanna, découverte jusqu'à mi-cuisse. Mignonne et lisse, sans un poil. Il tendit la main et la toucha.

Joanna retira vivement sa jambe, dégoûtée par l'allure de l'homme. Petit, sec, pas rasé, avec des plaies au front couvertes de croûtes.

— Qu'est-ce qui ne va pas ? demanda Teddy.

— Je n'aime pas qu'on me touche, répliqua Joanna.

Emma sourit intérieurement, se disant que Janie allait être touchée par des tas d'hommes, en beaucoup d'endroits différents. Ça n'allait pas tarder. Mais pas avant qu'Emma se soit assurée que Janie n'avait pas caché quelque part des bijoux ou de l'argent ou n'importe quel objet de valeur.

Ils entendirent des pas dans l'escalier. Emma se réfugia au fond de la pièce. Teddy sortit un couteau à cran d'arrêt et l'ouvrit, puis se plaqua contre le mur à côté de la porte et attendit.

— Qu'est-ce... ? dit Joanna.

— Chut ! murmura Emma. Ne bougez pas.

Les pas se rapprochèrent, puis stoppèrent. La porte s'ouvrit et un homme et une femme entrèrent. Tous les deux grands et maigres, la trentaine, avec des cheveux blond-roux et des visages sales. Ils portaient des jeans crasseux et des sweaters pleins de trous enfilés les uns par-dessus les autres.

— Vous en avez mis du temps ! fit Emma.

— Nous sommes passés par le centre de soins gratuits pour qu'on jette un œil à la jambe de Timmie, mais c'est fermé à l'heure du déjeuner. (La femme se tourna vers Joanna.) Comment ça va, Janie ? Votre tête vous fait toujours mal ?

— Non, ça va, dit Joanna.

— Vous ne vous rappelez probablement plus qu'on s'est rencontrés hier soir, dit doucement la femme. Je m'appelle Bertie et voici mon frère, Timmie.

— Vous avez apporté à bouffer ? grogna Emma avec impatience.

— Bien sûr, dit Bertie en posant un sac en papier sur le parquet. Voilà.

Emma attrapa le sac et en sortit un paquet de beignets à la cannelle sous enveloppe cellophane. Elle déchira l'emballage et le groupe de SDF se jeta sur les beignets, arrachant de gros morceaux pour se remplir la bouche. Des hyènes autour d'une carcasse de gazelle, pensa Joanna.

— Y a-t-il quelque chose à boire ? demanda Teddy, la bouche pleine.

— Ouais, fit Bertie en sortant du sac une bouteille d'eau.

Emma la dévisagea.

— T'as gaspillé du fric pour une bouteille d'eau ?

Bertie secoua vivement la tête.

— Je l'ai trouvée dans une poubelle. J'imagine que quelqu'un en a bu une gorgée ou deux avant de la jeter.

— Bien, approuva Emma en dévissant le bouchon.

Elle but une longue gorgée puis fit passer la bouteille.

Joanna regardait par la fenêtre, son esprit revenant sur la nuit précédente. Elle commençait à se souvenir d'événements antérieurs à son arrivée aux urgences. Une ambulance, quelqu'un qui la mettait sous perfusion. Il y avait des lumières, des lumières vives, et elle était tirée vers le haut, quelqu'un la portait sur son épaule. Il lui parlait, lui disant que tout allait bien se passer.

— Ma jambe, se plaignit Timmie. Ça me fait un mal du diable !

— Montre-moi ça, dit Emma.

Timmie releva son pantalon et étendit sa jambe. Sur la partie extérieure du mollet, il y avait une plaque rouge inquiétante.

— Cette saloperie s'élargit sans arrêt.

— C'est peut-être un cancer, hasarda Teddy.

Joanna regarda la lésion et dit :

— C'est un anthrax.

— Un quoi ? demanda Emma.

— Un anthrax, répéta Joanna. Un furoncle rempli de pus.

— Vous savez soigner ça ? demanda Bertie.

— Bien sûr, dit Joanna sans hésiter. Il faut simplement l'ouvrir. Faire une incision et faire sortir le pus.

— Et on s'y prend comment ? demanda Timmie d'une voix apeurée.

— Avec un couteau, lui dit Joanna.

— Ah, non ! (Timmie rabattit sa jambe de pantalon et recula.) Pas question ! Personne ne va me planter un couteau dans la peau !

Emma le rattrapa par son sweater et le tira en arrière.

— Tiens-toi peinard et fais ce qu'on te dit. (Elle se tourna vers Joanna.) Il faut un couteau spécial pour faire ça ?

— Non, dit Joanna. N'importe quel couteau fera l'affaire, à condition qu'il soit bien aiguisé.

— Un couteau à cran d'arrêt, ça irait ? demanda Emma.

— Très bien.

Teddy secoua la tête d'un air décidé.

— Pas avec ma lame. Je veux pas qu'elle soit couverte de pus.

Emma tendit la main vers Teddy et attendit. Il hésita puis donna à regret son cran d'arrêt.

— Vous en avez déjà ouvert d'autres, hein ?

— Des tas de fois.

Bertie demanda d'un ton excité :

— Vous êtes infirmière, Janie ?

Joanna haussa les épaules.

— Je ne sais pas ce que je suis.

— Besoin d'autre chose ? demanda Emma.

— De la gaze et une bouteille d'alcool, dit Joanna.

— On va à la pharmacie, décida Emma.

Ils descendirent une volée de marches, puis sortirent par une porte dérobée dans une ruelle. Ils s'assurèrent que la porte reste entrouverte et rejoignirent sans se presser la promenade devant le vieil immeuble. Devant eux il y avait l'océan, étale. C'était le milieu du jour et le soleil était brillant et chaud. Des gens lézardaient sur le sable, en train de bronzer. Au-dessus des têtes, des mouettes piquaient de haut sur les bouts de nourriture éparpillés sur la plage.

Ils suivirent la digue vers le nord, ne s'arrêtant que pour jeter un œil aux poubelles et voir s'il y avait quelque chose à récupérer. Ils longèrent une série d'immeubles, tous barricadés et vides.

— Pourquoi tous ces immeubles sont-ils inhabités ? demanda Joanna.

— Pour la même raison que le nôtre, dit Emma. Condamnés à cause des dégâts provoqués par le tremblement de terre.

Joanna fit un signe de tête, mais elle ne se rappelait pas le moindre tremblement de terre et surtout pas le dernier.

Devant eux, Emma aperçut un groupe de touristes allemands ou scandinaves avec des appareils photo autour du cou. Elle pensa que Bertie, avec ses cheveux blonds et son air d'enfant abandonnée, allait faire un tabac.

— Bertie, au boulot.

Bertie se détacha de son groupe et s'approcha des touristes, la main tendue.

— Une petite pièce pour les SDF ?

Les touristes se mirent à fouiller dans leurs poches.

— Qu'est-ce qu'elle fait ? demanda Joanna.

— La manche, dit simplement Emma. C'est notre moyen de vivre.

La promenade s'élargit et devint plus fréquentée. Sur la droite, des gens se rassemblaient autour de tables où on jouait aux échecs. A gauche, des bancs publics sur lesquels des hommes étaient couchés. Joanna contemplait ces gens immobiles, chemise déboutonnée, bouche ouverte. Il lui revint en mémoire une grande salle carrelée avec des tables en inox et des corps dessus. Les corps étaient largement ouverts, éviscérés.

— Des cadavres, dit tranquillement Joanna.

— Mais non, dit Emma. Ils roupillent.

Quelques instants plus tard, ils arrivèrent devant une pharmacie. Emma mit la main dans sa poche et tâta sa monnaie, surtout des pièces de dix et vingt-cinq *cents*. Dessous, il y avait les trente-cinq dollars qui restaient de la vente des boucles d'oreilles. Et, encore en dessous, le collier en or. Qui valait au moins cent dollars, pensa Emma avec plaisir, et peut-être même plus.

— Okay, vous attendez pendant que Janie et moi on va chercher ce qu'il faut.

Les deux femmes entrèrent dans la boutique et allèrent au rayon des bandages et des antiseptiques. Le pharmacien les suivait pas à pas.

Emma s'en aperçut et se demanda s'il n'était pas envoyé par le gouvernement pour l'espionner, maintenant qu'elle avait de l'argent. Ces salauds de fonctionnaires étaient partout. Elle tâta le couteau à cran d'arrêt dans sa poche, prête à se défendre.

— Puis-je vous aider ? demanda le propriétaire, gardant ses distances en espérant que le duo n'allait pas attirer les mouches dans son magasin.

— Il nous faut une petite bouteille d'alcool, un rouleau de pansement adhésif et de la gaze stérile, dit Joanna.

— Quelle largeur de gaze ?

— Cinq centimètres, ordonna Joanna. De préférence imprégnée d'un agent bactéricide.

Le pharmacien était stupéfait devant l'attitude de Joanna et son usage des termes médicaux.

— Quelle sorte d'agent bactéricide ?

— De la polymyxine fera l'affaire.

Le pharmacien réunit rapidement une bouteille d'éthylène, un rouleau de pansement adhésif, de la gaze et un tube de sulfate de polymyxine.

— Vous avez de quoi payer ?

Emma demanda :

— Combien coûte la polymyxine ?

— Onze dollars quatre-vingt-quinze, dit le pharmacien.

— On s'en passera, répliqua Emma.

Le pharmacien eut un sourire affecté et remit le tube en place.

— Rien d'autre ?

— Ce sera tout, dit Emma, attendant que l'homme lui tourne le dos pour tendre rapidement la main vers l'étagère.

Elles payèrent au comptoir et sortirent. Le soleil brillait encore plus fort et il y avait foule sur la promenade.

— On retourne à l'appart' pour le charcuter ? demanda Emma à Joanna.

— Non. On peut le faire sur un banc.

— Okay.

Le groupe de SDF se rassembla autour d'un banc devant la pharmacie. Timmie posa sa tête dans le giron de Bertie et étendit sa jambe. Il ferma les yeux et serra les mâchoires.

— Bon Dieu, se moqua Emma. Quel grand bébé !

— Ça va faire mal, gémit Timmie tandis que Bertie lui caressait la tête.

— Mais non, l'assura Joanna, qui se tourna vers Emma. Trouvez-moi une serviette et un cube de glace.

Emma alla parlementer avec un vendeur tout proche pour obtenir de la glace pilée et une serviette en papier, puis revint en vitesse.

— A quoi sert la glace ?

— A anesthésier.

Joanna versa de l'alcool sur l'anthrax et nettoya doucement l'endroit avec la serviette. Puis elle remit de l'alcool sur la plaie et plaça de la glace pilée pardessus.

— Ça pique, pleurnicha Timmie.

— Prévenez-moi quand ça piquera nettement plus fort. (Joanna s'adressa à Emma :) Ouvrez le couteau, grattez une allumette et brûlez la pointe de la lame.

Emma s'exécuta rapidement et tendit le couteau à Joanna. Timmie faisait de plus en plus de foin, des larmes coulaient sur ses joues. Bertie continuait à lui caresser la tête.

Joanna retira la glace et incisa rapidement la peau refroidie sur l'anthrax. Un pus jaune et épais jaillit.

Elle appuya doucement sur les bords de la plaie et fit encore sortir du pus, plus épais, à l'odeur pestilentielle. Joanna aperçut une petite chose brune protubérante au milieu de l'incision. Elle la retira et l'examina.

— Un corps étranger, dit Joanna pour elle-même.

— Un quoi ? demanda Emma.

— Un éclat de bois, répondit Joanna. Une écharde qui doit être à l'origine de l'infection.

Emma mit la main à sa poche.

— J'ai une surprise pour vous.

— Quoi ? demanda Joanna.

Emma montra le tube de polymyxine.

— Je l'ai piqué à la pharmacie.

— Bon Dieu, gémit Joanna, se demandant ce qui serait arrivé si on les avait surprises.

Elle étala soigneusement la pommade antibiotique sur une bande de gaze et enfonça la gaze dans l'anthrax maintenant drainé. Elle prit de longs morceaux de sparadrap et les colla sur le mollet de Timmie, lui confectionnant un bandage.

— C'est fini, annonça-t-elle.

— C'est fini ? demanda Timmie en rouvrant les yeux. Je n'ai presque rien senti.

— Bien, dit Joanna, ravie.

Emma tapota l'épaule de Joanna.

— Tu es au poil, tu sais.

— Elle est super, surenchérit Bertie en se penchant pour embrasser Joanna sur la joue. Je suis contente qu'on soit ensemble.

Timmie se mit debout et marcha autour du banc.

— Ma jambe va très bien. Je ne sens plus rien.

— Tu pourrais dire merci à Janie, dit Bertie.

— Je vous suis reconnaissant, dit sincèrement Timmie.

— Je crois que je vais faire de Janie mon second, déclara Emma avec emphase.

Bertie et Timmie applaudirent bruyamment, satisfaits de la décision d'Emma.

Teddy nettoya son couteau à l'alcool et ne manifesta rien, mais intérieurement il bouillait. Dès le début il n'avait pas aimé Janie, et maintenant il la détestait. Elle lui prenait la place de second dans la bande, la personne la plus proche d'Emma, celle qui donnait les ordres à sa place quand elle n'était pas là. Il était rabaissé au rang de Bertie et Timmie, qui restaient assis sur leurs culs et attendaient qu'on leur dise quoi faire et quand. Comme des esclaves. Teddy n'allait pas supporter ça. Il essaya le tranchant de la lame avec un doigt, tout en fixant le cou de Joanna.

— Comment t'es si savante sur les antibiotiques et tout ça ? demanda Emma à Joanna. T'es infirmière ?

— Je n'en sais rien.

— As-tu une idée de l'endroit où tu habites ?

— Je ne sais pas trop, dit lentement Joanna. J'essaye de me le rappeler.

Essaye encore, avait envie de dire Emma, se disant que Janie devait être infirmière. Emma savait que les infirmières gagnaient bien leur vie et vivaient dans de beaux appartements où elles planquaient de l'argent, des bijoux et des choses de valeur.

Le groupe continua de suivre la promenade en direction du nord, approchant maintenant du parc d'attractions avec son manège et une modeste grande roue. Derrière, c'était la jetée de Santa Monica.

— On devrait faire la jetée, dit Emma, il y a plein de touristes aujourd'hui.

— Moi je vais sur la promenade de la 3e Rue, dit Teddy.

— Il y a moins de touristes là-bas, prévint Emma.

— Ça se peut. Mais il y a un nouveau film sur les dinosaures qui vient de sortir, dit Teddy. Ce genre de trucs attire la foule.

— D'accord, dit Emma. On se retrouve à l'appartement.

Teddy prit un raidillon pour aller traverser Ocean Avenue. Un automobiliste klaxonna parce qu'il traversait au vert. Teddy lui adressa un signe obscène et continua son chemin. De l'autre côté de l'avenue, l'ambiance était différente, plus riche. Teddy passa devant deux restaurants à la mode et regarda les clients qui déjeunaient posément et dégustaient du vin. Il se demandait quelle sensation cela faisait. Manger à sa faim quand on en a envie et se faire servir. Avec peut-être un café, et même du dessert. Teddy cracha sur le trottoir, sachant qu'il ne pourrait jamais se payer ça. C'était bien beau déjà de pouvoir s'offrir un McDo.

Teddy passa devant un magasin d'électroménager dont l'un des téléviseurs en vitrine était allumé. Il tourna brusquement la tête, sidéré par l'image apparaissant sur l'écran. Ils montraient le visage de Janie. C'était bien Janie, bordel de Dieu. Janie en plus jeune, mais c'était bien elle. Maintenant, son image avait disparu et le journaliste parlait. Donc on recherche Janie, se dit Teddy, et elle semble assez importante pour qu'on en parle à la télé.

Mais qui la recherchait, la police ou son oncle ? C'était important. En général, la police ne donnait pas de récompense, contrairement aux familles. Teddy essayait de bien réfléchir au problème et de trouver une solution. Et s'il appelait la télé et leur demandait qui recherchait Janie ? Ouais. Mais quelle chaîne et à quel numéro de téléphone ? Emma aurait la réponse. Ouais, peut-être en parler à Emma. Teddy se ravisa. S'il y avait une forte récompense, Emma prendrait la part du lion, ne lui laissant que des miettes, comme elle avait fait après avoir gagé les boucles d'oreilles. Peut-être que c'était un gros coup. Un coup super. Mille dollars, par exemple. Le cœur de Teddy se mit à battre en pensant à une aussi grosse somme. Et pour lui tout seul. Mais comment s'y prendre ? Comment ?

Teddy aperçut une boutique de spiritueux de l'autre côté de la rue et s'y précipita. Il allait acheter une bouteille de vin. Une grande. Le vin aidait toujours Teddy à réfléchir.

33

C'était la fin de l'après-midi et la foule commençait à s'amenuiser sur la promenade de la 3e Rue, à Santa Monica. Karl Rimer mastiquait un hot-dog acheté sur le trottoir et observait les passants. Il s'attardait plus longuement sur le visage des SDF. Il en avait déjà questionné une douzaine et aucun ne connaissait Emma-la-Dingue, ou alors ils ne voulaient rien dire. Mais ça n'inquiétait pas Rimer. Il était certain que Joanna Blalock et la vieille SDF étaient dans les parages. Son instinct le lui disait.

Rimer repensa à la nuit précédente. Suivre les deux femmes à la trace avait été bien moins compliqué qu'il ne l'avait imaginé. Le plus difficile avait été de retrouver le premier bus qu'elles avaient pris. Il lui avait fallu près de vingt minutes pour le localiser et, quand il y était parvenu, la paire n'était plus dedans. Et le chauffeur, un enfoiré de grand Noir rébarbatif, avait commencé par l'envoyer paître. Mais pour cent dollars, il s'était subitement souvenu de la vieille SDF et de sa compagne. Et pour cent dollars de plus, il s'était rappelé leur avoir vendu un ticket de correspondance pour leur destination finale, à Santa Monica. Encore cent dollars, et il avait pris son plan et montré à Rimer le parcours du bus dans Santa Monica. La plupart des arrêts étaient dans Lincoln Street.

Rimer avait roulé comme un dingue sur Sunset

Boulevard, espérant être à Santa Monica avant les deux femmes. Quand il atteignit Lincoln Street, elle était déserte, la circulation inexistante, et pas de SDF en vue. Le lendemain matin, il avait pris son café dans le coin et bavardé avec un groupe de péquenots au comptoir. Après être convenu avec eux que le pays allait à vau-l'eau à cause de l'affluence des immigrés, il les avait branchés sur les SDF, qu'ils méprisaient tout autant. Les SDF vivaient surtout dans les maisons et les immeubles abandonnés le long de la plage. Ça représentait des centaines d'endroits. Beaucoup trop pour un homme seul. Ils lui apprirent également que la plupart des SDF faisaient la manche sur la promenade de la 3e Rue.

Rimer lécha la moutarde sur ses doigts en avançant sur la promenade. Il jeta un coup d'œil vers la devanture de plusieurs magasins, vérifiant dans leurs reflets si quelqu'un l'observait. Puis il entra chez un libraire et feuilleta tranquillement les livres.

En ressortant de la boutique, il reprit la direction du vendeur de hot-dogs avant de faire brusquement demi-tour en direction du sud, tout en cherchant des yeux des visages déjà vus ou des gens essayant de se dissimuler. Il voulait se rendre compte s'il était filé. Il savait que ce n'était pas le cas, ayant déjà vérifié une demi-douzaine de fois, mais il revérifiait encore. Rimer était un homme prudent.

Il longea un complexe de salles de cinéma devant lequel il y avait une longue file d'attente. La promenade était maintenant plus encombrée, les SDF plus voyants. Sur sa droite, Rimer vit un mendiant assis sur le trottoir et jouant, affreusement mal, d'un harmonica. Sur un carton posé sur ses cuisses, il avait écrit : *La musique c'est ma vie*. A ses côtés une femme, le regard dans le vide, caressait un chat d'une main et mendiait de l'autre.

Ces SDF-là n'intéressaient pas Rimer. C'était le genre timide et inoffensif. Ils ne demandaient que de quoi manger et qu'on les laisse tranquilles. Rimer recherchait un type bien particulier de sans-abri. Un fonceur sans scrupule, quelqu'un vivant grâce à ses astuces et sa connaissance de la rue, prêt à vendre n'importe quoi ou n'importe qui.

Rimer traversa la promenade et s'approcha d'un spectacle de rue. Un jeune Blanc pédalait sur un monocycle, une petite fille sur les épaules. La foule, surtout des Latinos et des Asiatiques, applaudissait et jetait de la petite monnaie au cycliste. L'Amérique fout le camp, pensa Rimer, écœuré, en regardant la foule. Des étrangers. Rien que des putains d'étrangers.

Rimer s'arrêta au coin de la rue et jeta un œil par-dessus son épaule, vérifiant encore si on le suivait. C'est alors qu'il aperçut son homme. Le SDF était appuyé contre un immeuble, les mains dans les poches. Il avait un visage de furet, avec des cheveux noirs lissés et des yeux noirs en perpétuel mouvement. Rimer s'en approcha lentement.

Le SDF fut aussitôt sur ses gardes. Il observait attentivement Rimer, prêt à fuir à la moindre alerte.

— J'ai besoin d'un renseignement, dit Rimer.

— Vous êtes flic ?

Rimer ne répondit pas et sortit de sa poche une liasse de billets.

— Et je suis prêt à payer.

— Combien ?

— Tout dépend de la qualité du renseignement. (Rimer détacha de la liasse un billet de vingt dollars qu'il tendit à l'homme.) Connaissez-vous une vieille SDF du nom d'Emma ?

— C'est possible, dit vaguement l'homme, les yeux fixés sur la grosse liasse de billets.

Rimer détacha un deuxième billet de vingt et le lui mit sous le nez.

— J'ai besoin de la trouver. Comment faire ?

— C'est la grande question, dit l'homme, en souriant légèrement.

Rimer lui tendit le second billet.

— Je vous donne quarante dollars si vous me dites tout sur Emma. Si vous mentez ou me donnez de faux renseignements, je vous brise les deux jambes de telle façon que vous ne pourrez plus jamais marcher.

Le SDF fit signe à Rimer de le suivre et remonta la promenade dans la direction d'où venait Rimer. Rimer gardait quelques mètres de distance et ne quittait pas des yeux les pieds du SDF. Les pieds seraient les premiers à indiquer si l'homme s'apprêtait à se carapater. Et si l'homme tentait sa chance, Rimer savait qu'il fallait qu'il le rattrape dans les premières secondes. Sinon, il se noierait dans la foule et disparaîtrait.

Ils repassèrent devant le spectacle de rue, le cycliste acrobate était maintenant à genoux en train de ramasser la ferraille qu'on lui avait jetée. La fillette l'aidait à ramasser la monnaie. Une gosse de la rue, pensa Rimer, se souvenant des enfants de la rue au Viêt-nam. Elle serait voleuse et prostituée avant l'âge de douze ans.

A l'approche du complexe cinématographique, le sans-abri s'arrêta et se baissa pour relacer ses chaussures. Il parla à Rimer sans le regarder :

— Le type qui fait la manche le long de la file d'attente...

Rimer jeta un coup d'œil.

— Le mec avec des écorchures au front ?

Le SDF fit signe que oui.

— Il vit avec Emma. Suivez-le et vous la trouverez.

— Qu'est-ce qui t'a fait penser à rendre visite aux prêteurs sur gage de Venice ? demanda Jake.

— C'est pas moi, dit Farelli. J'ai juste donné la consigne de vérifier tous les bureaux de prêts dans toute la ville.

— Ça représente un sacré morceau...

— On est sur un gros coup, répondit Farelli en mâchant énergiquement son chewing-gum.

— Ouais, dit calmement Jake.

Intérieurement, il s'en voulait de son amateurisme. Quand il avait parlé à Farelli la nuit dernière de couvrir tous les bureaux de prêts, il pensait aux boutiques des alentours de l'hôpital. Ce qui était stupide. Bien sûr qu'il fallait faire toutes les boutiques de cette putain de ville, parce que les SDF traînaient partout. C'était une négligence de la part de Jake mais heureusement, Farelli savait mener ce genre de recherches. Sa liaison avec Joanna était la cause de cette erreur, et Jake savait qu'il aurait dû se retirer de l'affaire. Mais il ne pouvait s'y résoudre. Impossible.

Ils quittèrent la voie express de Santa Monica et prirent Lincoln Boulevard. Il était dix-sept heures trente, la circulation était dense et on avançait à une allure d'escargot. Farelli sortit un gyrophare rouge qu'il plaça sur le toit de la voiture, puis actionna la sirène. Les voitures s'écartèrent immédiatement et ils purent couvrir rapidement les six pâtés de maisons qui les séparaient de la boutique du prêteur. Une voiture pie était stationnée devant, les deux agents à l'intérieur.

Le plus vieux des agents, un homme entre deux âges avec une bedaine et des cheveux bruns grisonnants, fit un rapport rapide aux policiers. A dix heures quarante-cinq ce matin même, une SDF avait apporté une paire de boucles d'oreilles en or en forme de feuilles, et les avait mises au clou pour cinquante dollars. Elle avait déclaré s'appeler Mary Smith et avait donné une adresse à Redondo. Le prêteur avait appelé la police à quinze heures vingt, cinq minutes après avoir entendu le bulletin de police disant de signaler les boucles d'oreilles en or.

— Vous avez vérifié l'adresse de Redondo ? demanda Jake au flic.

— Elle n'existe pas.

Jake pénétra dans la boutique.

— Montrez-moi les boucles d'oreilles.

Le boutiquier posa les boucles d'oreilles sur un velours noir et recula.

Jake les examina rapidement. Elles ressemblaient à celles de Joanna mais il ne pouvait être catégorique.

— Avez-vous demandé à la SDF d'où lui venaient ces boucles d'oreilles en or ?

— Bien sûr. (Mo Green était un petit homme vigoureux au teint coloré.) Elle a prétendu les avoir trouvées sur la plage.

— Et vous l'avez crue ?

Green haussa les épaules.

— Ça peut arriver.

— A-t-elle parlé d'autres bijoux ?

Green plissa le front, réfléchissant.

— Pas elle, mais son compagnon.

— Parlez-moi de son compagnon, répliqua Jake.

— Un type maigre, pas rasé, dans les quarante ans.

Merde, se lamenta intérieurement Jake avec un grand soupir.

— Quelle taille ?

— A peu près un mètre soixante-dix.

— Et son poids ?

— Il était vraiment maigre, dit Green. Soixante kilos maximum.

— Un détail particulier ?

— Ouais, dit Green en faisant la grimace. Il a des plaies sur tout le front. Elles sont couvertes de croûtes et il les arrache sans arrêt. (Il secoua la tête avec dégoût.) Il arrache chaque croûte et l'examine...

— Cet autre bijou auquel le compagnon a fait allusion..., a-t-il dit ce que c'était ?

— Un collier, je crois. Mais ils ne me l'ont pas montré.

— Vous aviez déjà vu cette Mary Smith avant ce matin ?

— Une ou deux fois, répondit Green. Elle m'apportait des babioles sans valeur, mais je lui donnais quand même quelques thunes et je la renvoyais.

— Pensez-vous qu'elle vive dans le coin ?

Green leva les mains, paumes ouvertes.

— Qui sait ? Mais si vous me demandez mon avis, c'est oui, elle vit par ici.

— Pourquoi ?

— Sa peau, dit aussitôt Green. Elle est rêche et bronzée. Vous voyez, comme celle des gens de la plage.

Jake et Farelli ressortirent de la boutique du prêteur et passèrent à côté d'un petit groupe de badauds. Le soleil se couchait et un vent frisquet venait de l'Océan.

Jake remit à Farelli une petite enveloppe contenant les boucles d'oreilles en or.

— Vois si on trouve des empreintes dessus.

— D'accord. (Farelli mit l'enveloppe dans sa poche et cracha son chewing-gum.) Pourquoi diable n'ont-ils pas mis le collier aussi au clou ?

— Ils voulaient peut-être garder une poire pour la soif.

— Ou bien ils ne l'ont pas encore. Il est peut-être encore autour du cou de Joanna.

Jake secoua la tête.

— Ils ont pu avoir les boucles d'oreilles, pourquoi pas le collier ?

— C'est juste, dit Farelli en se grattant distraitement les hémorroïdes. Tu crois que le prêteur a vu juste ? Tu penses que la vieille vit dans le coin ?

— C'est probable, dit Jake. Mais ça laisse un large secteur à contrôler. Tout Santa Monica et Venice et les plages avoisinantes...

— Il va falloir un plein autobus de flics pour couvrir l'ensemble.

— Prends le nombre qu'il faudra.

— Si on pouvait seulement mieux cerner les recherches...

— Ouais, si seulement... (La voix de Jake se perdit dans le vacarme d'un énorme camion à seize roues qui fit trembler le trottoir. Il fut suivi d'un bus roulant à toute vitesse, et le sol vibra encore. Jake suivit l'autobus des yeux et le regarda faire un arrêt au coin de la rue et prendre des passagers.) Il y a peut-être un moyen de réduire le champ d'investigation...

— Comment ?

— Comment Emma-la-Dingue et Joanna sont-elles venues jusqu'ici hier au soir ?

— C'est peut-être pas hier au soir, dit pensivement Farelli. Elles ont peut-être attendu ce matin...

— Sûrement pas, répliqua Jake. Elles avaient un tueur au fesses et le savaient. Elles ne pensaient qu'à se tirer vite fait.

— Bon, il est clair qu'elles n'avaient pas de voiture..., commença Farelli.

— Et elles n'ont pas fait de stop parce que personne ne les aurait prises. Pas à dix heures et demie du soir. Et les taxis sont trop chers...

— Il ne reste que les bus, dit Farelli en sortant son calepin.

— Tu y es, dit Jake, réfléchissant à la façon de les contrôler tous. Vérifie tous les bus qui sont passés hier soir sur Sunset Boulevard entre dix et onze. Vois si un conducteur se souvient d'Emma-la-Dingue ou de Joanna. Vois si on a délivré des tickets de correspondance pour Santa Monica. Vérifie les horaires, et trouve-moi quel bus pour Santa Monica elles pourraient avoir pris et son parcours exact...

Farelli notait les instructions aussi rapidement que possible.

— Et peut-être que le conducteur de bus se souviendra où elles sont descendues. Je lui montrerai la photo du toubib.

Jake sortit de sa poche une photo qu'il tendit à Farelli.

— Montre-lui aussi celle-ci. Vois s'il est venu par

ici et a déjà posé des questions sur Joanna et Emma au conducteur.

Farelli scruta la photo. Willy Patterson en militaire, lorsqu'il avait vingt ans. Avec une casquette imperméable sur la tête.

34

— Ça va paraître drôlement bizarre si on se met à détruire des stimulateurs cardiaques, dit Amanda.

— Pas si on s'y prend bien, rétorqua Mariner. On dira qu'on fait un contrôle de qualité par échantillonnage et on sélectionnera les nôtres.

— Mais il faudra encore les détruire.

Mariner haussa les épaules.

— Ils disparaîtront mystérieusement. Personne n'y prêtera attention.

— Et pour les autres appareils ?

— On va faire la même chose.

— Ça va sembler étrange, dit Amanda d'un ton dubitatif. Ça pourrait attirer l'attention.

— Tu as une meilleure idée ? demanda sèchement Mariner.

Amanda hésita, songeuse.

— Je ne voudrais pas qu'on s'affole et qu'on fasse une bêtise.

— C'est ça, prenons tout notre temps, dit Mariner en haussant la voix. Attendons que cet endroit grouille de flics.

— Parle moins fort, dit Amanda avec brusquerie. A moins que tu ne veuilles que tout l'immeuble t'entende.

Ils se trouvaient au fond d'un grand laboratoire, au dixième étage de la nouvelle tour « Santé d'abord ». C'était l'heure du déjeuner et la pièce était déserte, mais la porte entrouverte. Mariner se précipita pour fermer la porte, puis revint.

— Tu n'as pas l'air de comprendre, dit-il sans élever la voix. Sans ces implants, il n'y a aucune preuve contre nous.

— Pourquoi as-tu tellement hâte de détruire tout notre travail et d'abandonner tous nos plans ?

— Parce qu'on risque la prison à vie ou même pire.

— Je vois ça d'ici, dit Amanda d'une voix tranchante. Tu détruis tout, et l'instant d'après Rimer nous appelle pour nous dire qu'il a réglé le compte de Blalock. Et alors tu dis quoi ?

Mariner regarda la pendule murale. Il était presque treize heures, donc six heures qu'ils avaient vu Rimer.

— Es-tu prête à confier ta vie à cet enfoiré ?

— On dit qu'il connaît son boulot.

— S'il est si bon que ça, pourquoi Joanna Blalock court-elle encore les rues de Los Angeles ?

Le système de sonorisation fit un plop et une voix féminine annonça :

— Le docteur Mariner est demandé sur la ligne 2. Docteur Mariner, ligne 2, s'il vous plaît.

— C'est peut-être une bonne nouvelle, dit Amanda.

— Peut-être.

Elle observa Mariner se précipiter au téléphone et parler brièvement. Son visage ne manifestait rien et sa voix restait posée, mais il gardait le poing serré. Joanna Blalock avait encore filé, se disait Amanda, ou peut-être pire. Peut-être que la police l'avait trouvée et qu'elle avait recouvré la mémoire.

Mariner reposa le téléphone et revint lentement, le visage fermé.

— Qu'est-ce qu'il y a ?

— Un appel du docteur Benson du Memorial, répondit Mariner d'une voix éteinte. C'est le chef du service de biomécanique. Il vient de me dire que la semaine dernière Joanna lui a montré un microfilm d'un pacemaker de MPI. Ils n'ont pas pu déterminer quelle était la matière opaque à l'intérieur. Alors sa curiosité a pris le dessus. C'est pourquoi il m'a appelé...

— Oh, nom de Dieu ! (Amanda pâlit et se laissa tomber sur une chaise.) Qu'est-ce que tu lui as dit ?

— Que j'allais regarder.

— Elle a le microfilm, dit faiblement Amanda en essayant d'allumer une cigarette de ses mains tremblantes. On est foutus.

— On dirait, oui.

Amanda essaya à nouveau d'allumer sa cigarette, mais ses mains tremblaient comme des feuilles. Elle jeta sa cigarette tandis que des larmes lui venaient aux yeux.

— Nous sommes foutus !

Mariner la remit debout et la secoua rudement.

— Reprends tes esprits, merde !

— On va se retrouver en prison.

— Pas si on se sert de notre cervelle. Il y a toujours une échappatoire si on est assez malins pour la trouver.

— Mais le microfilm...

— Ils peuvent se le foutre au cul ! Si on récupère le pacemaker et qu'on détruit les autres, on est sauvés !

Amanda se secoua.

— As-tu les numéros de série des appareils qu'il faut détruire ?

— Dans mon coffre. (Mariner lui prit le bras comme ils se dirigeaient vers la sortie.) Tu vas tenir le coup ?

— Je crois.

— Bien.

Mais Mariner voyait bien qu'elle était encore pâle et tremblante, et il savait qu'elle craquerait à la moindre pression. Il allait falloir qu'il la surveille. Elle lui posait un problème. Mais c'était un problème que Mariner pouvait régler et dont il pouvait peut-être même tirer avantage. Au fond de lui-même, Mariner voyait les contours d'un plan qui rejetterait la faute sur Amanda. Et Rimer s'arrangerait pour qu'Amanda ne puisse jamais se défendre et montrer Mariner du doigt.

— Tu vas trouver une issue, hein ? demanda Amanda.

— C'est déjà fait, dit Mariner en se souriant à lui-même.

35

L'homme au visage couvert de croûtes s'approcha de la porte de derrière de l'immeuble. Il se mit à bricoler la serrure. Rimer sortit rapidement son télescope de poche et vit que le SDF faisait en sorte que la porte ne se referme pas. Cela indiquait que cette porte dérobée était très probablement le seul accès. Mais il vérifierait.

Rimer fit lentement le tour de l'immeuble. Comme ceux du voisinage, il était haut de deux étages, vide et fermé par des planches clouées. Rimer essaya soigneusement une autre porte, puis s'approcha des fenêtres du rez-de-chaussée. Toutes clouées.

Rimer revint sur la promenade de planches et regarda vers l'eau. Le jour tombait rapidement, et un gros soleil rouge s'enfonçait dans la mer. Il n'y avait personne sur la plage. Il étudia les lieux encore quelques secondes, puis se retourna vers l'immeuble juste au moment où une lumière apparaissait à une fenêtre du premier. Ce n'était pas l'électricité... Rimer en était sûr... des bougies, ou une lanterne. Il espérait que c'était une lanterne. C'était plus commode pour mettre le feu.

Rimer se demanda combien il y avait de personnes dans l'appartement. Certainement le gars couvert de croûtes ainsi qu'Emma, et probablement d'autres. Mais combien ? Cinq ? Dix ? Une douzaine ? Comment savoir ? Le plus malin serait de garder l'immeuble sous surveillance et d'en faire le compte exact pour qu'il sache à qui il avait affaire. Mais il n'avait pas le temps. Le portrait de Joanna était dans tous les journaux et à la télévision, et toute la flicaille de Los Angeles était à sa recherche. Non, il n'avait pas le temps. Et surveiller l'appartement en cachette posait un problème : il n'y avait pas de bonne planque, seulement une large promenade de planches et une plage nue. Rimer décida de travailler de l'intérieur.

Il vérifia le cran de sûreté de son Beretta, gardant l'arme sous son trench-coat, et pénétra dans la ruelle où se trouvait la porte dérobée. La porte s'ouvrit soudainement. Rimer fit demi-tour et revint sur les planches. Regard vers les étoiles, un homme en promenade. Il entendit des pas derrière lui et ralentit encore. L'homme au visage couvert de croûtes le dépassa rapidement.

Rimer attendit que l'autre soit hors de vue, puis fit demi-tour et revint jusqu'à l'immeuble. Il y avait encore de la lumière au premier étage. Une silhouette passa devant la fenêtre et disparut. Une femme avec de longs cheveux. Il retourna dans la ruelle et avança jusqu'à la porte de service. Il colla son oreille à la porte, et n'entendit rien. Il sortit son Beretta et entra.

L'entrée était plongée dans le noir, à part un rayon de lumière venant de l'escalier. Rimer attendit sur place jusqu'à ce que ses yeux soient habitués à la pénombre. A sa gauche se trouvait un ascenseur rouillé. Un vieux modèle, en forme de cage. A côté, une porte fermée. Rimer s'approcha de l'escalier, qu'il monta lentement sur la pointe des pieds. Les marches de bois étaient vieilles et, malgré ses efforts, elles grinçaient les unes après les autres. Rimer s'arrêta pour écouter. Le silence était total. Il recommença à monter. Son pied faillit passer à travers une marche pourrie. Le bois craqua bruyamment.

— Il y a quelqu'un ? cria une voix féminine.

— Haha, marmonna Rimer.

— Teddy, est-ce que c'est...

Rimer avait franchi la porte et était dans l'appartement. Il pointa son arme sur la tête d'une femme plutôt grande, assise par terre. Elle était maigre et sale, avec des cheveux d'un blond-roux. Rimer survola la pièce du regard, pistolet à bout de bras et en position de tir.

— Qui êtes-vous ? demanda Rimer.

— Je... je suis Bertie, dit la femme d'une voix tremblante.

— Vous habitez seule ?

— Non, dit Bertie en fixant l'arme, les yeux comme des soucoupes. Je vis avec des amis.

— Je cherche Emma. Où est-elle ?

Bertie secoua la tête.

— Je n'en sais rien.

— Vous avez dix secondes pour répondre, dit froidement Rimer.

— S'il vous plaît, monsieur, plaida Bertie. Ils ne me disent pas toujours où ils vont.

— Encore cinq secondes.

— C'est vrai, je vous le jure, pleurnicha Bertie, en levant la main.

Elle entendit un bruit sourd et feutré et sentit immédiatement une terrible douleur à la main. Elle la regarda et vit le sang jaillir. Elle ouvrit la bouche pour crier, mais Rimer y enfonça le canon de son arme.

— Alors, où sont tes amis ? demanda-t-il.

Elle bredouilla une réponse et il retira le pistolet de sa bouche.

— Où sont-ils ? redemanda-t-il en reculant d'un pas.

— Je n'en sais rien, couina Bertie. Vraiment rien.

— C'est ta dernière chance.

— Non ! Pitié, non !

La balle la frappa entre les deux yeux. Elle s'affala contre le mur, les yeux ouverts.

Emma et Joanna étaient à mi-étage quand elles entendirent Bertie crier. Elles se figèrent sur place.

— Qu'est-ce qui se passe ? demanda Joanna à haute voix.

— Chut !

Emma la fit taire et prit sa main, puis commença à redescendre lentement l'escalier.

— Peut-être que Bertie a besoin d'aide, dit doucement Joanna.

— Ferme-la et fais ce qu'on te dit, siffla Emma entre ses dents.

Le pied de Joanna passa à travers une marche pourrie et elle tomba à la renverse, se retenant à Emma qu'elle entraîna dans sa chute. L'atterrissage des deux femmes fut rude, mais elles ne furent pas blessées.

La lumière venant du haut de l'escalier diminua soudain et en levant les yeux les deux femmes virent la silhouette d'un homme de grande taille avec un trench-coat et une casquette imperméable.

— Cours ! gueula Emma en empoignant Joanna par le col pour la remettre debout.

Joanna se mit à courir, mais elle trébucha et tomba, s'écorchant les genoux. Emma la remit sur pied d'une secousse tandis que l'homme dévalait l'escalier.

Il va nous rattraper dans la ruelle, jugea Emma en une fraction de seconde tout en courant vers la porte qui jouxtait l'ascenseur et en entraînant Joanna. Elles franchirent la porte et descendirent un escalier dans le noir complet.

Rimer était à leurs trousses. Il arriva à la porte et scruta l'obscurité. Il se demanda si c'était un sous-sol ou des appartements ou simplement des caves. Tout était si noir qu'il ne se rendait pas compte de l'étendue des lieux. Il descendit lentement une marche, puis une deuxième, avant de changer d'idée. Il remonta à l'étage en courant pour chercher la lanterne.

— Vous l'avez vu ? demanda Joanna, affolée. Vous l'avez vu ?

— Et comment ! dit Emma dans un souffle. C'est l'enfoiré qui a voulu te tuer.

— Pourquoi ? demanda Joanna. Pourquoi veut-il me tuer ?

Emma haussa les épaules.

— Demande-lui. C'est *ton* oncle.

Joanna frotta ses genoux endoloris et sentit la peau écorchée et le sang chaud et visqueux.

— Où sommes-nous ?

— Au sous-sol.

— Partons d'ici.

— Comment ?

— Il n'y a pas d'autre sortie ?

— Pas que je sache, dit Emma, réalisant qu'elles étaient dans de beaux draps, mais persuadée quand même d'avoir eu le bon réflexe.

Il les aurait rattrapées dans la ruelle et descendues sur-le-champ. Au moins le sous-sol leur laissait une chance. Une petite chance.

Le cœur de Joanna battait. Tout allait de mal en pis. Elles étaient coincées, emprisonnées comme dans un conteneur, sans autre sortie que la porte où se trouvait l'homme.

— Mon Dieu ! Nous sommes piégées.

— Tout le monde est piégé, philosopha Emma. Chacun s'enferme dans des cages fabriquées par ses propres sentiments.

— Hein ?

Joanna regarda Emma d'un air ahuri.

— J'ai entendu dire ça une fois. Par une voisine de chambre, à l'hôpital psychiatrique de Los Angeles. Comment s'appelait-elle déjà ?

— Il faut trouver où se cacher...

— Ouais.

Emma sortit de sa poche un briquet jetable et l'alluma. Le sous-sol était quelconque avec ses murs en ciment sans soupiraux. L'unique ampoule était cassée. Il y avait des excréments humains sur le sol.

Joanna aperçut plusieurs couloirs qui s'enfonçaient dans le noir.

— Par où va-t-on ?

— Suis-moi, dit Emma en éteignant le briquet. Il y a des poutres basses par ici. Il faut baisser la tête. Et ne parle pas sans nécessité. Souviens-toi que l'enfoiré ne peut pas nous voir, mais qu'il peut nous entendre.

— Et s'il a une lampe de poche ?

— Alors nous sommes dans la merde.

Une lumière brilla soudain en haut de l'escalier. L'homme redescendait, tenant une lanterne devant lui.

— Oh, merde ! fit Emma, attrapant Joanna par le bras et la tirant vers un couloir sombre.

Rimer entendait des sons étouffés, mais il ne pouvait les identifier ni dire d'où ils venaient. Le sous-sol était caverneux, bien plus grand qu'il ne l'aurait cru, et tous les bruits faisaient écho. Levant la lanterne au-dessus de sa tête, Rimer s'aperçut qu'il se trouvait au centre du sous-sol d'où partaient quatre couloirs. Il décida de commencer par celui orienté au nord. Joanna et Emma étaient blotties dans un renfoncement, cachées derrière une grosse caisse en carton. Le sol était humide et froid, l'obscurité si complète qu'elles ne pouvaient même pas voir leurs mains devant leurs visages.

Joanna entendit un bruit léger de pas par-dessus sa respiration.

— Il arrive ?

— J'en sais rien, dit tranquillement Emma. Mais tu verras sa lumière avant de l'entendre. Guette la lumière.

— Et qu'est-ce qu'on fait à ce moment-là ?

— On part à gauche, dit Emma, s'éclaircissant la gorge le plus doucement possible. Rappelle-toi, à gauche. Compris ?

Joanna acquiesça.

— A gauche.

— Bon, tu restes là. Il faut que je fasse quelque chose.

Emma poussa la caisse de côté et se glissa dans le noir.

Joanna sentait la peur grandir en elle. Elle se sentait si seule dans le noir et si vulnérable. Elle allongea rapidement la main vers la caisse et la ramena contre elle. Bon Dieu ! Elle avait peur que l'enfoiré la trouve toute seule dans ce sous-sol désert. Dieu seul savait ce qu'il lui réservait avant de la tuer, et Joanna se pelotonna sur elle-même et se mit à trembler. Son tremblement se communiqua à la caisse en carton qui gratta doucement le sol. Rimer était revenu bredouille au centre du sous-sol. Il était sur le point de prendre le suivant quand il entendit un bruit venant du couloir juste derrière lui. Un léger frémissement. Un frottement. Rimer s'avança dans cette direction.

Joanna entendit quelqu'un arriver. Elle tendit ses muscles et recula, prête à donner un coup de pied à l'attaquant. Puis elle partirait à gauche. Comme avait dit Emma. A gauche. Les bruits se rapprochèrent.

Oh mon Dieu, je vais mourir ! Joanna sentait la présence de quelqu'un tout près d'elle, pratiquement au-dessus d'elle. Mais pas de lumière.

— Emma, c'est vous ? demanda doucement Joanna.

— Ouaip, c'est moi que v'là !

— Où étiez-vous ? demanda Joanna, furieuse qu'Emma l'ait laissée mais soulagée de la voir revenue.

— J'avais envie de pisser. (Emma fit un mouvement et posa un objet à côté d'elle.) Attention à mon seau. Il est à moitié plein.

— De quoi ?

— De ma pisse.

Oh, Bon Dieu, gémit intérieurement Joanna, nous

sommes traquées par un tueur et cette folle se balade avec un seau d'urine !... Nous sommes mortes, se dit-elle, ou c'est tout comme. Joanna espérait que tout irait vite et sans souffrances.

Un flot de lumière arriva par le couloir. Elles entendirent les pas approcher, lents et déterminés. L'homme n'était pas pressé.

Emma se mit sur ses pieds, fit se relever Joanna, et prit son seau.

— Accroche-toi à moi et rappelle-toi qu'on va à gauche.

Mais il a une lanterne, se dit Joanna, et il peut nous suivre partout où nous irons. Saloperie de lanterne. Elle toucha le bras d'Emma et murmura :

— Donnez-moi le seau.

— Non, siffla Emma entre ses dents. J'aurai peut-être encore besoin de pisser.

— Donne-moi ce putain de seau, gronda Joanna en sourdine.

Emma lui tendit le seau à regret.

— Il faudra me le rendre quand tu auras fini.

Les bruits de pas devenaient plus présents, la lumière plus forte. L'homme n'était plus qu'à quelques mètres. Joanna retint son souffle. Il était si près qu'elle l'entendait respirer. Elle leva lentement son seau.

Rimer vit le reflet du seau métallique et voulut réagir, mais trop tard. Un demi-litre d'urine atterrit sur la main qui tenait la lanterne, noyant la flamme. Rimer pivota et tira deux coups de feu en direction du renfoncement.

Joanna et Emma couraient le long du couloir, suivant le mur à tâtons. Elles allèrent à gauche, puis à droite. Il n'y avait aucune lumière, l'obscurité était totale. Joanna s'accrochait à la jupe d'Emma.

Derrière elles, elles entendirent l'homme marmonner des jurons. Et elles perçurent ses pas qui s'approchaient.

Emma avançait accroupie, tirant Joanna derrière

elle et cherchant en tâtonnant un grand trou dans le mur. Il ne devait pas être loin, en principe. Elle fut sur le point d'allumer le briquet, juste une seconde, mais se ravisa. La dernière chose à faire serait de donner à cet enfoiré leur position exacte. Elle avança le long du couloir et s'accroupit encore, se souvenant qu'elles se trouvaient dans la partie du sous-sol où les poutres étaient basses. Elle négligea de rappeler les poutres à Joanna tout en accélérant.

Joanna crut entendre un bruit juste derrière elle et se redressa pour regarder en arrière. Le sommet de son front heurta une poutre de bois et elle s'affala comme un poids mort. Emma entendit le bruit mat et sentit tomber Joanna. Elle comprit tout de suite ce qui venait de se passer. Elle s'agenouilla à côté de Joanna.

— Ça va ?

— Ma tête, gémit Joanna, trop fort.

— Reste tranquille.

Emma sentit la bosse sur le front de Joanna, mais il n'y avait pas de sang. Bon. Et maintenant, où diable était ce trou ? Emma alluma son briquet. Juste en face d'elles, elle vit le trou dans le mur. Une buse d'un mètre de diamètre et longue de trois mètres, partie sans doute d'un système de drainage des eaux jamais terminé. Emma se glissa à quatre pattes dans la buse et tira Joanna derrière elle. Elle lui mit la main sur la bouche pour étouffer ses gémissements.

Rimer avait vu le flash de lumière. Il pensa d'abord à l'ouverture d'une porte, mais il était certain qu'il n'y avait qu'une seule issue au sous-sol. Et d'ailleurs, aucune porte ne pouvait rester ouverte aussi peu de temps lorsque deux personnes sortaient. Non. C'était une allumette, ou un briquet. Il tendit l'oreille. Il n'entendit que le silence. Les deux femmes ne bougeaient plus.

Il avança, une main tendue devant lui. Les femmes étaient tout près. Il le savait. Il le sentait. Sa main toucha une poutre basse et il s'arrêta, la tâtant pour savoir ce que c'était. Emma l'entendit. Il était près, tellement près. Elle se serra le plus possible dans le fond de la buse. Des glaires s'accumulaient dans sa gorge et il lui fallait résister à l'envie de tousser. Le tapotement cessa. Le silence était maintenant total. Emma avait la main plaquée sur la bouche de Joanna.

Rimer passa lentement devant l'ouverture de la buse et continua le long du couloir. Il finissait en cul-de-sac. Il revint sur ses pas, un peu plus vite, agitant les mains devant lui et se baissant sous les poutres. Les femmes étaient toujours là. Il en était sûr. Mais elles avaient l'avantage. Elles connaissaient le terrain et pas lui. Le sous-sol obscur avec ses recoins et ses couloirs était une excellente cachette, tout comme les tunnels souterrains où se réfugiaient les cocos au Viêt-nam. Rimer savait comment s'en sortir avec les cocos et leurs tunnels. Il allait utiliser la même technique.

Emma entendit les pas passer devant elles puis s'éloigner. Elle retira sa main de sur la bouche de Joanna.

— Ça va ?

— Ma tête me fait horriblement mal.

Joanna gémit. La douleur était localisée au-dessus des yeux. C'était comme si un foret lui transperçait la cervelle.

— Tu t'es cognée dans une poutre, murmura Emma. Il faut faire attention, Janie.

— Je ne m'appelle pas Janie, répliqua Joanna.

— Alors comment t'appelles-tu ?

— Joanna. Joanna Blalock.

— Tu sais où tu habites ? demanda Emma, essayant d'imaginer l'importance de la maison de Joanna et combien d'argent il y avait dedans.

— A Los Angeles.

— Ouais, mais où ?

Joanna hésita, essayant de se souvenir.

— Tu te souviens de ton accident ? demanda Emma.

— Un peu, dit lentement Joanna.

Elle revoyait une route en lacets. La voiture derrière elle l'emboutissait et la poussait dans le vide.

— Tu venais peut-être de chez toi quand tu as eu ton accident ? demanda Emma, essayant de rafraîchir la mémoire de Joanna.

— Non, dit spontanément Joanna. J'étais chez Jake.

— Qui est Jake ?

La vision d'un homme avec une petite cicatrice au menton apparut à Joanna, mais elle ne put rien se rappeler d'autre.

— Je ne sais pas trop.

La porte du sous-sol claqua en se refermant, et les deux femmes sursautèrent.

— Croyez-vous qu'il est parti ? demanda Joanna.

— Ouais, mais ne te réjouis pas trop vite, dit Emma. Il est sans doute allé chercher une lampe électrique.

— Mais ça va l'obliger à s'éloigner de l'immeuble, pas vrai ?

— Ouais, sûrement.

— C'est peut-être l'occasion de nous échapper, dit aussitôt Joanna.

— Peut-être, fit Emma d'un air songeur. Mais c'est risqué. Il peut nous guetter.

— Essayons quand même. Tout plutôt que de rester prises au piège dans ce sous-sol.

— Sans doute, dit Emma, pas du tout convaincue que ce soit la bonne décision.

Elles sortirent de la buse et étirèrent leurs membres ankylosés. Emma alluma son briquet et les conduisit le long du couloir. Elles arrivèrent à un seau au milieu d'une mare d'urine et Emma le ramassa. La flamme de son briquet s'éteignit et elle dut le rallumer.

Elles continuèrent le long du couloir, essayant de

sonder l'obscurité. Un rat couina et les deux femmes se figèrent un instant, puis reprirent leur progression. Elles étaient maintenant arrivées dans la partie centrale du sous-sol. Elles avancèrent sur la pointe des pieds jusqu'au bas de l'escalier. Elles montèrent sans bruit.

Joanna saisit la poignée de la porte et la tourna doucement. Le pêne se dégagea. Joanna poussa sur la porte mais elle ne bougea pas, pas même un tout petit peu.

Elles étaient prises au piège.

36

Timmie boitillait le long de la promenade de planches de Santa Monica, en ménageant la jambe dont le furoncle avait été incisé et vidé la veille. Le bandage s'était détaché et le pansement pendouillait. Ça lui faisait de plus en plus mal. Putain ! Putain ! Il espérait que cela n'allait pas encore suppurer et nécessiter une nouvelle incision. Peut-être que Janie se contenterait de refixer le pansement. Ouais, ça suffirait peut-être.

En approchant de l'immeuble, Timmie leva les yeux vers la fenêtre du premier et ne vit pas de lumière. Bien. Bertie dormait. Elle en avait besoin. Le docteur avait dit que ça aiderait à guérir son foie. Elle avait attrapé un virus, se rappelait Timmie, une sorte de virus qui s'attaque au foie. Ils feraient peut-être bien maintenant de retourner au Kansas, où ils avaient encore de la famille. Bertie guérirait là-bas... il en était sûr. Il lui en parlerait dès demain.

Timmie s'engagea dans la ruelle au moment où la porte de service s'ouvrait. Un homme en sortit. Un homme de grande taille, avec une drôle de casquette. L'homme s'éloigna en courant dans la ruelle et disparut dans l'obscurité. Timmie s'approcha de la porte avec précaution, prêt à s'enfuir si l'homme revenait. Il attendit encore trente secondes pour s'assurer que l'homme ne revenait pas, puis ouvrit la porte. Il fut entouré d'un nuage de fumée, le faisant tousser et lui piquant les yeux.

— Bertie ! Bertie ! cria Timmie en essayant de retrouver l'escalier.

Mais la fumée était trop épaisse et il n'y avait pas de lumière. La chaleur et la fumée desséchaient ses poumons et l'obligèrent à ressortir. Bertie ! Mon Dieu ! Bertie ! Il pensa à s'enrouler dans une couverture mouillée et à rentrer dans la maison. Il avait vu Steve McQueen faire ça dans un film. Mais il n'avait ni eau ni couverture.

Timmie courut aussi vite qu'il le put le long des planches, tandis que la fumée le faisait pleurer et lui brûlait les yeux. Il se les frotta pour y voir plus clair et se précipita vers l'avertisseur d'incendie situé un pâté de maisons plus loin. Il déclencha le signal et s'appuya lourdement sur la borne téléphonique, essayant de reprendre son souffle. Ses poumons étaient en feu et il s'entendait siffler en respirant. Puis il se mit à tousser. Il toussa si fort qu'il recracha la quasi-totalité d'un beignet avalé une demiheure auparavant.

Il se força à quitter la borne à incendie et reprit le chemin de l'immeuble. Peut-être que Bertie n'y était pas, essayait de se dire Timmie, elle était peut-être sortie. Elle avait peut-être eu faim et était sortie se chercher à manger. Au fond de lui-même, il savait qu'elle était dans la pièce, l'attendant comme toujours. Sa toux s'apaisa et il se mit à courir.

Il aperçut une petite foule devant l'immeuble. Une épaisse fumée s'échappait de la ruelle et maintenant Timmie pouvait voir une lumière intermittente à travers la fenêtre du premier. Une lumière intense. Puis les flammes apparurent.

37

Joseph Blake regarda rapidement les restes carbonisés et détourna les yeux. Il était pompier depuis vingt ans et capitaine depuis cinq, mais il ne s'habituait toujours pas à la vue des corps brûlés.

— Je me demande quel âge elle avait.

— Qui sait ? (Max Hollander retira son casque et s'épongea le front avec sa manche.) Difficile à dire quand quelqu'un est aussi grillé.

Blake se força à regarder encore la victime. La peau était noire et couverte de cloques, yeux et nez avaient disparu. Il espérait qu'elle était morte rapidement et si possible pendant son sommeil.

— Et tu as trouvé deux foyers d'incendie, c'est ça ?

— Et peut-être même un troisième.

— Incendie volontaire et meurtre, c'est ça ?

— On dirait bien.

Un foyer d'incendie correspondait à un endroit où les flammes et la chaleur avaient été particulièrement intenses et indiquait en général l'endroit où le feu avait pris. Dans les feux accidentels, on ne trouvait qu'un seul foyer, par exemple près d'une prise électrique ou dans un matelas. Deux foyers ça voulait dire que le feu avait été mis délibérément. Et le corps calciné signifiait un meurtre, que l'incendiaire ait su ou non que la victime se trouvait dans la maison.

Ils redescendirent dans le hall. Murs et plafonds

avaient été largement endommagés et les sols avaient été bien roussis mais avaient résisté. De l'eau gouttait du dessus et formait de grandes mares. Ils arrivèrent à la porte ouverte près de l'ascenseur.

— Qu'est-ce qu'il y a là-dedans ? demanda Blake.

— Ça mène au sous-sol, dit Hollander.

— Tu l'as inspecté ?

— C'est vide et nu. Pas de traces de feu, mais un peu de fumée. Je dirais qu'elle est passée par les fissures de la porte.

— Elle était fermée quand tu es arrivé ?

— Plus que fermée, dit Hollander. Quelqu'un avait calé une planche entre la poignée de porte et le sol. Et sérieusement. Il a fallu couper cette putain de planche à la hache...

— Pourquoi crois-tu qu'elle était coincée comme ça ?

Hollander haussa les épaules.

— J'en sais rien. Peut-être pour empêcher qu'on y aille.

Blake approuva lentement.

— Tu as vérifié le sous-sol, quand même ?

— Oh, ouais. C'est cimenté et entièrement vide. Personne ne vit là-dedans.

Blake contempla la porte. Quelque chose n'allait pas.

Un pompier descendit l'escalier et se précipita vers eux.

— Chef, ceci devrait vous intéresser !

— Qu'est-ce que c'est ? demanda Blake, son attention détournée.

Le pompier montra deux longues blouses blanches.

— On a trouvé ça dans une cantine métallique, là-haut.

Blake en avait vu des tas quand il était ambulancier. Des blouses de médecin. Il fouilla dans l'une des poches et trouva un stéthoscope et un marteau à réflexes. Sur la poche gauche de poitrine était brodé : *Dr. Louis Chang, interne — Hôpital Saint-Luc.*

— Une fois que vous les aurez montrées à la brigade des incendies criminels, appelez l'hôpital Saint-Luc, dit Blake au pompier. Dites-leur qu'on a trouvé des blouses leur appartenant.

— Quelqu'un va être drôlement content, dit Hollander. Cet équipement médical coûte un paquet.

— Je me demande comment les blouses sont arrivées là, dit le pompier.

Hollander sourit légèrement.

— C'est sûr qu'elles ne sont pas venues toutes seules, tu ne crois pas ?

Blake se retourna vers la porte ouverte à côté de l'ascenseur. Quelque chose à propos de cette porte continuait à le titiller, mais il n'arrivait pas à savoir quoi. Il trouverait peut-être plus tard.

38

Il était midi et Rimer était revenu sur la promenade de la 3e Rue, à Santa Monica. Il cherchait le petit malin pour le tuer. Ce marlou l'avait vu de près et il était le seul à pouvoir faire le lien entre lui et les SDF morts dans l'incendie.

La journée était ensoleillée et chaude, le ciel bleu. Rimer avait retiré son trench-coat et l'avait posé sur son bras, mais il portait toujours sa casquette imperméable sur la tête. Elle était rabattue sur son front et gardait dans l'ombre la plus grande partie de son visage. Il savait que les gens croiraient qu'il voulait protéger du soleil sa peau de blond.

Rimer suivait la promenade, regardant à droite et à gauche comme un touriste venant pour la première fois. Il passa devant le complexe cinématographique et une série de terrasses de restaurants bondées. Un mendiant s'approcha de lui et tendit la main. Le mendiant sentait l'urine. Rimer le repoussa d'un geste de dégoût et continua sa route.

Près du carrefour, il aperçut son homme. Le marlou était appuyé contre la façade d'une banque, épiant les passants, à l'affût d'un bon cave. Rimer s'approcha de lui lentement.

— Tu te souviens de moi ? demanda Rimer.

— Ouais, fit le marlou, en mastiquant son chewing-gum.

— Bien, on a encore à se parler.

Le marlou resta appuyé contre son mur.

— C'est pas ma faute si vous vous êtes fait baiser.

— Je... je ne comprends pas, dit Rimer, pris à contre-pied.

— Vous vouliez refroidir Emma, pas vrai ?

— Je n'ai pas dit ça.

— Arrêtez vos conneries, dit calmement le marlou. Vous avez mis le feu à leur baraque, hier soir.

— Comment le sais-tu ?

— J'entends ce qui se dit dans la rue.

— Ce n'est pas moi, dit Rimer fermement. Je n'ai pas mis le feu.

— Ah ah ! fit le marlou, sachant que l'autre mentait. Ben, en tout cas celui qui a fait ça a raté son coup.

— Pourquoi ?

— Parce que j'ai vu Emma et sa copine il y a pas plus d'une heure.

— Où ça ? demanda aussitôt Rimer.

Le marlou eut un léger sourire et tendit la main.

— J'essaye de me souvenir.

Rimer jeta un regard de côté et vit un agent de police en vélo qui s'approchait. Il attendit que le flic soit passé et tendit au marlou un billet de vingt dollars.

— Où ?

— De l'autre côté du parc, à l'angle d'Arizona et d'Ocean.

— A quoi ressemble la copine d'Emma ? demanda Rimer qui vit aussitôt l'autre tendre à nouveau la main.

Il lui donna un nouveau billet de vingt, bien décidé à le tuer.

— Jeune, plutôt jolie, cheveux châtain clair (Le marlou regarda Rimer qui s'en allait, et le rappela.) Mais vous les trouverez pas à l'angle d'Arizona et d'Ocean. Y'a longtemps qu'elles sont parties.

Rimer revint sur ses pas, s'efforçant de garder son calme.

— Où sont-elles ?
— J'en sais rien, dit le marlou, mais je sais où elles seront ce soir.
— Où ?
— Ça fera cent dollars.
Rimer effeuilla cinq billets de vingt.
— J'écoute.
Le marlou fit disparaître les billets.
— Il y a un restaurant au carrefour de Wilshire Boulevard et de Seward Street. Le jeudi, vers dix heures du soir, le mec qui tient le restaurant distribue ses restes aux SDF.
— Ça doit attirer du monde.
— Pas trop. Il ne nourrit qu'Emma et ses copains. Ne me demandez pas pourquoi.
— Il leur apporte à manger dehors, c'est ça ?
— Ouais. Par-derrière, du côté du parking.
— Et derrière le parking ?
Le marlou plissa les yeux, réfléchissant.
— Un passage et un immeuble. Mais à dix heures du soir c'est plutôt calme.
— Bien. (Rimer envisagea d'attirer le marlou dans une ruelle et de le tuer, mais décida de ne pas le faire. Il pourrait avoir encore besoin de lui.) J'aurai peut-être besoin de ton aide pour trouver un autre SDF, mentit Rimer d'un ton naturel.
— Oh ?
— Un homme. J'en saurai plus sur lui demain.
— Faudra payer.
— Disons cent dollars tout rond.
Le marlou approuva avidement.
— Je serai là demain. Même heure, même endroit. Ça me porte chance.
Pas sûr, pensa Rimer en s'éloignant.

— Ils ont identifié le corps ? demanda Jake.
— Pas encore, dit Farelli. Tout ce qu'ils savent, c'est que c'est une jeune femme, trop brûlée pour être identifiable.

Ils franchirent une série de portes battantes et Jake dit :

— Raconte.

Farelli commença par le coup de téléphone qu'ils avaient reçu de Judy Travers, l'infirmière du service des urgences à l'hôpital Saint-Luc. Elle leur avait dit que les pompiers avaient trouvé les blouses blanches dans un immeuble de Santa Monica auquel on avait mis le feu. Ces fameuses blouses blanches qu'Emma et Joanna portaient quand elles avaient pris la fuite. Farelli avait alors joint les pompiers qui avaient éteint l'incendie et appris qu'ils avaient trouvé un cadavre de femme carbonisé.

— Est-ce que la victime portait des bijoux ? demanda Jake, songeant au collier de Joanna.

— Ils ne l'ont pas dit.

Ils suivaient un long couloir désert, dans la morgue du district de Los Angeles. Tout était calme. Ils n'entendaient rien d'autre que le bruit de leurs chaussures sur le carrelage.

Jake regardait fixement droit devant lui, repensant aux nombreuses fois où il était venu à la morgue voir des cadavres. Cadavres dont il se foutait. Des morts qui brisaient le cœur d'autres personnes. Mais cette fois-ci la peine serait pour lui. Il redoutait l'instant où on lui dirait que le corps carbonisé était celui de Joanna. Et il redoutait la suite. La douleur. Les nuits sans sommeil. Apercevoir quelqu'un dans la rue et s'imaginer un instant que c'était elle, puis se rappeler que c'était impossible. Ça lui avait fait le même effet à la mort d'Eleni. Et il allait subir cette nouvelle épreuve.

Ils entrèrent dans une grande salle d'autopsie avec dix tables de dissection en inox. Toutes étaient vides et nettoyées, sauf celle du fond, où se trouvait Girish Gupta. Il portait la tunique opératoire et un long tablier noir. Son visage était sombre.

Jake s'approcha lentement de la table, fixant du regard le corps de la brûlée. Il était carbonisé et noirci, et il fallait s'approcher tout près pour distinguer des traits humains.

— Le sergent m'a demandé de vous attendre avant de commencer l'autopsie, dit Gupta, mais j'ai pris la liberté de faire quelques observations préliminaires.

Jake avala difficilement sa salive.

— Pensez-vous qu'il s'agisse de Joanna ?

Gupta le regarda avec surprise.

— Le docteur Blalock ? Joanna Blalock ?

— Oui, dit Jake doucement.

— Sûrement pas ! (Gupta secoua énergiquement la tête.) Totalement exclu ! Ce corps fait un mètre quatre-vingts. C'est vrai que le docteur Blalock est grande, mais pas à ce point-là. Et puis il y a la couleur des cheveux. Bien que les cheveux du cadavre soient sérieusement roussis, je peux vous affirmer que c'est une blonde naturelle, ce qui n'est évidemment pas le cas du docteur Blalock. (Gupta pointa le doigt vers Jake.) Non, non, lieutenant. Ce n'est pas Joanna Blalock.

Jake leva les yeux au ciel, faisant une brève prière d'action de grâces. Par habitude, il sortit son calepin, redevenu lui-même.

— Et je pense que le cadavre était nettement plus jeune que le docteur Blalock, ajouta Gupta. Aux rayons X, la densité osseuse de la victime est celle d'une personne de vingt ans.

— Donc c'est une jeune femme, probablement une SDF, morte brûlée, résuma Jake calmement, mais encore tremblant en son for intérieur.

— Elle n'est pas morte de ses brûlures, dit Gupta avec assurance. Cette femme a été tuée d'une balle dans la tête.

Les détectives se penchèrent tandis que Gupta montrait le trou d'entrée de la balle au milieu du front.

— Il n'y a pas de trou de sortie, donc la balle est restée dans le cerveau.

Jake se retourna vers Farelli.

— Il faudra comparer cette balle avec celle que j'ai sortie du mur dans le laboratoire de Joanna.

— Parfait, dit Farelli en inscrivant quelque chose sur son calepin.

Gupta leva les sourcils.

— Vous connaissez le meurtrier ?

— On a notre petite idée, dit Farelli.

— Pourquoi diable l'a-t-il tuée ? demanda Jake à la cantonade.

— Elle était peut-être sur sa route, suggéra Farelli.

Jake regarda encore le corps carbonisé.

— Bon, voici la victime d'un meurtre et on ne saura jamais qui c'était...

— Je n'en suis pas si sûr, dit Gupta. Il y a une heure, quelqu'un est venu réclamer le corps.

Jake releva brusquement la tête.

— Qui ?

Gupta haussa les épaules.

— Un jeune gars. Je ne l'ai pas vu moi-même, mais d'après ma secrétaire il a déclaré être son frère.

— Il est encore là ?

— Je ne crois pas, mais demandez à ma secrétaire. Elle est dans le grand bureau, de l'autre côté du hall.

Jake et Farelli quittèrent la morgue et suivirent rapidement le couloir jusqu'au bureau de l'assistant du coroner. Une secrétaire grassouillette, entre deux âges, avec des cheveux châtains bouclés, était penchée sur sa machine à écrire.

Margie Wilson regarda les policiers.

— Farelli, vous prenez du poids.

— Vous pouvez toujours causer, répliqua Farelli d'un ton enjoué.

— Gupta nous a dit que quelqu'un avait réclamé le cadavre carbonisé, dit Jake.

— C'est exact. Il est venu vers seize heures.

— Il est encore là ?

— Non.

— Parlez-moi de lui.

Margie saisit un bloc de formulaires et relut ses notes.

— Il a donné comme nom Timmie Sanders. Pas d'adresse. Il a déclaré que la victime était sa sœur Bertie. Je lui ai dit qu'il fallait qu'il apporte des preuves d'identité pour qu'on puisse lui remettre le corps.

— Et qu'a-t-il répondu ? demanda Jake.

La secrétaire haussa les épaules.

— Ce n'est qu'un gamin. Il n'a sûrement pas plus de vingt ans. Je lui ai expliqué qu'il nous fallait des empreintes digitales ou une carte dentaire pour qu'on puisse identifier le corps sans conteste. Et il a dit qu'il allait se procurer sa carte dentaire.

— Merde alors, se moqua Farelli. Où diable un gosse SDF va-t-il aller chercher une carte dentaire ?

— Au centre de soins gratuits, répliqua Margie. Il y en a un à Venice et un autre dans le quartier de Wilshire-Centre.

— Comment savez-vous ça ? demanda Jake.

— Parce que je m'occupe des sans-logis, dit Margie.

Jake regarda Farelli.

— Tu prends Wilshire-Centre et moi je fais Venice.

— On devrait peut-être y envoyer dare-dare des voitures de police, dit Farelli, regardant la pendule.

Il était cinq heures moins le quart.

— Non, répliqua Jake. Les SDF ont la trouille des flics. En les voyant, il pourrait avoir envie de se tirer. Il ne faut pas qu'il nous échappe. Peut-être... je dis bien peut-être... qu'il peut nous mener à Joanna.

Farelli secoua la tête d'un air de doute.

— On n'est même pas sûrs que le gars connaisse Joanna...

— Oh que si ! fit Jake. Sa sœur est morte dans l'appartement où on a trouvé les blouses blanches qu'ont portées Emma et Joanna. Ils doivent vivre ensemble, comme en famille.

Farelli réfléchit un instant, puis hocha la tête.

— Ouais, je suis de ton avis.

— Maintenant, on va appeler ces deux cliniques et leur dire de ne pas délivrer la carte dentaire de Bertie Sanders. Si Timmie se pointe, il faut le retenir. Lui dire qu'on a du mal à retrouver le dossier...

— Espérons seulement qu'il n'est pas déjà passé et reparti avec, dit Farelli.

Jake se retourna vers la secrétaire.

— Qui peut nous donner le numéro de téléphone de ces cliniques dentaires ?

— Moi, dit la secrétaire en prenant son répertoire téléphonique.

39

— Tu es sûre d'être toubib ? demanda Emma.

— Certaine, dit Joanna.

— Quel genre de médecin ?

— Je dois être médecin légiste, dit lentement Joanna. Je crois que je fais des autopsies...

— Ce qu'on fait sur les cadavres ?

— Oui.

— Et combien tu gagnes ?

— Je ne sais plus.

Joanna ne savait pas quels étaient ses revenus, ni où elle travaillait ni même dans quelle ville. Elle savait seulement qu'elle était à Los Angeles et qu'elle y travaillait probablement. Mais des souvenirs la ramenaient à Baltimore et à un hôpital là-bas. Un vieil hôpital tout gris. Mais elle ne se souvenait pas de son nom.

— Tu dois habiter une sacrée belle maison, dit Emma. Comme la plupart des docteurs.

Joanna essayait de se souvenir de l'endroit où elle vivait. Elle revoyait un petit bungalow. La maison de Jake... un certain Jake. Et elle se souvenait d'avoir quitté cette maison en voiture, en prenant la route des collines. Et d'une voiture derrière elle qui l'avait poussée hors de la route. Et de la salle du service des urgences, lorsqu'un homme avait voulu la tuer. Pourquoi lui en voulait-il ? Pourquoi ?

— Je devrais peut-être aller à la police..., dit enfin Joanna.

— Ah ouais, la belle idée ! dit Emma d'un ton moqueur. Ils appelleront ton oncle pour qu'il arrive et te liquide définitivement.

— Ce n'est pas mon oncle, dit Joanna, se rappelant maintenant sa sœur Kate et leur mère.

— Eh bien, qui que ce soit, il cherche sans aucun doute à te tuer, pas vrai ? (Emma prit Joanna par le bras, et de Lincoln Boulevard, elles s'engagèrent ensemble dans Wilshire. Il était dix heures moins le quart et la circulation était faible.) Il a été à deux doigts d'avoir notre peau dans ce sous-sol, hein ?

Joanna frémit, se rappelant comment elles avaient été enfermées dans le sous-sol et comment la fumée avait commencé à s'infiltrer, les asphyxiant. Elles s'étaient glissées à nouveau dans la buse et, à l'aide de cartons et de chiffons, s'étaient isolées. Ça avait été efficace, mais un peu de fumée avait filtré. Elle avait encore les poumons en feu.

Joanna avait bien cru mourir dans ce sous-sol. Elles étaient dans une trappe, en train de suffoquer, sans issue possible. Puis l'air était devenu moins enfumé et elles avaient entendu des voix d'hommes. Elles avaient cru que c'était l'homme qui voulait les tuer, revenu avec un complice pour s'assurer de leur mort. Ou bien c'étaient peut-être des voix de pompiers. Mais ça ne valait pas mieux, avait prévenu Emma. Les pompiers reprocheraient presque certainement aux deux femmes d'avoir mis le feu et les accuseraient d'incendie criminel. Les sans-abris étaient sans arrêt accusés de crimes qu'ils n'avaient pas commis. Emma avait décidé qu'il valait mieux qu'elles restent cachées et qu'elles attendent que tout le monde ait quitté l'immeuble.

— Et rappelle-toi, continua Emma, que cet homme a presque réussi à te tuer... Le plus sage est de ne pas aller voir les flics.

Joanna hocha la tête.

— Vous avez probablement raison.

— Tu parles ! (L'estomac d'Emma commença à gargouiller et elle se tapota le ventre.) Bon Dieu, je crève de faim. J'espère qu'ils ont fait du ragoût, ce soir.

— Ils nous laissent nous installer dans le restaurant ?

— Non. On reste dehors, sur le parking.

— Tant mieux.

— Pourquoi tant mieux ?

— Parce que je suis sale et je sens mauvais.

— On s'habitue, dit Emma avec indifférence.

Quelques maisons plus loin, Karl Rimer les attendait. Il était accroupi derrière un mur qui séparait une supérette fermée du parking du restaurant. Il avait compté une demi-douzaine de voitures sur le parking. Près de la porte de derrière du restaurant, un serveur et le gardien du parking bavardaient en espagnol tout en fumant une cigarette. Juste à sa droite, il y avait une grande benne à ordures et ensuite le passage.

Rimer pouvait voir plusieurs vieilles chaises pliantes près de la benne, et il devina que c'était là qu'on donnerait à manger aux sans-logis, loin des voitures et du restaurant. L'emplacement idéal. Il n'aurait pas pu arranger ça mieux. La distance de tir serait de moins de trois mètres et il y avait deux retraites possibles. La voie carrossable menant au restaurant et le passage. Il préférait le passage. Il était sombre et débouchait sur une rue tranquille, où Rimer avait garé sa voiture. Il disparut derrière le mur et vérifia son arme.

— Voici le restaurant, dit Emma en montrant au loin l'enseigne au néon.

— Il va y avoir beaucoup de monde ? demanda Joanna.

— Que nous. C'est-à-dire Teddy, Timmie et Bertie.

Emma se cura le nez et chassa une crotte d'une chiquenaude.

— Croyez-vous que Bertie soit sauve ? demanda Joanna.

— Elle s'en est tirée. Le type s'intéresse à toi, pas à elle.

— J'espère qu'elle n'a pas été prise dans l'incendie.

— Pas cette bonne vieille Bertie, dit Emma, sans inquiétude. Dès que le type a redescendu l'escalier, elle a dû courir vers l'issue de secours. Elle court encore, si ça se trouve...

Elles prirent l'allée carrossable et allèrent à l'arrière du restaurant. Le parking était bien éclairé sauf du côté de la benne, qui était plein d'ombres.

— On mange là-bas, près de la poubelle, dit Emma.

Joanna plissa le nez.

— Et l'odeur ?

— T'as très faim ?

— Je crève de faim.

— Dans ce cas, l'odeur ne te gênera pas.

Rimer entendit arriver les deux femmes. Puis une voix parlant espagnol et une porte qu'on fermait. L'aide-cuisinier était parti chercher à manger pour les SDF, se dit Rimer en dégageant la sûreté de son Beretta. Il se releva tout doucement et regarda par-dessus le mur. Les deux femmes s'étaient arrêtées et bavardaient avec le gardien du parking. Elles parlaient de ragoût. Merde ! Elles étaient trop loin pour un tir net et sans bavure. Rimer se baissa et attendit.

Timmie se hâtait dans le passage lorsqu'il vit un homme se baisser subitement derrière le mur. Il se dit que le type portait une drôle de casquette, comme celui qui était sorti de l'immeuble juste avant l'incendie. Mais il n'en était pas sûr. Il faisait trop noir, à cet endroit-là. Timmie resta sans bouger derrière la supérette fermée. Il écarquillait les yeux, se demandant si l'homme était toujours là.

Rimer entendit les deux femmes s'approcher, parlant toujours. Il reconnut la voix de Joanna et décida de viser à la tête. Elle serait assez près. Rimer se leva et, se servant du faîte du mur pour appuyer ses bras, se mit en position de tir.

Timmie vit l'homme avec sa drôle de casquette et le pistolet et, au même instant, Emma et Joanna qui s'approchaient.

— Attention, Emma ! Il est armé !

Rimer pivota et tira en direction de la voix. La première balle traversa la gorge de Timmie, la seconde lui entra dans l'œil droit. Il était mort avant de toucher le sol.

Rimer pivota de nouveau et visa les femmes qui fonçaient derrière une Mercedes garée sur le parking. Il balança deux pruneaux. La tête d'Emma explosa, cervelle et sang giclant de tous côtés. Le coup destiné à Joanna s'égara et pulvérisa la vitre arrière de la Mercedes. Le gardien du parking s'enfuit en hurlant par l'allée carrossable.

Rimer sauta par-dessus le mur et s'avança rapidement vers la voiture garée. Il mit un genou à terre et, regardant par-dessous la Mercedes, il vit les chevilles de Joanna de l'autre côté.

Rimer se remit debout et s'approcha pour l'abattre.

— Bouge plus, trou-du-cul ! cria Jake, son arme pointée sur le dos de Rimer.

Rimer hésita une seconde, pivota et fit feu. Jake tira au même instant.

Rimer tomba, du sang coulant de son épaule gauche. Il se traîna à quatre pattes vers la benne. Il ne vit pas Jake foncer à travers le parking jusque derrière la Mercedes.

Joanna dévisagea l'homme près d'elle et tout à coup elle recouvra sa mémoire.

— Jake !

— Chut ! (Jake lui posa un doigt sur les lèvres. Son bras gauche était ankylosé et il avait du mal à le remuer.) Ne parle pas si fort. Ce salopard est encore là.

— Jake ! répéta Joanna, heureuse de le voir, heureuse d'avoir retrouvé la mémoire. Comment m'as-tu retrouvée ?

— En filant Timmie jusqu'ici.

— Où est-il ? murmura Joanna.

— Il est mort.

Il y eut un coup de feu et une autre vitre de la Mercedes se brisa à grand bruit.

— Reste contre moi, derrière la roue, dit Jake.

Joanna se serra contre lui et appuya sa tête sur son épaule. Elle sentit quelque chose de chaud et de poisseux contre sa joue. Elle y goûta. Du sang !

— Mon Dieu, Jake, tu as été touché !

Maintenant, Jake commençait à sentir la douleur. Une sensation de piqûre profonde dans le bras gauche juste sous l'épaule. De sa main droite, il fendit sa manche de veste.

— Regarde et dis-moi à quoi ça ressemble.

Joanna déchira la manche de chemise et examina le bras. Il avait été traversé à la hauteur du deltoïde. Le sang jaillissait.

— Tu perds beaucoup de sang.

— Fais-moi un pansement.

— Non, Jake. Il faut aller à l'hôpital.

— M'emmerde pas avec l'hôpital et fais-moi un pansement. Ou bien on attrape le type maintenant ou bien tu vas passer le reste de ta vie à surveiller tes arrières...

Joanna défit la cravate de Jake. Elle lui fit un garrot au bras, ralentissant le saignement sans l'arrêter complètement.

Silence de mort. Puis Jake entendit un bruit. Il se pencha avec précaution en se dissimulant derrière le pare-chocs de la Mercedes.

Rimer essayait de ramper de la benne jusque dans le passage, mais Jake le vit et tira deux fois. Rimer replongea dans l'ombre.

— Qu'il essaye encore une fois, murmura Jake, et je lui explose la tête.

— Il est coincé ? demanda Joanna.

— Ça y ressemble, non ?

Jake entendit un autre bruit. La benne avait des roues et avançait dans l'allée. L'assassin la poussait devant lui et s'en servait comme protection.

— J'y vais, dit Jake à Joanna. Toi, tu restes là.

— Des clous ! Je reste près de toi.

En se baissant, Jake se déplaça de la voiture jusqu'à l'arrière du restaurant. Joanna le suivait pas à pas. Il se faufila jusqu'au coin du bâtiment et donna un coup d'œil rapide dans l'allée. Il vit la benne. Le tueur avait disparu.

Avec précaution, Jake avança, regard fixé sur la benne. Il se demandait si le tueur se cachait derrière ou même dedans, prêt à bondir. Il tira deux fois sur la benne et écouta. Rien. Le couvercle de la benne était ouvert et Jake jeta un coup d'œil, arme pointée vers le bas. Elle était vide.

Jake regarda de part et d'autre du passage et ne vit rien d'autre que la nuit brumeuse.

— Merde ! On l'a perdu.

— Peut-être pas, dit Joanna en lui montrant quelques petites mares de sang. Il est touché.

— Et lui aussi pisse comme un robinet. (Jake rechargea rapidement son arme.) Reste derrière moi. Bien derrière moi.

Ils suivirent la piste sanglante vers l'est dans Wilshire Boulevard. Jake avançait sans précipitation, regardant à droite et à gauche, se demandant si l'assassin n'était pas revenu sur ses pas pour leur tendre une embuscade. C'était la méthode de ces enfoirés. Jamais à la loyale. Au moment où on les voyait, il était trop tard.

Ils traversèrent une rue secondaire et perdirent un instant la piste, puis la retrouvèrent. En tout cas, le tueur perdait moins de sang qu'auparavant. Les taches de sang étaient plus petites et plus espacées. Puis la piste disparut. Ni sang, ni bruits. Que la brume virant au brouillard.

— Putain ! grogna Jake, se demandant que faire.

(Il essayait de réfléchir, mais son bras gauche l'élançait fortement et commençait à s'engourdir.) Mon bras me torture. Comment calmer la douleur ?

— Rentre la main dans ta chemise, comme Napoléon, dit Joanna. Ça te fera comme une gouttière et tu bougeras moins ton bras.

Jake lui obéit et ça alla mieux. Un peu.

Tout à coup, il y eut des crissements de pneus et des automobilistes gueulant des obscénités. Jake regarda dans la direction du bruit et vit un homme de grande taille avec une casquette imperméable courant au milieu des voitures pour traverser le boulevard. L'homme réussit à passer sain et sauf de l'autre côté et jeta un coup d'œil par-dessus son épaule avant d'escalader à toute vitesse les marches d'une énorme tour de verre.

— Les enfoirés, siffla doucement Joanna entre ses dents.

— Bon, bon ! fit Jake en la prenant par le bras.

Ils attendirent que les voitures passent et traversèrent en direction de la tour « Santé d'abord ».

Le hall était silencieux et désert, le poste du gardien vide. Jake regarda en direction des commandes d'ascenseurs. Trois cabines étaient à l'arrêt, la quatrième montait. Elle s'arrêta au neuvième.

— Qu'est-ce qu'il y a au neuvième ? demanda Jake.

— « Recherche et Développement », dit Joanna. Une seule cabine dessert cet étage.

Jake appuya sur le bouton et la cabine commença à redescendre. Il jeta un coup d'œil à Joanna, qu'il revoyait pour la première fois en pleine lumière. Elle était affreuse. Ses cheveux étaient ébouriffés, son visage sale, marqué, sans maquillage. Il se demanda quelles épreuves elle avait subies et à quel point elle en resterait marquée.

— Est-ce que ça va ?

— Je vais mieux que toi, dit Joanna en montrant le sol.

Le sang recommençait à couler du bras de Jake.

La porte de l'ascenseur s'ouvrit et ils virent le vigile. Il était en position assise et appuyé à la paroi du fond. Ses yeux sans vie fixaient le vide. Il avait une balle en pleine poitrine.

Jake appuya sur le bouton du neuvième et vérifia son arme. La cabine fila vers le haut.

— Sur quoi s'ouvre l'ascenseur ?

— Une petite entrée, dit Joanna.

— On peut s'y cacher ?

Joanna réfléchit un instant.

— Pas vraiment. Il n'y a qu'une petite cage en plexiglas pour le vigile au centre de la pièce.

— Elle est blindée ?

— Je n'en sais rien.

La cabine s'arrêta brutalement et les portes s'ouvrirent.

Jake fit rapidement un pas en avant, plié en deux, et balaya la pièce avec son arme. L'entrée était vide. Il avança jusqu'à la cage de plexiglas et y jeta un œil. Personne.

— Il y a un vigile ici la nuit ?

Joanna secoua la tête.

— Ça m'étonnerait. Amanda Blake m'a dit une fois qu'il y avait un système d'alarme très sensible qu'on activait la nuit.

— Extra, dit Jake d'un ton renfrogné en allant vers une large porte de bois. (Il essaya de tourner le bouton. Il ne bougea pas.) Où est-ce que ça mène ?

— Dans la partie « Recherche ».

— Tu as une idée pour entrer ?

Joanna repensa aux fois où elle était venue à l'étage avec Amanda. Le vigile avait donné un badge à Joanna et les deux femmes avaient franchi la porte extérieure. Pas de fente pour carte, pas de code à taper. Elles n'avaient eu qu'à entrer.

— Il doit y avoir un bouton dans la cage qui ouvre la première porte.

Jake se précipita vers la cage et d'un coup de pied

fit sauter la porte hors de ses gonds. Ce mouvement provoqua une reprise des élancements dans son bras, une douleur aiguë et lancinante. Il respira profondément et attendit que ça s'apaise. Puis il entra dans la cage et vit trois boutons sous le guichet. Ils étaient marqués *E F* et *I*.

— Qu'est-ce que ces lettres signifient ?

Joanna les examina rapidement.

— E doit être la porte extérieure, I la porte intérieure.

— Et F ?

— Pour activer le fluoroscope.

— Qu'est-ce que c'est que ce machin ?

— Ça passe les gens aux rayons X pour s'assurer qu'ils ne trimballent pas des choses en douce, dans un sens ou dans l'autre.

Jake alla jusqu'à la porte extérieure.

— Appuie sur le *E*.

Joanna poussa le bouton. On entendit un clic dans la serrure.

Jake tourna le bouton et la porte s'ouvrit.

— Ça marche !

Joanna le rejoignit et tint la porte ouverte pendant que Jake entrait. Un clavier mural se dressait devant lui, brillamment éclairé. Jake désigna une fente horizontale sur le côté du clavier.

— C'est là qu'on introduit le badge, hein ?

— C'est ça. Mais il faut d'abord taper son code.

— Bon, voyons si le bouton *I* peut remplacer ça, dit Jake.

Joanna retira ses chaussures et s'en servit pour bloquer la porte. Puis elle retourna à la cage et appuya sur *I*.

— Tu appuies sur le bouton ? cria Jake.

— Oui.

— Cette putain de porte reste bloquée. (Jake revint dans l'entrée.) Ce bouton *I* ne doit pas correspondre à la porte intérieure.

— Je parie que si, dit Joanna. Ça ne marche pas parce qu'on commet une erreur.

— Laquelle ?

— Aucune idée.

— Est-ce qu'il y a une autre sortie ? demanda Jake.

— L'escalier de secours, à l'intérieur.

— Bon Dieu, dit Jake d'un air sombre. Le mec peut très bien être en train de filer vers la sortie.

Les yeux de Joanna allèrent des boutons à la porte maintenue ouverte par ses chaussures. Tout à coup, son regard se figea. Mais oui, quelle conne ! Elle est ouverte !

— Je crois que je sais ce qui ne va pas.

— C'est quoi ?

— Mes chaussures.

Jake n'y comprenait rien.

— Quoi ?

— Mes chaussures maintiennent la porte extérieure ouverte, expliqua Joanna. Tant que la porte extérieure n'est pas fermée, il y a un système de shunt qui empêche la porte intérieure de s'ouvrir.

— Tu as déjà vu ce genre de système ?

— Une fois, dit Joanna. Chez un tailleur de diamants, à Amsterdam.

— J'y crois pas trop, dit Jake, mais on va essayer. Comment fait-on ?

— Retire mes chaussures et laisse la porte se refermer. Puis j'appuie sur le bouton *E* et tu rouvres la porte. Puis j'appuie sur le bouton *I* et je le scotche. (Joanna tira de sa poche le rouleau de sparadrap dont elle s'était servie pour faire un pansement sur le furoncle suppurant de Timmie.) Et là je cours et je referme la porte extérieure et dans la seconde qui suit la porte intérieure va se déverrouiller.

Jake prit une profonde inspiration.

— Si ton plan ne marche pas, tu sais ce qui va se passer, hein ?

— Quoi ?

— On sera dans une trappe.

Joanna regarda Jake aller à la porte et retirer les chaussures. La porte se ferma et se verrouilla.

— A trois, Jake. Un... deux... trois !

Elle appuya sur le bouton *E* et attendit que Jake rouvre la porte. Puis elle appuya sur le bouton *I* et le scotcha solidement. Puis elle fonça à travers l'entrée. Jake referma la porte derrière elle et, l'instant d'après, on entendit le déclic du verrou et la porte intérieure s'ouvrit automatiquement en chuintant.

Jake prit les chaussures de Joanna et les plaça de façon à bloquer la porte intérieure.

— Au cas où on devrait filer en catastrophe. Il est plus facile de franchir une porte que deux.

Ils suivirent lentement le couloir faiblement éclairé. Plus loin, un murmure de conversation leur parvenait d'un des laboratoires. Jake leva la main pour arrêter Joanna. Il lui fit signe de rester silencieuse et toujours derrière lui. Puis il avança sur la pointe des pieds jusqu'à la porte entrouverte du laboratoire d'immunotoxines.

Ils se glissèrent dans le laboratoire et contournèrent une cloison de plastique transparent. Derrière une rangée de paillasses, ils virent un homme avec une casquette imperméable. Il portait son trench-coat sur le bras, sa chemise était ouverte et ses épaules dénudées. Il leur tournait le dos.

— Faites-moi un simple pansement et je pourrai m'en aller, dit Rimer d'une voix tendue.

— Ce n'est pas si simple, dit Amanda Black. La balle a pénétré profondément. Il va falloir opérer.

— Contentez-vous de panser cette putain de blessure.

Amanda saisit un tampon d'ouate.

— C'est stupide d'être venu ici. Complètement stupide ! Imaginez qu'on vous ait suivi ?

— Je n'ai pas été suivi. Il n'y avait personne derrière moi.

Jake s'approcha à trois mètres de Rimer et se mit en position de tir.

— Mais si, trou-du-cul.

Rimer fit un geste vers son trench-coat.

— Continue, dit Jake d'un ton égal. Ça fera économiser pas mal de fric aux contribuables.

Amanda luttait contre la panique et essayait de trouver une porte de sortie.

— Je ne sais pas qui il est, dit-elle très vite. Je ne l'avais jamais vu. Il m'est tombé dessus et a exigé que je soigne sa blessure...

— Vraiment ? dit Joanna avec mépris. Il n'a eu qu'à enfoncer deux portes, hein ?

— Le... le vigile. Il a obligé le vigile à lui ouvrir, balbutia Amanda.

Joanna la fixa du regard.

— Le vigile qu'on a retrouvé mort dans l'ascenseur ?

Amanda tourna brusquement la tête vers Rimer.

— Vous avez tué le vigile ?

Rimer avançait la main tout doucement, presque imperceptiblement, vers son trench-coat. Il espérait qu'Amanda Black allait continuer de parler et de les distraire.

— Pourquoi avez-vous empoisonné ces patientes ? demanda Joanna.

— Je ne sais pas de quoi vous parlez, dit Amanda, reprenant le contrôle d'elle-même.

— Mais si, dit Joanna sans se démonter. Il y avait un compartiment secret dans le pacemaker de Sally Wheaton.

— Vous ne pouvez pas le prouver.

— Bien sûr que si, poursuivit Joanna. Et je peux également prouver qu'il y avait un compartiment semblable dans la pompe à morphine de Lucy O'Hara et dans la hanche artificielle de Karen Butler. Car il y avait un dénominateur commun entre les trois patientes décédées, n'est-ce pas ? Elles portaient toutes des implants artificiels. Et tous ces implants avaient un compartiment secret contenant un poison violent. Quelle sorte de poison ?

— De la ricine, dit une voix d'homme dans leur dos. Et j'ai un revolver pointé sur votre tête, alors pas de bêtise. Lâchez votre arme, lieutenant.

Rimer attendit que le revolver de Jake heurte le sol et saisit son Beretta dans son trench-coat.

— Dommage, vous avez perdu.

Robert Mariner rit doucement et vint se placer à côté d'Amanda. Il n'avait pas d'arme. Simplement le pouce levé et l'index pointé, comme font les enfants en jouant.

— Je m'étais toujours demandé si ça pouvait marcher. (Mariner baissa la main.) Voyons. Où en étions-nous ? Ah oui, on parlait de ricine. La ricine vous dit quelque chose, hein, Joanna ? C'est la plus puissante toxine que nous connaissions. Tellement puissante qu'une seule molécule peut tuer une cellule humaine. Imaginez. Et vous avez bien sûr raison. On a fabriqué de petits compartiments dans certains implants, et mis un peu de ce poison dedans. Il ne restait plus qu'à le libérer. Il a suffi de placer une petite électrode à l'extrémité du compartiment. Un signal radio à partir d'un téléphone ou d'un biper pouvait provoquer une ouverture par fusion et libérer la ricine. En général, Amanda et moi nous servions de nos bipers pour déclencher le système lorsque nous visitions des patients au Memorial. Il n'était même pas nécessaire d'entrer dans la chambre du patient. Nos bipers sont à longue portée, vous comprenez...

Joanna ne pouvait en croire ses oreilles.

— Mon Dieu ! De la ricine !

— Oui, de la ricine.

— Mais pourquoi avez-vous fait ça ?

— Pour épargner aux patients des traitements inutiles qui ne leur auraient apporté que misères et souffrances. Ces greffes de moelle osseuse sonnent bien à la télé, mais en réalité la plupart ne prennent pas.

— C'est faux, argumenta Joanna.

— Ah, vraiment ? Prenons Lucy O'Hara et la moelle qu'elle devait recevoir d'un autre donneur. Connaissez-vous le taux de succès dans ce cas-là ? Je vais vous le dire. Dans les dix pour cent. Et parmi les patients chez qui ça prend, il y en a chez qui ça se termine par une terrible réaction de rejet. Ils vivent, mais sont malades comme des chiens. Donc, on prévoit cinq pour cent de succès. Et quatre-vingt-quinze pour cent de ceux qui suivent ce traitement vont subir des hémorragies et des infections et mourir au milieu de mille souffrances. Alors ?

— Cinq pour cent de guérisons me semblent préférables à zéro pour cent, dit sèchement Joanna.

— A quel prix, Joanna ? A quel prix ?

— Demandez à la famille O'Hara ce que valait la vie de Lucy à leurs yeux...

— Vous n'avez pas l'air de comprendre, dit calmement Mariner. L'époque où en Amérique la médecine faisait le maximum pour tout le monde est révolue. Nous allons être très sélectifs sur la nature des traitements et sur leurs bénéficiaires. Et les traitements par greffe de moelle osseuse seront les premiers abandonnés.

— Mais l'auto-transplantation de moelle osseuse réussit bien aux patientes qui ont un cancer du sein, dit Joanna, qui essayait de gagner du temps dans l'espoir que Jake trouverait une solution.

— Avez-vous des statistiques pour le confirmer ? demanda Mariner. Bien sûr que non. Parce qu'il n'y a pas de statistiques. Personne n'a jamais démontré que les transplantations de moelle osseuse sont plus efficaces qu'une chimiothérapie intensive. La dure vérité, c'est que le pourcentage de guérison est infime parmi les cancéreuses à qui on fait des greffes osseuses. Mais on continue. Pourquoi ? Parce que c'est la devise de la médecine américaine. Faites quelque chose, même si ça ne marche pas. Et plus ça coûte cher, mieux ça vaut. C'est fou, non ?

— Vous pensez qu'il vaut mieux administrer de la ricine aux patientes ?

— Dans certains cas.

— Vous parlez d'euthanasie.

— Je parle des réalités. Ces malades vont mourir, quoi que nous fassions. Mais on poursuit ces traitements, puisant dans les ressources de santé des dollars dont on a un urgent besoin ailleurs. Avez-vous une idée de ce que coûte une greffe de moelle osseuse ?

— Non, aucune, dit Joanna, regardant le sang de Jake goutter sur le sol.

— Rien que pour la greffe de Lucy O'Hara, il aurait fallu deux cent mille dollars. Et le traitement postopératoire en aurait coûté cent mille de plus. Soit trois cent mille dollars pour une thérapie en général inefficace.

— Bon Dieu, bouillonna Joanna, la vraie raison c'est le fric ! Vous avez tué trois femmes pour économiser un million de dollars.

Mariner sourit légèrement.

— En tout, soixante patients en phase terminale ces deux dernières années.

— Soixante !

Mariner fit signe que oui.

— Ça ne fait que quelques patients chaque mois. N'oubliez pas que « Santé d'abord » a plus d'un million d'adhérents. Alors, que deux ou trois patients en phase terminale décèdent subitement chaque mois, ça n'a rien de suspect. Mais l'économie est énorme. On a déjà économisé vingt millions de dollars. Dans les années qui viennent, l'économie pourrait atteindre... quarante-cinq millions de dollars.

— Mais pourquoi les tuer dans l'enceinte du Memorial ? demanda Joanna, sentant Jake s'appuyer sur elle et espérant qu'il n'allait pas s'évanouir.

— C'est d'autant mieux quand ça arrive à l'hôpital. Les gens s'y attendent. Et ça innocente « Santé d'abord ». (Mariner scruta Joanna du regard.) Vous n'auriez rien appris sur les implants sans le microfilm. Où l'avez-vous trouvé ?

— Dans l'appartement de Bob Cipro. Il a utilisé une teinture radio-opaque pour montrer le compartiment.

— Ce pédé de merde ! dit Mariner avec haine. Il s'apprêtait à nous faire chanter et à nous saigner à blanc.

— Est-ce qu'Alex était dans le coup ?

Amanda eut un rire forcé.

— Alex n'était au courant de rien jusqu'à ce que vous fassiez de la publicité sur le tatouage gravé sur le cul de l'homme sans visage. Il a rapproché les faits et...

— Assez bavardé ! dit brusquement Mariner. Maintenant, il faut s'occuper de ces deux-là !

— Je vais les emmener en bas et les tuer dans la rue, dit Rimer.

— Non, répliqua Mariner. On va en finir ici.

— Mais les corps..., protesta Rimer. On ne pourra pas les laisser là, et ils seront des poids morts.

— Ce n'est pas un problème, dit Mariner. On a un vide-ordures dans ce laboratoire, qui aboutit dix étages plus bas au sous-sol. Quand un poids de plus de cinquante kilos touche le fond, les déchets sont automatiquement compactés en petits blocs qui sont ensuite emportés pour être incinérés. (Mariner regarda Joanna presque avec sympathie.) Vous ne sentirez pas grand-chose. Vous serez tuée dans la chute.

Amanda se précipita jusqu'au mur du fond du laboratoire, là où se trouvait la gaine à ordures. Elle ouvrit la trappe. L'ouverture formait un carré d'un mètre de côté. Largement suffisante pour le passage d'un corps.

Rimer poussa le canon de son pistolet contre le dos de Jake.

— Avance !

Joanna cherchait désespérément comment s'en tirer. Jake s'appuyait lourdement sur elle, livide à cause de la perte de sang. Fonce ! cria-t-elle en elle-même. Au moins, meurs en essayant de t'échapper.

Rimer lui mit son revolver dans les côtes.

— Plus vite, salope !

Joanna essayait de contrôler sa peur. *Mon Dieu ! Je ne veux pas mourir. Pas comme ça. Ni comme Emma, la cervelle éclatée.*

— Pauvre Emma, dit doucement Joanna pour elle-même.

— T'en fais pas pour la vieille sorcière, dit Rimer. Tu ne vas pas tarder à la rejoindre.

Joanna se souvint brusquement du cadeau d'Emma. La bombe lacrymogène. Elle mit furtivement la main dans sa poche et décapsula l'embout de la boîte rouillée. *Mon Dieu ! Faites que ça marche encore ! Par pitié !* Sans se retourner, elle pointa la boîte par-dessus son épaule et pressa sur le gicleur.

Rimer fut aveuglé, la douleur était terrible. Il porta sa main libre à ses yeux et se mit à tirer dans tous les sens avec son Beretta.

Deux balles atteignirent Amanda au cou et coupèrent les carotides. Elle tomba, le sang jaillissant en l'air et sur le sol.

En proie à la folie, Rimer tournait comme une toupie, son pistolet semi-automatique crachant ses dernières balles dans toutes les directions. Mariner essayait de gagner la porte à quatre pattes. Jake le rattrapa et l'envoya d'un coup de poing sur une chaise.

Joanna se baissa et s'accrocha aux pieds de Rimer, essayant de le faire trébucher. Il lui donna un coup de pied pour essayer de se dégager, perdit l'équilibre et tomba sur le carrelage. Comme il se relevait, ses chaussures glissèrent dans le sang d'Amanda et il perdit à nouveau l'équilibre, titubant bizarrement. Jake saisit l'occasion et fonça sur lui, lui heurtant la poitrine avec sa bonne épaule. Rimer alla se cogner contre le mur derrière lui, dos et reins contre la trappe ouverte. Il donna un nouveau coup de pied à Joanna qui resserra sa prise et poussa. Il disparut dans le vide-ordures en hurlant.

Mariner vit le revolver de Jake sur le sol et voulut le prendre. Jake plongea sur Mariner, le rejetant loin de l'arme mais atterrissant sur son épaule blessée. Il ressentit une douleur terrible au bras et au coude. Il crut s'évanouir. Mais il sentait le revolver sous lui.

Mariner était en train de se relever lorsque Joanna l'attrapa par sa blouse blanche. Il essaya de se dégager, mais elle s'accrochait de toutes ses forces. Mariner tourna sur lui-même et les boutons de sa blouse sautèrent. Il s'échappa, laissant la blouse entre les mains de Joanna.

Mariner se précipita hors du laboratoire et le long du couloir. Il atteignit la porte qui menait à l'entrée. Dégageant les chaussures de Joanna d'un coup de pied, il entra dans le sas et laissa la porte intérieure se refermer derrière lui. Il tapa en vitesse son code sur le clavier mural. Au-dessus du clavier, un message lumineux clignota : INSÉREZ VOTRE BADGE S.V.P.

Mariner chercha son badge.

Joanna et Jake arrivaient en courant. La porte était fermée, les chaussures de Joanna poussées de côté. Ils entendirent de grands coups venant de l'intérieur. Jake pointa son arme vers la porte, prêt à tirer. C'est alors qu'ils entendirent Mariner crier qu'on le fasse sortir.

— On dirait qu'il s'est lui-même pris au piège, non ? dit Jake.

Joanna lui montra la blouse blanche de Mariner, qu'elle n'avait pas lâchée, et le badge agrafé dessus.

— On dirait surtout qu'il a oublié quelque chose...

Jake remit son arme dans son étui et ajusta le bandage de fortune sur son bras. Il sentait encore le gaz lacrymogène sur ses vêtements.

— Qui t'a donné la bombe ?

— Une amie nommée Emma.

Mariner frappait contre la porte en l'ébranlant. Il hurlait qu'on lui rende son badge.

— Ouais, vous l'avez oublié, connard ! lui renvoya Jake.

— Il n'a pas oublié que ça, fit Joanna.

— Quoi d'autre ?

— L'essentiel du serment d'Hippocrate.

— Qui dit quoi ?

— « Avant tout, ne fais aucun mal ». (Joanna mit le bout du badge dans la fente.) Prêt ?

Jake sortit son revolver et ses menottes.

— Prêt.

Joanna introduisit le badge et la porte s'ouvrit en chuintant.

ÉPILOGUE

— Joli couple, hein ? demanda Jake.

— Pas mal du tout, sourit Joanna.

Ils se trouvaient devant le Dorothy Chandler Pavillon, au Music Center, regardant leurs reflets dans le miroir. Joanna portait une robe de cocktail noire avec une seule rangée de perles, Jake était resplendissant en smoking avec gilet. Ils entendirent une légère salve d'applaudissements derrière eux et se retournèrent pour voir la foule se fendre pour ouvrir le passage au maire de Los Angeles et à ses invités, parmi lesquels Simon Murdock et son épouse.

Murdock les aperçut et alla aussitôt vers eux.

— Heureux de vous voir, dit-il d'un ton sincère. Magnifique soirée pour une magnifique cause, hein ?

— En effet, acquiesça Joanna.

Cette première à l'Opéra était donnée au bénéfice d'un fonds de recherche sur la maladie d'Alzheimer. On espérait dans les deux cent cinquante mille dollars...

— Bon, j'espère vous retrouver à l'entracte, dit Murdock, se dépêchant de rejoindre le maire et les autres notables.

Joanna se tourna vers Jake.

— Savais-tu que Robert Mariner devait être l'un des invités de marque de cette soirée ?

— Comment le sais-tu ?

Joanna lui montra le programme du gala. Mariner faisait partie des principaux donateurs.

— Il a même versé vingt-cinq mille dollars.

— Merde, c'est facile d'être généreux avec l'argent des autres.

Joanna haussa les épaules.

— C'était peut-être son propre argent.

— Des clous ! dit Jake en allumant avec soin une cigarette. Rappelle-toi son baratin sur l'élimination de ces malades comme seul moyen d'épargner l'argent de « Santé d'abord ». Eh bien, il en avait mis une pincée dans sa poche. Quelque chose comme cinq millions de dollars. C'est ce qu'on a trouvé sur son compte en Suisse.

— Bon Dieu, dit doucement Joanna, être aussi remarquable et puissant et tout remettre en cause pour monter encore plus haut...

— L'argent, dit Jake. N'oublie pas le fric.

— Le fric n'explique pas tout, Jake. (Elle lui prit sa cigarette et tira une bouffée avant de la lui redonner.) Les gens comme Mariner veulent le pouvoir et la gloire. C'est une vraie maladie.

— Eh bien, il va avoir le temps de se soigner dans sa prison, dit Jake, qui sourit légèrement. Sais-tu que Mariner clame son innocence ?

— Quoi !

— Eh oui. Il dit que c'est Amanda la responsable et qu'il ne s'en est rendu compte qu'au dernier moment.

— Et les implants qu'on a trouvés dans son coffre ? Tu sais, ceux qui étaient chargés de ricine...

— Il prétend que c'est Amanda qui les a planqués là.

— Tu penses que le jury va avaler ça ?

— Sûrement pas. Il va soit se prendre une dose de gaz au cyanure soit finir ses jours en prison.

Joanna secoua lentement la tête.

— Ainsi, il se détruit lui-même et entraîne « Santé d'abord » dans sa chute...

— Ben, ton copain Arnold Kohler lui a filé un sérieux coup de main...

— Qu'est-ce qui lui est arrivé ?

— Les Stups ont découvert qu'il prescrivait des tonnes d'amphétamines et de narcotiques. Et il les vendait sous le manteau. Rimer était un de ses meilleurs clients. (Jake envoya d'une chiquenaude sa cigarette dans un bac à sable.) Ils estiment qu'il se faisait quatre mille dollars de gratte par mois.

— Il est inculpé ?

— Mieux que ça. Les gars des Stups ont investi « Santé d'abord » ce matin et cueilli ce petit salaud. Ils lui ont passé les menottes devant tout le monde. Et devine un peu. Les médias étaient sur le coup, histoire de réaliser quelques bonnes images. Je pense que « Santé d'abord » va s'écrouler.

— N'y compte pas trop, dit calmement Joanna. Il y a trop d'argent là-dessous, je parle de milliards. Ils vont simplement changer de nom et continuer leur business...

— Peut-être. Mais une chose est certaine. Ils y regarderont par deux fois maintenant.

Les sonneries retentirent dans l'air du soir. C'était le premier appel aux spectateurs pour qu'ils gagnent leurs places.

Joanna retira un fil du smoking de Jake et lissa gentiment ses revers.

— Prêt ?

— Oh, ouais dit Jake en prenant son bras. Quel est le nom de cet opéra ?

— *Othello*.

— Ça parle de quoi ?

— D'un Noir qui tue sa femme blanche par jalousie.

Jake fronça les sourcils.

— Tu plaisantes ?

— Je suis très sérieuse.

— On dirait l'affaire O. J. Simpson...

Joanna secoua la tête.

— C'est une histoire écrite par Shakespeare il y a plus de trois cents ans.

— Ce Noir... il s'appelle... ?

— Othello. C'est un roi maure.

— Il a été jugé ?

— Non.

— Nom de Dieu ! Ne me dis pas qu'il s'en est tiré !

— Non. Il s'est suicidé.

Jake eut un large sourire.

— J'aime quand ça finit bien.

— Tu es un être rare, Jake, dit Joanna, blottissant sa tête contre son épaule. Très rare.

— Non. Simplement honnête.

— C'est ce qui te rend si exceptionnel.

Note de l'auteur

La ricine existe vraiment. C'est le plus puissant poison connu. Une seule molécule de ricine peut tuer une cellule humaine. Aucun autre poison au monde n'approche ni de près ni de loin ce degré de toxicité. Il est à noter que la ricine peut se révéler efficace dans le traitement du cancer. Un certain nombre de laboratoires américains appellent couramment « balles magiques » ce qui permet de viser à coup sûr et de détruire sélectivement les cellules malignes. L'une de ces balles magiques est composée de ricine associée à un anticorps qui réagit spécifiquement aux cellules cancéreuses. L'anticorps se fixe à la cellule cancéreuse et la tue. Des expériences de laboratoire ont montré que cette thérapie est efficace contre plusieurs affections malignes, comme la leucémie, le lymphome et les tumeurs du sein, du poumon et des ovaires.

Toutefois, la ricine a déjà été utilisée par des assassins. Il n'y a pas longtemps, un opposant bulgare qui était employé à la BBC est tombé mortellement malade après avoir été piqué aux fesses par la pointe d'un parapluie. On pense que la pointe du parapluie a servi à lui injecter de la ricine. Mais on n'a jamais pu le prouver parce que la quantité de ricine suffisante pour tuer une personne est si faible qu'elle ne peut être détectée dans le sang avec les méthodes actuelles.

Leonard S. Goldberg,
docteur en médecine.

Composition réalisée par JOUVE

IMPRIMÉ EN FRANCE PAR BRODARD ET TAUPIN
La Flèche (Sarthe)
LIBRAIRIE GÉNÉRALE FRANÇAISE - 43, quai de Grenelle - 75015 Paris.
ISBN : 2 - 253 - 17090 - 9

31/7090/9

Bild

Nanny Oehmichen (Hrsg.)

Im Haushalt sparen! Tips, Tips, Tips!

Ullstein

Das Buch

Mehr als 500 Kreativ-Tips zum Sparen im Haushalt. Was der Silberleuchter im Backofen soll. Warum die Nudel in der Aufschnittdose so wichtig ist. Wie altes Brot wieder kusprig wird. Warum Zucker gut als Peeling ist. Dieses Buch beantwortet Fragen wie diese. Das Buch der guten Ideen, auch gut fürs Portemannaie. BILD rät seit Jahren: „Wie man im Haushalt sparen kann". Die allerbesten Ideen, von BILD-Experten geprüft und für gut befunden, werden für diese Kolumne ausgewählt. Wie man Energie und Wasser spart, Kosmetik selber macht, Flecken entfernt. Jetzt als Buch: die erste komplette Ideensammlung aus ganz Deutschland. Von Hausfrauen und Singles. Von Menschen, die damit gute Erfahrungen gemacht – und Geld gespart haben.

Die Herausgeberin

Nanny Oehmichen arbeitet seit vier Jahren bei BILD und ist schon seit vielen Jahren Expertin für Haushalt und Familie, für Lifestyle und Lebenshilfe.

Die Redakteurin und Leiterin des BILD-Ressorts „Frau und Lifestyle" kennt fast alle Probleme, die in Haushalt und Familie „drücken", aus dem Effeff. Dafür sorgt der ständige Dialog mit Tausenden von Lesern und Leserinnen.

Nanny Oehmichen hat zwei große Töchter und ist seit 20 Jahren durchgehend berufstätig.